© Maya ziyu Ou

Tanya Byrne wurde in London geboren und lebt heute mit ihrem Hund Frida in Brighton, England. Als queere Autorin aus der Arbeiterklasse setzt sie sich leidenschaftlich dafür ein, das Verlagswesen für alle offener zu machen. Besonders wichtig ist ihr, Autor*innen aus Randgruppen zu ermutigen, ihre eigenen Geschichten zu erzählen.

Stefanie Frida Lemke studierte nach einer Ausbildung zur Buchhändlerin Literaturwissenschaften in Hannover und Bristol. Nach verschiedenen Stationen im Lizenz-, Scouting- und Agenturbereich in München und New York lebt und arbeitet sie seit 2010 als Literaturübersetzerin aus dem Englischen in Berlin. Besonders gern übersetzt sie Bücher queerer Autor:innen.

© Verena Brüning

Alle Bücher von Tanya Byrne im Fischer Kinder- und Jugendbuchverlag:

Everlove – Bis übers Ende dieser Welt hinaus

In the Shallows – Liebe tut weh (erscheint im Herbst 2024)

Weitere Informationen zum Kinder- und Jugendbuchprogramm der S. Fischer Verlage finden Sie unter *www.fischerverlage.de*

TANYA BYRNE

Everlove

Bis übers Ende
dieser Welt hinaus

Aus dem Englischen von
Stefanie Frida Lemke

FISCHER Taschenbuch

Dieses Buch enthält potenziell triggernde Inhalte, insbesondere die Themen Unfalltod, Trauerverarbeitung und Queerfeindlichkeit.

»Everlove« ist im Argon Verlag als Hörbuch,
gelesen von Hannah Schepmann,
erschienen, und ist im Buchhandel erhältlich.

MIX
Papier | Fördert gute Waldnutzung
FSC® C083411
FSC
www.fsc.org

Erschienen bei FISCHER Kinder- und Jugendtaschenbuch
Frankfurt am Main, 2024

Die Originalausgabe erschien 2021 unter dem Titel
»Afterlove« bei Hodder Children's Books,
einem Imprint der Hachette Children's Group, London

Satz: Dörlemann Satz, Lemförde
Druck und Bindung: CPI books GmbH, Leck
ISBN 978-3-7335-0760-2

Jenseits von allen Zweifeln und Fragen liegt ein Ort.
Dort treffen wir uns.

Rumi

Für meine Mutter und alle anderen,
die die Barke schon bestiegen haben.
Ich hoffe, ihr seid, wo ihr hinwolltet.

Liebe

Alice Anderson ist genau da, wo Deborah sagte, dass sie sein würde: auf dem Kliff in Saltdean, den Blick aufs Meer gerichtet. Obwohl ich sie in ihrem pinken Pelzmantel gar nicht hätte übersehen können. Es ist die Art von Kleidungsstück, das ich im Laden sofort ansteuern, mich aber nie zu kaufen trauen würde. Ich würde ihn anprobieren, ein Selfie machen und ihn dann wieder weghängen und etwas Schlichteres kaufen. Etwas Schwarzes, das ich zur Schule tragen kann, ohne nachsitzen zu müssen.

Das ist mit das Schwerste daran: Wie schrecklich normal sie sind. Alice könnte aus meinem Jahrgang sein oder das Mädchen hinter mir in der Umkleideschlange bei Primark. Eine x-beliebige Person, der ich schon mal auf der Straße begegnet bin, ohne dass sie mir vor heute Abend aufgefallen wäre.

Im Dunkeln ist es nicht so leicht zu sagen, aber ich schätze, sie ist in meinem Alter – sechzehn, vielleicht siebzehn. Der Wind weht ihr die blonde Lockenmähne aus dem Gesicht, so dass ich ihr Profil sehen kann. Die Augenfarbe kann ich nicht erkennen, aber die geschwungene Linie ihres Kiefers und die hübsche Stupsnase und dass ihr Lippenstift dieselbe Farbe hat wie der Mantel.

Dem knielangen Kleid und den Absatzschuhen nach zu urteilen war sie heute Abend aus. Es ist viel zu kalt für nackte Beine, aber vielleicht wollte sie ein Taxi nehmen, hat ihr Portemonnaie verloren und musste doch laufen. Oder sie hatte einen Streit mit ihrem Freund und wollte von hier aus lieber weiter zu Fuß nach Hause gehen, als sich von ihm auch nur ein Stück weiter mit dem Auto fahren zu lassen.

Ich weiß nicht, warum ich das mache, warum ich mir immer Geschichten zu ihnen ausdenke. Das geht wohl vorbei. Vielleicht in ein paar Monaten, wenn ich das hier so oft gemacht habe, dass ich mich nicht mal mehr an ihre Namen erinnere.

Doch bislang frage ich mich jedes Mal warum.

Warum sie?

Das Meer ist heute Abend rau, die tosende Brandung reißt dich einfach um und zieht dich rein, wenn du zu nah rangehst. Nicht, dass mir das passieren könnte. Seit ich denken kann, habe ich Angst vorm Meer, und Abende wie heute rufen mir wieder ins Gedächtnis warum. Die Wellen sind so laut, dass Alice mich nicht kommen hört. Mit etwas Abstand bleibe ich stehen, denn ich sehe sie zittern.

Dieser Moment ist besonders, der benommene Zustand, wo du hier und doch nicht mehr hier bist und alles auf einmal fühlst – Angst, Freude, Hoffnung. Einen ganzen Schwall, eine Flut an Emotionen, es fühlt sich an, als würdest du ertrinken, als würde dir wer den Kopf unter Wasser drücken, und wenn du nur den Weg zurück an die Oberfläche findest, wird alles gut sein.

Es ist grausam, dieser Bruchteil einer Sekunde, in dem du glaubst, es geschafft zu haben, und vor Erleichterung wird dir ganz schwindelig. Ähnlich dem Moment, wenn du zum ersten Mal wen küsst und du dich fühlst, als würdest du schweben, als könntest du fliegen und den Himmel berühren. In genau dem Moment komme ich ins Spiel und stelle sicher, dass du es nicht tust.

Ich lasse Alice einen Augenblick Zeit, sich zu fangen, sehe zu, wie sie die Augen schließt und tief Luft holt. Sie erschaudert, und ich frage mich, ob das der Moment ist, wo ihr klar wird, dass da nichts ist.

Schließlich dreht Alice sich um, ihre blonden Locken wirbeln im Wind, und als sie mich sieht, weicht sie einen Schritt zurück.

Ich warte eine Sekunde, dann noch eine.

»Alice Anderson?«

Die Falte zwischen ihren hellen Augenbrauen vertieft sich. »Woher weißt du, wie ich heiße?«

»Ich bin Ash.«

Sie starrt mich an, und ich hebe kurz das Kinn. Sie braucht einen Moment, doch als sie begreift, dass ich ihr andeute, über die Kliffkante zu sehen, tut sie es, und dann stößt sie einen Schrei aus, woraufhin die Möwen aufgeschreckt in alle Richtungen davonfliegen. Stolpernd tritt sie von der Kante zurück und schlägt sich die Hände vor den Mund. Als sie sich wieder umdreht, würde ich am liebsten weglaufen, denn was ist, wenn sie verlangt, dass ich es ihr erkläre?

Sie will garantiert von mir hören, dass alles gut wird.

Aber das kann ich ihr nicht sagen.

Doch sie fragt nichts, und ich bin froh, dass sie nicht wissen will wie oder warum, oder irgendeine andere Frage stellt, die ich nicht beantworten kann. Vielleicht will sie wissen wann. Das kann ich ihr sagen. Wenn ich eins hierbei gelernt habe, dann, dass in dem Moment, in dem all die Jahre, von denen du dachtest, du hättest sie noch vor dir, sich in wenige Sekunden auflösen, das Warum nicht mehr wichtig ist. Wichtig ist, wen du zurücklässt, und das verstehe ich am allerbesten, glaubt mir.

Wie gesagt, dieser Moment ist besonders. Die ganzen Dinge, die du getan und nicht getan, gesagt und nicht gesagt hast, plötzlich siehst du alles mit absoluter, erstaunlicher Klarheit. Manche Menschen warten ihr Leben lang auf diesen Moment. Sie klettern auf Berge und schwimmen durch

Meere und lesen Bücher, in der Hoffnung, ihn zu finden. Ein paar Glücklichen gelingt es, aber den meisten von uns – Leuten wie mir und Alice Anderson und all denjenigen, die vor uns gingen und noch kommen werden – nicht, bis es zu spät ist, und … Gott, es ist grausam, oder? Wenn du keine Zeit mehr hast, weißt du auf einmal genau, was du mit ihr hättest anfangen sollen.

Als Alice den Blick hebt und mir zum ersten Mal in die Augen sieht, frage ich mich, ob es das jetzt ist. Ob sie es weiß und alles aus ihr herausströmen wird. Alles, was sie hätte tun sollen. Die Lügen, die sie erzählt, und die Geheimnisse, die sie für sich behalten hat. Sie kann sie nicht mitnehmen, also wird sie sie bei mir zurücklassen. Alles, was sie sich gewünscht hat, als sie zum letzten Mal ihre Geburtstagskerzen auspustete. Ich bin da, und das hier ist ihre letzte Chance zu sagen, was ihr leidtut, wen sie liebt oder gern um Verzeihung bitten würde.

All die Male, die sie sich etwas hätte trauen sollen und es nicht getan hat. All die Menschen, die sie hätte küssen sollen und es nicht getan hat. All die Zeit, die sie verschwendet hat, indem sie zu vorsichtig oder zu höflich oder zu ängstlich war, wenn letztendlich nichts beängstigender ist, als zu sehen, wie dein ganzes Leben auf einen einzigen Moment zusammenschrumpft, der gleich vorbei sein wird, ob du bereit bist oder nicht.

Vielleicht werde ich es gleich sehen – das Bedauern –, wie es von ihr ausstrahlt, durch ihre Kleidung hindurchbrennt, und sie wird nie wieder so lebendig wirken. Sie wird lachen und weinen und schreien, jede Emotion bis zur Erschöpfung völlig aufbrauchen, wie eine Glühbirne, die ein letztes Mal aufflackert und dann erlischt.

Doch Alice tut nichts davon. Sie erzählt mir keine Geheimnisse oder von ihrem Hund Chester, der nachts an ihrem Fußende schläft. Oder von dem Lippenstift, den sie letztes Jahr bei Boots geklaut hat, dem roten, der nicht mehr abgehen wollte, selbst, als sie so fest daran rieb, dass ihr Mund sich tagelang wund anfühlte.

Mir sollte es eigentlich recht sein, dann muss ich nichts erklären, und wir können einfach gehen. Aber ich will es. Ich will, dass Alice mich fragt, wer ich bin. Wenn sie es täte, würde ich ihr sagen, dass ich Ashana Persaud heiße und sechzehn Jahre alt bin. Ich würde ihr erzählen, dass mein Lieblingssong »Rock Steady« ist, weil er meine Eltern bei jeder Hochzeit auf die Tanzfläche bringt, und mein Lieblingsfilm *Dilwale Dulhania Le Jayenge*, auch wenn ich immer behaupte, es wäre *The Shining*, weil das einfacher ist. Ich würde ihr die Narbe an meinem Kinn zeigen, die ich habe, seit ich mit sechs von der Schaukel gefallen bin, und ihr von dem Tattoo erzählen, das ich mir mit achtzehn stechen lassen wollte. Ich würde ihr erzählen, dass ich Angst vorm Meer und vor

Clowns habe und davor, angekotzt zu werden, und dass ich von hier aus sehen kann, wo ich vor zwei Wochen meinen letzten Kuss hatte, gleich da am Strand. Und vor allem würde ich ihr sagen, dass es nicht gerecht ist.

Es ist nicht gerecht, dass sie gehen kann, während ich hierbleiben und das hier machen muss.

Sie fragt aber nicht, und so stehen wir einfach da, an der Kante des Kliffs, der Mond wacht über uns, und unter uns lockt das Meer, bis sie schließlich sagt: »Der Mond sah so schön aus. Ich wollte nur ein Foto machen. Mir war nicht klar, dass ich so nah am Rand stehe, und dann …«, sie macht eine Pause und blickt hinauf zum Mond, »… dann war da auf einmal nichts mehr.«

Eine von Mascara gefärbte Träne läuft ihr über die Wange, und da bemerke ich, dass ihre Augen unter dem verschmierten Eyeliner braun sind, wie meine, aber das Licht dahinter ist verschwunden, und ich frage mich, wie sie wohl vorher aussahen. Bevor ich hierhergekommen bin. Und wer zu Hause auf sie wartet. Ob ihre Eltern noch wach sind und *Newsnight* gucken, damit es nicht so aussieht, als hätten sie auf sie gewartet. Ihre Mutter in einen dicken Morgenmantel gewickelt, das Telefon in der Hand, und ihr Vater achtet auf das Quietschen des Tors, gefolgt von Alice' vorsichtigen Schritten, während sie in ihren Absatzschuhen über den Kiesweg balanciert.

Nur kommt sie nicht mehr nach Hause. Bei dem Gedanken würde ich am liebsten abhauen und ins Meer rennen, mich vom Wasser runterziehen und hintragen lassen, an welchen Ort auch immer. Doch das kann ich nicht. Ich kann sie nicht hier zurücklassen. Also gehe ich zu ihr, stelle mich neben sie und blicke über die Kante. Es ist dunkel, aber ich sehe sie – Alice Anderson – unten auf dem Weg, ihre Glieder in unnatürlichen Winkeln abgespreizt, eine Lache frisches Blut um ihren Kopf.

Eine Weile stehen wir da, ich die Hände in den Taschen meiner Jacke und sie ihre in den Taschen ihres pinken Mantels. Schließlich dreht sie mir den Kopf zu.

»Bist du ein Engel?«

Ich unterdrücke ein Lachen.

»Wenn du kein Engel bist, was bist du dann?« Sie sieht mich von oben bis unten an, und ich warte, während ihr Blick von meinem schwarzen Hoodie über meine schwarze Lederjacke zu meiner schwarzen Jeans und den schwarzen Doc Martens und wieder hoch wandert. Als ihr Blick auf dem silbernen Anhänger in Form einer Sense landet, kneift sie die Augen zusammen.

Da wirkt ihre blasse Haut gegen den dunklen Himmel auf einmal fast durchsichtig, ihre Ränder sind unscharf, als würde sie bereits verschwinden. Ein Flüstern von Nachtfaltern schart sich zusammen und setzt sich in ihre Locken. Ich blicke wieder über die Klippe, und sie tut es mir nach. Unten am Strand ist die Silhouette von Charon zu erkennen, sein vom Mondlicht angestrahltes Holzboot schaukelt sanft auf dem plötzlich ruhigen Meer. Neugierig sieht Alice mich an.

»Ist er meinetwegen hier?«

Ich nicke.

»Wo bringt er mich hin?«

Ich strecke die Hand nach ihr aus. »Wart's ab.«

Vorher

EINS

Wie Schulausflüge so sind, ist der Besuch eines Windparks, um etwas über die Bedeutung erneuerbarer Energien zu erfahren, nichts, worauf ich mich besonders freue. Wir fahren noch nicht mal mit dem Bus, weil wir nur zur Marina müssen, also laufen wir, und Mr. Moreno behauptet, die Bewegung würde uns guttun.

Natürlich ist es das totale Chaos, als alle lauthals lachend und schnatternd aus den Schultoren strömen, so dass es die halbe Straße mitbekommen muss. Wir von der Whitehawk haben ohnehin unseren Ruf weg, und wenn wir so in der Horde unterwegs sind, wechseln die Leute immer gleich kopfschüttelnd die Straßenseite.

Als wir Manor Hill erreichen, bereut Mr. Moreno seine Entscheidung gegen den Bus offensichtlich schon. Hektisch rennt er vor und zurück und zählt seine verstreuten Schäfchen, während die Lehrassistenz die Hinterhertrödelnden zur Eile antreibt, damit wir nicht die Fähre verpassen.

Ich gehöre dazu.

»Es wird bestimmt gar nicht so schlimm«, sagt Adara und hält mir einen ihrer Cheese-and-Onion-Chips hin. Mit mürrischer Miene lehne ich ab und vergrabe die Hände in den Taschen meiner Lederjacke. Natürlich hat sie recht. Für Ende September ist es ziemlich warm, die Sonne steht hoch und hell am Himmel, und ich verpasse eine Doppelstunde Chemie, was immer eine gute Sache ist. Außerdem ist Freitag, und Mr. Moreno sagt, bis halb drei sind wir fertig, ich sollte also begeistert sein, dass wir früher Schluss haben, selbst wenn es bedeutet, ein paar Stunden in einem Windpark abzuhängen.

Mein Widerwillen hat allerdings weniger mit unserem Ausflugsziel zu tun als vielmehr damit, *wie* wir dort hinkommen.

»Hör zu«, sagt Adara und bleibt stehen. Sie angelt einen Chip aus der Tüte und zeigt damit auf mich. »Ich weiß, du hast Angst vorm Meer, aber es wird alles gut gehen. Versprochen. Wir fahren zum Windpark, gucken uns die Turbinen an, bewundern die Energie der Zukunft und fahren zurück.« Ich wirke offenbar nicht überzeugt, denn kurz darauf fragt sie: »Was kann denn schlimmstenfalls passieren?«

Die Frage beantwortet sich von selbst, als wir an der Marina ankommen. Dan McCarthy, der Adaras Beruhigungsversuche gehört haben muss, läuft von hinten auf mich zu, hebt mich hoch und droht, mich ins Meer zu werfen. Ich trete nach ihm und schreie, dass er mich loslassen soll, doch er lacht nur und fragt, ob ich schwimmen gehen will. Adara brüllt ihn auch an, aber das bringt ihn noch mehr zum Lachen. Er hält mich über die Kaimauer, und die Wellen sind so nah, als würden sie sich hochstrecken, um an den Sohlen meiner Doc Martens zu lecken.

Da schreitet zum Glück Mr. Moreno ein. »Daniel McCarthy! Setz Ashana *sofort* wieder ab!«, sagt er, während er zu uns herübermarschiert, wo ich überm Wasser baumele. Mr. Moreno erhebt nie die Stimme, wofür ich ihn ein bisschen bewundere, immerhin muss er freitagnachmittags in einer Doppelstunde Chemie eine ganze Klasse Sechzehnjähriger beschäftigen, die nichts weiter interessiert, als was sie am Wochenende machen. Aber es funktioniert, denn Dan hebt mich über die Kaimauer zurück und setzt mich ab.

Mr. Morenos rosige Wangen färben sich rot. »Was sollte das werden, Daniel?«

»Wir haben bloß rumgeblödelt, Sir.«

Wir?, bin ich versucht einzuwenden. Aber die Solidarität unter uns in der Elften schreibt vor, andere niemals zu verpfeifen, selbst wenn sie derartig schreckliche Nervensägen sind wie Dan.

»Es sah nicht so aus, als hätte Ashana Spaß daran gehabt.« Mr. Moreno verschränkt die Arme und wartet darauf, dass ich ihm zustimme. Als ich nichts sage, gibt er seufzend auf. »Entschuldige dich bei Ashana. *Jetzt.*«

»Sorry«, sagt Dan und versucht, ein Lachen zu unterdrücken, was ihm aber nicht gelingt.

Mr. Moreno, offensichtlich unbeeindruckt von Dans mangelndem Reuegefühl, löst die verschränkten Arme und hebt drohend den Finger. »Wir reden am Montag, Daniel. Du bist um acht Uhr bei mir im Büro, verstanden?« Ich kann Dan ansehen, dass er am liebsten protestieren würde – acht Uhr am Montagmorgen! –, aber er nickt. »Und jetzt versuch, dich den Rest des Tages zu benehmen. Meinst du, du schaffst das?«

Dan grunzt etwas, das wohl Ja heißen soll, und dann läuft er zu seinen Kumpels.

»Wichser«, murmele ich und richte meine Lederjacke. Ich dachte, Mr. Moreno würde es nicht hören, doch er sieht mich mit heftig gerunzelter Stirn an, die mir klarmacht, dass er meine Reaktion für nicht besonders angemessen hält. Jetzt ist es also an mir, mich zu entschuldigen, was extrem ungerecht ist, wo ich gerade fast gestorben wäre. Ich murmele trotzdem eine Entschuldigung, die er mit einem Nicken quittiert, bevor er die anderen zur Gangway der Fähre treibt.

»Alles okay?«, fragt Adara, während wir ihnen folgen, wenn auch weniger begeistert.

Ich nicke, und sie kennt mich gut genug, es dabei zu belassen.

Meine Beine zittern immer noch, als wir zu den anderen

gehen, die vor der Gangway im Halbkreis um Mr. Moreno herumstehen. Sein Gesicht hat wieder eine normale Farbe angenommen. Er muss auf uns gewartet haben, denn als wir uns hinter die anderen stellen, hält er die Hände hoch, damit ihm alle zuhören. »Ich weiß, ihr freut euch schon sehr darauf, mehr über die Wunder der erneuerbaren Energien zu erfahren.«

Ein kollektives Stöhnen geht durch die Menge.

»Vergesst bitte nicht, dass ihr heute Nachmittag die Whitehawk High School repräsentiert, okay?« Er neigt den Kopf und sieht mit hochgezogenen Augenbrauen Dan McCarthy an, der zu mir rüberblickt und lacht.

»Ignorier ihn einfach«, sagt Adara, als Mr . Moreno in die Hände klatscht und sich umdreht, um als Erster über die schmale Gangway auf die wartende Fähre zu gehen. »Du weißt doch, wie Dan ist.«

»Es ist nicht so leicht, ihn zu ignorieren, wenn er versucht, mich ins Meer zu schmeißen, Ad.«

»Ich weiß, aber er macht das doch nur, weil er auf dich steht. So sind Jungs nun mal. Das ist ihre Art, Zuneigung zu zeigen.«

»Er ist aber nicht mein Typ«, rufe ich ihr grimmig lächelnd ins Gedächtnis.

Sie lacht. »Das weiß er aber nicht, oder?«

»Erstens …« Ich bleibe stehen, streiche mir mit den Händen über den Kopf und zähme die feinen Haare, die mir dank Dans großer romantischer Geste aus dem Pferdeschwanz gerutscht sind. »… steht er nicht auf mich, sondern er ist ein Arschloch. Und selbst wenn er es täte – wir sind *sechzehn*, Ad. Sind wir nicht langsam aus dem Alter raus, wo Jungs uns auf dem Spielplatz an den Haaren ziehen?«

Sie wird still und zieht die perfekt nachgezogenen Augenbrauen zusammen, als würde sie überlegen, ob all die Jungs, die uns über die Jahre geärgert haben, ihr den Hidschab runterreißen wollten und sagten, wir würden nach Curry stinken, uns ›ihre Zuneigung zeigen‹ wollten oder einfach Arschlöcher waren wie Dan.

Ich will ihr schon sagen, dass sie nicht weiter darüber nachdenken soll, als es weiter vorne auf einmal Unruhe gibt. Ich frage mich, was Dan jetzt schon wieder angestellt hat, da kommt Mr. Moreno über die Gangway zu uns zurück und teilt Adara und mir mit, dass die Fähre nur noch auf uns wartet und wir uns beeilen sollen. Schließlich sehen wir, was es mit der Aufregung auf sich hat: Wir sind nicht allein. Da, auf der anderen Seite des Decks, steht ein Haufen Mädchen, die offenbar genauso entsetzt sind, uns zu sehen, wie wir sie.

»Wer ist das?«, fragt Adara und blinzelt so wild, dass die Wings ihres Eyeliners aussehen, als würden sie gleich abheben.

»Die Whitehawk-Rowdys und die Mädchen von der Roedean.« Ich grinse. »Das wird ja interessant.«

Einen Moment lang schweigen alle betreten. Zu ihrer Ehrenrettung muss ich sagen, dass die Mädchen von der Roedean kein Stück zurückweichen, sondern die Schultern straffen und das Kinn recken, als wollten sie sagen: *Wir haben keine Angst vor euch*. Manche verschränken sogar die Arme, auch wenn ihnen das nicht gegen unsere Blicke hilft. Wo ich sie so in ihren sauberen marineblauen Uniformen sehe, will ich mir allerdings sofort den Daumen anlecken und mich runterbeugen, um die Schrammen an meinen Docs abzuwischen.

Da fällt mir auf, wie Adara an ihrem Hidschab herumfummelt, und ich folge ihrem Blick übers Deck zu einem Mädchen mit Haaren, wie ich sie bisher nur aus Shampoo-Werbung kannte – lang und blond und geradezu *leuchtend* in der späten Septembersonne –, und das Mädchen gafft uns völlig ungeniert an.

»Was ist los?«, rufe ich und verschränke die Arme. »Noch nie braune Menschen gesehen?«

Das Mädchen wird augenblicklich rot, und dann dreht sie sich zu ihrer Freundin um und flüstert ihr etwas zu. Ich will Adara raten, sie zu ignorieren, doch das brauche ich gar nicht, denn sie verdreht nur die Augen.

»Okay. Alle bleiben bitte auf der linken Seite«, sagt Mr. Moreno, und die Lehrerin von der Roedean sagt ihren Schülerinnen, sie sollen sich auf der rechten Seite halten, als wären wir gewalttätige Fans rivalisierender Fußballclubs, die jeden Moment aufeinander losgehen könnten.

Der Schiffsmotor startet, und sobald ich sein widerstrebendes Bullern unter den Füßen spüre, fällt mir wieder ein, wo ich bin. Meine Beine drohen, unter mir nachzugeben, und schnell halte ich mich an der Reling fest. Das immerhin muss ich den Roedean-Mädchen zugestehen – sie waren eine willkommene Ablenkung vom uns umgebenden Meer. Als wir vom Dock ablegen und mir der widerwärtige Gestank des Benzins ins Gesicht schlägt, spüre ich, wir mir die Milch vom Müsli, das meine Mutter mich gezwungen hat, zum Frühstück zu essen, im Magen gerinnt.

»Tief atmen«, raunt Adara und reibt mir mit der Hand über den Rücken, doch ich kann es nicht – ich schmecke den Gestank vom Benzin in Kombination mit dem aus dem Motor aufsteigenden Rauch schon auf der Zunge.

Ich lege mir die Hand über Mund und Nase, aber es hilft nicht. Setze mich hin, es hilft nicht. Schließe die Augen, es hilft nicht. Die Möwen, die bedenklich tief über uns kreisen wie Geier über frischem Aas, helfen auch nicht. Schließlich schießt eine aus dem Schwarm herab, schnappt Dan einen Kartoffelchip aus der Hand und trägt ihn im Schnabel davon. Die Antwort kommt sofort, das plötzliche Kreischen und schallende Gelächter, das die Möwen noch aufgeregter werden lässt. Ich meine zu spüren, wie die Fähre sich von einer Seite zur anderen neigt, während alle wie wild auf dem Deck herumlaufen.

Mr. Moreno und die Lehrerin von der Roedean versuchen, sie zu beruhigen, und ich umklammere mit einer Hand fest die Reling und halte mir mit der anderen die Augen zu. Ich höre Adara fragen, ob es mir gut geht, und konzentriere mich auf das vertraute Geräusch ihrer Stimme. Ich kann nichts sagen, alles ist verschwommen und außer Reichweite, das Deck unter meinen Füßen ist nicht länger fest, es fühlt sich eher an wie umherschwappendes Wasser, doch ich gebe nicht auf und versuche, oben zu bleiben.

Schließlich finde ich meine Stimme wieder und bitte Adara, mich einen Moment in Ruhe zu lassen. Ich gehe ans andere Ende des Schiffs, um so viel Abstand wie möglich vom Motor zu gewinnen. Es bringt nichts, doch gerade als ich denke, die in mir aufsteigende Übelkeit nicht länger zurückhalten zu können, fällt mir wieder ein, was Mr. Moreno uns vor unserem Aufbruch erklärt hat. Seekrankheit rühre daher, dass das Gehirn nicht versteht, warum es sich so anfühlt, als würde sich alles bewegen, obwohl du selbst dich gar nicht bewegst. Wenn du allerdings auf den Horizont blickst, registriert das Gehirn die Bewegung und stellt das innere Gleichgewicht wieder her. Ich bin bereit, alles zu probieren, und so hebe ich den Blick und konzentriere mich auf die Shoreham Power Station.

Ich halte mich an der Reling fest und warte, dass mein Gehirn seine Arbeit macht, während die Küste sich immer weiter entfernt. Doch nichts passiert. Ich fühle mich immer noch elend, und so greife ich nach meinem Handy in der hinteren Hosentasche, halb versucht, meine Mutter anzurufen und sie anzuflehen, mich abzuholen, als ich überrascht feststelle, dass es doch funktioniert. Ich fühle mich besser. Irgendwie. Ich habe zwar immer noch das Gefühl, kotzen zu müssen, aber es ist längst nicht mehr so schlimm, und nach ein paar Minuten höre ich auf zu zittern. Nach ein paar weiteren Minuten habe ich aufgehört zu schwitzen, und mein Atem hat sich genug beruhigt, dass ich mich aufrichten kann.

Schon besser. Meine Beine fühlen sich sicherer an, die frische Brise kühlt meine heißen Wangen. Ich hole tief Luft und seufze erleichtert auf. Gerade als ich denke, meinen Griff um die Reling etwas lockern zu können, bemerke ich eine Person neben mir und zucke so plötzlich zusammen, dass mir fast das Handy ins Wasser fällt. Bestimmt ist es Dan, der mich diesmal wirklich ins Meer werfen wird.

Aber es ist nicht Dan, es ist eins der Mädchen von der Roedean.

»Willst du springen?«

Sie lächelt mich zurückhaltend an. Ich bin zu überrumpelt, um zu antworten. Das Einzige, was ich sehe, sind ihre Haare. Ich habe keine Ahnung, was sie ihnen an der Roedean zu essen geben, aber sie haben alle so gesunde Haare. Sie trägt einen Pferdeschwanz, viel ordentlicher als meiner, und ihre Haare sind rot. Nicht bloß rot, sondern *rot*-rot. Wie der Sari meiner Mutter an ihrem Hochzeitstag. Ein sattes Rostrot mit Goldfäden, und wenn die Sonne darauf trifft, sieht er aus, als stände er in Flammen.

Mir ist bewusst, dass ich sie anstarre, denn ich kann an nichts anderes denken als daran, ob ihre Wimpern unter den Schichten von Mascara dieselbe Farbe haben. Doch falls sie es merkt, ist sie so höflich, nichts zu sagen. Sie lächelt einfach weiter. Beinah erwidere ich ihr Lächeln, doch dann halte ich mich zurück. Ich frage mich, warum sie hier ist. Vielleicht hat sie meine Lederjacke und die Doc Martens gesehen und denkt, sie kann eine Kippe von mir schnorren, um ihren Freundinnen ganz subtil zu zeigen, wie cool und unangepasst sie ist, und will dann eine große Show vor ihnen abziehen, indem sie die Zigarette raucht. Oder sie will mich fragen, wo ich herkomme, damit sie mir von ihrem Urlaub in Indien erzählen kann.

Was auch immer es ist, wenn ich ihre Roedean-Uniform und ihre vom Wind geröteten, vollen Wangen sehe, fällt mir kein guter Grund ein, warum ein Mädchen wie sie mit einem Mädchen wie mir reden wollen sollte. Ich meine, so nebeneinander ergeben wir überhaupt keinen Sinn. Sie, makellos, das Sonnenlicht fällt in zwei Monden auf die Spitzen ihrer Sattelschuhe, und ich, in knittrigen Klamotten, mit einem dünnen Film trocknendem Schweiß auf der Oberlippe.

»Willst du springen?«, wiederholt sie, bevor ich sie fragen kann, was sie von mir will. »Wie wenn du auf einer Brücke oder dem Bahnsteig stehst und den Zug kommen hörst und denkst: *Ich könnte springen?*«

Ja, sage ich fast, aber wieder halte ich mich zurück.

Sie zuckt die Achseln und steckt die Hände in die Taschen ihres Blazers. »Du bist nicht die Einzige.«

Echt? Ich dachte, mit mir stimmt was nicht.

»Angeblich ist das völlig gesund.«

Gesund?

»Das nennt sich High Place Phenomenon«, fährt sie fort, vollkommen unbeeindruckt von der Tatsache, dass ich bisher kein Wort gesagt habe. »Eine Wissenschaftlerin namens Jennifer Hames hat eine Gruppe Studierender an der Florida State University befragt und herausgefunden, dass so was zu denken meistens ziemlich normal ist.«

Was daran ist normal?

»Es bedeutet, dass du einen gesunden Lebenswillen hast.«

»Wie kann der Gedanke, von einer Brücke zu springen, bedeuten, dass ich einen gesunden Lebenswillen habe?«, frage ich schließlich.

Bei der Herausforderung leuchten ihre Augen auf.

»Kognitive Dissonanz.« Mir gefällt, wie sie das sagt. Als würde sie nicht automatisch davon ausgehen, dass ich keine Ahnung habe, was das ist. »Wenn du auf einer Brücke stehst, befindest du dich eigentlich nicht in Gefahr, oder? Nicht solange nicht irgendwer kommt und dich schubst, was unwahrscheinlich ist, nicht wahr?«

Ich denke an Dan und komme ziemlich schnell zu dem Schluss, nicht mit ihm allein auf einer Brücke sein zu wollen.

»Es ist nur in deinem Kopf.« Sie nimmt die Hand aus der Tasche und tippt sich an die Schläfe. »Wenn du auf einer Brücke stehst, sieht dein Gehirn den Rand und sagt dir, dass du dich in Gefahr befindest. Also bekommst du Angst, doch eigentlich müsstest du das nicht, denn du befindest dich ja überhaupt nicht in Gefahr, stimmt's?«

Ich nicke, und auf einmal macht die Fähre einen Ruck, und ich umklammere mein Handy fester.

»Und wenn du versuchst, einen vernünftigen Grund für deine Angst zu finden, kommst du zu dem Schluss, dass du springen *wolltest*, auch wenn du den Drang vorher überhaupt nicht gespürt hast.« Sie steckt die Hand wieder in die Tasche und zuckt die Achseln. »Es bedeutet einfach, dass du sensibel für innere Hinweise auf Gefahr bist, was deinen Lebenswillen bestätigt.«

Ich habe keinen blassen Schimmer, worauf sie hinauswill,

aber es gefällt mir, ihr zuzuhören. Sie redet ganz anders als alle, die ich kenne. Sie wird nicht unruhig, wenn es ein paar Momente des Schweigens gibt. Sie lässt es einfach zu.

»Du willst gar nicht springen. Das ist nur dein Gehirn, das dich austrickst. Genau wie jetzt.« Sie nickt in Richtung des Meers. »Nur weil du auf einem Schiff bist, denkst du, dass du dich übergeben musst, obwohl du es eigentlich nicht willst.«

»Aber vielleicht tue ich's trotzdem.«

Sie wirft den Kopf zurück und lacht, und es ist das Schönste, was ich je gehört habe. Wie das Geräusch von den Goldarmreifen meiner Großmutter, wenn sie Roti klatscht, ein Geräusch, das immer mehr anschwillt, bis es so laut ist, dass ich es wie ein zartes Erschaudern bis in die Knochen spüre.

Ich will nicht, dass sie aufhört, und versuche, mir etwas einfallen zu lassen, das sie wieder zum Lachen bringt, doch dann guckt sie mich an, und als sie mich nun zurückhaltend anlächelt, so wie sie es getan hat, als sie mich fragte, ob ich springen wolle, fühlt es sich an, als hätte sie ein Streichholz angezündet und mich in Flammen gesetzt.

Sie redet weiter, so dass wir den Vortrag über die Wunder der erneuerbaren Energien verpassen und ich beim Test nächste Woche garantiert durchfalle, doch das ist mir *so was* von egal, denn ich will alles über sie erfahren. Ich weiß, dass sie Poppy Morgan heißt und sechzehn ist, wie ich, und dass sie gerade auf der Roedean angefangen hat, nachdem sie von einem anderen piekfeinen Internat mit dem Namen Wycombe Abbey geflogen ist. Ich weiß, dass sie sich beim Reden gern den Pferdeschwanz um die Hand wickelt, dass sie beim Nachdenken die Lippen zusammenpresst und dass sie keine Angst vorm Meer hat, dafür aber Höhenangst.

Das reicht mir aber nicht. Ich will wissen, ob sie Geschwister hat und was ihr Lieblingssong ist, damit ich ihn zu Hause auf Repeat hören kann, aber es ist trotzdem alles so perfekt. Es fühlt sich an, als wären sie und ich in derselben Seifenblase eingeschlossen, die zerplatzt, falls ich irgendeinen Fehler mache.

Also sage ich kein Wort und bin mir nur schmerzhaft dessen bewusst, dass irgendwo eine Uhr tickt, während wir uns langsam der Küste nähern, und es ist, als würde ich schweben, als hätte ich meinen Körper verlassen und würde auf uns runterblicken, wie wir auf dem Deck der Fähre stehen, und Gott, es ist perfekt. Der Himmel ist so groß, dass ich jeden Winkel davon sehen will. Ich sage mir – ich flehe mich an –, nicht zu viel hineinzuinterpretieren. Diese letzten paar Momente einfach zu genießen, aber die Uhr macht tick, tick, tick, und die Küste kommt immer näher, und ich warte. Warte darauf, dass die Seifenblase platzt, weil sie es immer tut.

Poppy ist so nah, dass ich ihre Wärme neben mir spüre,

und ich muss aufpassen, nicht mehr daraus zu machen, als es ist. Ich habe so was noch nicht oft erlebt, aber oft genug, um zu wissen, wie es endet. Die ganzen Mädchen in den Regenbogen-T-Shirts, die andere Mädchen küssen, um Jungs zu beeindrucken, aber lieber sterben würden, als Lesbe genannt zu werden. Die Mädchen mit unbekümmertem Lächeln und hungrigem Herzen, die Grenzen ziehen, die nur sie sehen können, und wenn ich nicht hingucke, die Torpfosten verschieben. Die ganzen gesagten und ungesagten Dinge, von denen später nie wieder die Rede ist. Die ganzen Male, die ich »Okay« sagte, wenn ich eigentlich sagen wollte: »Ich will nicht befreundet sein.«

Die Geistermädchen, die da sind und dann nicht mehr, die sich dem Reiz des Neuen hingeben, nur für einen Moment, und mich etwas fühlen lassen, nur um zum Schluss zu kommen, dass es nichts für sie ist. Die, die gelangweilt oder verängstigt sind oder beides, die mir lieber erzählen, sie seien betrunken gewesen, als zu sagen, dass sie auch etwas empfunden haben, weil sie nichts weiter wollen als ein ruhiges Leben. Einen Freund, den sie lieben können, ohne dass es Mut erfordert. Den sie zum Sonntagsessen einladen und mit dem sie zum Prom gehen können.

Ich bin die Erste und die Letzte und nichts dazwischen. Die, die sauer ist. Die austickt. Die, die Dinge sieht, die nicht da sind. Ich bin die, der du das Herz ausschütten kannst, bei der du bluten und dich ausheulen kannst. Ich bin die, mit denen sie experimentieren. Die, bei der sie sich gehenlassen können, weil ich es nie irgendwem erzählen werde. Ich bin die, deren Nummer sie unter Alfie oder Harry oder Luke abspeichern. Die Hüterin ihrer Geheimnisse und die, die ihr schlechtes Gewissen beruhigt. Aber ich bin nie die Eine.

Ich werde nicht geliebt. Jedenfalls nicht öffentlich. Mit etwas Glück bin ich eines Tages vielleicht ein *Was wäre wenn?* Oder schlimmer, diejenige *vor* der Einen. Diejenige, die sie hat begreifen lassen, dass es nicht nur eine Phase ist. Aber meistens werde ich kaum eine Fußnote in dem Buch ihres ruhigen Lebens sein, das sie sich so sehr wünschen, und während ich neben Poppy stehe und auf das weite, wilde Meer hinausblicke, warte ich. Darauf, dass sie sich abwendet, sollte eins der Roedean-Mädchen auf uns zukommen, oder dass sie auf einmal ihren Freund erwähnt, als wäre das hier nichts, als würde sie sich nur unterhalten. Als wäre das hier völlig belanglos und nicht weiter von Bedeutung. Schließlich wird nämlich sogar Angst nach einer Weile zur Gewohnheit, nicht wahr?

Wir nähern uns der Marina, und das war es jetzt, ich weiß es. Der Moment ist vorbei. Mein Herz zieht sich zusammen, und es tut so weh, dass es mir die Tränen in die Augen treibt. Ich blicke runter aufs Wasser, damit Poppy es nicht sieht. Als die Fähre in den Hafen einfährt, fällt mir auf, dass das Wasser hier eine andere Farbe hat. Eine Farbe, die ich bisher nur auf Postkarten anderer Leute gesehen habe. Poppy fällt es anscheinend auch auf, denn sie sagt: »Wir könnten genauso gut an der Côte d'Azur sein.« Sie sagt es mit einem verträumten Seufzen, und als sie die Augen schließt, fühlt sie sich auf einmal sehr weit weg an, obwohl sie direkt neben mir steht.

Ich war noch nie an der Côte d'Azur – oder in Frankreich überhaupt –, ich kenne nur die Croissants aus der Real Patisserie in Brighton, und näher werde ich Frankreich wohl auch nie kommen. Doch aus irgendeinem Grund – nennt es Glück oder Schicksal oder ganz altmodisch Magie – haben sich unsere Wege heute gekreuzt, und gleich werden sie sich trennen und sich dann nie wieder begegnen. Es ist schließlich ziemlich unwahrscheinlich, dass ich sie bei Lidl oder beim Warten auf den Bus wiedertreffe, oder? Das war es jetzt, das weiß ich. Sie wird einfach das Mädchen sein, an das ich manchmal denke, wenn ich zum Windpark gucke oder ein Croissant esse.

»Hier.« Poppy nimmt mir so plötzlich das Telefon aus der Hand, dass ich gar keine Chance habe zu protestieren. Als die Fähre anlegt und Poppy mir das Handy zurückgibt, hat sie ihre Nummer hinzugefügt.

»Falls du mal den Drang verspürst zu springen«, sagt sie und ihre Mundwinkel zucken verschmitzt. »Oder du dich auf einen Kaffee treffen magst.«

Diesmal zieht sich mein Herz aus einem anderen Grund zusammen, denn ich will sie wiedersehen – ich will sie wirklich wiedersehen –, und sie will mich wiedersehen, und das passiert mir sonst nie. Ich weiß nicht, was ich sagen soll, also lächle ich bloß, und sie zwinkert mir zu. Dann dreht sie sich um und geht, mit schwingenden Hüften und flammendem Haar, und ich frage mich, ob es Worte dafür gibt, wie sich das hier anfühlt, doch ich weiß keine.

ZWEI

Ganz benommen gehe ich von der Fähre und sehe mich nach Adara um. Ich halte mein Telefon noch immer in der Hand. Am liebsten würde ich Poppy sofort schreiben. Ich weiß nicht, wie ich es schaffe, es nicht zu tun, denn jeder Gedanke in meinem Kopf ist durch sie ersetzt worden. Jeder Gedanke, jedes Geräusch. Die Möwen kreischen ihren Namen, und die Wellen schwappen vor und zurück, vor und zurück, und flüstern leise ihren Namen, so leise, wie Adara und ich in der Bibliothek immer flüstern. Sogar mein wild pochendes Herz scheint in den Pausen zwischen zwei Schlägen ihren Namen zu sagen.

Bodomm.

Poppy.

Bodomm.

Poppy.

Als ich Adara auf dem Kai entdecke, umarmt sie mich grinsend.

»Geht's dir gut?«, fragt sie und macht einen Schritt

zurück. »Freust du dich, wieder auf dem Trockenen zu sein?«

Eigentlich müsste ich lachen, aber ich bin mir unsicher, ob sie gesehen hat, wie ich mich mit Poppy unterhalten habe, und sie deswegen jetzt erst fragt, wie es mir geht. Ich würde sie am liebsten an den Schultern packen und ihr davon erzählen, alles in einem wahnsinnigen Rausch aus mir raussprudeln lassen. Vor lauter Aufregung ist mir ganz heiß, und meine Hände zittern. Doch ich weiß, was Adara sagen würde. Sie würde sagen, ich soll mal runterkommen, ich soll besser vorsichtig sein, und dass ich dieses Mädchen doch überhaupt nicht kenne. Also erzähle ich nichts, erwidere bloß ihr Lächeln, denn ich will diesen Moment der Hoffnung noch etwas länger genießen, ihn auskosten, den Moment, wo alles noch offen ist, wie das Versprechen eines neuen Notizbuchs.

Aber Adara hat mich bestimmt mit Poppy gesehen. Sie wird mich nach ihr fragen wollen, und so bin ich froh, als in dem Moment ein paar Mädchen aus unserer Klasse auf uns zukommen. Sie wollen den frühen Schulschluss nutzen, um noch in die Stadt zu gehen, und fragen, ob wir mitkommen, und so trotte ich ihnen hinterher zur Bushaltestelle.

Ich kann mich weder ans Warten auf den Bus noch ans Einsteigen erinnern, doch jetzt sitze ich drin, ich sitze mit den anderen oben und höre ihren Klagen zu, darüber wie langweilig der Ausflug war. Adara ruft ihnen ins Gedächtnis, dass die Welt brennt, doch die anderen interessiert mehr, welchen Alk sie heute Abend zu Mos Party mitbringen. Adara hat natürlich wie immer recht, aber die anderen nun mal auch – ein Besuch im Windpark ist eben nicht, wie die meisten Sechzehnjährigen sich einen Freitagnachmittag vorstellen. Ich meine, Poppy auf ausgerechnet diesem Ausflug getroffen zu haben ist wohl auch nichts, was ich meinen Enkelkindern erzählen werde, oder?

Und schon wieder denke ich viel zu weit voraus. Aber ich kann nicht anders. Das hier fühlt sich richtig an. Ich weiß, das sage ich jedes Mal, doch diesmal ist es wirklich so.

Das hier könnte wirklich etwas sein.

Wir könnten etwas sein.

Ich entsperre mein Handy und überprüfe, ob Poppys Nummer noch da ist und ich mir das mit der Nummer nicht bloß eingebildet habe, um uns ein Happy End zu verschaffen. Als ich die Nummer sehe, beiße ich mir auf die Unterlippe und unterdrücke ein Grinsen, und dann gucke ich gar nicht mehr weg, aus Angst, die Nummer könnte verschwinden und nie wieder auftauchen. Der Gedanke bewirkt, dass ich ihr erst recht sofort schreiben will, und ich starre so sehr auf die Zahlen, dass sie schließlich miteinander verschwimmen und ich für einen entsetzlichen Moment glaube, sie wären tatsächlich verschwunden. Ich höre meinen Herzschlag in den Ohren und blinzle wild – einmal, zweimal, dreimal, viermal –, bis ich das Display wieder scharf sehe, und die Nummer ist noch da.

»Was grinst du denn so? Denkst du an das Mädchen, mit dem du vorhin geredet hast?«, fragt Adara beim Aussteigen. Bevor ich antworten kann, stellt sich mir eine Frau in grünem Extinction-Rebellion-T-Shirt in den Weg und lächelt mich an.

Ich will ihr schon sagen, dass ich kein Geld dabeihabe, weil sie mich bestimmt gleich um eine Spende bitten wird, doch dann sagt sie: »Du erinnerst dich nicht an mich, oder?«

Mist.

So was geht nie gut aus.

»Ich bin Gillian«, sagt sie, als ich nicht antworte, sondern sie nur anglotze . »Ich arbeite mit deiner Mum zusammen in der Notaufnahme.«

»Oh, hi«, sage ich und hoffe, sie merkt nicht, dass ich mich null an sie erinnere.

»Wie geht's dir? Was macht die Schule?«

»Gut. Wir waren heute beim Windpark.«

»Wow!« Sie strahlt. »Wie toll, dass ihr so was in der Schule macht. Das ist so wichtig.«

»Ja.« Ich nicke und stecke mein Handy in die Hosentasche. »Ist es wohl.«

»Und wer ist das?« Sie deutet nickend auf Adara, die neben mir auf ihrem Handy herumscrollt, und als Gillians Lächeln etwas angespannter wird, spüre ich, wie jeder einzelne Muskel in meinen Schultern sich verkrampft.

»Das?« Es dauert einen Augenblick zu lange, bis ich Atem geholt und meine Gedanken sortiert habe. Adara blickt auf und sieht sie – diese Gillian – mit zusammengekniffenen Augen an. Vielleicht fragt sie sich wie ich, ob Gillian es weiß. Ob meine Mutter es ihr erzählt hat und sie meiner Mutter jetzt erzählen wird, dass sie mich mit einem Mädchen in der Stadt gesehen hat.

»Adara«, sagt Adara mit ebenso angespanntem Lächeln.

»Ja, Adara. Das ist Adara. Das ist meine Freundin Adara. Wir kennen uns schon seit der Vorschule.«

Ich kann vielleicht aufhören, ihren Namen zu wiederholen, aber Gillian soll ihn nicht vergessen, denn wenn sie meiner Mutter erzählt, dass sie mich mit Adara in der Stadt gesehen hat, wird meine Mutter bloß sagen: *Ach die. Sie sind schon Ewigkeiten miteinander befreundet.*

Adara denkt wohl das Gleiche, denn als Gillian sich schließlich verabschiedet, weil sie ihren Sohn von der Schule abholen muss, sieht Adara mich stirnrunzelnd an.

»Meinst du, sie weiß es?« Sie wackelt mit den Augenbrauen.

Ich zucke die Achseln. »Ich kann mir nicht vorstellen, dass meine Mutter es ihr gesagt hat.«

»Ich auch nicht.« Adara schüttelt den Kopf. »Bestimmt

nicht. Du weißt ja noch nicht mal, ob sie es deinem Dad gesagt hat. Warum sollte sie es irgendeiner Kollegin erzählen?«

»Würde sie nicht.«

Oder doch?

»Würde sie nicht, Ash. Mach dir deswegen keine Sorgen.«

Doch ich mache mir Sorgen, und als Adara mich anstrahlt, bin ich etwas überrumpelt. »Was ist?«

»Jetzt erzähl schon!«

»Erzähl *was*?«

»Von dem Mädchen von der Roedean! Wie heißt sie?«

»Oh.« Ich versuche, mein Lächeln zu unterdrücken, aber es gelingt mir nicht. »Poppy. Poppy Morgan.«

»Natürlich heißt sie Poppy.«

»Was soll das denn heißen?«

»Hat sie einen Bruder, der Hugo heißt?«, lacht Adara, während wir die Straße überqueren und in Richtung Churchill Square gehen. Als ich nicht darauf anspringe, ändert sie ihre Taktik. »Wie alt ist sie?«

»So alt wie wir.«

»Worüber habt ihr geredet?«

Ich traue mich nicht, ihr von der Sache mit dem Von-der-Brücke-Springen zu erzählen, und so sage ich: »Alles Mögliche.«

»Und weißt du sicher, dass sie …« Wieder wackelt sie mit den Augenbrauen.

»Natürlich nicht!«, antworte ich schnaubend. »Sicher weiß ich das doch nie vorher.«

»Hm. Dann solltest du es diesmal besser gleich rausfinden.«

»Aber wie?« Ich zucke die Achseln. »Ich kann sie schließlich nicht einfach *fragen*, oder? Das ist unhöflich.«

»Und was die ganzen anderen mit dir gemacht haben, war etwa nicht unhöflich? Wochenlang mit dir abzuhängen, während du dich die ganze Zeit mit der Frage quälst, ob sie dich mögen? Und hinterher sagen sie dann alle, dass sie nun mal *super* gerne mit ihren Freundinnen *flirten* und es ihnen leidtut, dir den falschen Eindruck vermittelt zu haben.«

Wow. Was für eine nette Art, meine bisherigen Beziehungen zusammenzufassen, Adara.

»Vielen Dank auch«, murmele ich und stecke die Hände in die Taschen meiner Lederjacke.

Sie bleibt so plötzlich stehen, dass eine Frau mit Kinderwagen beinah von hinten in uns reinläuft. »Ich sage das nicht, um dich zu ärgern, Ash.« Zärtlich sieht sie mich an. »Ich will nur, dass du vorsichtig bist.«

Ich weiche ihrem Blick aus. »Ich bin vorsichtig«, sage ich seufzend.

»Überstürz es nicht, okay? Ich will nicht, dass du wieder verletzt wirst.«

»Werde ich nicht.«

Sie wirkt nicht überzeugt, doch sie belässt es dabei, und wir gehen weiter. »Wie seid ihr denn verblieben?«

»Sie hat mir ihre Nummer gegeben.«

Adara sieht mich an, und ihre hellbraunen Augen sind auf einmal ganz dunkel. »Du hast ihr aber noch nicht geschrieben, oder?«

»Natürlich nicht«, sage ich, während wir in den H&M gehen.

»Hast du sie schon auf Insta gefunden?«

»Natürlich.« Was bin ich? Eine Anfängerin? »Ist auf privat.«

»Gut. Du musst drei Tage warten.«

Ich blinzle sie an. *»Drei Tage?«*

Sie nickt. »Ich habe auf Netflix diese Doku über die Psychologie beim Dating gesehen. Wenn du ihr sofort schreibst, wirkst du verzweifelt, aber wenn du länger als drei Tage wartest, denkt sie, du hast kein Interesse.«

»Das gefällt mir nicht«, murmele ich und greife nach einem gelbkarierten Schal, um sie nicht ansehen zu müssen.

Ich könnte ihr *jetzt* schon schreiben, aber Adara hat recht, es ist noch zu früh. Ich habe Poppy gerade erst vor ein paar Stunden getroffen. Wahrscheinlich sollte ich froh sein, dass zur Abwechslung mal ich die Kontrolle habe. Normalerweise bin ich diejenige, die wartet. Die zu früh schreibt und zu schnell antwortet und tagelang die Lesebestätigung sieht, bis die andere schreibt: *Sorry, Babe. Hatte zu tun.*

Das ist das Beste und das Schlimmste daran.

Das Beste, weil die Möglichkeit, die sich daraus ergibt, *schwindelerregend* ist. Ich hatte noch nie ein richtiges erstes Date – tragisch, ich weiß. Mit den meisten Mädchen bin ich unter Einfluss von zu viel Wodka und zu wenig Selbstkontrolle auf irgendwelchen Partys zusammengekommen – wenn ich es überhaupt so nennen kann –, und hinterher habe ich versucht, mehr daraus werden zu lassen, was aber regelmäßig scheiterte. Die Vorstellung, mit Poppy auf ein echtes Date zu gehen, vorher zu überlegen, was ich anziehe, mir eine Pizza mit ihr zu teilen und darauf zu warten, dass sie mich küsst, macht mich ganz nervös. Klingt albern, ich weiß – ich bin schließlich keine zwölf mehr –, aber ich will endlich wissen, wie das ist.

Wenigstens einmal.

Und es ist das Schlimmste, weil ich meinen nächsten Schritt mit derartiger Sorgfalt abwägen muss, wie sie nötig wäre, um eine Bombe zu entschärfen. Ich muss cool sein, darf aber nicht kühl wirken. Muss flirten, darf aber nicht bedürftig wirken. Und dann, wenn ich es schaffe, es nicht schon vorher zu verbocken, und wir uns verabreden, muss ich mir Gedanken machen, ob sie tatsächlich kommt, und wenn sie es tut, ob sie wen mitbringt, weil sie vielleicht denkt, es wäre ein Gruppending, und wenn sie alleine auftaucht, muss ich die ganze Zeit grübeln, ob sie jetzt nur befreundet sein will oder mehr. Und selbst wenn sie mich küsst, muss ich mich fragen, ob sie es tut, weil sie mich mag oder weil sie zu viel Cider getrunken hat und einfach nur wissen will, wie es sich anfühlt, ein Mädchen zu küssen.

Es ist anstrengend.

»Drei Tage«, warnt Adara mich.

Drei Tage.

DREI

Sobald ich die Wohnungstür aufschließe, höre ich meine Mutter aus der Küche nach mir rufen.

»Hallo, Mama«, antworte ich. Die ganze Wohnung riecht nach Ingwer und Knoblauch – nach Zuhause –, und etwas in mir ordnet sich neu, als ich die Tür hinter mir schließe und mich runterbeuge, um meine Docs aufzuschnüren.

»Ashana?«, wiederholt sie, während ich aus den Schuhen steige und meinen Rucksack abwerfe. »Bist du das?«

»Nein, ein Axtmörder.« Ich schüttele die Lederjacke ab und hänge sie auf. »Ich bin bloß sehr liebebedürftig.«

Mit zusammengekniffenen Augen und einem Messer in der Hand kommt sie aus der Küche. Damit will sie wohl eher mich als einen potenziellen Axtmörder beeindrucken, aber da meine Mutter inzwischen kleiner ist als meine jüngere Schwester, funktioniert es nicht so ganz. Ich lächle sie lieb an, und sie murmelt etwas, was ich wahrscheinlich nicht hören will, und geht in die Küche zurück.

»Hast du Hunger?«, fragt sie, während ich ihr folge. Doch

sie wartet meine Antwort gar nicht erst ab, sondern legt das Messer zur Seite und nimmt mit bloßen Fingern das frische Roti aus der Pfanne auf dem Herd. Sie faltet es zweimal zusammen und dann klatscht sie es zwischen den Händen, bis es fluffig aufgeht.

Ich weiß nicht, wie sie das macht. Ich habe es einmal probiert, und das Roti war so heiß, dass ich es schreiend in die Spüle fallen ließ. Meine Tante Lalita fand es urkomisch, sie lachte eine ganze Minute lang. Dann tadelte sie meine Mutter dafür, es mir nicht schon eher beigebracht zu haben, und meinte, ich würde nie einen Mann finden, wenn ich kein Roti klatschen kann. Ich wagte nicht, ihr zu sagen, dass mich keins von beidem interessiert.

Meine Mutter ist anscheinend gerade erst aus der Dusche gekommen, denn ihre Haare sind noch feucht, nur der Flaum an ihrem Haaransatz ist schon getrocknet. Ihre Haare haben dieselbe Farbe wie meine, doch inzwischen sind sie von grauen Strähnen durchzogen, die sie anfangs hasste, doch mittlerweile hat sie sich daran gewöhnt und überfärbt sie nicht mehr –, nachdem sie letztes Jahr Haarfärbemittel auf die Fliesen gekleckert und es nicht mehr wegbekommen hat.

Sie trägt eine Jogginghose von meinem Vater und ein altes T-Shirt von mir, auf dem *OVER IT* steht. In beidem versinkt sie, die Aufschläge der Hose ergießen sich wellenartig über ihre roten Samtslipper. Wenn jetzt Besuch käme und sie so sehen würde, wäre es ihr schrecklich peinlich, aber mir gefällt es. Sie sieht aus wie auf den Fotos von ihr und meinem Vater aus ihrer Jugendzeit. »Hier«, sagt sie, als sie mit dem Roti zufrieden ist, legt es auf einen Teller und hält ihn mir hin.

Freudig reibe ich mir die Hände und bekomme Emoji-Herzchen in den Augen, als ich das noch dampfende Roti vor mir sehe.

Alle glauben, die eigene Mutter würde das beste Roti machen, aber sie irren sich, denn *meine* Mutter macht das beste. Es ist leicht und fluffig und knusprig, alles zugleich. Einmal habe ich ihr gesagt, sollte ich jemals zum Tode verurteilt werden, würde ich mir ihr Roti und Chicken Curry als letzte Mahlzeit wünschen. Das oder ihr gebackener Kürbis. Sie meinte, dass ich im Falle des Falles beides bekommen würde.

»Danke, Mama«, sage ich, doch als ich nach dem Teller greifen will, zieht sie ihn zurück und deutet nickend auf die Spüle. »Hände waschen.«

Ich stöhne übertrieben laut.

»Sei nicht so theatralisch, Ashana«, sagt sie, während ich zur Spüle rübergehe. »Weißt du eigentlich, mit wie vielen Keimen du heute in Berührung gekommen bist? Du könntest genauso gut vom Boden essen. Komm her.«

Ich strecke ihr die Hände entgegen, und als sie sich überzeugt hat, dass sie sauber sind, reicht sie mir schließlich den Teller und geht zurück zum Herd.

»Was gibt's zum Abendessen?«, frage ich.

Es ist Freitag, daher weiß ich schon, was es gibt, und ich verziehe das Gesicht, als sie antwortet: »Fisch-Curry.«

»Lecker!«, sage ich, reiße ein Stück Roti ab und werfe es mir in den Mund.

»Fisch ist gesund.«

Früher haben wir freitagabends immer Fish and Chips gegessen. Es war die eine Sünde, die meine Mutter sich erlaubte, aber seit mein Vater nicht mehr im Krankenhaus arbeitet, gibt es Fisch-Curry.

»Wie war dein Tag?«, frage ich, als sie die Hände über die Pfanne hält. »Hast du gut geschlafen?«

»Nicht wirklich. Der verdammte Hund nebenan hat den ganzen Tag gebellt.«

Sie seufzt und klingt dabei so müde – richtig müde –, dass ich ein ganz schlechtes Gewissen bekomme, weil ich so eine undankbare Göre bin. Wahrscheinlich stand sie für das Fisch-Curry stundenlang in der Küche, während Adara und ich Lippenstift ausprobiert haben.

»Tut mir leid«, sage ich.

Sie nimmt eine Kugel Teig unter dem feuchten Küchentuch neben dem Herd hervor und rollt sie mit dem dünnen hölzernen Teigroller, der früher meiner Großmutter gehörte, zu einem Kreis aus.

»Er und dieser furchtbare Kater zwei Türen weiter …«

»Dorito?«, frage ich stirnrunzelnd. »Was hat er dir jemals getan?«

»Er hasst mich. Er faucht mich jedes Mal an, wenn ich vorbeigehe.«

»Katzen spüren das Böse, nicht wahr?«

»Schade, dass sie es nicht spüren, wenn Töchter respektlos sind.« Mit erhobener Augenbraue sieht sie mich an, was eine ziemliche Leistung ist, wo ihre Augenbrauen nach Jahren des zu vielen Zupfens so gut wie verschwunden sind.

»Du bist ja nur eifersüchtig, weil er mich mag und dich nicht«, sage ich selbstgefällig grinsend.

»Er mag dich nur, weil du ihn jedes Mal, wenn du vorbeigehst, streichelst. Warum meinst du, lasse ich dich die Hände waschen, sobald du reinkommst?«, fragt sie und zeigt mit dem Teigroller auf mich.

Natürlich hat sie recht. Als ich an Ms. Larsons Tür vorbeikam, wo er wieder auf dem Fußabtreter saß, habe ich ihn zwischen den Ohren gekrault.

Doch das sage ich ihr nicht. »Er mag mich nur, weil ich seinen Boiler repariert habe.«

»Wann hast du Ms. Larsons Boiler repariert?«

»Vor Ewigkeiten. Weißt du noch, als es Anfang des Jahres geschneit hat?«

Sie nickt, während sie den ausgerollten Teig in die Pfanne

legt, und als er anfängt, sich aufzublähen, drückt sie ihn mit dem Pfannenwender runter.

»Ms. Larson war gekommen, um zu fragen, ob Dad helfen kann, aber er war bei der Arbeit, also habe ich mir den Boiler angesehen.«

»Dann bist du jetzt also Klempnerin?«

»'türlich nicht.« Ich zucke die Achseln und reiße noch ein Stück Roti ab. »Aber der Boiler hat dasselbe gemacht wie unserer letztes Jahr. Als er Druck verloren hat?«

Sie nickt, wendet das Roti und streicht es mit Öl ein.

»Also habe ich den Hebel rumgedreht, und er lief wieder. Dorito hat's gefreut. Katzen frieren schnell, weißt du?«

»Hat Dorito dir das erzählt?«

»Deswegen sitzt er auf dem Abtreter, wenn die Sonne scheint«, erkläre ich und werfe mir das Stück Roti in den Mund. »Warte nur ab. Sobald das Wetter sich ändert, siehst du ihn nicht mehr.«

»Meinst du, wenn das Wetter sich ändert, höre ich den Hund nicht mehr?«, fragt sie, und ihr Blick wird sanfter. »Der Hund kann ja nichts dafür«, räumt sie kopfschüttelnd ein. »Es ist nicht nett, ihn den ganzen Tag in der Wohnung einzusperren.«

»Das stimmt, aber Mr. Cameron kann seit seiner Hüft-OP nicht mehr so weit laufen. Und selbst wenn er es könnte, wohin sollte er? Der Fahrstuhl ist jetzt schon seit drei Wochen kaputt. Wie soll er sechs Stockwerke rauf- und runterlaufen?«, frage ich, und meine Mutter nickt. »Keine Ahnung. Er bräuchte eigentlich Hilfe, oder? Er ist ganz allein, seit seine Frau gestorben ist. Vielleicht sollten Rosh und ich nach dem Abendessen rübergehen und ihm anbieten, mal mit dem Hund zu gehen.«

Meine Mutter dreht sich zu mir und sieht mich schon wieder mit erhobenen Augenbrauen an. »Ja, genau«, schnaubt sie, wendet das Roti und streicht auch die andere Seite mit Öl ein. »Ich will mal sehen, wie du Hundekacke aufhebst!«

»Den Teil kann Rosh übernehmen.«

Das bringt sie zum Lachen, und dann kommt sie rüber und küsst mich auf die Wange. »Eigentlich bist du wirklich ein gutes Mädchen.«

Bei dem Kompliment strahle ich übers ganze Gesicht, das *eigentlich* ignoriere ich.

»Wie spät ist es überhaupt?«, fragt sie.

Ich ziehe mein Handy aus der Jeanstasche und sehe nach. »16.41 Uhr.«

»Schon? Dann muss ich gleich los zur Arbeit.«

»Wie kommt's?«

»Ich muss früher hin, wegen einer Schulung zu Diversität im National Health Service.«

»Das brauchen die Leute, die in der Notaufnahme landen, doch viel mehr als ihr.«

»Wohl war«, stimmt sie mir seufzend zu, während ich mir noch ein Stück Roti in den Mund werfe. »Aber wenn sie nicht von mir verarztet werden wollen, weil ich braun bin, hab ich weniger zu tun.«

Sie zuckt die Achseln, doch es muss ihr weh tun, angespuckt zu werden und gesagt zu bekommen, dass sie zurückgehen soll, wo sie herkommt, obwohl sie hier geboren wurde. Dabei will sie nichts weiter als helfen. Ich weiß ehrlich nicht, warum sie sich überhaupt die Mühe macht.

Ich würde den Leuten sagen, dass sie halt sterben sollen, und in meiner ersten Schicht gleich gefeuert werden.

»Wirst du wenigstens dafür bezahlt, früher hinzugehen?«

»Natürlich nicht.«

»Mum, dann geh nicht hin. Bleib hier und iss mit uns. Daddy kommt bald nach Hause.«

»Würde ich gern, mein Schatz.« Sie seufzt wehmütig, und ich glaube ihr. »Aber ich darf diese Schulung nicht verpassen. Sie wurde extra so gelegt, dass alle kommen können. Es wird auffallen, wenn ich nicht da bin.«

Da fällt mir Gillian wieder ein, und einen kurzen Moment überlege ich, ihr nicht von der Begegnung zu erzählen. Aber wenn sie sich bei der Schulung sehen und Gillian ihr erzählt, dass sie mich in der Stadt getroffen hat, wird meine Mutter erst recht angepisst sein. Ich erzähle es ihr also lieber selbst, bevor Gillian mich verpfeift.

»Ich habe heute deine Freundin gesehen«, sage ich vorsichtig.

»Welche Freundin?«

»Gillian.«

»Gillian Lawrence?«

»Ich weiß ihren Nachnamen nicht. Sie sagte, sie arbeitet mit dir zusammen.«

»Gillian Woźniak?« Meine Mutter sieht mich stirnrunzelnd an. »Wo hast du sie getroffen?«

»In der Stadt.« Ich halte die Luft an, und es ist, als hätte ich die Lunte angezündet und würde auf den Knall warten.

Ihr Gesichtsausdruck verändert sich. »Wann warst du denn in der Stadt?«

»Gerade eben. Mit Adara«, sage ich achselzuckend, als wäre es keine große Sache, und ich hoffe, sie sieht es genauso.

»Warum warst du nicht in der Schule?«

»War ich ja, aber der Ausflug war schon früher zu Ende und …«

»Was für ein Ausflug?«, unterbricht sie mich zum Glück, denn ich habe mir noch keine Ausrede einfallen lassen, warum ich in der Stadt war.

»Der Ausflug zum Windpark, hab ich doch erzählt.«

Sie schnaubt, offenbar kann sie sich erinnern. »Du hättest hinterher sofort nach Hause kommen sollen.«

»Ad musste noch was erledigen, also bin ich mitgegangen.«

»Was denn?«

Mein Gehirn rattert. Ich kann schlecht sagen Lippenstift ausprobieren, und auch nicht, dass sie ein Buch aus der Bibliothek brauchte, denn wenn Gillian ihr erzählt, dass sie uns beim Clock Tower gesehen hat, ist die Bibliothek viel zu weit davon entfernt.

»Sie musste bei Marks & Spencer was für ihre Mutter zurückgeben«, sage ich triumphierend lächelnd.

Ich weiß nicht, wo die Eingebung herkommt, aber ich könnte mein Gehirn dafür küssen.

»So ein gutes Mädchen«, murmelt sie und überprüft die Unterseite des Roti. Keine Ahnung, wie sie es hinkriegt, gleichzeitig Adara zu loben und mich zu beleidigen. Meine Mutter ist ziemlich begabt.

»Wie spät ist es jetzt, Ashana?«

»16.52 Uhr.«

Sie murmelt etwas auf Guyanisch und eilt zur Spüle, um das Roti zu klatschen. Ich stopfe mir den Rest von meinem in den Mund, in der Hoffnung, dass das neue auch für mich ist, aber sie legt es auf einen anderen Teller.

»Roshaan!«, ruft sie nach meiner kleinen Schwester, während sie sich die Hände wäscht. Dann geht sie zurück zum Herd, um nachzusehen, ob sie das Gas ausgestellt hat. »Okay, das Roti ist fertig. Es sollte noch warm sein, wenn Daddy nach Hause kommt.« Sie zeigt auf den Ofen und dann auf die Töpfe auf dem Herd. »Curry, Dhal, Reis und Bora. Ihr müsst es nur noch aufwärmen.«

»Ich denke, das kriege ich hin.«

»Roshaan!«, ruft sie wieder, dann murmelt sie, dass sie sich für die Arbeit fertig machen muss. Sie will gerade an mir vorbeigehen, da bleibt sie plötzlich mit weit aufgerissenen Augen stehen. »Ashana!«, keucht sie, greift nach meinem Pferdeschwanz und riecht daran. Als sie ihn wieder loslässt, guckt sie so wütend, dass mir das Herz bis zum Hals schlägt. »Hast du geraucht, Ashana?«

»Natürlich nicht!« Ich schnuppere an meinen Haaren. »Das ist der Qualm vom Schiffsmotor.«

Ich warte darauf, dass sie wie üblich sagt, ich solle auch besser nicht mit dem Rauchen anfangen, doch sie wird nur noch wütender. »Was für ein Schiff?«

»Die Fähre zum Windpark.«

»Du warst auf einer *Fähre?*«, ruft sie entsetzt und bekreuzigt sich, als hätte ich ihr gerade erzählt, Mr. Moreno wäre mit uns zum Base Jumping am Beachy Head gewesen.

»Der Windpark liegt mitten im Meer. Was glaubst du, wie wir dahingekommen sind? Durch Teleportation?«

»Warum hast du mir das nicht gesagt, Ashana?«

Ich versuche, nicht die Augen zu verdrehen, als sie sich wieder bekreuzigt und Gott dafür dankt, mich beschützt zu haben.

Und *ich* bin also theatralisch?

»Ashana! Weißt du eigentlich, was deine Großmutter dazu sagen würde, wenn sie wüsste, dass ich dich auf ein Schiff gelassen habe?«

Ich will es mir gar nicht vorstellen.

»Du bist meine Tochter! Muss ich nicht erst mein Einverständnis geben, bevor du mit der Fähre fährst?«

»Daddy hat den Zettel unterschrieben.«

»Du weißt ganz genau, dass er die nicht liest.«

»Ich hab dich zuerst gefragt, aber *du* hast gesagt, er soll unterschreiben.«

»Keine Schiffe, Ashana.« Sie hält warnend einen Finger hoch. »Du könntest runterfallen und ertrinken. Ich hab das alles schon gesehen.«

»Du hast Leute von Schiffen fallen sehen?«

»*Ja.* In der Notaufnahme. Die, die es in die Notaufnahme geschafft haben, jedenfalls.« Als ihre Stimme an Schärfe verliert und dafür aber ganz hoch wird, begreife ich, dass sie gar nicht wütend auf mich ist, sondern sich Sorgen macht. »Der Meeresboden liegt voller Leichen ungezogener Mädchen, die nicht auf ihre Mutter gehört und ein Schiff betreten haben.«

Wie schön.

Ich bin bloß froh, dass wir dieses Gespräch nicht hatten, *bevor* ich heute Vormittag auf die Fähre gegangen bin. Das ist wohl der Vorteil daran, eine Mutter zu haben, die in der Notaufnahme arbeitet –, sie denkt sich immer das Worst-Case-Szenario aus.

»Keine Schiffe, Ashana«, sagt sie wieder. »Du kannst noch nicht mal schwimmen! Was hast du dir nur dabei gedacht?«

Ich zucke die Achseln. »Dass ich in Chemie nicht durchfallen will.«

Schwer seufzend schüttelt sie den Kopf, dann verlässt sie die Küche und ruft wieder nach Rosh. Ich spüle meinen Teller, und als ich fertig bin, ist Rosh immer noch nicht aufgetaucht, so dass ich versucht bin, ihr Roti doch noch zu essen. Offensichtlich will sie es nicht, und es wäre echt schade drum.

»Das ist für deine Schwester«, sagt meine Mutter, als ich nach dem Teller greife. Auf einmal steht sie wieder in der Tür, diesmal in ihrer Krankenhauskleidung, die dichten Locken zu einem ordentlichen Knoten gebunden.

»Aber es wird kalt.« Ich mache einen Schmollmund.

»Dann hol Rosh.«

»Ich würde es lieber einfach essen.«

»Geh bitte und hol deine Schwester.«

»Mum, du stehst doch direkt da.« Ich zeige auf sie. »Du bist viel näher an unserem Zimmer dran als ich.«

»Glaub nicht, mir wäre nicht aufgefallen, dass du mich *Mama* nennst, wenn du was von mir willst, wie Roti.« Wieder sieht sie mich mit erhobener Augenbraue an. »Aber wenn ich dich um was bitte, was du nicht tun willst, sagst du *Mum*.«

»Okay«, sage ich übertrieben seufzend. »ROSH!«

»Ich sagte, *hol* sie, Ashana, nicht: Brüll ihren Namen. Das hätte ich auch tun können.«

Doch es funktioniert, denn schließlich kommt Rosh in einer alten SpongeBob-Pyjamahose und Toronto-T-Shirt aus unserem Zimmer, in der Hand ein Buch.

»Du hast gebrüllt, Ash?«

»Roshaan, ich habe dich gerufen«, sagt meine Mutter vorwurfsvoll. Sie geht zur Garderobe neben der Wohnungstür, hebt meinen Rucksack auf und drückt ihn mir mit ebenso vorwurfsvollem Blick in die Hand, bevor sie nach ihrer Jacke greift.

»Tut mir leid, Mama.« Rosh streicht eine ihrer dunklen Locken zurück, die sich aus dem hastig gebundenen Knoten auf ihrem Kopf gelöst hat, und zeigt auf ihr Ohr. »Ich hatte Kopfhörer auf. Ich konnte dich nicht hören.«

Meine Mutter deutet nickend zur Küche. »Da liegt ein Roti für dich.«

»Danke.«

»Daddy kommt bald nach Hause. Pass auf deine Schwester auf.«

»Werde ich«, sagen Rosh und ich gleichzeitig, und ich werfe Rosh einen finsteren Blick zu.

»Ash«, sagt meine Mutter, während sie sich die Jacke anzieht. »Pass auf, dass deine Schwester nicht die ganze Zeit die

Nase im Buch hat, sondern zwischendurch auch mal was isst. Rosh, pass auf, dass deine Schwester nichts in Brand setzt.«

»Ähm«, erwidere ich mit übertriebenem Stirnrunzeln, als sie die Handtasche vom Kleiderhaken nimmt und sie sich über die Schulter schlingt. »Das ist unfair. Wann habe ich jemals was in Brand gesteckt?«

»Dabei sollte es auch besser bleiben«, murmelt sie und schlüpft aus ihren Slippern in die Crocs.

»Es ist wirklich beruhigend, dass du so viel Vertrauen in mich hast.«

Sie kommt zu mir, legt mir eine Hand in den Nacken und küsst mich flüchtig auf die Wange. Ihre Finger sind kalt, aber ihr Atem ist warm. »Ich liebe dich, Ashana. Sei bitte artig.«

Sie macht dasselbe bei meiner Schwester. »Ich liebe dich, Roshaan. Pass bitte auf, dass deine Schwester artig ist.«

Bevor ich noch mal protestieren kann, ist sie an der Wohnungstür, küsst ihre Fingerspitzen und drückt sie auf das gerahmte Bild vom Herz Jesu an der Wand. »Tschüss, meine Süßen. Bis morgen früh.«

»Ich liebe dich, Mama«, rufen wir ihr hinterher, während sie durch die Tür geht und uns winkt.

»Hüte dich vor Dorito«, sage ich noch, und sie verschwindet in der frühen Abendsonne.

VIER

Ich sollte besser duschen, wenn ich nicht will, dass mein Bettzeug nach Fähre stinkt. Vor allem sollte ich duschen, bevor mein Vater von der Arbeit kommt, denn sonst kann ich es nicht genießen, wenn er wieder ständig anklopft und sagt, ich soll endlich rauskommen und nicht das ganze heiße Wasser aufbrauchen. Früher hat er uns einen Wecker gestellt – drei Minuten pro Dusche und keine Sekunde länger –, womit meine Mutter einverstanden war, bis sie eines Abends nach einer Zwölfstunden-Schicht nach Hause kam und er ihr nicht erlaubt hat, ein Bad einzulassen.

Seitdem stellt er uns keinen Wecker mehr.

Ich bleibe so lange unter der Dusche, bis das Wasser kalt ist, dann bereue ich es sofort und hoffe, dass es wieder heiß wird, bevor Dad kommt. Es hat sich aber gelohnt. Meine Haut ist straff und sauber, und meine Haare stinken nicht mehr nach Schiffsmotor, sondern duften nach Kokosöl-Shampoo. Es war letzten Samstag bei ASDA im Angebot, und ich habe meine Mutter überredet, es zu kaufen, während sie damit beschäftigt war, an Birnen zu schnuppern, und gar nicht gemerkt hat, dass die Flasche nur halb so groß ist wie sonst. Ich habe sie auch nicht darauf hingewiesen, daher sollte ich mich besser daran erfreuen, so lange wir es haben, denn wir werden es wohl nicht wieder kaufen.

Als ich in unser Zimmer zurückkomme, sitzt Rosh halb aufrecht, halb liegend auf ihre Kissen gestützt und liest. Wahrscheinlich hat sie ihre krumme Haltung noch nicht mal bemerkt, sie liest ihre Bücher immer mit solcher Konzentration, als würde sie versuchen, den Enigma-Code zu knacken. Sie blickt nicht mal auf, als ich mein Handy nehme, das auf dem Nachttisch zwischen unseren Betten am Ladekabel hängt. Ich habe nicht viel verpasst, seit ich duschen gegangen bin, nur ein paar Selfies von Adara, die ihren neuen Lippenstift vorführt, und eine Benachrichtigung von ASOS, dass es zwanzig Prozent Rabatt auf alles gibt.

Ich glaube, Rosh hat noch gar nicht gemerkt, dass ich wieder im Zimmer bin, trotzdem verstecke ich mich hinter der offenen Schranktür, als ich mir frische Unterwäsche anziehe, und dann schlinge ich das Handtuch wieder um mich.

»Kriegst du keine Rückenschmerzen, wenn du so sitzt? Was liest du da überhaupt?«, frage ich, nehme die Flasche Palmers-Bodylotion von der Kommode und gehe damit zu meinem Bett. Sie grunzt nur, was Roshs Art ist zu sagen: *Lass mich in Ruhe, ich lese.* Aber ich gebe nicht auf.

»Rosh!«

»Was ist?«, jammert sie.

»Was liest du da?«, frage ich wieder, während ich mich auf meine Bettkante setze, den Deckel von der Palmers-Flasche aufschnappen lasse und etwas von der Bodylotion in meine Hand drücke. Wortlos dreht sie das Buch so, dass ich das Cover sehen kann, und lehnt sich wieder zurück gegen die Kissen.

»*Himmel und Hölle*. Das hab ich letztes Jahr gelesen.«

»Hm-hm.«

»Ich fand's toll. Malorie Blackman ist so eine kluge Autorin.«

»Hm-hm.«

»Regt echt zum Nachdenken an, oder?«

»Hm-hm.«

»Ich dachte nur, es steht auf der Leseliste für die Elfte?« *Tut es auch*, denke ich, während ich mir das rechte Bein eincreme und der Raum sofort vom vertrauten Geruch nach Kakaobutter erfüllt wird. »Wie kommt's, dass du es jetzt schon liest?«

»Mrs. Sangha hat es empfohlen.«

»Ich dachte, du hast Ms. Briggs in Englisch?«

»Mrs. Sangha, die *Schulbibliothekarin*«, sagt Rosh und sieht schließlich doch vom Buch auf, wenn auch nur, um die Augen zu verdrehen. »Aus der *Bibliothek*? Dem Gebäude neben der Cafeteria, mit den ganzen Büchern drin?«

Ich schneide ihr eine Grimasse und creme mein linkes Bein ein. »Ich war heute im Windpark«, erzähle ich.

Kichernd wendet sie sich wieder ihrem Buch zu. »Und ist Mum ausgerastet wegen der Fährfahrt?«

Ich halte kurz beim Eincremen inne und seufze. »Na klar.«

»Du weißt doch, wie sie ist, Ash, sie macht sich nun mal Sorgen.«

»Ich weiß«, sage ich nickend und richte das Handtuch um meine Haare, als es zur Seite fällt. Dann verteile ich Kakaobutter auf Schultern und Armen, bevor ich einen kurzen Blick aufs Handy werfe, das immer noch auf dem Nachttisch am Ladekabel hängt. »Ich wünschte nur, sie würde sich nicht so laut Sorgen machen.«

Rosh lacht leise, während ich zurück zum Schrank gehe. Hinter der Tür versteckt ziehe ich ein Paar Leggins und einen Hoodie der Guyana Amazon Warriors an, den ich meinem Vater geklaut habe und der gerade so über das Handtuch auf meinem Kopf passt.

Als ich die Schranktür schließe, murrt Rosh, ohne auch nur aufzublicken: »Hast du vor, das da liegen zu lassen?« Ich muss gar nicht fragen, was sie meint. Ich hebe meine Schuluniform vom Boden auf, öffne den Schrank und stopfe sie in den Wäschesack, den ich morgen in den Waschsalon bringe.

»Du bist noch schlimmer als Mum«, sage ich und setze mich wieder auf meine Bettkante.

Rosh blickt von ihrem Buch auf. »Warum guckst du ständig aufs Handy?«, fragt sie, während ich mir das Handtuch vom Kopf wickele. »Wer ist sie?«

»Wer ist *wer*?«

»Auf wessen Nachricht auch immer du wartest.«

»Ich warte auf keine Nachricht.«

Tue ich nicht.

Poppy hat noch nicht mal meine Nummer.

Rosh legt den Kopf schief. »Und warum bist du dann so hibbelig?«

Bin ich nicht.

Oder doch?

»Wer ist sie?«, fragt Rosh wieder und schließt ihr Buch.

Ich zucke die Achseln und rubbele mir mit dem Handtuch die Haare trocken.

Als ich wieder hochgucke, hebt sie eine Augenbraue, und sie hat unserer Mutter noch nie so ähnlich gesehen.

Wortlos starren wir einander an, und schließlich gebe ich klein bei.

»Poppy«, sage ich, froh, endlich ihren Namen auszusprechen.

»Du hast noch nie eine Poppy erwähnt.«

»Ich hab sie auch erst heute kennengelernt.«

»Wo?«

»Auf der Todesfähre zum Windpark.«

»Ich dachte, das war ein Schulausflug?«

»War es auch, aber wir waren nicht die einzige Schule da.«

»Und auf welche Schule geht sie?«

»Roedean.«

Roshs Augen leuchten auf. »Die Bibliothek soll toll sein!«

»Ich werde sie danach fragen«, sage ich kichernd und trockne mir die Haarspitzen.

»Wie ist sie denn so?«

»Nett.« Ich kann nicht anders als zu lächeln. »Richtig nett. Und sie ist klug. Du würdest sie mögen. Sie hat mir über kognitive Dissonanz erzählt.«

»Was ist das?«

Plötzlich weiß ich's nicht mehr. »Hab's vergessen.«

Rosh lacht. »Wow. Sie muss gut aussehen.«

»Ja.« Ich spüre die Hitze in meinen Wangen, und lache mit. »Tut sie.«

»Und?«

»Und was?«, frage ich, während ich mir mit den Fingern durch die feuchten Haare kämme. Es wird ewig dauern, bis sie trocken sind. Ich überlege ab und zu, sie abzuschneiden, doch dann fällt mir immer der schreckliche Bob ein, den ich mit vierzehn hatte, und ich verwerfe den Gedanken sofort. Ich hatte Rihannas legendären Mia-Wallace-Schnitt gewollt, aber meine Haare sind dafür viel zu dick, und ich sah aus wie Cousin Itt aus der Adams Family.

Es waren harte sechs Monate.

»Und, wie geht's jetzt weiter?«, fragt Rosh, die ihr Buch anscheinend vergessen hat.

»Sie hat mir ihre Nummer gegeben.«

»Hast du ihr schon geschrieben?«

»Kann ich nicht.« Ich seufze und lasse die Schultern hängen. »Adara sagt, ich muss drei Tage warten.«

»*Drei Tage?* Warum?«

»Sie hat so eine Doku über die Psychologie des Datings gesehen«, sage ich kopfschüttelnd. »Angeblich sind drei Tage die perfekte Wartezeit, denn wenn du sofort schreibst, wirkt es, als wärst du verzweifelt, aber wenn du zu lange wartest, verliert die andere Person das Interesse.«

»Das ist doch lächerlich.« Rosh sieht mich an, als hätte ich den Verstand verloren. »Ich weiß, ich bin erst vierzehn und ich bin noch nie verliebt gewesen, außer in fiktionale Figuren in Büchern, aber selbst ich weiß, dass das Quatsch ist.«

»Ja, na ja.«

»Nichts *Ja, na ja*. Was weiß Adara schon von so was? Sie ist seit zwei Jahren mit Mark zusammen und wohnt direkt *neben* ihm. Sie musste ihm nicht wirklich hinterherlaufen, oder?«

Ich unterdrücke ein Lachen, aber Rosh hat recht. Adara ist nicht gerade Karamo aus *Queer Eye*.

»Pass auf«, sagt Rosh und setzt sich in den Schneidersitz. »Sie – diese Poppy – hätte dir nicht ihre Nummer gegeben, wenn sie nicht wollte, dass du ihr schreibst, oder? Sie wartet wahrscheinlich schon die ganze Zeit darauf, dass du dich endlich meldest.«

»Ich kann nicht«, jammere ich kläglich.

»Warum nicht?«

»Es ist zu früh. Sie wird mich für eine Versagerin halten.«

»Bist du ja auch. Besser, sie erfährt es gleich.«

Ich grinse spöttisch. »Vielen Dank.«

»Schreib ihr einfach.« Sie deutet auf mein Handy, das immer noch auf dem Nachttisch zwischen uns liegt. »Hör nicht auf Adara und diese bescheuerte Doku und ihre ›Regeln‹. Jungs ticken anders als Mädchen, wie du sehr gut weißt.«

»Okay, scheiß drauf«, murmele ich und ziehe das Handy vom Ladekabel.

Rosh klatscht in die Hände. »Was schreibst du?«

»Weiß ich nicht, ich weiß nur, was ich gern schreiben *würde.*«

»Und zwar?«

»Dass es sehr schön war, ihr zu begegnen, und ich sie auf einen Kaffee treffen will.«

»Dann schreib das.«

»Das klingt zu bedürftig. Warte.« Ich halte einen Finger hoch, bevor Rosh sagen kann, dass das nicht stimmt. »Ich hab's. Ich schicke ihr den Kaffeetassen-Emoji mit einem Fragezeichen.«

»Warum schickst du ihr nicht gleich den Kaffeetassen-Emoji mit dem Fragezeichen-Emoji?«

Einen Moment lang denke ich darüber nach, aber als ich von meinem Handy hochsehe und merke, dass Rosh mich verarscht, funkele ich sie wütend an. »Ich will cool und zurückhaltend wirken.«

»Bist du aber nicht, Ash. Du bist angespannt und komisch.«

»*Du* bist angespannt und komisch!«

»Gut gekontert.« Sie zeigt mir den hochgereckten Daumen. »Aber verausgabe dich nicht völlig. Heb dir noch etwas Witz für Poppy auf.«

»Ich hasse dich.« Ich gucke auf mein Handy. »Sag mir einfach, was ich schreiben soll!«

»Schreib ihr, was du eben gesagt hast. Das war nett.«

»*Nett?*«, frage ich entsetzt. »Ich will nicht, dass sie denkt, ich bin *nett*. Sie soll denken, dass ich cool und sexy bin.«

»Ich dachte cool und zurückhaltend?«

Am liebsten würde ich mein Handy nach ihr schmeißen. »Rosh!«

»Ash, sei einfach *ehrlich*. Letztes Mal hast du gesagt, du hast die Spielchen satt, also hör auf damit.«

Sie hat recht. Keine Spielchen mehr. Ich entsperre mein Handy und öffne WhatsApp, bevor ich es mir noch mal anders überlegen kann.

Hey, hier Ash. Ich wollte dir nur sagen, dass ich zurück auf dem Trockenen nicht mehr springen will. Ich will dich aber gern auf einen Kaffee treffen, falls du Lust hast xx

Ich drücke auf Senden und kreische, als das einfache Häkchen auf meinem Display erscheint.

»Danke, Rosh!«, zische ich. »Jetzt kann ich das ganze Wochenende auf ihre Antwort warten!«

Ich werfe das Handy neben mich aufs Bett und vergrabe stöhnend das Gesicht in den Händen.

Bevor Rosh sagen kann, dass ich nicht so theatralisch sein soll, hören wir die Wohnungstür aufgehen und das dumpfe Poltern von schweren Arbeitsstiefeln auf dem Fußabtreter, und Rosh ruft: »Dad?«

»Hallo, meine Mädchen«, antwortet er, und ich fühle mich sofort besser. Einen Moment später erscheint er in unserer Zimmertür. Er sieht erschöpft aus. Glücklich erschöpft. Nicht so, wie wenn meine Mutter von der Arbeit nach Hause kommt. Die Ringe unter ihren Augen sind dann immer noch tiefer und dunkler als vorher, und sie bewegt sich noch etwas langsamer, weil ihre Füße – ihre Füße, die Beine, ihr Rücken – so weh tun. Nein, er wirkt zufrieden.

Als wäre es ein guter Tag gewesen.

Er ist so groß, dass er den Türrahmen komplett ausfüllt, doch seit er als Gärtner arbeitet, hat er ganz schön an Gewicht verloren. Meine Mutter ist natürlich erleichtert, dass er abgenommen hat, weil sie sich wegen Diabetes und Herzkrankheiten und Gott weiß nicht was Sorgen macht, und daher ist sie froh, dass er jetzt so aktiv ist. Aber ich vermisse seine mich völlig umschließenden Umarmungen und wie er, Rosh und ich eine ganze Packung Oreos zusammen vernichten konnten, bevor meine Mutter es mitbekam.

Lustigerweise sagen die meisten Leute, es wäre offensichtlich, dass wir vier miteinander verwandt sind, weil wir bis auf unsere krassen Größenunterschiede angeblich genau gleich aussehen. Wir haben dieselben dunklen Haare und Augen. Dieselbe braune Haut. Unsere Verwandten sehen die Unterschiede allerdings. Sie behaupten, ich käme mehr nach unserem Vater und Rosh nach unserer Mutter, was wahrscheinlich stimmt. Ich habe seine Nase und glatten Haare, und Rosh hat die rebellischen Locken meiner Mutter. Roshs Haare sind ein oder zwei Nuancen heller als meine, und sie ist jetzt schon größer als ich, so dass sie, wenn sie erst mal aus dieser komischen Phase der Pubertät raus ist, wo die Gliedmaßen schneller wachsen als der Rest des Körpers, wahrscheinlich eher wie mein Vater aussehen wird. Ich dagegen werde mit jedem Tag meiner Mutter ähnlicher. Wir haben dieselbe kleine Kuhle im Nasenrücken, dieselben kleinen Hände und Füße und denselben trockenen Humor.

»Ich kann euch leider nicht umarmen«, sagt mein Vater. Er

hält die Hände hoch, die so schmutzig sind wie der Rest von ihm, die Knie seiner Jeans sind schlammbedeckt. »Hattet ihr einen schönen Tag? Was habt ihr gemacht?«

»Ich war im Windpark«, sage ich und werde rot, als ich an Poppy denke.

Er hebt die dichten Augenbrauen. »Schon gehört.«

Meine Mutter muss ihn auf ihrem Weg zur Arbeit angerufen haben.

»Tut mir leid, Daddy«, sage ich und verziehe entschuldigend das Gesicht.

»Nicht deine Schuld, mein Schatz.« Er zwinkert mir zu. »Ich hab den Zettel nicht richtig gelesen. Ich dachte, ihr würdet einen wirklichen Park besuchen.«

»Ja. Nee. Nicht ganz.«

»Ich bin froh, dass du nicht vom Schiff gefallen bist.«

»Ich auch.«

Er wendet sich Rosh zu. »Was hast du so gemacht, Kleine?«

»Ich hab mein Buch fast durch.«

Als sie es hochhebt, runzelt er die Stirn. »Hast du das nicht erst heute Morgen angefangen?«

»Ja. Können wir morgen zur Jubilee Library? Ich will mir den nächsten Band holen.«

»Eigentlich gern.« Er nimmt die Mütze ab und kratzt sich laut gähnend den Kopf. »Aber morgen bringe ich eure Großmutter zu ihrer Freundin nach Bournemouth.«

Rosh guckt verzweifelt. »Und was ist mit ASDA? Wie sollen wir die ganzen Einkäufe nach Hause bekommen?«

»Ihr werdet wohl den Bus nehmen müssen.«

Rosh und ich stöhnen.

»Das schafft ihr schon«, sagt er und winkt ab. »Und die Bewegung wird euch guttun.«

»Äh, Entschuldigung? Ich bin heute bis zur Marina gelaufen«, rufe ich ihm in Erinnerung. »Das ist genug Bewegung für die Woche.«

Er lacht, aber Rosh wirkt immer noch völlig am Boden zerstört. »Aber wenn ich dieses Buch durch hab, hab ich nichts anderes mehr zu lesen.«

»Ich geh mit dir vor ASDA zur Bibliothek«, biete ich ihr an. »Ich muss eh was recherchieren.«

Sie grinst mich an. »Was denn? Kognitive Dissonanz?«

»Was ist kognitive Dissonanz?«, fragt mein Vater.

»Weiß sie nicht. Deswegen muss sie es recherchieren.«

»Rosh, willst du, dass ich morgen mit dir zur Bibliothek gehe oder nicht?«

Sie guckt mich an, fährt sich mit Daumen und Zeigefinger über die geschlossenen Lippen und wirft einen imaginären Schlüssel weg.

»Wie war denn *dein* Tag, Dad?«, frage ich schließlich. »Hast du viele schöne Blumen gepflanzt?«

»Um diese Jahreszeit schneide ich hauptsächlich Pflanzen

zurück, aber ich habe tatsächlich ein paar Blumen gesät.« Er deutet auf das Handtuch auf meinem Schoß. »Wann hast du geduscht?«

»Gerade eben.«

»Wie lange?«

»Zwei Stunden und siebenundvierzig Minuten.«

»Ich hoffe, es gibt noch heißes Wasser«, murmelt er schon auf dem Weg zum Badezimmer.

Ich auch.

»Dann mache ich mal das Abendessen warm«, sage ich und als ich höre, wie mein Vater die Dusche anstellt, bete ich, dass das Wasser genug Zeit zum Aufheizen hatte.

Ich will gerade aufstehen, da leuchtet das Display meines Handys auf, und mein Herz schlägt wie wild gegen meine Rippen.

Wie gut, dass du nicht springen willst. Ich würde dich vermissen. Lass uns deinen neugefundenen Lebenswillen mit Kaffee und Kuchen feiern. Montag nach der Schule? Poppy xx

FÜNF

Ich schreibe Poppy, dass Montag nach der Schule passt, und sie antwortet sofort und fragt, um wie viel Uhr. Also antworte ich wieder, und so geht es das ganze Wochenende weiter, wir schreiben uns hin und her und hin und her. Es bleibt gar keine Zeit zum Nachdenken – oder in meinem Fall zum Grübeln –, keine Zeit, mir den Kopf zu zerbrechen, was ich schreiben soll, oder mich zu fragen, ob ich etwas Falsches von mir gegeben habe. Ich schreibe einfach, was mir in den Sinn kommt, und ich habe kaum Luft geholt, bevor sie antwortet und etwas anderes fragt. Ich traue mich nicht, auch nur eine Sekunde zu überlegen, aus Angst, sie könnte denken, ich hätte das Interesse verloren.

Oder schlimmer, dass sie das Interesse verliert.

Doch das tut sie nicht, und es ist einfach alles so *leicht*. Wir unterhalten uns über alles. Die Schule. Was wir im Fernsehen sehen. Welche Musik wir hören. Über das alte Pärchen, das sie immer am FKK-Strand Tai Chi machen sieht. Über die Frau, an der ich auf der Marine Parade vorbeigekommen bin, die einen alten Mops im Kinderwagen geschoben hat. Poppy schickt mir ein Selfie aus der Bibliothek der Roedean, wo sie verstohlen der Bibliothekarin eine Grimasse schneidet, nachdem die ihr gesagt hat, sie solle ihr Handy wegtun. Und als ich mit Rosh in der Jubilee Library bin, schicke ich ihr auch ein Selfie, auf dem ich mit einem Buch über kognitive Dissonanz posiere.

Ich schreibe ihr aus dem Waschsalon, während ich die Klamotten in die Maschine stopfe. Ich schreibe ihr im ASDA, als meine Mutter mich zum Bäckerstand ein Baguette holen schickt. Ich schreibe ihr am Sonntag in der Kirche, als meine Eltern gerade nicht gucken. Ich schreibe ihr beim Einschlafen, und als ich aufwache, habe ich eine WhatsApp-Nachricht, die lautet: *Guten Morgen, Süße* mit einem Sonnen-Emoji.

Ich bin betrunken davon – von Poppy –, und Sonntagabend werde ich ganz schwach bei dem Gedanken, sie am nächsten Tag zu sehen. Ich versuche, mir nichts anmerken zu lassen, doch offenbar gelingt es mir nicht, denn mitten während *Songs of Praise* schnappt meine Mutter mir das Handy weg und sagt: »Keine Mädchen bis nach den Prüfungen.« Ich bin so perplex, dass ich sie bloß mit offenem Mund anstarre, bis sie mir das Handy wiedergibt. Eigentlich bin ich ja daran gewöhnt – ständig sagt sie Rosh und mir: *Keine Jungs bis nach den Prüfungen* –, aber sie hat es ausgesprochen! Sie hätte damit auch warten können, bis mein Vater nicht mehr im

Raum ist, hat sie aber nicht. Sie hat es gesagt, und ich würde sie am liebsten packen und drücken, weil ich sie noch nie so geliebt habe.

Mädchen.

Vielleicht kommt sie ja doch langsam damit klar.

Später kann ich nicht einschlafen, und so liege ich im Bett, gucke an die Decke und höre auf das regelmäßige Surren der Nähmaschine im Wohnzimmer. Ich stelle mir vor, wie meine Mutter darübergebeugt dasitzt und an dem Taufkleid arbeitet, um das sie wer aus der Kirche gebeten hat.

Das Surren der Nähmaschine ist genauso Teil des Soundtracks unseres Zuhauses wie der Fernseher und das Bellen des Hunds nebenan, und normalerweise lullt es mich in den Schlaf. Doch heute Abend reißt es mich jedes Mal, wenn ich dem Gewicht meiner Augenlider gerade nachgegeben habe, wieder zurück, und ich muss daran denken, was meine Mutter gesagt hat, als sie mich beim Schreiben an Poppy erwischt hat: *Keine Mädchen bis nach den Prüfungen*. Und ja, ich weiß, dass ich es wieder tue, dass ich mich hinreißen lasse, aber ich kann nicht anders, als mich zu fragen, ob es diesmal die Richtige ist.

Ob Poppy die Eine ist.

Die, von der ich meinen Eltern erzähle.

Der Gedanke lässt mich am ganzen Körper erschaudern,

und als ich die Bettdecke bis zum Kinn hochziehe und mich auf die Seite drehe, erhellt ein leichter Lichtschimmer das dunkle Zimmer. Ich denke schon, es ist Rosh, die mit ihrer Handytaschenlampe das Buch weiterliest, das mein Vater sie schon vor zwei Stunden ermahnt hat wegzulegen, aber als ich zu ihr rübersehe, schläft sie tief und fest, das Telefon in der einen Hand und das Buch in der anderen.

Da begreife ich, dass es mein Handy sein muss. Ich nehme es vom Nachttisch und sehe eine Nachricht von Poppy.

16 Stunden und 8 Minuten xx

Sie hat den ganzen Tag schon die Zeit bis zu unserer Verabredung runtergezählt, und sie macht es immer weiter, jede Stunde oder so, bis die Stunden zu Minuten werden. Wenn Rosh meint, ich wäre angespannt, ist das der Beweis dafür, dass ich nicht die Einzige bin.

Als es endlich klingelt, renne ich aus dem Englische-Literatur-Kurs. Adara folgt mir, sie ist längst nicht so aufgeregt wie ich, aber entschlossen, mich nicht gehen zu lassen, ohne dass wir uns verabschieden. Sie hat es mir verziehen, dass ich keine drei Tage gewartet habe, doch als sie mich am oberen Ende der Treppe einholt, sieht sie mich ganz komisch an. Ich weiß nicht, was der Blick bedeutet, ob sie sauer ist oder argwöhnisch oder nervös oder eine Kombination von allem, aber sie schafft es noch nicht mal zu lächeln, während wir die Stufen runtergehen.

»Soll ich mitkommen?«, fragt sie, als wir durch die Tür hinaus ins Sonnenlicht treten.

»Warum?«, frage ich und runzle die Stirn. »Willst du unbedingt das fünfte Rad am Wagen sein?«

»Für den Fall, dass sie nicht auftaucht.«

Ich stolpere fast über meine Füße, so abrupt bleibe ich stehen und starre sie an, während um uns herum alle aus dem Schultor strömen und zum Laden an der Ecke oder nach Hause oder wohin auch immer eilen. Ich spüre, wie meine Ohren heiß werden. Mit verschränkten Armen steht Adara da und sieht mich an, und ich würde sie gern fragen, warum sie so etwas sagt, aber ich bringe kein Wort heraus. Es fühlt sich an, als hätte sie mich in den Magen geboxt, ich bekomme keine Luft mehr, und meine freudige Aufregung ist verflogen.

Dann wird mir klar, dass sie es gar nicht böse meint, sondern sie nur praktisch denkt. Mein Atem normalisiert sich wieder, und ich entspanne die Fäuste an meinen Seiten. Immerhin ist mir das schon passiert. Dass Mädchen nicht aufgetaucht sind und ich so lange vorm Kino gewartet habe, bis der Film, den wir sehen wollten, zu Ende war. Davon und von den ganzen anderen kleinen Erniedrigungen, die ich im Laufe des letzten Jahres oder so ertragen habe, weiß nur

Adara. Genau das ist das Problem mit besten Freundinnen, nicht wahr? Sie wissen alles und vergessen nichts, egal, wie sehr du es dir wünschst.

Manchmal allerdings brauche ich Adara auch, um mich an diese Dinge zu erinnern. So wie jetzt, wo ich buchstäblich *losrenne*, um ein weiteres Mädchen zu treffen, das ich kaum kenne, bereit, mich kopfüber in etwas hineinzustürzen, obwohl ich absolut keinen Grund habe anzunehmen, dass Poppy irgendwie anders ist. Ich brauche Adara, damit sie mich zurückhalten und beschützen kann, selbst wenn ich es nicht will. Ich will bloß fallen und gucken, wo ich lande.

Wie aufs Stichwort fühle ich mein Handy in der Tasche meiner Lederjacke vibrieren, und mein Herz zieht sich zusammen, als ich mich frage, ob es das jetzt ist. Ob sie schreibt: *Sorry, Süße, ich schaff's nicht. Können wir's verschieben? xx*. Meine Hand zittert so sehr, dass ich beinah das Handy fallen lasse, und ich vermeide es, Adara anzusehen, bevor ich aufs Display gucke.

24 Minuten xx

♡

Doch natürlich ist Poppy genau da, wo sie es gesagt hat, vorm Café am Old-Steine-Park. Ihre roten Haare leuchten in der Nachmittagssonne, und ich muss mich zusammenreißen, nicht loszurennen. Während ich versuche, in normalem Tempo auf sie zuzugehen, nehme ich einen tiefen Atemzug – dann noch einen. Noch bevor ich bei ihr ankomme, dreht sie sich zu mir um, und als sie mich erblickt, strahlt sie übers ganze Gesicht, so dass ich alle ihre Zähne sehe.

Dann ist sie da, direkt vor mir, und umarmt mich so fest, dass ich nach Luft schnappe.

»Hey«, sagt sie, macht einen Schritt zurück, und ihr Lächeln ist jetzt kleiner – nur für mich –, und als sie mich anblickt, verschwindet alles um uns herum. Die Möwen fliehen, der Verkehr hört auf, und die Gebäude rundherum lösen sich in Staub auf, der von der Brise davongetragen wird, so dass nur noch wir da sind, und ich meilenweit nichts außer ihr sehen kann.

Meilenweit.

Das ist es wert, denke ich. Mein Herz flattert, und meine Knochen schmerzen bei dem Gedanken, jede einzelne ihrer Wimpern mit den Fingern zählen zu wollen. Und damit verschwindet auch alles andere. Die ganzen Geistermädchen mit unbekümmertem Lächeln und hungrigem Herzen. Die ganzen Stunden, die ich mit Warten zugebracht habe, draußen vorm Kino oder auf den Anruf, der nicht kam. Warten darauf, *gesehen* zu werden. Poppy sieht mich – *sieht* mich wirklich –, das spüre ich, und als sie nach meiner Hand greift, würde ich allein dafür alles wieder tun. Für die Aussicht auf was auch immer als Nächstes kommt, denn es ist mir egal, was es ist, ich will es nur wissen. Und vielleicht ist sie nicht die Eine. Vielleicht brennen wir ein paar Wochen lang und fallen dann in uns zusammen, aber immerhin, sagt Mr. Moreno, entstehen auf diese Weise Galaxien.

♡

Poppy schlägt vor, dass wir uns einen Kaffee vom Café auf der anderen Straßenseite holen. Es ist ein winzig kleiner Laden, an dem ich schon unzählige Male vorbeigegangen sein muss, ohne ihn überhaupt bemerkt zu haben.

»Hier gibt's den besten Latte«, sagt Poppy, als würde sie mich einer alten Freundin vorstellen.

»Ist das ein guter Augenblick zu erwähnen, dass ich gar keinen Kaffee mag?«, frage ich nervös lächelnd.

»Moment. Was? Du trinkst keinen Kaffee? Wie schaffst du es überhaupt … *irgendwas* auf die *Reihe* zu kriegen?« Entsetzt sieht sie mich an. »Ich bekomme morgens keinen Satz zusammen, bevor ich nicht wenigstens zwei Tassen Kaffee intus habe.«

»Ich rede nicht, so lange es nicht nötig ist.«

»Weise Worte.« Sie schließt kurz die Augen und nickt. »Okay, was trinkst du dann? Tee?«

Ich schüttele den Kopf, und blinzelnd sieht sie mich an.

»Was gibt's denn noch?«

»Heiße Schokolade?«

»Ja!« Strahlend wendet sie sich dem Typen hinterm Tresen zu. »Einen Hafer-Latte und eine heiße Schokolade, bitte.«

Ich nehme mein Portemonnaie aus der Vordertasche meines Rucksacks, während der Typ sich an die Arbeit macht, aber als ich es öffne und einen Fünfer rausnehme, winkt sie ab.

»Geht auf mich«, sagt sie zwinkernd. »Du kannst ja nächstes Mal zahlen.«

Nächstes Mal.

♡

Das Wetter ist super schön, und die Sonne lacht auf uns herab, als wir uns vorm Royal Pavillon im Schneidersitz auf den Rasen setzen. Ich bin eigentlich keine Im-Schneidersitz-auf-dem-Rasen-Sitzerin, dank meiner Mutter, die, wäre sie jetzt hier, zweifellos sofort darauf hinweisen würde, wie viele Hunde schon auf den Rasen gepinkelt haben. Aber daran versuche ich jetzt nicht zu denken.

Poppy nippt an ihrem Latte und hinterlässt einen matten roten Lippenstiftabdruck am Rand. Als sie den Becher auf den kleinen Fleck Rasen zwischen uns stellt, steigt durch das kleine Loch im weißen Plastikdeckel etwas Schaum auf, und am liebsten würde ich mich vorbeugen und ihn ablecken. Ich frage mich, ob, wenn ich sie jetzt küsse, ihre Zunge wohl nach Kaffee schmeckt.

»Was denkst du?«, fragt sie, und ich blicke auf. Meine Wangen brennen. Kann sie meine Gedanken lesen?

»Häh?«, bringe ich hervor.

»Du wirkst nachdenklich. Was denkst du? Hast du Angst, dass uns wer sieht?«

»Natürlich nicht.« Obwohl, jetzt schon. Ich kann ihr schlecht sagen, dass ich überlegt habe, sie zu küssen, also deute ich stattdessen auf meine Schuluniform. »Ich hab nur gedacht, wie schade es ist, dass ich keine Zeit zum Umziehen hatte.«

Sie winkt wieder ab. »Mach dir deswegen keine Gedanken. Du siehst toll aus. Genau wie ich dich in Erinnerung hatte.«

Sie lächelt, und ich erwidere ihr Lächeln und wünschte, ich könnte das Gleiche sagen, aber sie sieht anders aus. Auf eine gute Art anders, aber trotzdem.

Sie trägt schwarze Skinny-Jeans und ein weißes T-Shirt, das ihr bis kurz über die Hüften geht und eng – und dünn – genug ist, dass ihr schwarzer Spitzen-BH darunter durchscheint. Ich habe sie bisher nur in ihrer Roedean-Uniform gesehen, von daher weiß ich nicht, was ich erwartet habe. Ich konnte sie mir gar nicht in etwas anderem vorstellen. Sogar auf ihrem WhatsApp-Profilbild hat sie die Schuluniform an, und es kommt mir fast so vor, als würde ich sie jetzt noch mal ganz neu kennenlernen.

Die echte Poppy.

Die echte Poppy scheint cool zu sein. Auf die unangestrengte Weise, für die manche Leute im Versuch, sie nachzuahmen, eine Menge Geld bezahlen und trotzdem daran scheitern.

Ihre Haare sind heute offen, eine Masse von dichten, unordentlichen Wellen, die sich ihr über Schultern und Rücken ergießen. Als sie wieder einen Schluck von ihrem Latte nimmt, sehe ich, dass sie auf jedem Finger einen anderen Silberring trägt, einige sitzen direkt über dem Knöchel, andere sind groß und schwer. Eine Mondsichel. Ein Katzenkopf. Ein Anker. Ein roter Stein in Form eines Herzens mit einem Dolch darin auf ihrem rechten Daumen. Außerdem trägt sie zwei Silberketten, eine lange mit einem Anhänger, der aussieht wie eine Christophorus-Medaille, und eine kürzere, dickere mit einem silbernen Vorhängeschloss.

»Ich konnte mich auch nur umziehen, weil ich Korbball geschwänzt habe«, sagt sie, und ich lache.

»Genau da, denken meine Eltern, bin ich.«

»Wieso? Hätten sie dich sonst nicht gehen lassen?«

»Es ist unter der Woche, von daher wohl eher nicht.«

»Dann sind sie also ziemlich streng?«

»Eigentlich nicht.« Ich ziehe die Nase kraus. »Sie sind *sehr* viel entspannter als meine Großeltern.«

»Sind deine Großeltern hier geboren?«

Ich schüttele den Kopf. »Meine Eltern ja, aber meine Großeltern sind aus Guyana.«

»In der Karibik?«

»Ja.« Ich bin überrascht, dass sie das weiß.

Meistens denken die Leute, ich rede von Ghana.

»Ich liebe meine Eltern. Sie sind cool.« Ich wiege den Kopf und überlege, wie ich es erklären kann, ohne sie wie das Klischee indischer Eltern klingen zu lassen, denn das sind sie absolut nicht. »Meine Mum macht sich einfach viele Sorgen. Sie arbeitet in der Notaufnahme und sieht da jeden Tag alles Mögliche. Teenie-Schwangerschaften. Opfer von Messerstechereien oder einer Überdosis.« Ich nehme einen Schluck von meiner heißen Schokolade, dann runzle ich die Stirn. »Als ich gestern Kopfschmerzen hatte, hat sie meine Pupillen überprüft, um zu gucken, ob ich ein Aneurysma habe.«

Poppy lacht. »Ist dein Dad auch so?«

»Nein. Er ist das komplette Gegenteil. Er gleicht sie aus.«

»Was macht er beruflich?«

»Früher hat er als Pfleger in der Psychiatrie gearbeitet, aber letztes Jahr hat er sich bei einem Vorfall mit einem Patienten am Rücken verletzt. Er ist wieder völlig gesund, aber sein damaliger Arbeitgeber hat behauptet, er wäre nicht fit genug, um wieder anzufangen. Dasselbe ist mit einem anderen Pfleger passiert, daher glaubt er, es war nur eine Ausrede, um ihn loszuwerden, weil der Klinik die Mittel gekürzt wurden und sie es sich nicht leisten konnten, ihn weiterzubeschäftigen.«

»Ach, wie ätzend.« Poppy sieht aufrichtig traurig aus. »Was macht er jetzt?«

»Er arbeitet als Gärtner in einem Park.«

»Als *Gärtner*? Wie ist er vom psychiatrischen Pfleger zum Gärtner geworden?«

»Keine Ahnung.« Ich lache. »Aber er arbeitet jetzt in den Kemp Town Enclosures.«

»Nein!« Sie deutet mit dem Kaffeebecher auf mich. »Meine Eltern haben Zugang zu den Enclosures!«

»Ernsthaft?«

»Ja. Sie wohnen auf der Chichester Terrace.«

»Also, falls du da mal einen mürrischen Guyanesen mit grüner Strickmütze siehst, das ist mein Dad.«

»Ich werde nach ihm Ausschau halten, wenn ich das nächste Mal da bin.«

»Aber nimm's nicht persönlich, wenn du Hallo sagst und er dich ignoriert«, sage ich, trinke meine heiße Schokolade aus und stelle den Becher ab. »Dann hat er wahrscheinlich nur seine Kopfhörer drin. Er hört ständig Radio 4 oder Cricket. Er *liebt* Cricket.« Ich lächle, als ich mir vorstelle, wie er mit einer Schaufel in der Hand Guyana anfeuert. »Das ist seine Vorstellung vom Himmel – den ganzen Tag Radio hören, während er Unkraut jätet.«

»Klingt gut, bis auf den Teil mit dem Unkraut jäten. Ich hasse Würmer.« Sie erschaudert.

»Ich auch, aber ihm machen sie nichts aus.«

»Na, so lange er glücklich ist?«

Ich nicke. »Ich meine, er verdient absolut nichts, aber er ist *so* viel glücklicher, und das ist schließlich alles, was zählt.«

»Und du hast eine Schwester, oder? Rosh? Wie alt ist sie?«

»Ja. Sie ist vierzehn und absolut *toll*. Aber sag ihr das bloß nicht.« Ich halte drohend den Zeigefinger hoch und grinse. »Ist sie aber wirklich. Sie liest jeden Tag ein Buch, und sie liebt Chemie, weil es für sie das ist, was Magie am nächsten kommt.«

»Interessiert sie sich schon für Jungs?«

»Nur für Ron Weasley.«

»Was ist mit dir?«, frage ich. »Hast du irgendwelche nervigen kleinen Schwestern?«

»Nee.« Sie schüttelt ihren Kaffeebecher, dann legt sie den Kopf in den Nacken, um den letzten Schluck zu trinken, und das Sonnenlicht fällt auf ihre Wangenknochen. »Ich hab keine Geschwister.«

»Wie ist das?«

Sie presst die Lippen aufeinander, während sie darüber nachdenkt, und schließlich antwortet sie: »Einsam.«

Ihre Ehrlichkeit verschlägt mir den Atem. Ich will sie noch mehr fragen, aber sie sieht mich nicht an, sondern zieht am Gras, reißt ein paar Halme ab und riecht daran.

Also warte ich einen Moment, und als sie mich wieder ansieht, frage ich: »Aber an der Roedean bist du doch bestimmt nicht einsam, oder?«

»Natürlich nicht.« Sie verdreht die Augen und wirft die Haare zurück. »Ich habe da nicht eine Minute für mich. Du kannst nachts noch nicht mal dein Kissen umdrehen, ohne dass es wer mitkriegt.«

Ich warte, dass sie lacht, aber das tut sie nicht.

»Was ist mit deinen Eltern?«, frage ich, um das Thema zu wechseln. »Was machen sie beruflich?«

»Meine Mutter ist Margot Morgan.«

»Moment.« Ich runzle die Stirn und denke nach. »Woher kenne ich den Namen noch mal?«

»*Professor* Margot Morgan«, fügt sie hinzu und unterdrückt ein Lächeln, aber ihre Wangen färben sich rot vor Stolz.

»Genau!« Ich zeige auf sie. »Sie hat diese BBC-Doku über dunkle Materie gemacht. Rosh hat sie ganze drei Mal mit mir sehen wollen. Sie ist *genial*.«

»Ist sie wirklich.« Diesmal erlaubt sie sich zu lächeln. »Sie hat letztes Jahr den Physik-Nobelpreis bekommen.«

»Nicht wahr! Wofür?«

»Keine Ahnung.« Sie seufzt leicht und wirft die Haare zurück, als würde es sie nicht interessieren, aber ich merke ihr an, dass es das sehr wohl tut. »Es hatte irgendwas mit dem Kosmos zu tun. Meine Mutter war nach fünfundfünfzig Jahren die erste Frau, die den Physik-Nobelpreis gewonnen hat.«

»Wow.«

»Ich liebe sie. Sie ist die beste Mum. Und so eine Inspiration.« Poppy *leuchtet* jetzt praktisch vor Stolz, und tiefe Grübchen erscheinen auf ihren Wangen, die ich noch nie vorher bei ihr gesehen habe. »Sie ist in Whitehawk aufgewachsen.«

»Du verarschst mich!«

»Doch, ist sie. Im Swallow Court.«

»Ich wohne im Kingfisher!«

»Dem Haus mit Meerblick!«

»Meerblick ist etwas übertrieben«, sage ich lachend.

»Ich war noch nie da, aber sie redet ziemlich viel davon.« Poppy nickt und lächelt in sich hinein. »Sie ist im Swallow Court aufgewachsen und zur Whitehawk High School gegangen, wie du.«

Ich grinse. »Wie ich.«

»Dann hat sie ein Stipendium für Cambridge bekommen.«

»Krass.«

»Überrascht dich das?«

»Nein.« Ich schüttele den Kopf, während ich darüber nachdenke. »Es macht mir Hoffnung, glaube ich. Also für Rosh. Vielleicht ist sie eines Tages Professor Roshaan Persaud.«

»Klingt auf jeden Fall gut.«

»Und was hat deine Mum in Cambridge studiert?«

»Mathe. Da haben sich meine Eltern auch kennengelernt. Mein Vater sagt immer, dass er keine große Wahl hatte, weil sie die einzige Frau in seinem Kurs war.«

Sie lacht, ich aber nicht.

Soll das ein Kompliment sein?

»Hat dein Dad auch einen Nobelpreis?«

»Nicht ganz.« Wieder lacht sie, doch diesmal ist es ein freudloses Lachen.

»Was macht er?«

»Er unterrichtet am Institut für Astronomie.«

»Und wo?«

»Cambridge.«

»Aber ich dachte, sie wohnen auf der Chichester Terrace?«

Wie kann ihr Vater jeden Tag nach Cambridge und zurück fahren?

»Tun sie. Aber sie haben auch ein Haus in Cambridge. Er ist mal hier, mal da.«

Tja, das erklärt wohl, warum Poppy im Internat lebt, obwohl ihre Eltern in Brighton wohnen.

Sie weiß offenbar, was ich denke, denn sie fügt noch hinzu: »Mum ist auch nicht viel da.«

»Ach so?«

»Sie reist ziemlich viel. Seit der Doku für die BBC macht sie immer mehr fürs Fernsehen. Und sie hält ständig Gastvorträge. Gerade ist sie am MIT in den USA und eröffnet da ein neues Labor oder so.«

»Das muss ganz schön …« Ich brauche einen Moment, um auf das richtige Wort zu kommen. »… verwirrend für sie sein.«

Ich könnte mir das nicht vorstellen. Ich brauche meine Sachen. Mein Bett. Mein Kissen. Mein Handtuch.

»Wahrscheinlich, aber ihr gefällt's. Dad nicht so sehr.«

»Wie kommt's?«

»Weil sie erfolgreicher ist als er.«

Ich mache große Augen. Wieder bin ich erstaunt von Poppys schonungsloser Ehrlichkeit.

Poppy zuckt die Achseln und verzieht den Mund. »Versteh mich nicht falsch. Er ist richtig klug, aber sie ist *genial*. Sie wird in die Geschichtsbücher kommen. Und er ist ziemlich verbittert.« Die Wärme, die in ihrer Stimme lag, als sie gerade noch über ihre Mutter gesprochen hat, ist jetzt, wo sie über ihren Vater redet, verschwunden.

Sie guckt einem kleinen Jungen hinterher, der, seine Ärmchen ausgestreckt, einer Möwe nachläuft, doch sie fliegt davon, bevor er sie zu fassen bekommt. Poppy versucht ein Lächeln, aber es gelingt ihr nicht ganz. Es ist, als ob ihr ganzer Körper seine Energie verloren hätte, wie eine Topfpflanze, die zu lange in der Sonne stand.

Gerade will ich das Thema wechseln, da fragt sie mich: »Bist du out?«

Ihre Direktheit verschlägt mir mal wieder den Atem, und blinzelnd sehe ich sie mit offenem Mund an, während ich tief Luft hole.

»Sorry«, sagt sie und vergräbt das Gesicht in den Händen, so dass ihre Haare nach vorn fallen. Als sie sich wieder aufrichtet, sieht sie mich nicht an, sondern auf ihre Hände, und sie presst die Lippen aufeinander, wie um zu verhindern, noch mehr zu sagen. So bleibt sie eine ganze Weile sitzen, und ich denke schon, dass nichts mehr kommt, doch dann hebt sie das Kinn und sieht mich unter ihren dichten Wimpern hindurch an.

»Bevor es mit uns irgendwie weitergeht, bevor wir noch mehr Zeit miteinander verbringen, muss ich wissen, was das hier ist.«

Ich weiß nicht wie, aber ich schaffe es, ihrem Blick standzuhalten. »Was glaubst du, was das hier ist?«

»Etwas«, sagt sie, und ich hatte keine Ahnung, dass ein so kleines Wort sich so groß anfühlen kann. »Ich glaube, dass hier könnte etwas sein.«

»Geht mir auch so«, antworte ich, bevor ich mich zurückhalten kann.

Darüber nachdenken kann.

Sie lächelt, und auf einmal ist sie wieder da – die Poppy, die ich auf der Fähre kennengelernt habe – geheimnisvoll und mutig. Ihre Miene ist wieder dieselbe wie die, die ich mir so oft auf dem Handy angesehen habe, als ich versuchte, mir ihre Augenfarbe zu merken – blau, wie das tiefe Ende eines Schwimmbeckens – und den störrischen Schwung ihres Kiefers.

Letzte Nacht bin ich darüber eingeschlafen, dass ich die über ihre Nase gestäubten Sommersprossen gezählt habe, und dann träumte ich, dass wir beide uns in einem großen schwarzen Meer treibend aneinander festhielten, während sie lachte und der Mond über uns leuchtete wie eine nackte Glühbirne. Wenn ich sonst vom Meer träume, ist es normalerweise ein Albtraum. Ich habe diesen Traum seit meiner Kindheit, ich bin unter Wasser, und gerade als ich an die Oberfläche komme, packt mich wer am Knöchel und zieht mich wieder runter. Aber letzte Nacht war es ganz anders. Ich fühlte mich frei – glücklich – und wachte mit einem Lächeln auf, ganz ähnlich dem, das sie mir in diesem Augenblick schenkt.

»Ich würde dich jetzt total gerne küssen«, sagt sie, und während ihre leuchtendblauen Augen schwarz werden, fühle ich, wie ich zittere, dieses Beben, das in der Mitte der Brust beginnt und sich immer weiter ausbreitet – weiter und weiter – wie die Wellen von einem Stein, der übers Wasser hüpft. »Aber ich weiß schon, wo unser erster Kuss sein wird.«

»Und zwar?«, frage ich, und ich weiß wirklich nicht wie, denn es fühlt sich an, als hätte ich schon ziemlich lange nicht mehr eingeatmet.

»Siehst du morgen«, sagt sie.

Und so einfach haben wir ein Morgen.

SECHS

Nachdem Poppy und ich uns am Old Steine verabschiedet haben, würde ich am liebsten sofort Adara anrufen, doch etwas hält mich zurück. Ich will einfach noch ein bisschen – nur einen Augenblick länger – an diesem Gefühl festhalten, bevor ich es Adara erzähle und sie mich wieder warnt, vorsichtig zu sein. Es wird so sein wie immer, wenn Adara in Roshs und meinem Zimmer ist und meine Sachen in die Hand nimmt und an der falschen Stelle wieder weglegt, bis alles, was Poppy heute sagte, abgegriffen und auseinandergepflückt ist und seine Bedeutung verloren hat. Bis die Magie des Ganzen weggewischt ist und ich später wach liege und mich frage, ob es sich wirklich so anfühlte oder ob ich es nur so will.

Nein. Heute Nacht will ich aus einem anderen Grund wach liegen. Vom Schlaf abhalten soll mich allein der Gedanke daran, dass Poppy mich küssen will. Wo es wohl sein wird? Ob sie es schon wusste, bevor sie mich getroffen hat? Ob sie den Ort gesehen hat und dachte: *Hier will ich mal wen küssen?* Oder ob sie dachte: *Hier will ich Ash küssen?* Ich will wissen, was ihr durch den Kopf ging, als sie an mich dachte. Ob sie mich vorwarnen wird, wenn es so weit ist, oder mich wie im Film mitten auf der Straße in die Arme schließt und einfach küsst, bis meine Füße den Boden nicht mehr berühren.

Vielleicht ist es auch ein geheimer Ort, den nur sie kennt und der für immer uns allein gehören wird. Ein Ort, an dem wir unsere Initialen hinterlassen und an den wir in zehn Jahren zurückkehren können, wenn wir im Supermarkt sind und ich müde und angepisst bin und es mir egal ist, dass Hafermilch im Angebot ist. Oder wenn wir Weihnachtseinkäufe machen und darüber zanken, was wir für meine Mutter kaufen. Ein Ort, an den wir zurückkehren können und der uns an unseren ersten Kuss erinnern wird, als wir sechzehn und unsere Herzen noch ganz neu waren.

Ich weiß – ich weiß – ich bin mal wieder etwas vorschnell mit meinen Phantasien. Schließlich hatten wir erst ein einziges Date. Aber ich erlaube mir, mich eine Weile daran zu berauschen, und stelle mir vor, wie ihr Mund sich auf meinem anfühlen wird. Ob sie wohl nach Kaffee schmeckt oder nach etwas, wovon nur ich wissen werde?

Etwas, wovon ich nie irgendwem erzählen werde.

Nicht mal Adara.

Bei dem Gedanken schlägt mein Herz nicht bloß schneller, es *knallt*, jeder Herzschlag fühlt sich an wie eine aus der

Pistole geschossene Kugel. So hart, dass meine Rippen garantiert jeden Moment brechen und mein Herz rausfliegt und auf meinen Füßen landet. Als ich in den Bus steige und nach oben gehe, presse ich mir die Hand auf die Brust und versuche, mich zu beruhigen.

Normalerweise sitze ich im Bus gerne hinten, aber der Königinnenplatz ist frei – der ganz vorne, auf dem Rosh und ich früher immer sitzen wollten, weil wir dann so tun konnten, als würden wir den Bus fahren –, und ich mache es mir am Fenster gemütlich und setze die Kopfhörer ein. Ich nehme mein Handy aus der Tasche meiner Lederjacke und suche nach Death Cab for Cutie, der Band, von der Poppy mir gerade erzählt hat. Sobald der Song anfängt, sind es wieder nur sie und ich, obwohl der Bus voll ist und unten auf der Straße Dutzende Leute rumlaufen, auf dem Weg zum Pub auf ein Feierabendbier oder zum Supermarkt, um sich was zum Abendessen zu holen.

Der Song handelt davon, einer Person ins Dunkle zu folgen, und dabei muss ich wieder an Poppy denken und an den tiefen, tiefen Schmerz, den ihre Abwesenheit nach so kurzer Zeit schon bei mir hinterlassen hat. Ich würde am liebsten an der nächsten Haltestelle gleich wieder aussteigen und zum Old Steine zurücklaufen, um zu sehen, ob sie noch da ist. Aber dann denke ich an das Versprechen von Morgen – und sage mir, dass ich warten kann. Ob sie schmecken wird wie die Torte an meinem dreizehnten Geburtstag, das letzte Mal, als ich so glücklich war?

Das Telefon in meiner Hand vibriert, und ich zucke zusammen.

Natürlich ist es Adara. Ich gehe ran.

»Geht's dir gut, Ash? Wo bist du?«

»Im Bus nach Hause«, flüstere ich, damit sie weiß, dass ich nicht reden kann. »Aber mir geht's gut, Ad. Besser als gut.«

»Okay. Dann erzähl es mir morgen auf dem Weg zur Schule. Ich kann es kaum erwarten! Wir treffen uns vorm Mini-Mart, ja?«

»Okay, bis dann.«

Sobald ich aufgelegt habe, vibriert es wieder, und ich denke schon, es ist noch mal Ad, die doch nicht bis morgen warten kann, aber es ist eine Nachricht von Poppy.

Ich hätte nicht warten sollen. Ich hätte dich gleich kussen sollen.

♡

Trotz meines ursprünglichen Plans, cool zu bleiben, erzähle ich Adara sofort alles, als ich sie am nächsten Morgen vor dem Mini-Mart treffe. Ich klinge total verwirrt, als hätte ich

Fieber oder so, und ich versuche, langsamer zu sprechen, aber es gelingt mir nicht. Das Ganze sprudelt einfach in einem atemlosen Strom aus mir raus, und Adaras Augen werden immer größer. Ich erzähle ihr davon, wie wir vorm Royal Pavillon gesessen haben, von Poppys berühmter Mutter, und dass sie gesagt hat, sie weiß schon, wo sie mich küssen wird.

Als ich fertig bin, fühle ich mich, als wäre ich gerade fünf Stockwerke hochgerannt. Ich bin kurz davor, Adara zu sagen, dass ich mich setzen muss, aber wir sind eh schon spät dran, also gehe ich weiter, auch wenn es jetzt viel anstrengender ist, einen Fuß vor den anderen zu setzen, als noch vor ein paar Minuten.

Adara sagt lange Zeit nichts, und das macht mir Angst, denn wie Poppy ist auch sie keine, die erst nachdenkt, bevor sie etwas sagt. Ich frage mich, was sie denkt, ob sie ihre nächsten Worte besonders sorgsam wählen will, weil ich mich gestern über ihren Vorschlag, mich zu begleiten, falls Poppy nicht auftauchen sollte, so geärgert habe.

Schließlich bleibt sie stehen. »Sie ist es, oder, Ash?« Sie sieht mich unter ihren schweren Wimpern hindurch an und strahlt. »Sie ist die Eine, oder?«

Ich kann nur nicken, und dann umarmt sie mich einen Moment länger als sonst.

Als sie mich loslässt, lächelt sie immer noch. »Ich freue

mich so für dich, Ash. Wenn ich an diese anderen Mädchen denke, die alle nur mit dir gespielt haben … « Sie schüttelt den Kopf. »Ich bin so erleichtert. Ich will nicht lügen, kurz habe ich mir wirklich Sorgen um dich gemacht«, gesteht sie, »aber vielleicht findest du jetzt doch endlich dein Glück.«

Ich erwidere ihr Lächeln. »Danke, Ad.«

»Aber sei vorsichtig, ja?«, fügt sie mit ernster Miene hinzu, und ich bin erleichtert, denn fast hätte ich sie gefragt, wer sie ist und was sie mit meiner besten Freundin gemacht hat.

♡

Nach der Schule treffen Poppy und ich uns an derselben Stelle wie am Tag zuvor. Diesmal laufe ich sofort auf sie zu, und sie läuft mir entgegen, so dass wir uns irgendwo in der Mitte treffen und in die Arme fallen und uns dabei fast umrennen. Alles, was ich denken kann, ist: *Jetzt. Bitte küss mich einfach jetzt!* Aber sie nimmt bloß meine Hand und geht mit mir in die Stadt.

Ich würde sie gern fragen, wo wir hingehen – ob sie mich an *den* Ort bringt –, und gleichzeitig will ich es auch nicht wissen. Ich will einfach, dass es passiert. Und so lasse ich sie reden. Über alles. Die Schule. Wie schön das Wetter ist, wo wir doch schon fast Oktober haben. Über die Schuhe im Schaufenster, die sie kaufen würde, wenn die Absätze höher wären. Die Band, an deren Poster wir vorbeikommen, die nächste Woche im The Haunt spielt und die Poppy sehen will.

Ich höre ihr zu – wirklich –, ich schaffe es sogar, ab und zu etwas zu antworten, aber jedes Mal, wenn sie sich zu mir rüberbeugt, um mir etwas zuzuflüstern, oder unsere Hüften beim Gehen aneinanderstoßen, frage ich mich, ob es endlich so weit ist – *Küsst sie mich jetzt?* –, aber das ist es nie.

Poppy weiß natürlich genau, was sie tut. Sie macht es mit Absicht, lehnt sich an mich, und wenn ich sie hoffnungsvoll anblinzele, löst sie sich wieder von mir und lacht ihr wildes, helles Lachen. Ich versuche, nicht jedes Mal darauf reinzufallen, aber es ist unmöglich, weil sie es ist und ich es bin und ich sie wirklich küssen will. Ich sollte wohl wütend sein, aber es ist schwer, mich von ihrem Lachen nicht anstecken zu lassen.

Nach einer halben Stunde gebe ich auf und finde mich damit ab, dass es passieren wird, wenn es passiert, und ich in der Zwischenzeit auch einfach meinen Spaß haben kann.

»Ja, bin ich«, sage ich, als wir durch die Lanes streifen und Poppy gerade stehen geblieben ist, um ein weißes Schafsfell auf einem Tisch draußen vor einem Laden zu streicheln. Stirnrunzelnd sieht sie mich an, während ihre Hände immer noch über das Fell streichen.

»Du bist was?«

»Out.«

Sie blinzelt. »Was?«

»Du hast mich gestern gefragt, ob ich out bin, und ja, bin ich.«

Ihre Hände halten im Streicheln inne. »Was? *Richtig* out?«

Ich nicke.

Sie blinzelt noch ein paarmal, dann löst sie die Hände vom Schafsfell und steckt sie in ihre hinteren Jeanstaschen. »Ernsthaft?«

Wieder nicke ich.

»Vor wem?«

»Adara. Rosh. Meiner Mutter.«

»Deiner *Mutter*?«

Mein gestriger Versuch, sie zu überzeugen, dass nicht alle guyanischen Eltern super streng sind, ist eindeutig gescheitert, denn Poppy starrt mich mit offenem Mund an.

»Deine Mutter weiß, dass du …«

»Dass ich queer bin? Es ist okay, du kannst es ruhig aussprechen«, sage ich grinsend.

Sie lächelt nicht, sondern starrt mich nur weiter an, die Hände immer noch in den hinteren Hosentaschen, und dann sehe ich es, das Zucken, das über ihre Stirn huscht und genauso schnell wieder verschwindet, wie es gekommen ist. Ich glaube, es gefällt ihr nicht, dass diesmal ich sie in Verlegenheit bringe. Vielleicht hat sie auch nicht damit gerechnet, dass ich es so geradeheraus sage, aber ich habe es getan. Ich habe ihr eine Tür geöffnet, und jetzt wartet sie, dass ich sie reinbitte.

Einen Moment presst sie die Lippen zusammen, und dann fragt sie: »Und was ist passiert?«

Ich zucke die Achseln. »Nichts. Meine Mutter hat nicht geschluchzt oder mich umarmt und gesagt, dass es okay ist und sie mich trotzdem liebt. Sie hat auch nicht gebrüllt oder mich rausgeschmissen. Sie hat noch nicht mal gesagt, ich soll sie sonntags nicht mehr zum Gottesdienst begleiten, womit ich gerechnet hätte. Ich dachte, sie würde vielleicht sagen, dass ich verwirrt bin und es mir sicher noch mal anders überlege, dass ich einfach noch nicht den Richtigen getroffen hab. Aber sie hat nichts davon gemacht, sie hat einfach nur dagesessen und mich angesehen, während ich gewartet habe, dass sie etwas sagt. Aber geweint hat sie schon«, gebe ich zu. »Nicht auf diese wilde, geschauspielerte Art, die sie manchmal hat, wenn sie sauer ist und Gott fragt, warum er sie mit einer so egoistischen Tochter gestraft hat, nur weil ich vergessen hab, den Müll runterzubringen. Ganz leise. Es hat mich fertiggemacht.«

Ich versuche, nicht an den Gesichtsausdruck meiner Mutter zu denken, nachdem ich es ihr erzählt habe. *Woher weißt du es?* Das war alles, was sie sagte. *Woher weißt du es?* Also fragte ich sie, woher sie wusste, dass sie meinen Vater liebte, und da sah ich es – das Zögern – das Runzeln ihrer Stirn, ganz ähnlich wie eben bei Poppy.

»Und was ist dann passiert?«, fragt sie. »Als sie aufgehört hat zu weinen?«

»Wir haben nie wieder darüber geredet«, sage ich und zucke wieder die Achseln, als würde es nichts bedeuten. Als wäre es egal, dass ich keine Ahnung habe, ob mein Vater es weiß oder das eine weitere Sache ist, die wir vor ihm geheim halten, wie damals, als ich zum ersten Mal meine Periode bekommen hatte.

»Was?«, fragt Poppy entsetzt. »Nie?«

Ich schüttele den Kopf.

»Warum hast du es ihr erzählt?«

Ich bin mir sicher, dass Poppy bloß laut nachdenkt und es keine wirkliche Frage ist, aber ich antworte trotzdem.

»Ich weiß es nicht.« Und ich weiß es wirklich nicht. Ich hätte es ihr nicht erzählen müssen. Es ist nicht so, dass sie mich mit einem Mädchen erwischt hatte oder wie ich verschwitzt und voller Glitzer vom Pride nach Hause kam. »Sie hatte mich schon tagelang damit genervt, dass sie meinte, ich hätte mich verändert, dass ich irgendwas vor ihr geheim halten würde. Sie hat immer wieder gesagt: *Ich kenn dich doch, Ashana. Ich weiß, dass irgendwas ist.*«

»Also hast du's ihr erzählt?«

»Also hab ich's ihr erzählt«, sage ich mit traurigem Lächeln, und bei der Erinnerung daran zieht sich mir das Herz zusammen. »Ich glaube, damit hatte sie nicht gerechnet.« Ich weiß, dass sie damit nicht gerechnet hatte. »Sie dachte wahrscheinlich, ich würde gemobbt werden oder so. Damit wäre sie eher zurechtgekommen.«

»Und das war's?«

Ich nicke.

»Ihr habt nie wieder darüber geredet?«

Ich schüttele den Kopf.

»Bereust du's?«

Bis jetzt war mir das nie in den Sinn gekommen. »Nein, es war eine Erleichterung.«

War es wirklich. Ich fühle mich auf jeden Fall befreit. Befreit von der Angst, dass es mir eines Tages rausrutschen könnte, in der Kirche oder wenn wir bei Tante Lalita zu Abend essen und gerade eine Platte Dhal Puri herumreichen.

Poppys Stirnfalten werden noch tiefer. »War sie komisch, nachdem du es ihr erzählt hast?«

»Komisch nicht, nur vorsichtig. Ich meine, wir leben zwar in Brighton, und es fühlt sich an, als würden hier alle die Regenbogenfahne schwenken und wären total tolerant, aber für meine Mum ist es trotzdem hart. In Guyana ist es immer noch verboten.«

Poppy reißt die Augen auf. »Was? Selbst heute noch?«

Ich nicke. »Und wenn du dann noch das ganze Katholisch-

Sein bedenkst, verlange ich schon ganz schön viel von ihr.« Ich zucke die Achseln. »Ich erwarte von ihr, alles zu ignorieren, was sie je erzählt bekommen hat. Alles, was sie je gelernt hat.«

»Glaubst du, dass sie das kann?«

»Das Problem ist nicht, dass sie es nicht *kann*, sondern dass sie einfach noch nicht weiß *wie*.«

»Aber du bist ihre Tochter«, sagt Poppy, und ihre Augenbrauen berühren sich fast.

Ich weiß nicht, ob sie wütend oder schockiert ist, aber ihre Wangen sind auf einmal knallrot.

»Ja, schon«, sage ich. »Aber glaub mir, es ist das bestmögliche Ergebnis.«

Vielleicht nicht das *beste* mögliche Ergebnis – noch immer lüge ich und verstecke den Teil von mir –, aber zumindest fühlt sich alles wieder fast normal an. Vielleicht ist meine Mutter auch froh, es einfach dabei zu belassen, so lange ich sie nicht in eine peinliche Situation bringe. Oder vielleicht will sie auch nur nicht die Erste sein. Die Erste in unserer Familie mit einem queeren Kind. Ist sie nicht – das kann nicht sein –, aber sie wäre die Erste, die es offen sagt.

Und während ich mir nichts so sehr wünsche, als dass sie für mich eintritt – zu mir steht –, verstehe ich es auch. Sie will nicht anders sein. Sie will nicht, dass Tante Lalita schockiert ist und sagt, was für eine Schande es doch ist. Sie will nicht, dass über sie getuschelt und sie bemitleidet wird. Sie will nicht, dass sich irgendetwas ändert, aber warum sollte es das auch?

Sie ist nicht queer, ich bin es.

Manchmal frage ich mich, ob sie in mir nur noch das sieht, was sie alles verloren hat. Die große Hochzeit, bei der ich im weißen Kleid den Mittelgang unserer Kirche langgehe und meine Tanten *Ave Maria* singen, während meine Onkel sich wünschen, dass der Gottesdienst endlich vorbei ist, damit sie sich einen Drink genehmigen können. Das kann sie natürlich immer noch haben, und auch die Enkelkinder und die wilden Weihnachtsessen, bei denen alle um einen Tisch gezwängt durcheinanderreden.

Das Bild würde nur nicht ganz so aussehen, wie sie es sich ursprünglich vorgestellt hat.

»Tut mir leid«, sagt Poppy und nimmt die Hand aus der Hosentasche, um nach meiner zu greifen.

Sie drückt sie, und ich erwidere ihren Druck. »Danke.«

»Meinst du, sie kommt darüber hinweg?«

Ich denke daran, wie meine Mutter mir zwei Abende zuvor das Handy weggenommen hat und sagte: *Keine Mädchen bis nach den Prüfungen*, und lächle.

»Auf jeden Fall. Sie braucht nur eine Weile. Die erste Reaktion meiner Mutter auf alles ist immer, nein zu sagen. Dann denkt sie ein paar Tage drüber nach und ändert ihre Meinung.

Das ist schon so, wenn ich nur mit Adara ins Kino gehen will, also wird's ein paar Tage länger dauern, darüber hinwegzukommen, dass ich queer bin.«

Ich lache, und als Poppy mitlacht, ist sie wieder ganz die Alte.

»Wirst du ihr von mir erzählen?«

»Wenn es was zu erzählen gibt.«

Sie grinst. »Ich liebe Herausforderungen.« Sie wirft die Haare zurück. »Also bist du …«

»Lesbisch?«, beende ich ihren Gedanken und nicke. »Ja. Eine Weile war ich etwas verwirrt von Zayn Malik. Dann hab ich gemerkt, dass ich eindeutig auf Mädchen stehe.« Ich zucke die Achseln. »Du auch?«

Poppy nickt, und dann gehen wir wieder weiter und die Kensington Gardens hoch, ihre Hand immer noch in meiner.

»Dann bist du also auch out?«

»Ja. Ich hab's meinen Eltern letztes Jahr erzählt. Anscheinend ist fünfzehn das richtige Alter, der eigenen Tochter von Bienchen und Blümchen zu erzählen. Also hab ich ihnen gesagt, den Part mit den Bienchen können sie sich sparen, ich interessiere mich nur für die Blumen.«

Ich muss lachen. »Und dann?«

»Es hat sie nicht besonders überrascht.« Sie zuckt die Schultern. »Mein Vater dachte schon immer, meine beste Freundin Charlotte und ich würden … du weißt schon.«

Sie wackelt mit den Augenbrauen. »Aber wir waren einfach nur beste Freundinnen, wie du und Adara. Deswegen hab ich mich auch nur vor ein paar Freundinnen geoutet, denen ich vertraue. Ich gehe schließlich auf ein Mädchen-Internat.« Sie sieht mich mit großen Augen an. »Ich will nicht, dass alle denken, ich würde was von ihnen wollen, nur weil ich mich mit ihnen unterhalte.«

Kann ich verstehen.

»Aber ich kann nicht klagen.« Sie wirft die Haare zurück. »Meine Eltern haben genauso reagiert, wie sie sollten. Sie waren nett und mitfühlend und haben gesagt, dass sie mich immer noch lieben, und ich weiß, dass Mum es auch wirklich tut. Sie ist sehr offen. Sie weiß, dass die Erde nur ein blassblauer Punkt auf der endlosen kosmischen Leinwand ist. Und wenn sie das weiß, muss sie es ja für möglich halten, dass es irgendwo da draußen andere Lebewesen wie uns gibt, die bei der Geburt nicht gesagt bekommen, sie seien männlich oder weiblich oder hetero oder was auch immer, sondern denen es erlaubt ist, es für sich selbst herauszufinden. Wäre das nicht schön?«

Das wäre es tatsächlich.

»Mein Vater dagegen«, fährt sie seufzend fort, »hält sich für sehr aufgeschlossen, weil er in Brighton lebt, dabei ist er in Wirklichkeit kaum hier. Und er ist auch nicht aufgeschlossen. Bei den letzten Wahlen hat er garantiert die Konservativen gewählt.« Sie verdreht die Augen und wirft wieder die Haare zurück. »Und obwohl er bei meinem Coming-out die richtigen Sachen gesagt hat, hab ich das Gefühl, er denkt, es wäre nur eine Phase. Wie vegan sein.«

»Ist es das?«, frage ich, und ich wünschte, unter mir würde sich sofort ein Loch auftun und mich verschlucken.

Habe ich das wirklich gerade gesagt?

Doch Poppy sieht mich mit ihren blauen Augen an und strahlt. »Das werden wir wohl sehen.«

♡

Wir spazieren weiter und dann sitzen wir eine Weile auf der Sydney Street draußen vor einem weiteren Café, das Poppy liebt, und während sie mit geschlossenen Augen das Gesicht in die Sonne hält, sagt sie, es würde nicht mehr viele Tage wie diesen geben, wir müssten sie genießen. Etwas daran, wie sie es sagt, gibt mir das Gefühl, wieder auf der Fähre zu sein, lässt mich hoffen, dass sie sich auf den langsam beginnenden Herbst bezieht, nicht auf uns.

Als wir uns dem Bahnhof nähern, habe ich *den Kuss* schon ganz vergessen. Vorm Bahnhof bleiben wir stehen, und sie sieht mich an. »Ich will dir was zeigen.«

»Was denn?«, frage ich, und sie hält meine Hand so fest, dass ihre Ringe schmerzhaft in meine Finger drücken.

Sie sagt es mir natürlich nicht, und ich denke schon, sie schlägt gleich vor, dass wir in den Zug nach London steigen. So wie sie mich ansieht, mit strahlenden Augen, muss ich wieder daran denken, was sie vorhin über ihre Mutter gesagt hat und dass wir nur blassblaue Punkte auf einer endlosen kosmischen Leinwand sind.

Und vielleicht ist das alles, was wir sind, aber gerade fühlt es sich an, als würden sie und ich im Zentrum des Ganzen stehen, und ich hatte noch nie das Gefühl, das Zentrum von irgendetwas zu sein. Ich habe mich immer abseits gefühlt, als würde ich nur zusehen. Als wäre ich bloß eine Nebenfigur in der Geschichte aller anderen. Doch jetzt bin ich hier mit ihr, und ich bekomme endlich die Hauptrolle, und auch wenn ich nicht weiß, wie die Geschichte zu Ende geht, fängt sie so an: Draußen vorm Bahnhof, die Leute eilen an uns vorbei, um den Zug um 17.58 Uhr noch zu erwischen, ihre Hand in meiner.

»Vertraust du mir?«, fragt sie, und ich fühle, wir ihr ganzer Körper zittert, zittert vor Aufregung wegen der Idee, die sie gerade hatte, und weil sie es kaum erwarten kann, sie mir mitzuteilen. Als sie mich anlächelt, durchfährt mich der freudige Gedanke, dass jetzt der Moment sein könnte.

Vielleicht ist er das jetzt wirklich.

Der Kuss.

Vielleicht will sie mich auf der Millennium Bridge küssen,

mit der St Paul's Cathedral im Hintergrund und der Themse unter unseren Füßen. Oder während wir durch den Borough Market schlendern und uns Streetfood teilen. Oder im London Eye. Vielleicht wartet sie, bis wir ganz oben sind, obwohl sie Höhenangst hat und nicht rausgucken, sondern nur mich ansehen kann. Oder sie will mich im Victoria & Albert küssen, auf den Marmorstufen, die aussehen wie aus Blauschimmelkäse. Ich habe schon so oft davon geträumt, an diesen Orten geküsst zu werden, jedes Mal, wenn ich auf einem Schulausflug zu etwas unendlich viel weniger Aufregendem im Bus daran vorbeigefahren bin.

Ich weiß es nicht.

Ich weiß nur, wenn Poppy jetzt mit mir nach London fahren wollte, würde ich mitmachen.

»Komm«, sagt sie und drückt wieder meine Hand. Aber sie führt mich nicht in den Bahnhof, sondern daran vorbei und die Trafalgar Street runter – immer weiter runter, unterm Bahnhof entlang –, an den mit Graffiti besprühten Wänden voller Taubenkacke vorbei und auf das gruselige Toy and Model Museum zu.

Ich frage mich, wo sie hinwill, da fällt mir ein, dass die Real Patisserie ganz in der Nähe ist, und ich muss lächeln, als ich an unsere Begegnung auf der Fähre denke, wo ich noch glaubte, sie nie wiederzusehen. Dass sie nur ein Mädchen wäre, an das ich manchmal denken würde, wenn ich raus aufs Meer und auf den Windpark sehe oder wenn ich ein Croissant esse. Aber hier bin ich, mit ihr, und als sie mich über die Schulter hinweg ansieht und ihre Augen im trüben Licht unter der Brücke sogar noch mehr strahlen, weiß ich, dass ich ihr bis übers Ende der verdammten Welt hinaus folgen würde.

Schließlich bleibt sie stehen, doch bevor ich sie fragen kann warum, guckt sie hoch. Ich drehe den Kopf, und da sehe ich, was unter der Brücke an die Wand gesprüht steht: JUST KISS HER. Ich blicke sie an, und da ist dieser winzige Moment, der Moment, wo meine ganze Welt sich in die Zeit vor meiner Begegnung mit Poppy und danach teilt, und da weiß ich, dass ich den Rest meines Lebens damit verbringen werde, beides zu vergleichen.

Sie zieht mich an sich, eine Hand am Kragen meiner Lederjacke, die andere an meinem Gesicht. Ich schnappe nach Luft und schließe flatternd die Augenlider. Unsere Münder treffen sich zu einem Kuss, und ich grabe die Finger in ihre Hüften und halte mich an ihr fest, als würde ich sonst davonschweben, und die Züge in der Ferne donnern fast so laut wie mein Herz.

SIEBEN

Danach wird es zur Gewohnheit. Nachmittags nach der Schule treffe ich Poppy. Das Wetter ist nach wie vor so schön, dass wir uns meistens eine Bank suchen oder uns draußen vor das Café auf der Sydney Street setzen, um die letzte Herbstsonne zu tanken, ich in meiner Schuluniform, sie mit ihrer roten Glitzersonnenbrille. Poppy sagt immer wieder, es wird nicht mehr viele Tage wie diese geben, und wir müssen sie genießen, aber jetzt weiß ich, dass sie nicht von uns redet.

Doch hauptsächlich laufen wir einfach rum, bis die Läden schließen und es an der Zeit ist, nach Hause zu gehen. Poppy ist nicht wie Adara. Sie will nicht stundenlang bei Starbucks sitzen und über Make-up reden oder über die Schule meckern. Gott, ich hoffe, ich klinge nicht total arrogant. Das ist natürlich nicht alles, was Adara interessiert. Sie interessiert sich für ihre Familie, Mark, mich. Es macht sie fertig, dass die Welt brennt und es keine Sau juckt. Dass ihre kleinen Cousinen und Cousins in einer Welt aufwachsen, in der es Eisbären und Orang-Utans nur noch in Büchern geben wird. Sie will gut in der Schule sein und auf die Uni gehen und Biologin werden, damit sie daran etwas ändern kann.

Ich hätte nie gedacht, dass ich eins von diesen Mädchen werden könnte, die ihre Freundinnen einfach vergessen, sobald sie sich verlieben. Ich habe Adara damals *gehasst*, als sie mich links liegen gelassen hat, nachdem sie mit Mark zusammengekommen war. Aber Poppy hat einfach diese Wirkung auf mich – wie ein Tornado wirft sie mich um und reißt mich mit.

Mir war gar nicht klar, wie klein meine Welt war, bevor ich Poppy kennenlernte. Wir gehen in Galerien, von denen ich nicht wusste, dass es sie gibt, und durch Straßen, die ich vorher nicht kannte, obwohl ich schon mein Leben lang hier wohne. Poppys Ruhelosigkeit ist ansteckend. Es gibt immer etwas, das sie mir zeigen will – einen Secondhandladen mit ausgestopften Ratten mit Zylinderhüten oder den seltsamen veganen Schuhladen auf der Gardner Street, wo sie mich überreden will, meine Leder-Docs wegzuwerfen, nachdem sie auf der Greenpeace-Website etwas über Treibhausgasemissionen gelesen hat.

Es gibt immer einen Hund, den sie streicheln, eine vermisste Katze, die sie finden, Straßenmusik, der sie zuhören will. Sie erlebt alles, als wäre es zum ersten oder letzten Mal, und mir geht es genauso. Ich frage mich, ob sie diese unglaubliche Neugier von ihrer Mutter hat. Ich kann sie mir als Kind vorstellen, wie sie im Garten Schlammkuchen gebacken und am Ovingdean Beach bei Ebbe zwischen den Felsen nach Krabben gesucht hat, und ich wünschte, ich hätte sie damals schon gekannt. Aber ich kenne sie jetzt, und auch wenn sie gerade erst sechzehn ist, weiß ich, dass sie ein langes, ausgelassenes Leben führen wird.

Dabei war mit meinem Leben vor Poppy gar nichts verkehrt, doch jetzt sehe ich eine Zukunft. Etwas anderes als Brighton und unsere kleine, laute Wohnung. Etwas anderes als Schule und Hausaufgaben und heimlich auf Partys gehen, wenn meine Eltern schon schlafen.

Natürlich habe ich schon oft darüber nachgedacht, was als Nächstes kommt. College. Uni. Vielleicht auch zuerst Reisen, damit ich etwas von der Welt sehe, bevor sie sich auf Vorlesungssäle und Studi-Partys beschränkt. Aber vor Poppy war das bloß etwas, das ich irgendwo am Horizont erahnen konnte. Diese tolle Zukunft, die auf mich zukam wie ein Zug durch einen Tunnel. Ein Zug, in den ich einsteigen und der mich mitnehmen würde.

Nächster Halt: Erwachsensein.

College.

Uni.

Ein Praktikum.

Ein Job.

Ein besserer Job.

Heiraten.

Ein Haus.

Ein Kind.

Ein besserer Job.

Ein größeres Haus.

Mehr Kinder.

Enkelkinder.

Ein kleineres Haus.

Ein Krankenhausbett.

Ende.

So läuft es doch, oder?

Doch wenn ich mit Poppy zusammen bin, sehe ich so viel mehr als das.

Ich sehe unsere erste Wohnung und unser erstes Sofa und den ersten Sessel, den wir aus dem Secondhandladen mit den ausgestopften Ratten mit den Zylindern kaufen und irgendwie mit dem Bus nach Hause bekommen müssen. Vielleicht sogar einen Hund. Einen ruhigen Labrador, der jede Nacht zwischen uns schläft, oder einen übermütigen Zwergschnauzer, der unserer adoptierten Katze überallhin folgt und ihr ständig am Hintern schnüffelt.

Ich sehe es alles.

Ich will es alles.

Meine Zukunft.

Ganz anders als das Leben meiner Eltern.

Anders als Roshs.

Mein Leben.

Eines Tages bringt Poppy mir Blumen mit.

»Hier«, sagt sie und sieht dabei aus wie ein kleines Kind, die Grübchen, die ich ganz vergessen hatte, sind wieder da. »Für dich.« Sie hält mir einen bunten Strauß hin, mit einer fliederfarbenen Rose, einer orangenen Tulpe, einer rosa Nelke, einer weißen Margerite mit gelbem Knopf in der Mitte, einer Sonnenblume, einer lila und blau gefleckten Hortensie, einer Lilie, die gerade anfängt sich zu öffnen und ihr rosa gesprenkeltes Inneres zeigt, und in der Mitte von allem steckt eine einzelne rote Mohnblume.

Ich habe noch nie vorher Blumen geschenkt bekommen.

Natürlich habe ich davon geträumt. Mir rote Rosen zum Valentinstag gewünscht. An meinem Geburtstag darauf gewartet, dass es klingelt, und gehofft, dass, wenn ich die Tür öffne, meine neuste Traumfrau mit einem Strauß Pfingstrosen davorsteht.

Der Strauß ist wunderschön, aber seltsam. Doch ich hinterfrage ihn nicht, denn er ist von Poppy, und das hier ist genau ihre Art. Ich meine, sie würde bestimmt nie in Plastik verpackte Nelken aus dem Supermarkt kaufen. Sie zuckt die Achseln und sagt: »Ich wusste nicht, was deine Lieblingsblumen sind, also habe ich von jeder Sorte eine genommen«, und ich bekomme ein oder zwei Sekunden lang keine Luft.

Als ich mit den Blumen nach Hause komme, erzähle ich meiner Mutter, die Floristin auf der Manor Road hätte sie mir geschenkt, weil sie sie sonst hätte wegwerfen müssen, und so kann ich auch nichts dagegen sagen, als meine Mutter sie in einer Vase ans Küchenfenster stellt. Ich hätte sie lieber auf meinem Nachttisch, damit ich sie beim Einschlafen und Aufwachen sehen kann, aber sie sind da, und das ist alles, was zählt, und ich muss jedes Mal lächeln, wenn ich mir vorstelle, wie Poppy im Blumenladen von jeder Blumensorte eine für mich aussucht.

♡

Und so geht es weiter. Tage werden zu Wochen, Wochen zu einem Monat und dann noch einem. Ich weiß nicht, wann ich aufhöre zu zählen, doch das muss ich auch nicht, denn Poppy ist immer *da*. Sie geht immer ans Telefon. Antwortet immer auf meine Nachrichten.

Ich wusste gar nicht, dass es so sein kann.

Dass es so leicht sein kann.

Ich sollte ein schlechtes Gewissen haben, weil ich Adara nur noch in der Schule sehe. Ich kenne sie gut genug, um zu wissen, dass sie es schade findet, aber jedes Mal, wenn ich mich bei ihr entschuldige, erinnert sie mich daran, dass sie das Gleiche mit mir gemacht hat, als sie mit Mark zusammengekommen ist.

Irgendwann höre ich auf, mir Sorgen zu machen, es könnte vielleicht *zu* leicht sein. Oder es könnte uns wer sehen. Es könnte wer sehen, wie wir uns am Old Steine zum Abschied küssen und in der Schule rumerzählen, dass ich 'ne Lesbe bin. Eine Freundin meiner Mutter – noch eine Gillian – könnte ihr erzählen, dass sie Poppy und mich im Snooper's Paradise Hüte aufprobieren gesehen hat, als ich eigentlich in der Bibliothek für Bio lernen sollte.

Ich weiß nicht. Vielleicht will ich auch erwischt werden. Vielleicht will ich erwischt werden, damit ich nicht länger etwas vorgeben – mich verstecken – muss und meine Mutter und ich uns endlich richtig hierüber unterhalten können.

Doch bis dahin habe ich vor, jeden einzelnen Moment zu genießen.

Als es zu kalt wird, um draußen zu sitzen, ziehen wir in den Innenbereich unseres Cafés auf der Sydney Street um und beanspruchen den Tisch in der Ecke am Fenster als unseren – die erste Sache, die *unsere* ist. Der Tisch ist so klein, dass unsere Knie sich berühren, und es fühlt sich an, als würde die Erde sich ein bisschen langsamer drehen.

Eines Nachmittags schreibt Poppy mit dem Finger unsere

Initialen auf die beschlagene Fensterscheibe. Als sie ein Herz darum malt, verdrehe ich die Augen, aber hinter meinem Becher versteckt strahle ich, und mein Herz schlägt so wild gegen meinen Brustkorb wie ein im Badezimmer gefangener Spatz.

Und so verbringen wir unsere Nachmittage, wir unterhalten und küssen uns in unserem Café, an unserem Tisch am Fenster, als müssten wir nirgendwo anders sein. Doch eigentlich müssten wir das. Die Klausuren am Halbjahresende stehen kurz bevor, und eigentlich sollte ich in der Bibliothek sein oder in einer Lerngruppe den Vektor zwischen A und B berechnen. Das jedenfalls habe ich meinen Eltern erzählt, was ich mache, und sie kommen gar nicht auf die Idee, daran zu zweifeln. Sie freuen sich vielmehr, dass ich so fleißig bin. Ich habe ein schlechtes Gewissen, sie anzulügen, doch sobald ich Poppy sehe, ist es verflogen.

Adara sagt immer, wir befinden uns noch in der Flitterwochenphase, und ich rechne halb damit, dass sie irgendwann vorbeigeht, dass es mir auf Dauer langweilig wird, jeden Tag mit Poppy durch die Straßen zu schlendern. Dass das hier zu etwas Normalem wird, was auch immer das ist. Aber es passiert nicht, denn für Poppy ist alles ein Abenteuer. Eines Tages werden wir zusammen Berge besteigen. Durch Meere schwimmen. Unter den Sternen einschlafen, während der Mond über uns wacht.

Wir werden uns jeder Laune hingeben.

Und ich kann es kaum erwarten.

♡

Schneller als gedacht steht Weihnachten kurz bevor. Wir machen ein Selfie unter dem riesigen *LOVE* der Weihnachtsbeleuchtung auf der North Street, und dann sitzen wir in unserem Café und reden über nächstes Jahr, über all die Dinge, die wir machen wollen, und ich gehe mit dem Geruch von Lebkuchen-Latte in den Haaren und Leichtigkeit im Herzen nach Hause.

Poppy hilft mir, ein Geschenk für Rosh zu kaufen – eine Umhängetasche von Studio Ghibli, die Rosh lieben wird, und ich helfe Poppy, Badesalz von Neal's Yard für ihre Großmutter auszusuchen. Aber was auch immer wir machen, wir finden uns jedes Mal vor dem Juwelier auf der Kensington Gardens wieder – gegenüber von dem Laden, der die Schafsfelle verkauft. Im Schaufenster liegt eine goldene Kette mit einem Hummelanhänger, die Poppy sich zu Weihnachten wünscht. Sie hat ihren Eltern schon mehrfach dezente Hinweise gegeben, und immer, wenn wir am Juwelier vorbeikommen und die Kette noch da ist, seufzt sie erleichtert, doch dann lässt sie die Schultern sinken, wenn ihr bewusst wird, dass sie noch da ist, weil ihre Eltern sie nicht gekauft haben. Also gehen wir in unser Café, und ich spendiere ihr einen Lebkuchen-Latte, und wir unterhalten und küssen uns endlos lange, bis sie mir eine heiße Schokolade ausgibt.

Jeder Nachmittag ist eine Serie von ersten Malen. Das erste Mal, dass ich vor ihr weine. Das erste Mal, dass ich ihre warmen Wangen unter meinen Fingern spüre. Das erste Mal, dass ihre Hand unter den Kragen meines Schulhemds wandert und ihr Daumen über meinen Hals streicht, als würde sie meinen Puls suchen.

Manchmal legt sie es darauf an, versucht mich zu überreden, noch eine Viertelstunde länger zu bleiben oder mit ihr ins Kino zu gehen, damit wir in der letzten Reihe sitzen und uns den ganzen Film durch küssen können. Ich bin versucht, Ja zu sagen, aber das funktioniert nur, wenn ich bis zum Abendessen zu Hause bin. Das war schon ein harter Kampf – nachmittags nicht nach Hause kommen zu müssen, wenn ich noch was für die Schule mache –, den ich gewonnen habe, lange bevor ich Poppy kennenlernte. Und auch wenn ich in Wirklichkeit nichts ›für die Schule‹ mache –, solange meine Eltern glauben, dass es so wäre, ist alles gut, und Poppy und ich können unsere Nachmittage zusammen verbringen.

Doch das reicht nicht.

Poppy hat noch nichts gesagt, aber ich weiß, dass es sie nervt, nie mehr als ein paar Stunden mit mir verbringen zu können. Sie sagt immer wieder, dass sie die Jean-Michel-Basquiat-Ausstellung in der Tate Modern sehen will, und so schlage ich eines Nachmittags vor, dass wir hinfahren, und sie ist begeistert.

Meiner Mutter erzähle ich natürlich erst im letzten Moment davon. Ich warte, bis mein Vater duschen geht, und als meine Mutter schon auf dem Sprung zur Arbeit ist, erwähne ich einen Schulausflug. Es ist Samstag, und falls sie deswegen skeptisch werden sollte, bin ich darauf vorbereitet, ihr zu erzählen, dass Ms. Otwell kurz vor den Klausuren keinen ganzen Unterrichtstag ausfallen lassen will, aber Mum ist zum Glück gar nicht richtig bei der Sache, weil sie ihre Schlüssel sucht. Als sie die Schlüssel endlich gefunden hat, gibt sie mir nur einen Zehner, wünscht mir viel Spaß und rauscht aus der Tür.

Ich treffe Poppy am Bahnhof, und wir laufen Hand in Hand zum Zug. Wir finden einen freien Zweisitzer und schmiegen uns aneinander wie zwei Kommata, und so sitzen wir die ganze Fahrt bis nach London und spielen uns gegenseitig Songs auf unseren Handys vor.

Als wir in Blackfriars ankommen, rennen wir die Treppen runter und raus, raus auf den Thames Path, und Poppys rote Haare leuchten in der hellen Dezembersonne. Es ist kalt, die Luft strömt in großen Wolken aus mir heraus, aber ich spüre die Kälte gar nicht, meine Wangen sind heiß, während ich versuche, mit Poppy mitzuhalten.

Ich mag nicht viel an der Schule, aber Kunst mag ich. Ich mag Magrittes Pfeife, die keine Pfeife ist, und Hokusais sich kräuselnde Wellen, und ich wollte schon immer mal in die Tate Modern. Natürlich hab ich Fotos davon gesehen, von daher ist mir bewusst, dass die Tate Modern anders ist als die ganzen anderen Galerien mit ihren polierten Böden und grellweißen Wänden, aber als wir auf den Eingang zugehen, weiß ich trotzdem nicht so genau, was mich erwartet.

Beim Reingehen erhasche ich einen ersten schwindelerregenden Blick und merke gar nicht, als der Security-Mann mich anspricht, um meinen Rucksack zu überprüfen. Schließlich stößt Poppy mich an, und ich entschuldige mich, nehme den Rucksack ab und öffne ihn. Es ist nicht viel mehr drin als eine Trinkflasche, die ich irgendwann mit Wasser auffüllen muss, ein Schirm, ein paar benutzte Taschentücher und meine Handschuhe, die ich bisher nicht getragen habe, weil ich mir lieber die Finger abfriere und dafür aber Poppys Hand unmittelbar in meiner spüre. Poppy öffnet jetzt auch ihre Handtasche und hält sie dem Mann hin, dann dankt sie ihm, und ich folge ihr staunend die Schräge hinab ins blassgraue Licht der Turbinenhalle.

»Das ist sie. Ist sie nicht schön?«, sagt Poppy stolz, wie sie es bei unserem ersten Date gemacht hat, als sie mir das Café beim Royal Pavillon gezeigt hat, als würde sie mich einer alten Freundin vorstellen.

Die Halle ist so karg – nichts als harte Linien –, dass ich mir unsicher bin, ob ›schön‹ das richtige Wort ist. Doch ein paar Sekunden lang schweige ich voller Ehrfurcht. Die Halle sieht vielmehr aus wie … Ich habe keine Ahnung wie, aber eindeutig nicht wie eine Galerie. Sie ist *riesig*. Glatt und grau, wie das Innere eines Steins. Und es ist laut. Die Galerien, in denen ich bisher war, hatten alle die Steifheit einer Bibliothek. Fotografieren verboten. Berühren verboten. Nicht zu nah rangehen. Hier dagegen gibt es lautes Gelächter und Fangen spielende Kinder, deren Kreischen über den nackten Betonboden und die Wände hallt, und alles wird zu einem einzigen Lärm hoch über unseren Köpfen.

»Wir haben noch etwas mehr als eine Stunde bis zu unserem Zeitfenster«, sagt Poppy mit einem Blick aufs Handy.

»Zeitfenster?«, frage ich, immer noch abgelenkt von den dicken schwarzen Balken, die zur unglaublich hohen Decke emporragen. Ein roter herzförmiger Folienballon hängt in der rechten Ecke beim Eingang, wo er zweifellos bleiben wird, bis er irgendwann die Luft verliert und zu Boden sinkt. Ich kann mir das blanke Entsetzen auf dem Kindergesicht nur zu gut vorstellen, als der Ballon sich selbständig machte und an die Decke schwebte, für alle unerreichbar. Ob das Personal wohl eine Wette laufen hat, wann er wieder runterkommt?

»Unser Zeitfenster für die Basquiat-Ausstellung«, erklärt Poppy, ihre Stimme merklich lauter als noch vor einem Moment. Wahrscheinlich hat sie es schon mehrmals gesagt, denn als ich sie ansehe, runzelt sie die Stirn, als ob sie sagen wollte: *Erde an Ash*.

»Wir brauchen ein Zeitfenster? Können wir nicht einfach so rein?«

Sie lacht leise. »Leider nicht. Alle bekommen ein Zeitfenster von einer Stunde. Na ja, nicht *alle*. Heute ist bereits ausverkauft. Zum Glück habe ich die Tickets vorgestern schon online gebucht.«

»Tickets?«, frage ich panisch. Ich wusste nicht, dass wir Tickets brauchen. »Was kostet eins?«

»Siebzehn Pfund. Aber mach dir keine Gedanken.« Sie winkt ab. »Meine Eltern sind Mitglieder, daher waren sie umsonst.«

Siebzehn Pfund? Krass. Wie gedankenlos von mir. Ich hätte es checken müssen, bevor wir hergekommen sind. Was, wenn ihre Eltern keine Mitglieder wären und ich eins hätte kaufen müssen? Wo der Rest meines Geburtstagsgelds fürs Zugticket draufgegangen ist, hätte der Zehner von meiner Mutter gerade mal für ein halbes Ticket gereicht, und dann wären wir den ganzen Weg hergekommen und hätten noch nicht mal die Ausstellung sehen können.

Nicht dass Poppy das zugelassen hätte. Sie besteht darauf, alles zu bezahlen. Ab und zu darf ich ihr auch mal einen Kaffee ausgeben, aber meistens zahlt sie, bevor ich sie aufhalten kann. Anfangs war es mir super unangenehm, ich kam mir vor wie ein Sozialfall oder so, aber sie argumentiert immer höchst logisch und sagt, dass ich ja mein eigenes Geld ausgeben würde, während sie das ihres Vaters verwendet und er ihr was schuldig ist. Warum weiß ich nicht, aber sie guckt jedes Mal ziemlich böse, wenn sie ihre Kreditkarte an das Lesegerät hält.

»Komm schon«, sagt Poppy aufgeregt und streckt mir die Hand hin. »Ich will dir was zeigen.«

Ich nehme ihre Hand und lasse mich von ihr zum anderen Ende der Turbinenhalle führen, wo alle anderen anscheinend auch hinwollen. Eine große Menschenmenge hat sich versammelt, und als wir näher rangehen, erkenne ich einen riesigen Eisberg, so groß, dass er fast die Decke berührt.

Poppy, hartnäckig wie immer, schafft es, zwischen allen hindurchzuschlüpfen und zieht mich mit sich, und als wir vorne sind, sehen wir, dass der Eisberg in einer tiefen, runden Steinwanne steht. Ein Schauder erfasst mich, während ich ihn mit offenem Mund bestaune. Ich kann meinen Atem sehen, und da wird mir bewusst, dass der Eisberg echt ist, an seinen Seiten steigt Dampf auf, und die Spitze liegt im Nebel. Als ich mich weiter vorbeuge, sehe ich Tropfen von schmelzendem Eis, die daran runter in die Wanne laufen, und schließlich frage ich: »Was ist das?«

Ist das eine Skulptur? Die meisten Skulpturen, die ich kenne, sind von ernst guckenden Männern mit markantem Kiefer und langem Mantel und aus glattem, kühlem Stein gemeißelt oder aus Bronze, die sich durch die Witterung über die Jahre ahornsirupbraun verfärbt hat. Doch das Kunstwerk hier scheint das komplette Gegenteil davon zu sein.

Es fühlt sich fast lebendig an.

»Es gibt immer ein speziell für die Turbinenhalle geschaffenes Kunstwerk«, erklärt Poppy. Was ich schon weiß, aber ich bin froh, dass sie fortfährt, während ich den Eisberg weiter ansehe. »Alle möglichen verrückten Sachen. Normalerweise ist es etwas Interaktives. Einmal gab es einen Garten mit einem Weg zum Rumlaufen und Schaukeln und einer riesigen Rutsche. Das hier heißt *Kein Eisberg in Sicht*.« Sie deutet nickend darauf und lächelt stolz. »Ich hab auf der Greenpeace-Website darüber gelesen.«

Ich kann den Blick nicht davon losreißen. »Er ist wunderschön.«

»Es wird voraussichtlich sechs Monate dauern, bis der Eisberg geschmolzen ist, und wenn es so weit ist, wird er einfach weg sein.«

»Ergibt irgendwie Sinn, wo er aus Eis ist.«

»Ja.« Sie nickt wieder, und ihr Lächeln ist jetzt etwas trauriger. »Laut der Greenpeace-Website will die Künstlerin damit auf den Klimawandel und auf den steigenden Meeresspiegel hinweisen.«

»Und ich dachte immer, Kunst wäre etwas, was uns überdauert«, sage ich.

Poppy wirkt nachdenklich. »Ja, überleg nur mal, wie viele Kriege manche Gemälde schon überlebt haben und wie viele Bilder verloren gingen oder auf staubige Dachböden verbannt wurden, weil die Leute nichts von ihrem Wert wussten. Früher gab es Kunst nur für die Reichen oder in Museen, aber heutzutage ist Kunst überall. Die Leute hängen sich Andy Warhols *Soup Cans* oder Gustav Klimts *Der Kuss* an die Wand, obwohl sie noch nie das Original gesehen haben. Wir bemerken Kunst teilweise noch nicht mal mehr, oder?« Sie zuckt die Achseln. »So wie bei den Fotos von Grant Woods *American Gothic* mit den Gesichtern von Miss Piggy und Kermit, die uns irgendwer über WhatsApp schickt. Oder wir kaufen uns einen Special-Edition-Lipbalm, weil der Deckel von van Goghs *Mandelbaum in Blüte* ›inspiriert‹ ist.«

Normalerweise könnte ich Poppy stundenlang zuhören, doch die Vorstellung, dass dieser Eisberg schmelzen und in sechs Monaten einfach verschwunden sein wird, tut mir in der Seele weh.

Poppy beugt sich zu mir rüber und deutet nickend auf die ganzen Menschen um uns, die mit dem Handy Fotos vom Eisberg machen. »Jetzt sind zu viele Leute hier, aber das Personal hat wohl erzählt, nachts, wenn es ganz still ist, hören sie den Eisberg brechen.«

Ich lausche, aber als ich nichts höre, sehe ich sie an. »Können wir in sechs Monaten wiederkommen?«

Es war mir gar nicht bewusst, was ich sage, bis ich es ausgesprochen habe – dass wir in sechs Monaten immer noch zusammen sein werden –, und mein Gesicht fängt an zu glühen. Doch ihre Augen leuchten auf, so wie immer, wenn sie mich am Old Steine auf sich zukommen sieht.

»Klar. Wenn du magst, können wir jeden Monat wiederkommen und ein Foto machen, um zu sehen, wie sehr er sich verändert hat.« Sie drückt meine Hand. »Komm. Wir gehen hoch und machen ein Foto von oben.«

»Ich dachte, du hast Höhenangst?«

Sie grinst nur. »Inzwischen weiß ich, dass es etwas gibt, wovor es mehr lohnt, Angst zu haben.«

Mein Herz bebt, als Poppy mich über die Treppe zum Steg hinaufführt, der den Eisberg überblickt. Wir machen ein Selfie vorm Eisberg – sie grinst, ich habe die Augen geschlossen –, und dann machen wir Fotos aus allen möglichen Winkeln, um sicherzugehen, dass wir auch eins mit dem Nebel um die Spitze haben.

Als wir fertig sind, laufen wir Hand in Hand umher, von einem Raum in den anderen, und im Rothko Room bleiben wir schließlich hängen. So sehr ich moderne Kunst auch mag, ich *verstehe* sie nicht. Es gefällt mir, wie verspielt und anders sie ist, aber sie berührt mich wohl einfach nicht. Oder vielmehr hat sie mich nicht berührt, bis ich den Eisberg gesehen habe. Vielleicht hat mich der Eisberg diesem Rothko gegenüber aufgeschlossener gemacht. Noch vor zwanzig Minuten hätte ich auf die Farbblöcke gesehen und mich gefragt, was daran Kunst sein soll. Aber in diesem dämmrigen Raum mit Poppy an meiner Seite sind die Bilder jetzt tatsächlich irgendwie beruhigend. Ich starre auf die dicken, unebenen Striche, bis sie verschwimmen und zu einer einzigen Farbe werden, die ich nicht beschreiben könnte, wenn ich danach gefragt würde.

»Das hier erinnert mich an dich«, flüstert Poppy und lehnt sich an mich.

»Ja?«, frage ich und sehe ihr in die Augen. Unsere Münder sind sich so nah, dass sie sich fast berühren.

Sie zeigt auf das Bild. »Siehst du das Rechteck in der Mitte? Siehst du, wie rot es ist?«

Ich gucke zum Bild, dann nicke ich. »Ja?«

»In der Farbe stelle ich mir dein Herz vor.«

Ich wende ihr den Kopf wieder zu, und wir küssen uns – nur eine Sekunde lang, es ist mehr ein Sich-Streifen unserer Lippen als ein Kuss –, aber es ist lang genug, uns beide erschaudern zu lassen.

Wir sitzen so lange aneinandergeschmiegt da und gucken das Rothko-Bild an, dass wir uns beeilen müssen, das Zeitfenster für die Basquiat-Ausstellung nicht zu verpassen. Wir laufen um die mit Skizzenbüchern auf dem Boden sitzenden Studierenden der Kunst herum. Um die Touries und die Kinder, die es für ein Spiel halten und begeistert hinter uns herrennen. Wir laufen die Rolltreppe rauf und sind letztendlich sogar vier Sekunden zu früh da.

Poppy nimmt meine Hand, und wir gehen rein. Es ist so voll, dass wir kaum die Bilder sehen. Doch Poppy scheint es nicht zu stören, sie schafft es, uns vor jedes einzelne Bild zu schieben, und erzählt mir dann mit geröteten Wangen davon. Ich habe Basquiat letzte Nacht noch gegoogelt, also wusste ich, was mich erwartet, aber ich bin trotzdem überwältigt, seine Arbeiten vor mir zu sehen. Sie sind wild – leidenschaftlich –, orange, blaue, gelbe Farbflecken, die mich atemlos machen, wenn ich zu lange hinsehe.

Sie erinnern mich an Poppy, wird mir klar, als wir, ihre Hand in meiner, wieder gehen. Und ich habe das Gefühl, sie jetzt, wo ich die Bilder gesehen habe, ein bisschen besser zu kennen als vorher. Doch dann bleibt sie vor einem Poster für die Tate Britain stehen mit dem Bild einer Frau in einer Barke, und die Frau sieht ein bisschen aus wie sie, sie hat lange, rote Haare und reckt aufsässig das Kinn.

John William Waterhouse

The Lady of Shalott

1888

Es ist ganz anders als die Bilder, die wir heute gesehen haben. Viel ruhiger, weniger verzweifelt, die Farben gedeckt, fast ätherisch. Es ist ziemlich normal, muss ich leider sagen, wie etwas, das im Salon eines vornehmen Hauses hängen könnte.

»Das ist mein Lieblingsbild in der Tate Britain«, haucht Poppy. »Ist es nicht schön?«

»Ja«, sage ich und lächle sie an. »Wunderschön.«

♡

Als der Zug sich allmählich Brighton nähert, wird es schon dunkel, und wir sind beide ein bisschen benommen, weil wir eingeschlafen sind, während wir aneinandergekuschelt einen Podcast über die Ausstellung gehört haben.

»Sind wir schon da?«, fragt Poppy gähnend.

»Fast«, sage ich und küsse sie auf die Wange.

»Oh, nein.« Plötzlich setzt sie sich auf. »Ich wollte dir noch was geben.«

Sie zieht eine lila Plastiktüte zwischen ihren Füßen hervor und hält sie mir hin. Bevor wir die Tate Modern verlassen haben, war sie noch im Museumsshop, während ich in der gefühlt endlosen Toilettenschlange anstand, und als ich zurückkam und sie die Tüte in der Hand hielt, dachte ich, sie hätte sich selbst etwas gekauft, nicht mir.

»Na los«, grinst sie mich an, und ihre Grübchen sind wieder da.

Ich greife hinein und ziehe ein Buch über Basquiat hervor.

Sie zwinkert mir zu. »Damit deine Mutter dir glaubt, dass du wirklich in der Tate Modern warst.«

»Danke, mein Schatz«, sage ich grinsend und küsse sie wieder auf die Wange.

»Schlag es auf. *Schnell*. Wir sind schon fast am Bahnhof«, sagt sie mit einem Blick aus dem Fenster.

Zwischen den Seiten liegt eine Postkarte. Ich muss gar nicht genauer hinsehen, um das Motiv zu erkennen, und meine Hand zittert, als ich danach greife. Es ist das Rothko-Bild, von dem sie sagte, dass es sie an mich erinnert.

»Pop«, flüstere ich und drehe die Karte vorsichtig um.

Mark Rothko

Red on Maroon

1959

»Gefällt sie dir?«, fragt sie gespannt lächelnd.

»Na klar.« Ich presse mir die Karte an die Brust und seufze. »Sehr.«

»Gut«, sagt sie und küsst mich auf den Mund. »Für mich hab ich auch eine gekauft.«

Sie zieht noch eine lila Tasche zwischen ihren Füßen hervor und hält sie hoch.

»Hattest du einen schönen Tag, Poppy Morgan?«, frage ich, als der Zug schließlich in den Bahnhof einfährt.

»Ich hatte den allerschönsten Tag, Ash Persaud«, sagt sie und küsst mich wieder.

♡

Ein Blick aufs Handy verrät mir beim Aussteigen, dass meine Eltern sich nicht gemeldet haben, was gut ist, und außerdem, dass es erst drei Uhr nachmittags ist, was noch viel besser ist. Ich habe meinen Eltern gesagt, bis sieben Uhr zu Hause zu sein, und ich will Poppy gerade verkünden, dass wir noch vier Stunden zusammen haben, als ich hinter mir laute Stimmen höre. Ich drehe mich um, und eine Person ruft: »Er hat ein Messer!« Da rennt auch schon ein Typ mit solcher Wucht in mich rein, dass ich Sterne sehe. Mit lautem Stöhnen lande ich auf dem Boden.

Es tut so weh, dass mein Blick verschwimmt.

Und dann höre ich nichts mehr außer Poppys Schreien.

ACHT

»Alles okay«, sage ich, aber Poppy ist total außer sich.

So sehr, dass ein Mann im Anzug zu uns kommt und fragt: »Geht es euch gut?« Er sieht erst Poppy an, die schluchzend unverständliche Worte von sich gibt, und dann runter zu mir.

»Ja, alles okay«, sage ich, und er fasst mich am Arm und hilft mir auf. Die Beine klappen beinah unter mir zusammen, aber ich gebe nicht auf, und als ich schließlich stehe, wiederhole ich: »Alles okay.«

»Bist du verletzt?«, fragt er. »Du hast dir nichts gebrochen, oder?«

»Nur den Hintern.«

Er lacht, doch Poppy ist immer noch vollkommen aufgelöst, ihr Gesicht tränenbedeckt, die Stirn so heftig gerunzelt, dass ihre Augenbrauen sich fast berühren.

»Pop, es geht mir gut«, sage ich wieder und versuche zu lächeln, auch wenn mir alles weh tut.

»Ganz sicher?«, fragt der Mann im Anzug. Ich nicke, und er läuft zurück zu den Ticketschranken.

Da sehe ich ihn, den Mann, der zusammengekrümmt auf dem Boden liegt. Eine Gruppe von Leuten hat sich um ihn geschart, die sich fassungslos ansehen, während ein Security-Mitarbeiter in neongelber Jacke auf und ab laufend in ein Funkgerät spricht. Dann sehe ich das Blut – leuchtend rot, wie auf dem Rothko-Bild – das unter dem auf dem Boden Liegenden hervorläuft und schon fast die Füße der Leute berührt, die keuchend einen Schritt zurückmachen.

Da begreife ich, warum Poppy so außer sich ist.

Ich lege ihr die Hände auf die Wangen und warte, bis sie mich ansieht. »Es geht mir gut.«

Ihr Eyeliner ist ganz verwischt und Mascara-gefärbte Tränen laufen ihr übers Gesicht. Sie umklammert mit den Fäusten das Revers meiner Lederjacke. »Ich dachte, er hätte auf dich eingestochen«, sagt sie schluchzend.

»Mit mir ist alles okay. Siehst du?« Ich ziehe meinen Pulli hoch und zeige ihr meinen nackten Bauch.

Sie dreht mich herum, zieht den Rücken meiner Lederjacke hoch, um auch da nachzusehen, und die kalte Luft an meiner Haut lässt mich erschaudern.

Als sie sich überzeugt hat, dass es mir wirklich gut geht, dreht sie mich zurück und umarmt mich. »Ich dachte, er hätte auf dich eingestochen«, wiederholt sie schluchzend.

»Ist gut, Pop«, flüstere ich in ihre Haare und drücke sie an mich. »Alles ist gut.«

Als sie sich schließlich von mir löst und tief einatmet, nehme ich ihre Hand und sage: »Komm, verschwinden wir von hier.«

♡

Poppy besteht darauf, dass wir ein Taxi nehmen, sie will einfach nur nach Hause. Schweigend sitzen wir auf der Rückbank und sind gezwungen, Ann Widdecombe zuzuhören, die auf LBC behauptet, Homosexualität sei *heilbar*. Ich zumindest höre zu, bei Poppy bin ich mir nicht so sicher. Als ich zu ihr rübergucke, spielt sie mit gesenktem Blick mit dem Ring an ihrem Daumen – dem mit dem roten Herzen und dem Dolch darin.

Während das Taxi über die Marine Parade fährt, rechts von uns das Meer, frage ich mich, wie meine Mutter wohl reagieren würde, wenn sie wüsste, was gerade auf dem Bahnhof passiert ist. Bis eben war ich noch viel zu sehr damit beschäftigt, Poppy zu versichern, dass es mir gut geht, und von dort wegzukommen. Aber jetzt, wo alles still ist – viel zu still –, und Poppy neben mir immer noch in Schockstarre ist, ihr Gesicht viel blasser, als ich es je gesehen habe, erlaube ich mir, darüber nachzudenken.

Warum er? Warum hat der Typ ausgerechnet auf diesen Mann eingestochen? Kannten sich die beiden? Oder hat der

Typ versucht, ihm das Handy aus der Hand zu reißen, als sie aus dem Zug stiegen, aber er hat es festgehalten? Etwas Ähnliches war meiner Mutter letztes Jahr an der Bushaltestelle vorm Krankenhaus passiert, und hinterher hat mein Vater Rosh und mir eingebläut, dass, wenn uns jemals so etwas geschieht, wir der Person einfach geben sollen, was sie will, und es gut sein lassen. Wir sollen nicht um Hilfe rufen oder empfehlen, sich mal besser einen Job zu suchen (was meine Mutter getan hat, und der Typ war so perplex, dass sie schon im Bus war, ehe er sich von seinem Schreck erholen konnte), sondern einfach unser Handy oder Portemonnaie oder was auch immer rausrücken, weil es die Sache einfach nicht wert ist.

Alles kann ersetzt werden.

Solche Geschichten machen mir Angst. *Richtige* Angst. Keine Serienmörder oder Axtmörder oder unheimliche Geräusche in der Nacht. Sondern solche unsinnigen, zufälligen Ereignisse, die sich nicht umgehen lassen und auf die du dich nicht vorbereiten kannst, wo du dich noch nicht mal fragen kannst warum, weil du einfach zufällig da warst, zur falschen Zeit am falschen Ort, und es gibt keine weitere Erklärung dafür.

Vielleicht ist genau das dem Mann im Bahnhof passiert. Vielleicht hat er den anderen nicht zuerst aussteigen lassen oder hat ihn falsch angeguckt, und das hat schon gereicht.

Vielleicht hätte es genauso gut eine von uns treffen können, wenn der Typ im Zug bei uns in der Nähe gesessen und Poppys Lachen zu laut gefunden hätte oder wenn sie nicht darauf bestanden hätte, dass wir im ersten Wagen sitzen, damit wir als Erste vom Bahnsteig gehen können. Bei dem Gedanken verkrampft sich jeder einzelne Muskel in meinem Körper.

Ich frage mich, wie es dem niedergestochenen Mann jetzt geht. Ob er in der Notaufnahme ist und meine Mutter uns von ihm erzählen wird, wenn sie von der Arbeit kommt. Ob sie Rosh und mich ermahnen wird, vorsichtig zu sein, und mein Vater uns wieder einen Vortrag halten wird, dass wir nichts Unüberlegtes tun sollen und alles ersetzt werden kann.

»Ich dachte, er hätte auf dich eingestochen«, sagt Poppy wieder, während sie immer noch mit ihrem Ring spielt.

»Pop, mir geht's gut.« Ich warte, bis sie mich ansieht, dann lächle ich. »Siehst du? Alles heile.«

»Ja, aber was wäre, wenn nicht?«, fragt sie mit wütendem Blick. »Da kommen wir von einem wahnsinnig schönen Ausflug zurück, und du könntest einfach so«, sie schnipst mit den Fingern, »sterben – und warum? Weil wir ausgerechnet den Zug genommen haben und nicht den danach? Oder weil du dem Typen gesagt hat, dass er besser aufpassen soll, nachdem er in dich reingelaufen ist?« Schließlich sieht sie mich an, ihre Augen stehen voller Tränen. »Das ist das

Problem, Ash. Wir sind sechzehn und glauben, wir hätten alle Zeit der Welt. Wir hätten unser ganzes Leben noch vor uns, unzählige Jahre, aber was wenn nicht? So was wie eben könnte uns jeden Moment passieren.«

»Poppy«, sage ich und lege ihr die Hände auf die Wangen. Ihre Haut *brennt*. »Alles ist gut.«

»Ist es nicht. Es hat mir nur bewusst gemacht, wie viel du mir bedeutest. Was, wenn ich dich heute verloren hätte?«

»Ich weiß«, seufze ich, lege den Arm um sie und ziehe sie sanft an mich. Sie lässt es zu und lehnt den Kopf an meine Schulter, wie im Rothko Room. »Ich gehe nirgendwohin, versprochen.«

Sie sieht mich unter ihren dichten Wimpern hindurch an. »Versprochen?«

Ich drücke meinen Mund auf ihren, dann fasse ich sie am Kinn. »Versprochen.«

Da bleibt das Taxi auf einmal abrupt stehen, und wir werden in unseren Gurten nach vorne geschleudert.

»Was soll der Scheiß?«, höre ich Poppy murren, während ich mich umsehe, was passiert ist.

»Ist alles okay?«, frage ich, denn ich vermute, dass uns ein anderes Auto geschnitten hat oder so.

Der Fahrer dreht sich zu mir um, seine Birne ist knallrot. Er hat eine Glatze und sieht aus wie das Emoji von einem wütenden Gesicht. »Raus.«

»Wie bitte?«, frage ich blinzelnd und sehe mich wieder um.

Hat er wen angefahren?

Kam aus einer Nebenstraße auf einmal wie aus dem Nichts ein Fahrrad geschossen?

Doch der Fahrer wirkt überhaupt nicht besorgt, nur wütend. »Raus aus meinem Taxi!«

Ich halte die Hände hoch. »Okay, okay. Beruhig dich, Peggy Mitchell«, sage ich, und er wird noch röter.

»Ihr seid widerlich, ihr beiden!«

Jetzt sieht Poppy ihn verdattert an. »Wir sind was?«

»*Widerlich!*«, spuckt er, und sie zuckt zurück, eine Hand auf der Brust, während er mit dem Finger auf uns zeigt und uns abwechselnd ansieht. »*Das ist mein Taxi*. Ich kann mir aussuchen, wer bei mir mitfährt, und ich will, dass ihr *aussteigt*!«

»Okay.« Poppy begreift einen Moment schneller als ich, was er meint.

Doch ich bin immer noch verwirrt. Ich frage mich, was wir getan haben, ihn so gegen uns aufzubringen. Wir sind schließlich nicht betrunken oder haben uns lauthals gestritten oder so. Wir haben ihn noch nicht mal gebeten, das schreckliche Interview mit Ann Widdecombe auszuschalten.

»Was ist denn los?«, frage ich und sehe erst ihn an, dann Poppy. »Was ist passiert?«

Poppy verdreht die Augen und öffnet die Tür. »Weil wir uns geküsst haben, Süße.«

Im Ernst?

Es war ja nicht so, dass Poppy und ich wild geknutscht und rumgemacht hätten.

Es war bloß ein Küsschen.

»Genau!«, bestätigt der Fahrer. »Und das ist *widerlich*!«

Poppy lacht, und als er sie spöttisch angrinst, würde ich am liebsten sein beschissenes Taxi abfackeln.

»Guck sie nicht so an, du homofeindlicher Wichser!«

Jetzt grinst er mich an. »Schöner Mund.«

Doch ich steige nicht darauf ein, denn ich weiß, wie das läuft: Er versucht, mich so auf die Palme zu bringen, dass ich ausraste, um sich dann über mich lustig zu machen, weil ich wütend geworden bin.

Also erwidere ich sein Grinsen. »Danke.«

»Das ist gottlos!«

»Gottlos?«, frage ich lachend.

Seine Augen funkeln wütend. »Richtig. Gottlos. Abscheulich!«

»Ach ja? Wenn Gott nicht gewollt hätte, dass ich queer bin, warum hat er mich dann so gemacht?«

»Er hat dich nicht so *gemacht*. Du hast es dir *ausgesucht*. Gott ist damit nicht einverstanden.«

Ich lehne mich vor. »Meine Beziehung zu Gott geht Sie

nichts an. Weder Sie noch irgendwen sonst. Haben Sie nichts Besseres zu tun, als sich in anderer Leute Leben einzumischen?«

»Deine Beziehung zu Gott!« Er schnaubt. »Was soll das denn für eine Beziehung sein?«

»Ich gehe schon mein ganzes Leben jeden Sonntag in die Kirche.«

Er beugt sich zu mir vor, so weit, dass ich den Speicheltropfen auf seiner Unterlippe sehe. »Na, dann solltest du es wohl eigentlich besser wissen, oder? Die Bibel – falls du sie gelesen hast – sagt ganz klar: *Du sollst nicht bei einem Mann liegen wie bei einer Frau; es ist ein Gräuel.* Levitikus, Kapitel achtzehn, Vers zweiundzwanzig. Ich würde vorschlagen, du liest es mal nach.«

»Und ich würde vorschlagen, dass Sie mal weiterlesen. Im nächsten Kapitel von Levitikus – Kapitel neunzehn, Vers achtundzwanzig, um genau zu sein – heißt es nämlich: *Ihr sollt um eines Toten willen an eurem Leibe keine Einschnitte machen, noch euch Zeichen einätzen.*« Ich zeige auf das Tattoo an seinem Hals, wo in Schreibschrift *Casey* steht. »Wenn Sie weitergelesen hätten, würden Sie das wohl wissen, oder?«

»Raus aus meinem Taxi!«, sagt er wieder, und er sieht so wütend aus, dass sein Kopf garantiert jeden Moment explodiert.

Ich kann nicht anders als zu lachen. »Okay, Kumpel.«

»Ich bin nicht dein *Kumpel*«, sagt er, während ich nach dem Türgriff greife. »Und jetzt verschwinde aus meinem Taxi!«

»Kein Problem. Aber wir zahlen nicht«, sage ich, ein Bein bereits aus der Tür.

»Ich will euer Geld auch gar nicht! Es ist schmutzig.«

Ich muss noch mehr lachen. »Das sollten Sie aber. Sie werden es brauchen. Mit der Einstellung kommen Sie hier nicht ins Geschäft. Das hier ist Brighton. Es gibt hier *sehr* viele von uns«, sage ich mit stolzem Lächeln.

»Und ihr kommt alle in die Hölle!«, ruft er mir hinterher, als ich aussteige.

»Dann sehen wir uns da«, sage ich noch, bevor ich die Tür zuknalle.

Er rast mit quietschenden Reifen davon, und Poppy und ich sehen uns an und lachen prustend los.

Zum Glück sind wir fast schon am Eaton Place, es kann bis zu Poppys Haus also nicht mehr weit sein.

»Oh, Miss Persaud«, seufzt sie, eine Hand auf der Brust, und setzt einen vornehmen Akzent auf – oder einen noch vornehmeren, sollte ich wohl besser sagen –, während wir in Richtung Chichester Terrace losgehen. »Sie sind gottlos!«

Sie sagt es so überzeugend, dass ich mich frage, wie viele Leute an ihrer Schule tatsächlich so reden.

Ich probiere es auch, obwohl ich nicht so gut darin bin. »Und Ihr Geld ist schmutzig, Miss Morgan.«

»Ich kann es nicht fassen, dass du ihn Peggy Mitchell genannt hast!« Sie bleibt stehen, hält sich an meinem Arm fest und wirft wild lachend den Kopf zurück. Sie lacht so sehr, dass die Leute auf der anderen Straßenseite schon zu uns rübergucken.

»Du warst großartig, als er gesagt hat, wir wären widerlich!«, sage ich, lege mir die Hand auf die Brust und schrecke übertrieben entsetzt zurück. »Back rolls?«

»Back rolls!«, kreischt sie so laut, dass eine Möwe davonfliegt. »Ich liebe Alyssa Edwards!«

»Sie ist die Beste!«

»Sie und Sharon Needles.«

Ich verziehe das Gesicht, als wollte ich sagen: *Na klar*.

»Das ist *mein* Taxi«, sagt Poppy und versucht diesmal einen Cockney-Akzent. »Und ich will, dass ihr *aussteigt*.«

»Du klingst noch viel zu vornehm!«, lache ich.

»Ich will, dass ihr *aussteigt*«, probiert sie es noch mal breiter.

»Gar nicht so schlecht«, sage ich beeindruckt. »Vielleicht war deine Mum doch ein Whitehawk-Mädchen.« Ich stoße sie mit der Hüfte an, und sie gackert.

Wir stehen da, auf der Straße, und Poppy kann sich vor Lachen kaum halten. Sie steht vornübergebeugt, die Haare fallen ihr ins Gesicht, so dass ich sie überhaupt nicht mehr sehe – ich höre sie nur lachen –, und ich bin froh, dass wir darüber lachen können. Oder vielleicht lachen wir auch nur, weil wir nicht wissen, was wir sonst tun sollten.

Wie sehr Brighton sich auch damit rühmt, queeren Menschen gegenüber offen zu sein, die Stadt ist trotzdem noch lange nicht die Regenbogenfahnen schwenkende, liberale Traumstadt, als die sie sich verkauft, von daher wusste ich, dass so etwas irgendwann passieren würde.

Doch dass es jetzt tatsächlich so gekommen ist, ist ziemlich ernüchternd.

Ich muss an meine Großeltern denken, und schließlich verstehe ich, warum meine Mutter nichts gesagt hat, als ich ihr erzählte, lesbisch zu sein. Es liegt nicht daran, dass sie es nicht gutheißen würde. Sie hat Angst.

Schließlich ist sie mit den Geschichten darüber aufgewachsen, wie meine Großeltern von Guyana nach London gekommen sind: Sie hatten in Zeitungsannoncen gelesen, dass das Mutterland nach dem Zweiten Weltkrieg Hilfe suchte, um das Gesundheitssystem und den Öffentlichen Nahverkehr in London wiederaufzubauen, und dachten, sie wären gewollt. Allerdings stellten sie schnell fest, dass dem nicht so war. Die weißen Pflegerinnen bekamen die besten Zimmer und die besten Schichten, und die Patientinnen und Patienten fragten meine Großmutter nach einer Person, die Englisch spricht, weil sie ihren Akzent nicht verstanden. Oder die Geschichte, wie meine Großeltern sich im Bus kennenlernten, als eine weiße Frau von meiner Großmutter verlangte, ihren Platz freizugeben, damit sie sich setzen konnte, und mein Großvater sich daraufhin einmischte. Oder dass die Pubs Schilder hatten, auf denen stand: *Keine Iren, keine Schwarzen, keine Hunde.*

Meine Mutter will nicht, dass ich das Gleiche durchmachen muss wie sie. Auf der Straße angespuckt oder im Pub nicht bedient zu werden. Und ganz bestimmt nicht aus dem Taxi geworfen zu werden, nur weil ich meine Freundin geküsst habe.

»So was ist mir noch nie passiert«, sagt Poppy und lässt meinen Arm los, während wir weiter in Richtung Chichester Terrace gehen. »Dir?«, fragt sie.

Ob sie weiß, was ich denke? Ich schüttele den Kopf.

»Ich hätte echt nicht gedacht, dass es solche Leute noch gibt, vor allem nicht in Brighton.«

»Oh, doch«, sage ich traurig seufzend und stecke die Hände in die Taschen meiner Lederjacke.

»Ich kann es kaum glauben.« Sie sieht wirklich schockiert aus, als sie sich die Haare aus dem Gesicht streicht.

»Geht es dir gut?«, frage ich stirnrunzelnd.

»Ja«, sagt sie, und ich glaube ihr. »Es ist nur komisch, weil Mädchen sich sonst eher Sorgen machen, vom Fahrer im Taxi eingesperrt als rausgeworfen zu werden.«

Sie bleibt stehen, und da wird mir klar, dass wir uns vor ihrem Haus befinden. Es ist eins dieser weißen Hochzeitstortenhäuser mit großen, aufs Meer hinausgehenden Fenstern, die vor ein paar Jahren alle in Wohnungen umgewandelt wurden.

»Kommst du mit rein?«, fragt sie, während sie die Schlüssel aus der Handtasche nimmt.

Natürlich würde ich gern. Ich will schon so lange sehen, wie sie wohnt. Ihr Zimmer. Ihre Klamotten. Die Fotos, die um ihren Spiegel hängen. Ich hoffe, ihre Wohnung liegt im obersten Stock, denn auch wenn das Haus längst nicht so hoch ist wie das Kingfisher Court, werde ich hier endlich einen Blick aufs Meer haben, der nicht von reihenweise Dächern unterbrochen ist. Trotzdem zögere ich. Ich frage mich, ob ihre Eltern zu Hause sind und ob das jetzt der Moment ist, wo sie mich ihren Eltern vorstellen wird.

Ich bin noch nicht bereit. Ich trage Jeans und einen Hoodie. So kann ich ihren Eltern nicht zum ersten Mal begegnen. Außerdem habe ich das Buch ihrer Mutter über die Wunder des Kosmos erst zur Hälfte durch, weil Rosh es mir weggeschnappt und es zuerst gelesen hat, als ich damit aus der Bibliothek nach Hause kam.

Poppy scheint meine Zurückhaltung zu spüren, denn sie dreht sich zu mir um und grinst. »Keine Sorge. Meine Eltern sind nicht da.«

Das ist ja noch schlimmer! Ich bin erst recht nicht bereit, mit ihr allein zu sein! Ich meine, klar war ich schon allein mit ihr, aber nicht *richtig* allein. Ich habe natürlich gehofft, irgendwann würde es so weit sein, aber ausgerechnet heute habe ich nicht damit gerechnet. Ich wollte zu dem Anlass besondere Unterwäsche anziehen, und außerdem habe ich mir heute Morgen nicht die Beine rasiert, weil mein Vater unbedingt vor der Badezimmertür stehen und brüllen musste, dass ich aus der Dusche kommen soll.

»Hey, hör auf, so viel zu grübeln.« Lachend greift sie nach meinem Arm und zieht mich die Treppe zur Haustür hoch. »Du bekommst noch Kopfschmerzen.«

Sie steckt den Schlüssel ins Schloss und stößt mit der Hüfte die Tür auf. Drinnen schaltet sie das Licht an, und ich folge ihr hinein, dann dreht sie sich zu mir um und zeigt auf meine Jeans. »Okay. Ausziehen.«

Entsetzt sehe ich sie an, mit offenem Mund und weit aufgerissenen Augen.

»War nur Spaß!«, sagt sie lachend und wirft ihren Schlüsselbund auf den Tisch unter einem riesigen Spiegel mit kunstvollem Goldrahmen. Kurz bleibt sie stehen, um ihr Spiegelbild zu betrachten und sich über die Haare zu streichen, bevor sie zurückgeht und die Tür hinter mir schließt. Da sehe ich den Flur, der aussieht wie aus einem Historiendrama auf BBC. Schwarz-weißer Fliesenboden, ein schwerer Kronleuchter und eine Treppe, die weit hoch zu einem gewölbten Glaskuppeldach führt.

»In welchem Stock wohnt ihr?«, frage ich und gucke nach den Wohnungsnummern an den Türen, aber da sind keine.

Sie zuckt die Achseln. »In allen.«

»Ihr wohnt im ganzen *Haus*?« Blinzelnd sehe ich sie an. »Ihr *allein*?«

Sie nickt.

»Wie viele Etagen?«

»Vier, plus die Wohnung unten.«

»Es gibt unten noch eine Wohnung?«

Sie ist wahrscheinlich größer als die, in der meine Eltern, Rosh und ich wohnen, wenn ich mir nur diesen Flur hier anschaue.

»Es ist wunderschön«, sage ich und beuge mich runter, um meine Docs auszuziehen, aber Poppy winkt ab. »Kannst die Schuhe anlassen.«

Dann erzählt sie: »Das Haus gehörte schon immer der Familie meines Vaters, seit es 1828 gebaut wurde. Hier hat noch nie wer anders gewohnt.«

»Wir haben ein Haus in Guyana, das meine Urgroßeltern gebaut haben. Natürlich nicht so groß wie dieses, aber es hat einen *riesigen* Garten mit einem Cashewbaum und einen Kanonenkugelbaum mit großen Nüssen, die aussehen wie rostige Kanonenkugeln.« Ich deute mit den Händen die Größe an. »Sie sind nicht essbar, aber meine Großmutter sagt, als sie klein war, hat ihre Mutter ihr die Blätter zum Kauen gegeben, wenn sie Zahnschmerzen hatte. Die Blüten sind wunderschön. Groß und pinkorange, und sie riechen unglaublich.«

Als ich Poppy ansehe, strahlt sie, offensichtlich ist sie ganz bezaubert von meiner Erzählung. »Wer wohnt da jetzt?«, fragt sie.

»Meine Großeltern. Sie sind vor ein paar Jahren zurückgezogen, weil es sonst auseinandergefallen wäre.«

»Das hier auch. Meine Großmutter hat noch bis letztes Jahr hier gewohnt, aber sie ist einfach nicht mehr damit zurechtgekommen. Es kostet ein Vermögen, das Haus instand zu halten, und dann noch die ganzen Stufen …« Sie deutet auf die Treppe. »Sie ist in ein Heim in Rottingdean gezogen, und sobald das Haus in den Besitz meines Vaters übergegangen war, hat er es komplett ausgeräumt.«

»Warum?«

»Meine Großmutter hatte sich die letzten Jahre nicht mehr darum kümmern können, und es war in einem ziemlich schlimmen Zustand. Auf dem Dachboden hatten schon Möwen genistet.« Sie lacht leise, ihre Stimme ist jetzt zärtlicher, als sie über ihre Großmutter spricht. »Außerdem wollte mein Vater es wieder in den ursprünglichen Zustand bringen, damit es so aussieht wie damals, als es gebaut wurde.«

»Das hat er echt toll gemacht«, sage ich und blicke hinauf zum Kronleuchter. »Es ist überwältigend.«

»Freut mich, dass es dir gefällt.« Ihre Laune schlägt wieder um. »Ich finde es *dekadent*. Die beiden sind so gut wie nie hier, und auf der anderen Straßenseite schlafen Leute in der Bushaltestelle.«

»Ja, aber es hat schon immer deiner Familie gehört …«

Doch sie ist mit dem Thema offenbar durch und klatscht in die Hände. »Ich führ dich rum.« Sie geht zur ersten Tür. »Der Salon. Quasi ein schickes Wohnzimmer, in dem aber nie wer sitzt.« Sie macht das Licht an, und ich stecke den Kopf hinein.

Es sieht aus wie in einer Puppenstube. Blassgrau gestrichene Wände mit Holztäfelung, Parkettboden, ein Kamin und in der Mitte zwei blassrosa Samtsofas auf Holzbeinen. Zwischen den beiden großen Fenstern steht ein Weihnachtsbaum, den Poppy jetzt anschaltet. Ich schnappe nach Luft. Schon beim Reinkommen habe ich sofort den warmen Kieferduft wahrgenommen. Ich wünschte, meine Eltern würden auch einen Weihnachtsbaum besorgen, aber ich kann es meinem Vater wirklich nicht verübeln, dass er keine Lust hat, ihn sechs Stockwerke hochzuschleppen – und irgendwann wieder runter.

Der Baum ist riesig – bestimmt vier Meter hoch –, berührt die Decke aber trotzdem nicht.

»Vielleicht liegt hier bald ein Geschenk für dich drunter«, sagt Poppy mit verschmitztem Lächeln.

»Pop, ich hab dir doch gesagt, ich …«

Sie hält die Hand hoch. »Schon gut. Es ist mir egal, was du mir schenkst, so lange du dir Gedanken gemacht hast.«

»Okay, du weißt aber schon, dass ich an Weihnachten wahrscheinlich nicht wegkann?«

»Hast du ja gesagt. Silvester aber, oder?«

»Ja!« Ich strahle. »Ich freue mich schon total. Ich muss mir nur noch eine Ausrede für Tante Lalitas Party einfallen lassen.«

»Ich sag dir, Lebensmittelvergiftung funktioniert immer.«

»Ich weiß. Aber so sehr ich dich auch sehen will, ich glaub nicht, dass ich mir den Finger in den Hals stecken kann. Ich hasse es, mich zu übergeben.«

»Kann ich verstehen.«

»Außerdem hätte ich Angst, dass meine Mutter mit mir zu Hause bleiben wollen würde.«

Sie zeigt auf mich. »Gutes Argument.«

»Ich denke, ich versuch's mit Mensschmerzen. Laut der App, die du mir empfohlen hast, bin ich Silvester dran.«

»Okay. An Silvester nichts unter der Gürtellinie, ist notiert.« Sie zeigt mir den hochgereckten Daumen.

Ich könnte sie schlagen.

Sie nimmt mich an der Hand und zeigt mir weiter das Haus. Das Esszimmer. Das Arbeitszimmer ihrer Mutter. Den Weinkeller ihres Vaters. Den ersten Stock mit dem Büro ihres

Vaters und dem offenen Wohnzimmer mit Küche, das sehr viel weniger formell ist als der Salon unten. Trotzdem sieht es mit seinen großen Fenstern und dem Kamin aus weißem Marmor immer noch aus wie aus einem Magazin für Inneneinrichtung. Ich könnte mir nicht vorstellen, hier unter einer Decke auf dem Sofa zu sitzen und *EastEnders* zu gucken. Andererseits sehen Poppys Eltern auch bestimmt nicht *EastEnders*, oder?

Wenigstens muss ich keine Angst haben, irgendwas kaputt zu machen. Es sieht einfach nach einem normalen Wohnzimmer aus, selbst wenn alles ein bisschen überdimensioniert ist. Der Fernseher. Die Bücherregale zu beiden Seiten des Kamins. Die Sofas. Die Fußbank aus lila Samt mit Knopfheftung, darauf ein glänzendes schwarzes Tablett, auf dem ein Stapel ebenso glänzender gebundener Bücher liegt, und auf dem Bücherstapel steht eine Duftkerze. Ich gehe rüber und öffne den Deckel, und als ich an der Kerze schnuppere, riecht sie nach Poppy.

»Das ist doch dein Parfüm«, sage ich und drehe mich zu ihr um.

»Fein beobachtet.« Sie wirkt beeindruckt. »Meine Großmutter trägt es auch.«

»Dann kommt ihr gut miteinander aus? Du und deine Großmutter?«

»Ja. Sie ist toll. Ihr müsst euch unbedingt kennenlernen.«

Wir lächeln uns eine Sekunde zu lang an. Poppy wendet sich zuerst ab, und ich stelle die Kerze schnell wieder auf den Bücherstapel, bevor ich sie noch fallen lasse. Dann trete ich an eins der Fenster und blicke raus aufs Meer. Es ist jetzt dunkel, das Mondlicht scheint auf die Wellen, die aussehen wie mit Silber überzogen.

»Das muss traumhaft sein bei Tageslicht«, sage ich, und Poppy kommt zu mir rüber und stellt sich neben mich.

»Wahrscheinlich. Aber ich bin nicht oft hier, um es mir anzusehen.«

Ich werfe ihr einen verstohlenen Blick zu, und auf einmal wirkt sie so traurig, dass ich fast nach ihrer Hand greife. Doch dann fängt sie sich, lächelt und fragt, ob ich den Rest vom Haus sehen will. Ich sage Ja, und so nimmt sie mich mit rauf in die Etage ihrer Eltern (ja, sie haben eine eigene Etage) mit dem Ankleidezimmer und der glänzenden Kupferbadewanne und dem wahrscheinlich größten Bett, dass ich je gesehen habe.

»Sollen wir die Lichter ausschalten? Mein Vater würde einen Herzinfarkt bekommen. Er redet ständig vom Energiesparen.«

Sie schüttelt den Kopf. »Wenn du in einem Haus wie diesem wohnst, sollen die Leute denken, du wärst zu Hause.« Sie hebt die Augenbrauen, und ich sehe sie fragend an. »Letztes Jahr wurde hier eingebrochen. Es ist nichts von sentimentalem Wert gestohlen worden, nur die Fernseher, ein Fotoapparat und Laptops, aber seitdem achtet mein Vater ziemlich streng darauf, dass die Fenster und Türen immer geschlossen sind und Licht an ist. Die Lampen haben einen Timer. Und die Fenster sind alarmgesichert.« Sie deutet die Treppe runter. »Ich weiß, die Haustür sieht original aus, ist sie aber nicht. Da kommst du nur mit einer Dampfwalze durch.«

»Wie beruhigend.«

»Nächstes Jahr lässt er ein komplett neues Überwachungssystem einrichten, mit Kameras *überall*, von daher versuche ich, es auszunutzen, wenn sie nicht da sind, bevor das passiert.«

»Und wo ist dein Zimmer?«

Poppy zeigt nach oben. »Ich bin auf den Dachboden verbannt worden wie Bertha Mason. Na ja, nicht ganz«, gibt sie zu und zieht die Nase kraus. »Der eigentliche Dachboden ist immer noch eine Etage drüber, aber manchmal fühlt es sich so an.«

»Es gibt *noch* eine Etage? Und was ist da?«

»Im Moment nichts. Der Dachboden ist nach den Möwen immer noch nicht ganz wieder hergerichtet worden, aber mein Vater baut ihn nächstes Jahr aus, weil zwei Menschen in einem Haus dieser Größe genau das brauchen … *mehr Platz*.«

Schwer seufzend stapft sie die Treppe hoch, und ich folge ihr.

»Badezimmer.« Sie zeigt auf eine Tür, dann auf eine weitere. »Mein Zimmer.«

Wir gehen rein, und als sie das Licht anschaltet, ist es ganz anders, als ich es mir vorgestellt habe. Es gibt eine Menge Rosa. Rosa Wände. Einen rosafarbenen flauschigen Teppich. Rosa Vorhänge zu beiden Seiten der Fenster, verziert mit Goldfoliensternen. Über dem Bett hängt ein gerahmtes Schwarz-Weiß-Bild einer Frau in einem fließenden Kleid, die sich von der Seite des Eiffelturms lehnt, unter ihr ganz Paris. Es ist nett. Hübsch. Aber das ist auch alles: Es ist hübsch. Poppy mag Horrorfilme und Basquiat und will sich ein Zitat von Kurt Vonnegut auf die Rippen tätowieren lassen.

Es ist alles ein bisschen zu zart für sie.

Ein bisschen zu verträumt.

Ich frage mich, ob es überhaupt ihr Zimmer ist, aber sie bewegt sich darin, als wäre es ihres, geht zu einem der Nachttische und steckt ihr Handy ans Ladegerät, bevor sie sich theatralisch seufzend aufs Bett wirft. Auf der Bettkante sitzend schnüre ich meine Docs auf und streife sie mit den Füßen ab, bevor ich mich mit etwas Abstand neben Poppy lege. Sie bemerkt den Abstand gar nicht, sondern stößt mich vielmehr mit dem Ellbogen an, als sie sich noch mal aufrichtet, um die rosa Samtdecke, die am Fußende liegt, über uns zu ziehen. Sofort kuschelt sie sich an mich und schlingt – diesmal zufrieden seufzend – den Arm um mich, ihr Atem heiß und ruhig an meinem Hals.

»Ich bin so froh, dich endlich in meinem Zimmer zu haben«, sagt sie und legt ein Bein über mich.

Ich nicke, auf einmal bin ich mir ihrer Nähe sehr bewusst.

Der Hitze.

Ich bin unsicher, was ich als Nächstes tun soll – ob ich sie küssen oder darauf warten soll, dass sie mich küsst.

Also sage ich vor lauter Panik: »Ich hätte gedacht, ihr habt einen Hund.«

Super, Ash.

Das wird sie in Stimmung bringen.

»Ja?« Sie tastet unter der Decke nach meiner Hand und fädelt ihre Finger zwischen meine.

»Einen großen«, sage ich, lege die andere Hand unter meinen Kopf auf dem Kissen und blicke an die hohe weiße Decke. »Einen Labrador oder Golden Retriever oder so.«

»Ich liebe Golden Retriever.« Sie stützt sich auf und legt das Kinn auf meine Brust. »Die Familie nebenan hat einen«, sagt sie strahlend, und die Grübchen sind wieder da. »Er ist toll. Sein Name ist Iggy. Iggy Pup.«

»Süß.«

»Er ist wirklich süß«, sagt sie, und dann grinst sie leicht anzüglich. »Aber nicht so süß wie du.«

Ich lache, auf einmal fühlen sich meine Wangen viel zu warm an. »Netter Versuch, Miss Morgan.«

»Hat es funktioniert?« Sie wackelt mit den Augenbrauen.

»Na ja, ich liege immerhin schon in deinem Bett, oder?«

»In der Tat, Miss Persaud.«

Sie küsst mich – ganz sanft, nur ganz kurz –, dann sieht sie mich an. Ich nicke, und sie macht weiter, und mein Herz hämmert so wild, dass sie es fühlen muss, als sie meine Hand unter der Decke loslässt und sich rittlings auf mich setzt. Ihre Haare fallen nach vorn, und ich streiche sie mit den Händen zurück, ihre Zunge warm und langsam in meinem Mund.

Plötzlich löst sie sich von mir, und ich schnappe nach Luft. Als sie sich aufrichtet, um ihren Pulli auszuziehen, bleibt sie mit dem Kopf stecken und lacht. Ich helfe ihr, sie zu befreien, und dann stehen ihre Haare einen Augenblick hoch und fallen kurz darauf herab wie eine rote Hokusai-Welle. Da ich auf dem Rücken liege, ist es für mich noch schwieriger, meinen Pulli auszuziehen, und wir lachen schon wieder. Schließlich schaffe ich es, und dann öffnet sie ihren Gürtel, und unbeholfen ziehen wir unsere Jeans aus, wobei wir uns gegenseitig treten und noch mehr kichern.

Wir küssen uns, und auch das ist unbeholfen, unsere Münder sind nicht richtig aufeinander ausgerichtet, und unsere Nasen stoßen zusammen, während ich versuche, ihren BH zu öffnen. Weil ich nicht sehe, was ich tue, lasse ich wie ein geiler Teenie-Junge in der Hektik den BH-Verschluss gegen ihre Haut schnappen, doch Poppy lacht nur. Dann gelingt es mir endlich, und als mir der BH in die Hände fällt, ist es nicht mehr lustig. Mir ist egal, welche Unterwäsche ich trage oder dass ich mir die Beine nicht rasiert habe, denn Poppy haucht meinen Namen auf eine Weise wie noch nie zuvor.

Auf eine Weise, wie ich ihn noch nie zuvor gehört habe.

Ashana.

Ich habe meinen Namen schon immer gemocht, aber wirklich geliebt habe ich ihn bisher nicht, bis ich ihn jetzt auf diese Art von Poppy ausgesprochen höre. Ich liebe es. Und ich liebe es, wie sich ihr Atem verändert, wenn ich sie berühre, wie ihre Haut unter meinen Fingern heiß wird und ihre Silberringe mich in die Haut zwicken. Ich fahre über die Perlenkette aus Wirbelkörpern an ihrem Rücken. Als sich Poppys Rippenbögen wie Engelsflügel unter meinen Händen ausbreiten, recke ich mich ihr entgegen, ich richte mich auf, um ihr näher zu sein, damit kein Platz mehr zwischen uns ist, noch nicht mal mehr ein Lichtschimmer.

Wieder haucht sie meinen Namen, *Ashana*. Sie küsst mich jetzt hungriger, während ich mit den Fingern ihr Schlüsselbein nachfahre und dann, die Hand an ihrem Hals, mit dem Daumen ihren Puls ertaste. Ich fühle ihr Herz schlagen – schnell und stark –, und ich will einfach nur in ihr sein. In ihr im wahrsten Sinn des Wortes. Ich will in sie hineinkriechen, in ihrem warmen Blut schwimmen, ihre Rippen wie eine Leiter hochsteigen, um an ihrem Herzen zu lecken. Ich will sie beißen. Ich könnte die Zähne in ihren Hals versenken und sie austrinken.

Sie verschlingen.

Ich habe noch nicht mal geahnt, dass es so sein könnte. Nach all der Zeit fühlt es sich an, als würde ich sie noch mal ganz neu kennenlernen. Die Farbe ihrer Haut, blass wie Mondlicht, und ihren Mund, warm wie die Sonne. Dann berührt sie mich – berührt mich richtig –, und etwas in mir flammt auf und fällt dann in sich zusammen.

Und da begreife ich, was Mr. Moreno meint, wenn er sagt, dass so Galaxien entstehen.

NEUN

Sobald ich den Schlüssel in die Wohnungstür stecke, höre ich Keith Waithe, was bedeutet, dass mein Vater kocht.

Könnte dieser Abend noch irgendwie besser werden?

Als ich reingehe, tanzen er und Rosh durch die Küche, während mein Vater zwischendurch immer wieder in einem Topf auf dem Herd rührt. Die Szene ist komplett anders als noch eben bei Poppy. Musik erfüllt die Wohnung, und als ich so in der Tür zur Küche stehe, fällt mir auf, wie klein sie ist. So klein, dass mein Vater und Rosh kaum zusammen hineinpassen.

Zuerst dachte ich, es würde mir sicher peinlich sein, wenn ich Poppy mal mit nach Hause bringe. Schließlich haben ihre Eltern eine ganze Etage nur für sich, während meine Schwester und ich uns ein Zimmer teilen müssen. Aber als ich meinen Vater und Rosh so bei beschlagenem Fenster miteinander tanzen sehe, verwerfe ich den Gedanken wieder.

In dieser kleinen, heißen Küche ist mehr Leben als im ganzen Haus von Poppys Eltern, und ich glaube, sie würde es lieben. Sie würde Keith Waithe lieben und sie hätte Spaß daran, meiner Mutter zu helfen, die Okraschoten zu waschen und kleinzuschneiden, während Rosh sie mit Fragen über die Bibliothek der Roedean löchern würde.

Da wird mir klar, dass ich ihnen von Poppy erzählen will.

Dass ich sie mit nach Hause bringen will.

Natürlich nicht jetzt. Die Küche ist ein einziges Chaos. Zwiebelschalen liegen auf dem Tresen und dem Boden darunter, und an den Fliesen hinterm Herd sind Tomatensoßenspritzer. Meine Mutter würde uns alle verfluchen, wenn sie jetzt hier wäre.

»Ashana!«, singt mein Vater, als er mich in der Tür stehen sieht. Und ich frage mich, ob er es weiß.

Ob er weiß, was ich gerade gemacht habe.

Doch er winkt mich, immer noch tanzend, in die Küche.

Es ist überhaupt kein Platz mehr, aber ich gehe trotzdem rein. »Was gibt's denn?«

»Spag bol!«, antworten mein Vater und Rosh gleichzeitig.

Ich recke die Faust in die Luft. Seine Spaghetti Bolognese sind unschlagbar, auch wenn er weder Möhren noch Sellerie an die Soße macht und immer zu viel Chili und Garam Masala nimmt, als dass es als echte Spaghetti Bolognese durchgehen könnte.

»Wie war es in der Tate Modern?«, fragt Rosh und nimmt drei Teller aus dem Schrank.

»Cool. Sehr cool.«

»Hast du den Eisberg gesehen?«

»Ja! Der war unglaublich. Und so aufwühlend.«

»Hast du Fotos gemacht? Kann ich mal gucken?«

»Nach dem Essen, okay?«

Ich hoffe, mein Vater sieht das Gesicht nicht, das ich ihr hinter seinem Rücken ziehe. Verwirrt blickt sie mich an, und ich forme mit den Lippen ein *Später*, während mein Vater weiter durch die Küche tanzt. Er soll nicht mitbekommen, dass mein Handydisplay kaputt ist.

Als der Typ im Bahnhof mich umrannte und ich auf den Hintern fiel, steckte mein Handy leider in der hinteren Hosentasche, und jetzt ist das Display gesprungen. Ich habe es selbst gar nicht gemerkt, bis ich mich bei Poppy wieder angezogen habe. Das Handy funktioniert noch, aber es ist noch nicht mal ein Jahr alt.

Meine Mutter wird mich umbringen, und ich kann ihr noch nicht mal sagen, dass es nicht meine Schuld war.

Doch bis dahin kann ich wenigstens noch die Spaghetti Bolognese von meinem Vater genießen.

♡

Ich habe mir fest vorgenommen, meiner Mutter von Poppy zu erzählen, aber als es so weit ist und ich ihren Schlüssel in der Tür höre, schlägt mein Herz so heftig, dass ich befürchte, mich übergeben zu müssen.

Ich rutsche auf dem Sofa herum, ziehe Roshs Weihnachtsdecke zurecht – die rote, kuschelige mit den weißen Schneeflocken –, alles ganz normal, es soll so aussehen, als würde ich einfach nur hier sitzen und ein Buch lesen.

Keine große Sache.

Ich höre, wie sie die Wohnungstür schließt, und als Nächstes hängt sie ihre Handtasche an den Kleiderhaken und schlüpft aus den Crocs, bevor sie den Mantel aufknöpft. Sie muss das Licht im Wohnzimmer gesehen haben, denn dann kommt sie über den schmalen Flur getapst, und ich versuche, mich zu beruhigen.

»Ashana«, sagt sie und bleibt neben der Sofalehne stehen. »Wo sind Daddy und Rosh?«

»Schon im Bett«, sage ich lächelnd. »Wie war's bei der Arbeit?«

»Okay«, sagt sie, und sie wirkt leicht misstrauisch, weil der Fernseher aus ist. »Warum bist du noch auf?«

»Ich hab gelesen.«

»Gelesen?« Jetzt ist sie erst recht misstrauisch. »Was liest du denn?«

»Ein Buch über Jean-Michel Basquiat. Von der Ausstellung, bei der ich heute war.«

Ich halte ihr das Buch hin, das Poppy mir geschenkt hat,

und sie nimmt die Brille vom Kopf und setzt sie auf. Ein paar Sekunden lang guckt sie stirnrunzelnd aufs Cover, dann senkt sie das Kinn und sieht mich über den Brillenrand an.

»Das ist keine Kunst, Ashana. Das sind bloß Striche und Farben.«

»Ist das nicht das, was alle Kunst ist?«

Meine Mutter denkt einen Moment darüber nach, dann neigt sie den Kopf von einer Seite zur anderen. »Auch wieder wahr.«

Sie schiebt die Brille zurück auf den Kopf, und als sie sich zum Gehen wendet, bekomme ich Panik.

»Mama, kann ich mit dir reden?«, frage ich viel zu laut.

So laut, dass sie sich wieder umdreht und mich argwöhnisch ansieht. Ihr Gesichtsausdruck sagt: *Was kommt denn jetzt?* –, doch dann fängt sie sich.

»Na klar«, sagt sie mit süßer Stimme und setzt sich auf die Kante des Couchtischs.

Ich habe den ganzen Abend geübt, was ich sagen will. Auf der Busfahrt von Poppy nach Hause. Während Rosh, Dad und ich zusammen im Wohnzimmer Spag bol aßen und *Strictly final* guckten. Beim Abwaschen, während ich träge aus dem Fenster sah und wünschte, ich hätte einen Ausblick wie Poppys Eltern. Doch jetzt, als meine Mutter mich ansieht, lassen mich die Worte, die ich mir so sorgsam zurechtgelegt hatte, im Stich.

Und so platze ich heraus: »Ich hab wen kennengelernt.«

Sie schweigt eine Sekunde zu lang. »Das habe ich mir gedacht.«

Blinzelnd sehe ich sie an. »Wieso?«

»Die Blumen.«

Ich nicke, und sie beugt sich vor, stützt die Hände auf die Knie und spielt mit ihrem Ehering. Sie blinzelt und nickt bedächtig, offenbar überlegt sie, was sie sagen soll – wie sie hiermit umgehen soll –, und das ist so gar nicht ihre Art.

»Wie heißt sie?«, fragt sie schließlich.

»Poppy«, sage ich stolz und richte mich etwas auf. »Poppy Morgan.«

»Geht sie auf deine Schule?«

»Nein. Auf die Roedean.«

Meine Mutter hebt die Augenbrauen. »Die Roedean?«

»Ja, Mama. Sie ist nett und mutig und klug«, schwärme ich, und ich gestikuliere so wild umher, als würde ich versuchen, ihr einen Gebrauchtwagen zu verkaufen. »Ihr Vater lehrt in Cambridge, und ihre Mutter ist Professor Margot Morgan.« Ich deute auf den Fernseher. »Sie hat die Doku auf BBC über dunkle Materie gemacht, die Rosh ungefähr dreimal mit mir sehen wollte. Sie ist *genial*. Sie hat letztes Jahr den Nobelpreis für Physik bekommen.«

Meine Mutter nickt offensichtlich beeindruckt, aber dann sagt sie: »Kluge Eltern haben nicht unbedingt immer kluge Kinder.«

Das versetzt mir einen Stich, aber ich fahre trotzdem fort.

»Ich weiß, aber sie ist klug, Mama, wirklich. *Sehr* sogar. Und lustig.«

»Lustig?«

Okay, lustig war wohl nicht der richtige Ansatz. Guyanische Mütter scheren sich nicht darum, ob etwas lustig ist. Sie wollen nur drei Dinge hören: Arzt, Anwalt oder Ingenieur. Na gut, das ist nicht fair – meine Mutter ist schließlich mit einem Gärtner verheiratet –, aber es ist das Einzige, was meine Großeltern hören wollen.

»Und sie ist Veganerin«, sage ich und bereue es sofort.

»Veganerin?«, fragt sie, als hätte ich ihr gerade gesagt, Poppy sei Vulkanierin oder so.

Warum habe ich das gesagt?

Jetzt sorgt sie sich, dass Poppy mich auch zur Veganerin macht.

Ich will etwas sagen, um sie zu überzeugen, dass das nicht passieren wird, aber das Einzige, was mir einfällt, ist: »Ich liebe Fleisch.«

Entsetzt sieht sie mich an.

So hatte ich mir unser Gespräch nicht vorgestellt.

Warum habe ich mir nicht aufgeschrieben, was ich sagen wollte?

»Ich meine …«, fange ich noch mal an. »Sie hat ein gutes Herz, Mama. Sie ist Mitglied bei Greenpeace.«

Das ist wohl auch nicht gerade hilfreich. »Okay.«

»Und ich mag sie.« Schließlich erzähle ich ihr das Einzige, was wirklich zählt. »Ich mag sie *sehr*.«

Es funktioniert, denn die Gesichtszüge meiner Mutter werden weicher. »Ich weiß, dass du sie magst. Sonst würdest du mir nicht von ihr erzählen.«

Ich frage mich, was sie denkt, als sie sich wieder vorbeugt und mir mit dem Daumen über die Wange streicht. Ob sie sich wundert, was aus ihrem kleinen Mädchen geworden ist, dem Mädchen, das sie auf Hochzeiten immer zum Tanzen gebracht hat. Oder ob sie darüber nachdenkt, wie schwer mein Leben von jetzt an sein wird. Und dass sie etwas anderes für mich gewollt hätte.

Sie streicht ein letztes Mal über meine Wange und lässt die Hand wieder sinken. »Liebst du sie?«

Ohne zu zögern, antworte ich. »Ja.«

Ich kann es nicht glauben, dass ich das meiner Mutter erzähle, bevor ich es Poppy gesagt habe.

Wieder schweigt sie, und ich zittere, ich bin kurz davor zu schmelzen, wie der Eisberg in der Tate Modern, während ich darauf warte, was sie wohl als Nächstes sagt. Ob sie mir sagen wird, dass es okay ist und sie mich liebt. Oder ob sie von der Vorstellung, dass ihre Tochter ein anderes Mädchen liebt, abgestoßen ist.

Ich kralle die Hände in Roshs Weihnachtsdecke und beobachte, wie sie alles, was ich ihr gerade gesagt habe, verarbeitet. Einen schrecklichen Moment lang glaube ich, dass sie gar nichts sagen wird, wie damals, als ich mein Coming-out ihr gegenüber hatte, dass sie mir einfach dafür danken wird, es ihr erzählt zu haben, und ins Bett geht. Doch dann hebt sie den Kopf und sieht mich an.

»Kann sie Roti klatschen?«, fragt sie, und ein Lächeln umspielt ihre Lippen.

Vor Erleichterung wird mir ganz schwindelig, und es dauert ein oder zwei Sekunden, bis ich antworten kann.

»Das bezweifle ich.« Lachend streiche ich mir eine Träne aus dem Augenwinkel.

Meine Mutter sieht mich mit erhobener Augenbraue an. »Dann ist sie wohl doch nicht *ganz* so klug, was?«

Wieder lache ich und wische mir mit dem Handrücken über die Wange.

Sie küsst mich auf die Stirn und streicht mir die Haare hinter die Ohren. »Wir erzählen es Daddy und Rosh im neuen Jahr, okay? Und dann laden wir Poppy zum Abendessen ein.«

Ich muss mich so zusammenreißen, nicht in Tränen auszubrechen, dass ich bloß nicken kann.

»Auch wenn ich keine Ahnung habe, was ich für eine Veganerin kochen soll.«

ZEHN

Ich weiß, es ist Silvester, aber trotzdem habe ich nicht damit gerechnet, dass so viele Leute am Strand sind. Als Poppy sagte, sie will mich am Strand treffen, dachte ich, sie wäre sauer auf mich. Ich meine, es ist *arschkalt*. Adara wollte nicht mitkommen, aus Angst, sich eine Lungenentzündung zu holen, und ist stattdessen auf Donna Nivens Party gegangen. Ich kann es ihr nicht verübeln. Warum sollte sie am Strand sitzen, wenn sie mit Mark in einem schön warmen Haus tanzen und Bier über den Teppich von Donnas Eltern schütten kann?

Doch Poppy muss irgendwas mitbekommen haben, wovon ich nichts wusste, denn es fühlt sich an wie das Ende der Welt, und alle sind hier. Den ganzen Strand entlang finden Partys statt, vom Pier bis zur Marina. Lauter Grüppchen, von mittelalten Kiffern bis zu Jugendlichen, die nur noch zehn Minuten davon entfernt sind, den Whiskey, den sie aus dem Schrank ihrer Eltern geklaut haben, wieder auszukotzen. Leute, die sich sonst nie im Leben begegnet wären, lachen und trinken und tanzen zusammen, egal, was für Musik gerade läuft.

Bis Mitternacht wird nicht mehr erkennbar sein, wo die eine Party endet und die nächste beginnt. So etwas habe ich noch nie erlebt. Alles ist egal. Es ist egal, was für Klamotten du trägst oder mit wem du redest. Die Leute versuchen nicht, cool zu sein – dazuzugehören –, weil irgendwie alle gleich uncool sind und trotzdem dazugehören. Alle sind eins in der gemeinsamen Vorfreude aufs neue Jahr. Alle sind miteinander befreundet. Alle sind verliebt. Alles ist egal, nur Mitternacht zählt, denn nächstes Jahr wird anders sein. Wir werden anders sein.

Es ist unser Jahr.

Morgen früh wird der Strand voller Scherben und verlorener Schuhe liegen. Vielleicht regnet es später, und der Regen spült alles weg, aber jetzt sieht es aus wie in dem Kurt-Vonnegut-Zitat, das Poppy sich auf den Brustkorb tätowieren lassen will – *everything was beautiful and nothing hurt.*

Die Ansammlung von Sternen über uns lässt den Himmel so groß erscheinen, dass er, sollte er runterfallen, uns alle bedecken würde. Rechts von uns erstreckt sich der Pier in all seiner Pracht über dem Meer, die Lichter vom Schriftzug – BRIGHTON PIER – dümpeln als rosafarbene, gelbe und blaue Pfützen an der Wasseroberfläche. Vor uns am Horizont blinken die roten Lichter des Windparks. Es ist eine klare Nacht, so dass jedes einzelne der 116 Lichter zu erkennen ist, und als Poppy meine Hand drückt und mich verträumt anlächelt, weiß ich, dass sie an den Nachmittag Ende September denkt, als wir uns auf der Fähre begegnet sind.

Vielleicht ist es doch gar keine so schlechte Geschichte, um sie unseren Enkelkindern zu erzählen.

Und jetzt sitzen wir hier, am Strand, zu unseren Füßen das Meer. Inzwischen weiß ich, dass das glückliche Gefühl – das Dreizehnter-Geburtstagstorten-Gefühl – nicht verschwunden ist. Es war schon immer da, wie wenn du siehst, dass die Sonne scheint, sie aber nicht auf der Haut spüren kannst. Doch jetzt spüre ich es – ich bin glücklich. Nicht nur, wenn ich mit Poppy zusammen bin, sondern auch mit Adara im Bus auf dem Weg zur Schule und abends, wenn ich kurz vorm Einschlafen bin und merke, wie ich wegnicke. Es ist einfach da – die ganze Zeit – und was auch immer nächstes Jahr passiert, ich hoffe, dass wir uns an diesen Abend erinnern, dass wir ihn nie, *niemals* vergessen. Selbst wenn wir vierzig sind und sich das hier alles weit weg anfühlt. Ich hoffe, wir erinnern uns daran, dass wir in unserem Innern immer die sein werden, die wir heute Abend sind.

♡

Noch vor ein paar Minuten war mir eiskalt, die Nasenspitze wund von der kalten Meeresbrise. Inzwischen glühe ich, meine Wangen sind heiß, und mein Herz flackert wie eine rote Leuchtreklame, und ich bin sicher, Poppy kann es sehen, selbst durch meinen Hoodie.

Jetzt, da ich meiner Mutter von ihr erzählt habe, erlebe ich endlich, wie es sich anfühlt, ein richtiges Paar zu sein, nebeneinanderzusitzen und sich zu unterhalten, ohne mir Sorgen zu machen, wer uns sehen könnte.

Wir erzählen uns all die Dinge, die wir nächstes Jahr machen wollen. Poppy darf zuerst, und sie erzählt und erzählt, bis sie ganz außer Atem ist. Dann bin ich dran, und es sprudelt nur so aus mir heraus. Ich weiß nicht, ob die Aussicht aufs neue Jahr oder Poppys Nähe mich so berauscht, aber die Wörter überschlagen sich regelrecht in meinem Bedürfnis, ihr zu sagen, wo ich überall mit ihr hinwill. Zum Brighton Pride. Unten ins Twin Pines Coffee. In den Fotoautomaten im Snooper's Paradise. Ich halte mich nicht zurück, und als ich fertig bin, weiß ich nicht, ob ich ihr erzählt habe, wo ich nächstes Jahr überall mit ihr hinwill oder wo ich sie überall küssen will.

Als uns nichts mehr einfällt, schweigen wir, und ich verspüre keinen Drang, das Schweigen zu brechen. Ich sehe unseren Atem, und mir fällt wieder ein, dass Schnee angekündigt ist. Der Gedanke an Poppy mit roten Fäustlingen und in den Haaren schmelzenden Schneeflocken gefällt mir. Ich weiß, es ist kitschig, aber ich will das. Ganz normale Sachen. Schneeengel und heiße Schokolade und Selfies mit zusammenpassenden Schals. Sachen wie im Film, wenn das Paar sich verliebt, aber noch nicht weiß, dass daraus Liebe wird.

Nur, dass wir es wissen.

Oder ich es weiß.

Ich habe es ihr bloß noch nicht gesagt.

Während wir uns so aneinanderlehnen, überlege ich, ob ich es jetzt sagen soll – doch dann höre ich die erste Rakete knallen und sehe rechts von uns, hinterm Pier, eine pinke Blume am schwarzen Himmel explodieren. Wir beide zucken zusammen und schnappen nach Luft, und dann sehen wir uns an und kichern.

»Wie spät ist es?«, fragt sie und lehnt sich wieder an mich. »Es kann doch noch nicht Mitternacht sein.«

Ich blicke auf mein Handy. »23.16 Uhr.«

»Liegt wohl an der Zeitverschiebung zwischen hier und Hove«, sagt sie kichernd, nimmt einen Schluck aus der Dose Bier, die wir uns teilen, und gibt sie mir zurück.

Als ich wieder aufs Meer hinaussehe, fällt mir der Fleck aus rotem Nagellack auf meiner rechten Schuhspitze auf. Es ist nur ein kleiner Punkt, wie ein glänzender Blutstropfen auf dem schwarzen Leder. Das muss passiert sein, als ich mich früher am Abend in aller Eile fertig gemacht habe, und ich will mich gerade vorbeugen, um den Fleck abzukratzen, da führt Poppy meine Hand an ihren Mund, küsst sie und lächelt mich an. Diesmal spüre ich das Feuerwerk in meiner Brust. Ich wusste gar nicht, dass es so sein kann.

Dass ich ein Mädchen so mögen kann und es auch mich mag und keine verletzt wird.

Mein Handy klingelt, und ich ignoriere es, lasse die Voicemail rangehen.

Es dauert eine Sekunde, dann klingelt es wieder, und ich lasse Poppys Hand los und sehe nach, wer da so hartnäckig ist.

Meine Mutter.

Als ich ihren Namen auf dem Display sehe, erschrecke ich fast zu Tode. »Mist«, fluche ich, bekreuzige mich schnell und bete, dass sie nur anruft, um zu hören, wie es mir geht. Doch als ich rangehe und die Stille sich unangenehm in die Länge zieht, wird klar, dass dem nicht so ist.

Wenn wir näher am Pier wären, würde ich jetzt runterspringen.

Schließlich fragt sie: »Ashana? Wo bist du?«

»Hey, Mama. Wie ist Tante Lalitas Party?« Ich versuche, ganz entspannt zu klingen, während ich eine Gruppe Typen verfluche, die ausgerechnet jetzt an diesem Strandabschnitt einen Ringkampf aufführen müssen, und das auch noch direkt vor mir.

Meine Mutter wartet eine Sekunde, dann wiederholt sie ihre Frage: »Ashana? Wo bist du?«

Bevor ich antworten kann, fangen die Typen an zu johlen, als einer von ihnen es schafft, seinen Kumpel ins Meer zu schieben, und sie muss es gehört haben – sie hört das Öffnen einer Kekspackung drei Zimmer weiter –, und ich weiß, ich bin aufgeschmissen, von daher versuche ich gar nicht erst zu lügen. »Mit Poppy am Strand«, gestehe ich niedergeschlagen.

»Komm jetzt bitte nach Hause.«

»Scheiße«, sage ich, als sie aufgelegt hat, und denke wieder daran, vom Pier zu springen.

Rosh sollte mich doch anrufen, wenn sie bei Tante Lalita aufbrechen, damit ich es rechtzeitig nach Hause schaffe.

Was zum Teufel ist passiert?

Als ich meine Nachrichten checke, hat Rosh mir natürlich geschrieben, und zwar schon vor einundfünfzig Minuten.

Nur noch 1 % Akku, kann nicht anrufen. Dad hat Kopfweh, fahren jetzt los. KOMM NACH HAUSE.

Gefolgt von einer weiteren, eine Minute später.

Ich hoffe sehr, du liest es, Ash.

Verdammt.

Ich war so von Poppy abgelenkt, dass ich ganz vergessen habe, zwischendurch aufs Handy zu gucken.

Als ich sie ansehe, lächelt sie verbissen. »Du bist aufgeflogen.«

»Jepp.«

»Aber es ist Silvester«, sagt sie schmollend. »Es ist unser Jahr.«

»Ich weiß.« Seufzend stehe ich auf und helfe ihr hoch.

Ich hebe ihren Mantel auf, auf dem wir gesessen haben, und stirnrunzelnd zieht sie ihn an. »Du steckst doch eh schon in Schwierigkeiten. Du kannst genauso gut noch bis Mitternacht warten. Es ist schon …«, sie nimmt ihr Handy aus der Tasche und sieht nach, »… 23.21 Uhr. Es sind nur noch … neununddreißig Minuten?«

Es klingt verlockend. So wie sie es sagt, ist es wirklich keine große Sache. Doch ich kenne meine Eltern: Neununddreißig Minuten jetzt und ich zahle *wochenlang* dafür.

Sie greift nach meiner Hand, und sofort werde ich von Trauer überwältigt. Es ist doch unser Jahr, und jetzt fängt es damit an, dass meine Eltern mich *umbringen* und ich zweifellos bis zum Jahresende Hausarrest bekomme.

So hatte ich mir den Abend nicht vorgestellt. Ich wollte Poppy um Mitternacht küssen und ihr sagen, dass ich sie liebe. Ich wollte ihr sagen, dass ich meiner Mutter von ihr erzählt habe und sie im neuen Jahr zu uns zum Essen kommen soll.

Doch das wird jetzt wohl nicht mehr passieren.

Da drückt Poppy meine Hand und grinst mich an. »Kann ich dir noch ein Geheimnis verraten, bevor du gehst?«

Ich erwidere ihr Grinsen. »Klar.«

Sie beugt sich zu mir vor und presst ihren Mund an mein Ohr. »Ich wollte dir um Mitternacht sagen, dass ich dich liebe.«

»Ich liebe dich auch.« Die Worte sind raus, bevor ich sie zurückhalten kann, als könnte ich sie nicht einen Moment länger für mich behalten. »Ich hab's meiner Mum schon vor Weihnachten erzählt.«

Sie reißt die Augen auf. Im Dunkeln sehen sie fast leuchtend blau aus. »Echt?«

»Ja. An dem Abend, als wir zum ersten Mal …« Ich wackele mit den Augenbrauen.

»Du hast deiner Mutter erzählt, dass wir Sex hatten?!«

»Natürlich nicht!«, rufe ich. Der Gedanke lässt mich erschaudern. »Ich habe ihr von *dir* erzählt.«

»Was hast du ihr erzählt?«

»Dass du nett und klug und lustig bist.«

»Und was hat sie gesagt?«

»Sie macht sich Gedanken wegen der Sache mit dem Vegan-Sein.«

»Verständlich.« Poppy nickt. »Hör zu. Mach dir keine Sorgen. Ich weiß, deine Mum ist sauer, weil du sie wegen heute Abend angelogen hast, aber wenn sie sich beruhigt hat, komme ich zu euch zu Besuch und wickele sie um den kleinen Finger. Ich kann gut mit Eltern.« Sie wiegt den Kopf von einer Seite zur anderen. »Jedenfalls mit denen anderer Leute. Mit meinen nicht so. Apropos.« Sie hebt die Augenbrauen. »Ich hätte meiner Mutter vor Weihnachten auch fast von dir erzählt.«

»Ja?«, frage ich und beiße mir auf die zitternde Unterlippe.

»Als ich das letzte Mal mit ihr gesprochen hab, meinte sie, ich würde anders klingen. *Glücklich*.«

»Wie kriegen sie so was mit, wenn es sonst kein Mensch tut?«

Sie sieht mich an, als wollte sie fragen: *Ja, oder?* Dann sagt sie: »Ich hätte ihr fast erzählt, warum ich so glücklich bin, aber sie war in Boston, und ich wollte ihr nicht am Telefon von dir erzählen, weißt du?«

Ich nicke.

»Also erzähle ich es ihr jetzt.«

»Wie? Jetzt gleich?«

»Jetzt gleich. Ich gehe nach Hause und erzähl's ihr.«

Mein Herz flattert. »Sicher?«

»Absolut.« Sie nickt und sieht mir in die Augen. »Weißt du, wie dankbar ich dir bin, Ash?«

Ich blinzle sie an. »Mir?«

»Ja, dir. Als ich dich kennenlernte, ging's mir gar nicht gut.« Sie senkt den Blick, und als sie verstummt, schlägt mein Herz nur noch sehr, sehr langsam. Dann fährt sie fort. »Ich war ständig traurig, aber dann hab ich dich getroffen.« Als sie aufsieht und zaghaft lächelt, schlägt mein Herz wieder schneller, doppelt so schnell. »Und ich weiß, dass es nicht deine Aufgabe ist, mich glücklich zu machen. Wie sagte Amy Poehler noch mal? Andere Menschen sind keine Medizin? Damit hat sie recht, aber an dem Tag, als ich dich kennenlernte, war es, als wäre das Licht angegangen, und ich konnte auf einmal alles in leuchtenden, magisch bunten Farben sehen. Du hast mich nicht wieder in Ordnung gebracht, das kann ich nur selbst, aber du hast bewirkt, dass mir nicht mehr alles egal ist, verstehst du?«

Ich nicke.

Das verstehe ich sehr gut.

»Mit dir will ich Straßen langgehen, in denen ich noch nie war, nur um zu sehen, wo sie hinführen. Ein neues Café entdecken und es zu unserem machen.« Bei der Erinnerung lächelt sie, und ich kann nicht anders, als auch zu lächeln. »Mit dir hab ich überall in Brighton Fahnen aufgestellt und gesagt: Das ist unseres. Und ich will das überall auf der Welt mit dir machen, in jedem Winkel der Erde, weil ich auf einmal eine Zukunft sehen kann. Erinnerungen. Geschichten. Und ich will es. Ich will das alles. Ich will *alles* sehen und *alles* machen.«

Ich starre sie bloß an, denn ich weiß nicht, was ich sagen soll.

Ich dachte, sie wäre diejenige, die das für *mich* bewirkt hat.

Es war mir gar nicht in den Sinn gekommen, dass es für sie genauso sein könnte.

»Aber es ist mehr als das, Ash«, sagt sie, und sie ist ganz außer Atem, ihre Augen sind weit aufgerissen und ihre Wangen gerötet. »Du redest mit solcher Zuneigung von deiner Familie und Adara, mit solcher Liebe, und du hast es geschafft, dass ich das auch will. Ich war so wütend auf meine Mum, weil sie nicht zu mir gehalten hat, als ich wieder nach Hause ziehen wollte, nachdem ich von der Wycombe Abbey geflogen bin, aber jetzt weiß ich, sie hat nur getan, was deine Mum auch macht – sie hat versucht, mich zu beschützen. Denn wenn ich nach Hause gekommen wäre, würde ich die meiste Zeit allein sein, weil meine Eltern nie da sind, und das würde mir schließlich nicht guttun, oder?« Ich nicke. »Und auch wenn ich vielleicht nie mit meinem Vater zurechtkommen werde – dich über deine Mum reden zu hören hat mich dazu gebracht, für die Beziehung zu meiner Mutter kämpfen zu wollen, und auch dafür bin ich dir dankbar.« Sie sieht mich an und lächelt, entspannt und warm. »Du hast mir buchstäblich das Leben gerettet, Ash.«

Ihre Worte verschlagen mir den Atem. »Pop …«, fange ich an.

»Nein. Hör zu.«

Ich bin erleichtert, dass sie mich sofort unterbricht, denn ich weiß ehrlich gesagt nicht, was ich antworten soll.

»Wenn ich sage, dass ich dich liebe, Ash, meine ich nicht, dass ich dich liebe, wie ich Basquiat oder Hafer-Latte liebe, ich meine, dass ich *dich* liebe. Alles, was du bist und sein wirst, und ich kann es nicht abwarten herauszufinden, wer das ist.«

Ich merke gar nicht, dass ich weine, bis sie mir mit dem Daumen eine Träne von der Wange streicht. Sie legt mir die Hände auf die Wangen, und ihre Ringe sind kalt, aber ihre Stirn ist warm, als sie sie gegen meine lehnt. »Frohes neues Jahr, Ashana Persaud.«

»Frohes neues Jahr, Poppy Morgan.«

ELF

Ich warte eine Ewigkeit auf den Bus, und als er endlich kommt, ist er brechend voll. Der einzige freie Platz ist oben, neben einem bewusstlosen Typen, der mit offenem Mund am Fenster lehnt, die Scheibe beschlagen von seinem Atem.

Großartig, denke ich, lasse mich neben ihn fallen und ziehe das Handy aus der hinteren Hosentasche, um meiner Mutter zu schreiben, dass ich jetzt im Bus bin. Sie ruft sofort an. Anscheinend glaubt sie mir nicht.

»Ashana, wo bist du?«

»Im Bus, Mama.«

»Es ist sehr laut.«

»Es ist Silvester. Alle sind betrunken.«

»Du auch?«

»Natürlich nicht.«

Poppy und ich haben uns *ein* Bier geteilt, das wir noch nicht mal ausgetrunken haben. Meine Mutter wird trotzdem wollen, dass ich sie anhauche, daher sollte ich beim Mini-Mart besser noch Kaugummi besorgen.

»Ruf mich an, wenn du aus dem Bus steigst«, sagt sie ohne ihren üblichen sanften Ton.

»Ja, Mama.«

»Nichts *Ja, Mama*, Ashana«, sagt sie. Offenbar ist sie immer noch wütend auf mich. »Ruf einfach an.«

»Werde ich, Mama. Versprochen.«

»Wenn du nicht anrufst, denke ich, dir ist was passiert, und ich rufe die Polizei, okay?«

»Okay, Mama«, sage ich, und ich bin froh, dass ich mich nicht von Poppy habe überreden lassen, noch bis Mitternacht am Strand zu bleiben. Meine Mutter hätte die Spürhunde losgelassen.

»Und schick mir ein Foto.«

Als sie aufgelegt hat, mache ich ein Selfie mit dem bewusstlosen Typen neben mir und schicke es ihr.

Sie antwortet nicht.

♡

Als meine Haltestelle kommt, überlege ich, den betrunkenen Typen neben mir zu wecken, doch dann wacht er so heftig zuckend auf, dass ich erschrecke, als er mich mit roten Augen ansieht. »Wo bin ich?«

»Haybourne Road«, antworte ich in der Hoffnung, dass er seine Haltestelle nicht verpasst hat.

»Nächste«, sagt er nickend und verliert sofort wieder das Bewusstsein.

Die nächste Haltestelle ist die letzte, und falls der Fahrer oder die Fahrerin es gut mit ihm meint, wird er vielleicht noch mal geweckt, bevor der Bus umdreht und zurück nach Portslade fährt. Grinsend stelle ich mir vor, wie er zwischen Whitehawk und Portslade hin und her zuckelt, bis er seinen Rausch irgendwann ausgeschlafen hat. Zumindest bekommt er was für sein Geld.

Sobald ich aus dem Bus steige, klingelt mein Handy, und ich brauche gar nicht nachzusehen, wer es ist.

Ich weiß nicht, wie sie das macht. Sie ist eine Hexe.

»Ich bin gerade aus dem Bus gestiegen, Mama«, sage ich.

»Warum hast du mich nicht angerufen? Ich hab dir doch gesagt, du sollst anrufen, Ashana.«

»Weil du vorher angerufen hast.«

Sie stößt hörbar den Atem aus. »Dein Vater braucht Paracetamol gegen seine Kopfschmerzen.«

»Ich springe kurz in den Mini-Mart. Ich bin schon fast da.«

Ich muss sowieso Kaugummi kaufen. Wenn ich für meinen Vater Paracetamol hole, erklärt das wenigstens, warum der Weg von der Bushaltestelle nach Hause zwei Minuten länger dauert als sonst.

»Komm sofort nach Hause, Ashana«, warnt sie mich.

»Natürlich, Mama.«

»*Natürlich, Mama*«, äfft sie mich nach, aber sie klingt schon etwas weicher. »Ich bin sehr enttäuscht von dir.«

»Ich weiß«, sage ich traurig lächelnd.

»Ich habe dir vertraut.«

»Ich weiß.«

»Du hättest mir auch einfach sagen können, dass du dich heute Abend ...«, sie senkt die Stimme, »... mit *diesem Mädchen* treffen willst.«

Das ist Poppy jetzt also?

Dieses Mädchen?

»Ich weiß.«

»Hör auf, *ich weiß* zu sagen«, fährt sie mich an, und da ist es wieder. Sie ist immer noch sauer, aber wahrscheinlich wird sie mich nicht mehr umbringen.

»Ich bin jetzt beim Mini-Mart«, sage ich.

»Nur Paracetamol, und dann kommst du sofort nach Hause, ja?«

»Ich liebe dich, Mama«, sage ich mit süßer Stimme, weil ich schlecht bin und meine Mutter nicht anders *kann*, als es zu erwidern, wenn ich ihr sage, dass ich sie liebe, egal, wie wütend sie auf mich ist.

»Ich liebe dich auch, Ashana«, sagt sie schnaubend und legt auf.

Ich gehe in den Mini-Mart, wo Nish wie immer hinterm Tresen sitzt und irgendwas auf dem Laptop guckt.

»Hey, Ash«, sagt er und steht auf.

»Hast du Paracetamol, Nish?«

Er nimmt eine Packung aus dem Regal hinter sich und legt sie auf den Tresen. »Eins neunundneunzig.«

»Und die, bitte«, sage ich und werfe noch eine Packung Kaugummi dazu.

»Zwei achtundfünfzig.«

Ich nehme mein Portemonnaie aus der Lederjacke und reiche ihm einen Zehner.

»Frohes Neues«, sage ich, als er mir das Wechselgeld gibt.

»Ja.« Er nickt, als hätte er vergessen, was für ein Tag heute ist. »Frohes Neues, Ash.«

Im Gehen ziehe ich das Handy aus der Hosentasche, um nachzusehen, wie spät es ist.

23.58 Uhr.

Zwei Minuten reichen nicht, um es rechtzeitig nach Hause zu schaffen, noch nicht mal, wenn ich laufe.

Sieht aus, als würde ich das neue Jahr allein einläuten.

Toll.

Ich reiße die Kaugummipackung auf, während ich zur Tür rausgehe, und werfe mir eins in den Mund. Nur treffe ich stattdessen mein Auge, und als es abprallt, stolpere ich draußen über das Schild für die Nationallotterie. Zum Glück kommt gerade ein Mädchen vorbei und stützt mich, bevor ich hinfalle. Fluchend drehe ich mich nach dem Schild um.

Sind Sie heute ein Gewinner?, fragt es.

Offensichtlich nicht.

»Du bist Ashana, oder?«, fragt das Mädchen, als ich ausreichend Sicherheitsabstand zum Schild habe.

»Ja«, sage ich, bevor ich die Nummer mit dem Kaugummi noch mal probiere. Diesmal klappt es.

»Ashana Persaud?«

»Ja.« Ich höre kurz auf zu kauen. »Wer bist du?«

Auf den ersten Blick sieht sie so alt aus wie meine kleine Schwester – dreizehn, vielleicht vierzehn. Sie ist genauso groß und hat die gleiche Weichheit im Gesicht, und ich frage mich, ob sie auch jedes Jahr zu Weihnachten *His Dark Materials* liest und Chemie liebt, weil es für sie das ist, was Magie am nächsten kommt. Der riesige schwarze Teddymantel hilft auch nicht, er verschluckt sie, und ihre Beine sehen aus, als könnten sie unter seinem Gewicht zusammenklappen.

Wir stehen immer noch vor der Tür des Mini-Marts und starren einander an. Jetzt, wo ich sie so betrachte, fällt mir auf, dass sie doch älter aussieht. Sie hat nichts von Roshs nervöser Unruhe, und ihre Frisur ist viel braver. Sie trägt einen akkurat geschnittenen weißblonden Bob, der ihr bis zum Kinn geht und die Farbe von Druckerpapier hat. Sie lächelt, und da bemerke ich, dass ihre Augen die gleiche

Farbe haben wie Poppys, doch ihnen fehlt die Wärme, so als wären sie mit einem blauen Filzstift gemalt, der fast leer war.

Kalt – das ist es, was ich denke, als ich sie ansehe, trotz ihrer rosafarbenen Wangen und des Lächelns.

Sie lässt mich kalt.

»Ich bin Dev«, sagt sie mit nettem Lächeln, das mich kein bisschen davon überzeugt, dass sie wirklich nett ist.

Und?, frage ich beinah, während ich mein Kaugummi weiterkaue. Ich läute lieber allein das neue Jahr ein als mit ihr. Also werfe ich mir noch ein Kaugummi in den Mund und gehe über die Straße.

Ich gebe es zu, ich passe nicht auf, ich bin zu sehr darauf konzentriert, von ihr wegzukommen, als dass ich gucken würde. Doch zum Glück sehe ich das Auto, das – viel zu schnell – direkt auf mich zurast, eine Sekunde, bevor es mich erwischt, und springe aus dem Weg. Es fängt an zu schlingern und prallt gegen das Geländer vorm Mini-Mart.

Das Letzte, was ich höre, ist das schrille Kreischen von Metall, das auf etwas trifft, das es nicht treffen sollte, gefolgt vom Knacken der Windschutzscheibe. Sie zerspringt in Tausende von Scherben, und die Scherben fliegen in die Luft und hängen dort wie Sterne. Für einen Moment ist da nichts, nur ein weißes Rauschen, das sich unangenehm in die Länge zieht, bis – BOOM –, das Glas um mich herabfällt. Über meinem Kopf jagen die Raketen umher – POP POP POP –, und die Möwen fliegen aufgeschreckt davon.

Ich sehe auf das Auto, auf die Hinterräder – die sich drehen und drehen – und auf die um das Geländer gefaltete Motorhaube. Auf einmal bin ich mir schmerzhaft der Nähe des Ganzen bewusst, des kleinen Stücks Straße, das mich so knapp vom Auto trennt, dass ich die Hand ausstrecken und es berühren könnte.

Scherben knirschen unter meinen Füßen, als ich zurücktaumele und mir die Hände aufs Gesicht drücke, um mich zu vergewissern, dass ich noch da bin. Ich löse die Hände wieder und sehe sie an. Kein Blut. Ich betaste meinen Hinterkopf, die Brust, den Bauch. Nichts. Nichts tut weh. Ich bin hier. Ich bin immer noch hier.

Gott sei Dank.

Gott sei Dank.

Das war knapp.

Oh mein Gott, war das knapp.

Das war so knapp.

Ich werde von einer schwindelerregenden Erleichterung erfasst und brabbele unverständliches Zeug vor mich hin. Das Mädchen, das mich gehalten hat, als ich stolperte, ist immer noch da. Sie fasst mich an den Ellbogen und fängt auf einmal an, begeistert auf und ab zu springen. Sie sagt etwas, irgendwas von wegen, dass Mitternacht ist, und noch etwas,

was ich beim Lärm des Feuerwerks und der *Auld Lang Syne* singenden Menschen nicht verstehe.

Should auld acquaintance be forgot,

And never brought to mind?

Da gehen die Autotüren auf, und zwei Typen springen raus und rennen die Straße hoch, in die Richtung, in die ich wollte, bevor sie mich beinah erwischt hätten.

»Hey!«, rufe ich ihnen nach. »Ihr hättet mich fast umgebracht!« Aber sie sind schon weg.

Im nächsten Moment kommt Nish aus dem Mini-Mart geeilt.

»Hast du das gesehen, Nish?« Ich zeige auf das zerdrückte Auto. »Die hätten mich fast überfahren!«

Doch er hört mich nicht. Er guckt nach unten und schnappt nach Luft. Ich will nachsehen, was da ist, doch das Mädchen im Teddymantel stellt sich zwischen uns.

»Wir müssen gehen.« Sie fasst nach meinem Arm, aber ich schüttele sie ab, während Nish zurück in den Laden rennt.

Als er wiederkommt, presst er sich das Telefon ans Ohr. »Ja, einen Krankenwagen, bitte. Schnell.«

»Wir müssen hier weg, Ashana«, sagt sie, und ich starre sie an.

»Wer bist du? Woher weißt du meinen Namen?«

Ehe sie antworten kann, höre ich Nish sagen: »Bitte, kommen Sie schnell. Es ist wer überfahren worden.«

Sie versucht, mich aufzuhalten, aber ich sehe um sie herum, und da liegt wer auf der Straße. Es ist dunkel, und da die Person ganz in Schwarz gekleidet ist, war sie mir wahrscheinlich vorher nicht aufgefallen. Sie wollte wohl gerade in den Mini-Mart gehen, als ich rauskam.

Als ich einen Schritt näher herangehe, fasst das Mädchen im Teddymantel – Dev? War das ihr Name? – wieder nach meinem Arm, aber ich reiße mich los, und dann sehe ich den Spritzer Nagellack auf der Spitze des rechten Doc-Martens-Schuhs, wie ein glänzender Blutfleck auf dem schwarzen Leder, und alles wird wieder zu weißem Rauschen.

Das bin ich.

Ich öffne den Mund, um zu schreien, doch es kommt nichts raus, und als ich mich nach dieser Dev umdrehe, guckt sie hoch zum Feuerwerk, das über unseren Köpfen explodiert und bunte Lichter über den Himmel verstreut.

»Ich wusste es.« Als sie den Blick wieder senkt, lächelt sie mich auf eine Weise an, dass ich mich am liebsten umdrehen und weglaufen würde. Doch ehe ich abhauen kann, streckt sie mir die Hand entgegen. »Ich wusste, dass du es sein würdest, Ashana.«

Nachher

EINS

Ich wache so plötzlich auf, dass ich halb damit rechne, meine Mutter vor meinem Bett stehen zu sehen, die schimpft, weil ich wieder Make-up aufs Kissen geschmiert habe. Mein Kopf fühlt sich gar nicht gut an. Hilfe, wie viel habe ich letzte Nacht getrunken? Ich habe mir mit Poppy doch nur ein Bier geteilt, und das haben wir noch nicht mal ausgetrunken, da sollte es mir doch eigentlich nicht so schlecht gehen.

Bevor meine Augen sich an die Lichtverhältnisse gewöhnen, verschwimmt wieder alles, aber nicht auf die nette Art, wie wenn ich an einem verregneten Sonntag aus einem Nachmittagsschläfchen aufwache, sondern auf die schlimme Art. Die Art, die sich anfühlt, als würde ich im Ganzen verschlungen werden.

Da wird mir klar, dass ich wieder diesen Traum habe, den, in dem ich unter Wasser bin und versuche aufzutauchen, aber kurz bevor ich an die Oberfläche komme, packt mich wer am Fuß und zieht mich wieder runter. Ich sage mir, dass ich nicht aufgeben darf, aber ich bin schon verloren. Ich strecke die Arme aus, die Handflächen einem Himmel zugewandt, den ich nicht mehr sehen kann, als das Wasser mir in Mund und Nase läuft, bis es mich ganz ausfüllt. Bis meine Knochen reingewaschen sind und mein Herz in meiner Brust auf und ab hüpft wie eine rote Boje. Ich schmecke das Salz, es brennt auf meiner Zunge und in meinen Augen, während ich immer weiter hinabsinke.

Einen Moment später höre ich ein gequältes Ächzen, und dann merke ich, dass ich das bin, ich sage meiner Mutter stöhnend, dass ich wach bin, und versuche, die Augen aufzubekommen. Selbst das tut weh, meine Wimpern kleben zusammen und meine Augenlider so schwer, dass es mich viel zu viel Anstrengung kostet, sie offen zu halten, also mache ich sie wieder zu.

Doch ich habe mich geirrt.

Da ist keine Mum.

Keine Rosh auf ihrem Bett, die ein Buch liest.

Nur ich.

Erst als ich die Decke von mir wegstrampele, merke ich, dass es überhaupt nicht meine Decke ist, sondern eine karierte Wolldecke, die ich nicht kenne.

Moment.

Das ist nicht mein Bett, es ist ein Sofa, das ich genauso wenig kenne.

Warum bin ich angezogen?

Ich presse mir die Hände auf die Brust und spüre das vertraute Leder, glatt und an den Ellbogen knittrig und über den Schultern wieder glatt. Ich bleibe an etwas Kaltem hängen. Etwas Scharfem. Der Reißverschluss. Es ist meine Jacke. Ich hebe den Arm und drücke die Nase in den Ärmel.

Zu Hause.

Das, was ich nur riechen kann, wenn ich nicht da bin.

Ich wusste noch nicht mal, dass mein Zuhause einen Geruch hat, bis ich das erste Mal ohne meine Familie weggefahren bin. Es war nicht weit, nur ein Schulausflug nach Stratford-upon-Avon, aber als ich meine Reisetasche öffnete, roch alles nach unserer Wohnung. Nicht nur nach unserem Waschmittel, sondern nach meinem Kissen. Meinem Handtuch. Dem Topf mit Dhal, der irgendwie immer auf dem Herd steht, selbst an Weihnachten. Nach dem Estée Lauder Beautiful auf der Kommode meiner Mutter, das sie nur zu Hochzeiten und zur Mitternachtsmesse trägt.

Ich schließe die Augen, atme den Geruch noch mal ein und fühle mich sofort besser. Ruhiger. Alles kommt mir ein bisschen richtiger vor, und als ich die Hand unter die Jacke schiebe und die Wärme meines Hoodies spüre, geht es mir noch besser, denn ja, das ist eindeutig mein Hoodie. Es ist vielleicht nicht meine Decke, aber das hier sind mein Hoodie und meine Lederjacke. Ich trete den Rest der Decke von mir und stelle fest, dass ich meine Jeans anhabe. Eindeutig meine

Jeans. Schwarz. An den Knien leicht grau und an den Nähten zwischen den Oberschenkeln allmählich etwas dünn.

Und das sind meine Docs.

Aber warum trage ich auf einem Sofa meine Docs?

Und wo bin ich?

Da lichtet sich der Nebel, und auf einmal bin ich quälend wach.

Ich setze mich so schnell auf, dass das Sofa griesgrämig quietscht.

»Ashana! Du bist wach«, höre ich eine Stimme, und als ich hochsehe, sitzt vor mir ein Mädchen auf einer Art Ladentheke. Neben ihr ist eine Lampe, die einzige Lichtquelle im Raum, und dann erkenne ich, dass es das Mädchen von draußen vorm Mini-Mart ist.

Die mit dem Teddymantel.

Sie sieht immer noch genauso aus. Klein. Verschluckt von ihrem Mantel, die Haare fast leuchtend weiß in dem schwachen Licht. Dann lächelt sie, und auch das Lächeln ist noch genauso.

Mir ist einfach nur kalt.

Sie springt vom Tresen, und als sie einen Schritt auf mich zumacht, ziehe ich mit einer Hand die Decke zu mir heran, während ich die andere hochhalte, um sie zu warnen, bloß nicht näher zu kommen. Sie versteht die Botschaft, lächelt aber noch immer.

»Willkommen zurück, Ashana.«

Wo zurück?, frage ich beinah, doch ich tue es nicht, denn das hier ist nur ein weiterer Traum. Muss es sein. Ich träume, und ich werde jeden Moment aufwachen.

Ich warte, doch nichts passiert. Meine Gedanken rasen, und dann fällt mir plötzlich alles wieder ein.

Die Scherben.

Das Feuerwerk.

Das Auto, mit den sich unaufhörlich drehenden Hinterrädern.

Mir wird schwindelig.

»Wo bin ich?« Meine Stimme klingt seltsam. Tiefer.

»Wie geht's dir, Ashana?«, fragt sie und zieht die Augenbrauen zusammen. Innerhalb kürzester Zeit wechselt ihre Miene von Freude, mich zu sehen, zu Sorge, und ich frage mich das Gleiche.

Wie geht es mir?

Irgendwas stimmt nicht.

Habe ich Schmerzen?

Sollte ich Schmerzen haben?

War irgendwas mit dem Auto vorm Mini-Mart?

Vielleicht wurde ich verletzt.

Ich dachte, es ginge mir gut – ich fühlte mich gut –, aber wenn ich verletzt bin, warum bin ich dann hier und nicht im Krankenhaus oder zu Hause?

Wo ist überhaupt *hier?*

Ich blicke mich um. Ich befinde mich in einem Laden. Es ist eindeutig ein Laden. Okay. Ich bin in einem Laden. Meine Gedanken fangen wieder an zu rasen, und ich versuche, sie anzuhalten, bevor sie wegfliegen, und mir stattdessen eine naheliegende Erklärung einfallen zu lassen.

Vielleicht stand ich unter Schock, nach dem, was vorm Mini-Mart passiert ist, und sie – dieses Mädchen – und Nish haben mich reingebracht, damit ich mich erholen konnte. Aber das hier ist nicht der Mini-Mart. Es ist viel zu dunkel. Das Licht im Mini-Mart ist hell, dieses unnötig aggressive Weiß, das mir in den Augen weh tut, wenn ich zu lange im Laden bin. Und im Mini-Mart ist es laut. Nish ist immer am Telefonieren oder guckt auf dem Laptop hinterm Tresen einen Film. Außerdem riecht es ganz anders. Der Mini-Mart hat diesen bestimmten Geruch. Nach Orangeneis am Stiel und der Dose Samosas auf dem Tresen, die Nishs Schwiegermutter jeden Morgen zubereitet und die bis elf immer schon ausverkauft sind. Hier riecht es anders. Es riecht wie im Wohnzimmer einer alten Dame. Nach altem Papier und Staub.

Ich blicke mich wieder um und sehe Bücher. Regalweise Bücher. Aber keine neuen, wie die bei Waterstones mit ihren schreiend bunten Rücken, sondern alte, mit ramponiertem Ledereinband – ochsenblutrot und braun und was früher wohl marineblau war und jetzt, in diesem Licht, fast schwarz wirkt –, die vergoldeten Titel abgegriffen von etlichen Jahren warmer Hände und einem Dasein am Boden zu vieler Schultaschen. Ich sehe auf die breiten, verschrammten Dielen unter meinen Füßen, die zu einem großen Fenster führen. Das Fenster rahmt eine schmale Straße ein, und die Straße kommt mir vage bekannt vor, selbst im Dunkeln.

Doch bevor ich dahinterkommen kann, wo ich bin, bleiben zwei Typen vorm Fenster stehen. Einer trägt ein weißes Hemd mit einem – wie ich hoffe – Rotweinfleck auf der Brust, und der andere schwingt eine Sektflasche. Sie schwanken und singen *Auld Lang Syne*, und meine Schultern entspannen sich wieder.

Es ist immer noch Silvester.

Das ist doch schon mal was.

Wo auch immer ich bin, ich kann noch nicht lange hier sein.

Als die beiden Typen weitergehen, fällt mir der Laden gegenüber auf. Ich kenne ihn. Ich bin in der Stadt. Ich muss in der Stadt sein, denn das ist der seltsame vegane Schuhladen, in dem ich mit Poppy war.

»Ashana?« Das Mädchen im Teddymantel steht jetzt vor mir. Sie achtet darauf, einen gewissen Abstand zu mir zu halten, ist aber trotzdem so nah, dass ich die Hände fest in die karierte Decke kralle und mir davon schon die Finger weh tun.

»Hab keine Angst«, sagt sie.

Natürlich habe ich Angst.

Ich weiß nicht, wer sie ist oder wie ich hierhergekommen bin. Allmählich fällt es mir immer schwerer, ruhig zu bleiben. Die Panik leckt an meinen Handflächen, ich schwitze Blut und Wasser. Fragen über Fragen, dann fängt irgendwas Feuer, und die Angst brennt alles weg, bis ich nur noch einen einzigen rasenden Gedanken habe.

Ich muss hier raus.

Da sehe ich die Tür, die zur Straße geht, aber während ich noch die Anzahl an Schritten zwischen mir und der Tür berechne, höre ich eine Glocke, und dann schwingt die Tür auch schon auf.

Ein Mädchen in meinem Alter kommt rein, und ich ziehe die Decke noch höher, während ich überlege, ob ich auch sie schon mal gesehen habe. Habe ich nicht. Zumindest glaube ich das.

Als sie neben dem Mädchen im Teddymantel stehen bleibt, sehen die beiden aus wie auf einem Bild, auf dem zwei Mädchen gemalt werden sollten, die das genaue Gegenteil voneinander sind. Während das Mädchen mit dem Teddymantel klein und blass ist, ein rundliches Gesicht und einen glatten, ordentlichen Bob hat, ist das andere Mädchen groß und spindeldürr und hat eine schmale Nase und ein noch schmaleres Lächeln. Ihre braune Haut ist nicht viel heller als meine, und ihre Augen sehen, wie die marineblauen Bücher, in diesem

Licht fast schwarz aus. Wie Rosh hat sie eine Unmenge an Haaren, dunkle Locken, die ihr über den halben Rücken reichen. Nur fallen Roshs Locken locker herab, während ihre gespannt sind wie Sprungfedern.

Mit erhobenen Augenbrauen sieht sie mich an. »Sie ist wach.«

Sie knöpft ihren schwarzen Wollmantel auf, wirft sich auf den Sessel neben mir und legt die Beine über die Armlehne. »Hast du es ihr schon gesagt?«, fragt sie und beäugt mich durch ihre dichten Wimpern. Als ich sie wortlos anstarre, reibt sie die Hände aneinander. »Gut. Ich hab's nicht verpasst. Ich liebe diesen Part.«

Ich recke das Kinn und sehe sie länger an, als angenehm wäre, entschlossen, mir nicht anmerken zu lassen, wie viel Angst ich habe. Sie hält meinem Blick stand, und ich bin kurz davor, sie zu fragen, was ihr Problem ist, da sehe ich es. Nicht ganz ein Lächeln, eher ein leichtes Zucken um die Mundwinkel, dann ist es wieder verschwunden.

Eigentlich will ich nicht als Erste wegsehen, doch dann kommt durch eine Tür hinterm Tresen eine Frau rein. »Ashana, du bist wach.«

Sie nimmt einen Holzstuhl, stellt ihn vors Sofa und setzt sich dann so ordentlich mir gegenüber hin – gerader Rücken, Schultern zurück, Knie zusammen –, dass ich mich auch sofort gerader hinsetze.

Sie ist älter als die anderen beiden, etwa im Alter meiner Mutter, aber abgesehen davon sieht sie meiner Mutter überhaupt nicht ähnlich. Meine Mutter hat lauter weiche Kurven und einen Kranz aus fluffigen Härchen um den Haaransatz, die immer abstehen, egal, wie viel Haarspray sie benutzt, doch das Äußere dieser Frau ist makellos. Ihre mohnsamenschwarzen Haare sind raspelkurz, so dass ich ihr ganzes Gesicht sehen kann. Das Licht der Lampe auf dem Tresen betont ihre Gesichtszüge, das satte, leuchtende Rotgold ihrer Wangen, Augenbrauen und Nasenspitze.

Im Gegensatz zu den anderen beiden ist sie nicht ganz in Schwarz gekleidet. Sie trägt einen langen Rock mit Leopardenmuster und ein Hemd, dessen Kragen so leuchtend weiß ist, dass er den Farbton ihrer Haut noch satter wirken lässt und der Baumwollstoff in einer feinen silbernen Linie um ihren Hals von der Haut reflektiert wird.

Sie lächelt. Ein Versuch, mich zu beruhigen, nehme ich an, aber das Lächeln reicht nicht bis zu ihren Augen. »Hallo, Ashana. Ich bin Deborah. Deborah Archer.« Sie nimmt ihre schwarz gerahmte Brille ab, schließt vorsichtig die Finger darum und verschränkt die Arme. »Und du bist Ashana.«

»Woher wissen Sie meinen Namen?«

Das Mädchen im Teddymantel wusste ihn auch. Woher?

Aber Deborah verrät es mir nicht. »Ashana Persaud, richtig?«

Sie spricht meinen Nachnamen aus wie die meisten Leute – Per-*sad* –, und ich korrigiere sie. »Per-*sword*.«

Ich weiß nicht, warum das jetzt wichtig sein sollte.

Gewohnheit, schätze ich.

»Entschuldigung. Ashana Per-*sword*.«

»Woher wissen Sie meinen Namen?«, frage ich wieder.

Wieder ignoriert sie mich. »Ich freue mich sehr, dich kennenzulernen, Ashana.«

»Ich bevorzuge Ash.« Ich weiß auch nicht, warum das wichtig sein sollte.

»Ash.« Sie nickt. »Gut, Ash, das ist Isla Devlin. Ihr seid euch vorhin schon mal begegnet.« Sie deutet auf das Mädchen im Teddymantel. »Aber sie bevorzugt Dev.«

Dev. Stimmt. So hat sie sich auch vorm Mini-Mart vorgestellt.

»Und *das* hier …« Als Deborah eine Pause macht und auf das Mädchen mit den Locken deutet, merke ich ihr eine leichte Verärgerung an. Ich kenne das Mädchen gerade mal drei Minuten, doch ich will gar nicht wissen, was sie getan hat, um die Verärgerung zu provozieren. » … ist Esen Budak.«

Esen salutiert mir mit zwei Fingern und einem selbstgefälligen Grinsen.

»Du fragst dich wahrscheinlich, warum du hier bist, oder, Ashana?«

Ach was.

»Was weißt du noch von gestern Abend?«, fragt Deborah, als ich nicht antworte.

Ich drehe den Kopf und sehe das Mädchen im Teddymantel an. Dev. Sie lächelt, und sofort blicke ich zurück zu Deborah. Sie überschlägt die Beine und lehnt sich zurück, die Brille in der Hand, und etwas daran, wie sie den Kopf zur Seite neigt und mich mit einer Art ernstem Interesse ansieht, gibt mir das Gefühl, in einer Therapiestunde zu sein. Ich warte nur darauf, dass sie ihr Notizbuch rausnimmt und alles aufschreibt, was ich sage.

»Was ist das Letzte, woran du dich erinnern kannst?«

Ich zögere, unsicher, warum sie das fragt, statt mir einfach zu sagen, was los ist.

Ich warte einen Moment, in der Hoffnung, dass sie den Wink versteht und es mir erzählt, doch sie zuckt noch nicht mal mit der Wimper, und ich weiß nicht, ob es aus Neugier oder Höflichkeit ist, aber ich antworte ihr. »Ich war draußen vorm Mini-Mart.«

Sie nickt, und ich wünschte, sie würde es nicht tun.

Es fühlt sich an, als würde sie mir den Kopf tätscheln.

»Ich erinnere mich an das Auto«, sage ich vorsichtig. »Das Feuerwerk.«

Mich, sage ich beinah, doch dann halte ich mich zurück, denn es fühlt sich an, als hätte etwas in meiner Brust Feuer gefangen.

Und ich brenne.

Ich war das. Ich habe meinen Körper auf der Straße vorm Mini-Mart gesehen.

»Woran kannst du dich noch erinnern, Ash? Dev hat mir erzählt, du hast gesehen …«

»Ja«, unterbreche ich sie und verschränke die Arme. »Ich habe … Ich habe es gesehen.«

Ich sage *es*, weil ich nicht *mich* sagen kann, weil das auf der Straße nicht ich gewesen sein kann. Ich bin hier.

Ich bin hier.

»Verstehst du, was das bedeutet, Ash?«

Natürlich nicht!, würde ich am liebsten schreien, doch die Worte werden vom Feuer in meiner Brust verbrannt.

»Begreifst du, dass du heute Nacht von dem Auto vorm Mini-Mart angefahren wurdest?«

Wurde ich nicht.

Ich bin dem Auto aus dem Weg gesprungen.

Deborah sagt nichts, sie sieht mich nur an und wartet, während ich unter dem Gewicht ihrer Worte nachgebe. Ich presse die Augen zusammen, ich will endlich aufwachen, doch als ich sie wieder öffne, bin ich immer noch da, auf dem Sofa, die karierte Decke auf dem Schoß, und die drei beobachten mich.

Ich fühle den Schrecken langsam durch mich durchkriechen, beginnend in den Händen, dann die Arme hoch, langsam stellt sich jedes einzelne Haar auf, erst eins nach dem anderen, dann alle auf einmal. Plötzlich wird mir sehr, sehr kalt, und trotzdem spüre ich, wie meine Oberlippe schwitzt, als ich den Kopf hebe, um ihr zum ersten Mal in die Augen zu sehen. Ich lecke den Schweiß ab, während ich versuche, die Worte runterzuschlucken, die mir bereits auf der Zunge liegen. Aber sie sind da, ich fühle sie, wie sie von innen gegen meine Zähne drücken.

Sag es nicht.

Doch ich tue es.

»Was geht hier vor sich?«, frage ich und wünschte sofort, ich hätte es nicht, denn ich will es gar nicht wissen.

Ich will es nicht wissen.

»Ash, du bist tot«, sagt Deborah, ohne sich zu bemühen, es zu beschönigen. »Du bist heute Nacht gestorben.«

ZWEI

Okay. Ganz ehrlich, *damit* habe ich nicht gerechnet.

Wie kann ich tot sein? Ich fühle mich nicht tot. Ich kann nicht tot sein. Ich bohre mir die Nägel in die Handfläche, so fest, dass meine Fingerknochen jeden Moment brechen müssen, und warte. Es dauert einen Moment zu lange, aber dann ist er doch da, der Schmerz, hell und wild. Die Erleichterung treibt mir die Tränen in die Augen. Ich streiche mit den Fingerkuppen über die mondsichelförmigen Einkerbungen und sehe zu, wie sie wieder verschwinden.

Ich lache. Ich höre mich selbst lachen, und es ist so ein übertriebenes, viel zu lautes Lachen, das unangenehm lang ist, während ich darauf warte, dass Deborah einstimmt. Doch das tut sie nicht, sie beobachtet mich bloß ernst, bis das Lachen in meiner Kehle erstirbt und es im Buchladen sehr, sehr still wird.

Ich blicke von einer zur anderen. Erst zu Deborah, dann nach links zu Dev und nach rechts zu Esen. Warum sagen sie nichts? Sogar Esens selbstgefälliges Grinsen ist sanfter geworden und hat sich zu etwas verwandelt, von dem ich nicht sofort weiß, was es ist. Mitleid, wird mir klar, und in meiner Kehle brennt es. Ich tue ihr leid. Aber warum? Ich meine, das ist doch ein Witz, oder?

»Hör zu, Ash«, sagt Deborah, und sie sagt es streng – ungeduldig –, fast als würde sie mir einen Rüffel erteilen.

Verzweifelt sehe ich mich im Buchladen um, mein Blick springt von den Regalen zum Fußboden, an die Decke und zurück zum Tresen, und dann spüre ich es wieder, wie der Schrecken sich über meine Arme ausbreitet, bis hinauf zu meiner Kopfhaut, und sich mir die Haare aufstellen, bis ich mir jedes einzelnen bewusst bin. Ich weiß nicht, wonach ich suche.

Einem Kruzifix?

Kerzen?

Einem gerahmten Druck des Herz Jesu, wie bei uns zu Hause neben der Wohnungstür?

Ich sehe Dev an, ihr süßes Gesicht mit dem süßen Lächeln und den süßen rosigen Wangen, sie hat diesen verträumten Gesichtsausdruck – fast glasig –, und wieder zieht es mir die Kopfhaut zusammen, als sich ein quälender Gedanke in mir breitmacht, wie ein Splitter, der sich unter meine Haut bohrt.

Ist das hier so eine Art Konversionstherapie? Ich habe letztes Jahr eine Doku darüber gesehen, über Eltern, die ihre Kinder zu solchen christlichen Umerziehungslagern in Amerika schicken, um ihnen ihr Queer-Sein austreiben zu lassen. War es das, was Deborah meinte, als sie sagte, ich sei tot? Nicht tot im wörtlichen, sondern im übertragenen Sinn? Steckt meine Mutter dahinter? Hat sie wem in der Kirche erzählt, dass ich lesbisch bin, und ihr wurde versprochen, ich könnte geheilt werden? Das würde sie nicht tun, oder? Als ich ihr von Poppy erzählte, hatte sie doch kein Problem damit. Und warum sollte sie so darauf aus gewesen sein, dass ich heute Abend noch nach Hause komme, wenn sie wusste, dass ich hier landen würde?

Nein, mit meiner Mutter hat es nichts zu tun. Vielleicht ist das hier irgendeine Sekte. Vielleicht hat Dev mich mit Poppy am Strand gesehen, ist mir gefolgt und hat mich hierhergebracht.

Ich wende mich wieder Deborah zu, und diesmal bohre ich mir die Nägel so fest in die Handfläche, dass ich denke, es muss bluten. Ich warte darauf, dass sie es sagt, dass sie sagt, sie könne mir helfen.

Mich retten.

Doch sie sagt nichts, sondern sieht mich nur an, und schließlich frage ich sie: »Was wollen Sie von mir?«

»Ich will dir helfen, Ash.«

Ich wusste es.

»Ich will dir helfen zu begreifen, was heute Nacht passiert ist.«

»Ach ja?« Ich runzle die Stirn, tue gleichgültig. »Was ist heute Nacht passiert, Deborah?«

»Du weißt, was du gesehen hast, Ash.«

»Ja?«

Ich verschränke die Arme und lehne mich zurück, während ich darauf warte, dass sie es mir erklärt. Dass es falsch ist, mit Poppy zusammen zu sein, dass Gott mich aber trotzdem liebt. Doch Deborah sieht mich nur an, mit dem gleichen wütend machenden, undurchschaubaren Blick, den meine Mutter aufsetzt, wenn ich sie etwas frage, wovon sie meint, ich wüsste die Antwort bereits.

»Du weißt, was heute Nacht vor dem Mini-Mart passiert ist, oder, Ash?«

Ich blinzle sie an, kurz bin ich verwirrt, weil sie schon wieder bei dem Thema ist.

»Du weißt, dass du von dem Auto angefahren wurdest. Das war dein Körper auf der Straße.«

»Nein.« Es fühlt sich an, als würde ich gegen die Brust geschlagen, wieder und wieder.

Es ist alles, was ich sagen kann.

Nein.

»Du bist vor dem Mini-Mart gestorben, und du bist hier, weil du die Letzte bist, die an Silvester gestorben ist. Du bist jetzt eine von uns.«

Ich starre sie an.

Wo ist *hier*?

Wer sind diese Leute?

Ich spreche die nächsten Worte sehr vorsichtig aus. »Ist das hier der Himmel?«

»Das wäre ganz schön scheiße, wenn es so wäre«, antwortet Esen verbittert lachend.

Deborah ignoriert sie. »Nicht ganz. Der Legende nach wird die letzte Person, die an Silvester stirbt, Sensenfrau oder Sensenmann des Bezirks.«

Sie wartet, dass ich sie ansehe, bevor sie fortfährt.

»Dieses Jahr bist du es.«

»Sensen… *was?*« Blinzelnd sehe ich sie an, aber da ist keine Zurückhaltung mehr. Die Hitze steigt mir in die Wangen, und ich spüre, wie Dev und Esen mich ansehen. Jeder Körperteil von mir brennt, Schweißtropfen sammeln sich an meinem Haaransatz. Doch Deborah sitzt einfach nur da, die Hände ordentlich im Schoß gefaltet.

Sie befeuchtet sich die Lippen. »Du bist ein Sensenmädchen.«

Ich warte, dass sie das weiter ausführt.

Tut sie nicht.

»Moment.« Ich höre mich wieder lachen, während alles unscharf wird.

Ich schließe die Augen und lege mir die Hand auf die Stirn, bis das Schwindelgefühl nachlässt.

Als ich die Augen wieder öffne, sieht Deborah mich immer noch an, als wäre das hier ein absolut normales Gespräch.

»Moment«, sage ich wieder. »Soll das so was sein wie der Typ mit dem schwarzen Umhang und der Sense?«

»Nicht ganz. Das ist wohl das, was sich die meisten Menschen darunter vorstellen, aber wie immer ist die Realität sehr viel profaner als der Mythos.«

»Häh?«

»Keine Sorge, Ash.« Sie lacht leise. »Du musst keinen schwarzen Umhang und keine Sense tragen.«

Sie ist so ruhig. Viel zu ruhig. Es macht mich nur noch nervöser. Ich kralle die Finger ins Sitzkissen unter mir, als würde ich an die Decke schweben, wenn ich mich nicht festhalte.

»Ich verstehe nicht ganz.« Ich schüttele den Kopf. »Sie wollen, dass ich entscheide, wer stirbt?«

»Natürlich nicht.« Deborah sieht so entsetzt aus, dass ich mich zurückhalten muss, nicht wieder zu lachen, weil der Gedanke natürlich absolut abwegig ist.

»Die Entscheidung wird schon getroffen, bevor du bei ihnen ankommst.«

»Und wer trifft die Entscheidung?«

Sie fährt fort, als hätte ich nichts gesagt. »Ihr seid für die Menschen in dem Bezirk zuständig, die auf dieselbe Art sterben, wie ihr selbst gestorben seid. In deinem Fall heißt das, du wirst für plötzliche Todesfälle Jugendlicher zuständig sein. Wir bezeichnen euch als Sensenmädchen, aber eigentlich seid ihr eher die Überbringerinnen. Alles, was ihr tun müsst, ist, sie zum Strand zu begleiten, wo eine weitere Person bereits auf sie wartet, um sie auf die andere Seite zu bringen.«

»Die andere Seite *wovon?*«

»Hove«, sagt Esen schnaubend.

Deborah drückt sich mit Daumen und Zeigefinger den Nasenrücken und seufzt müde. »Das ist nicht besonders hilfreich.«

»Ich versuche auch nicht zu helfen.« Esen verschränkt die Hände hinterm Kopf und lehnt sich auf dem Sessel zurück.

Deborah ignoriert sie. »Hör zu, Ash. Ich weiß, das ist alles ziemlich viel auf einmal.«

»Überhaupt nicht.« Ich winke ab. »Das ist alles absolut normal.«

»Verstehe.«

»Ja?«

Glaube ich nicht.

»Ja.« Deborah sieht mich an und wiederholt sich. »Ich verstehe das wirklich. Aber du bist nicht allein.«

Da dämmert mir was. »Moment. Sind hier alle Sensenirgendwas?«

»Dev und Esen, ja.«

»Und Sie?«

»Du könntest mich als deine Mentorin begreifen.«

»Wie der Typ bei Buffy?«

»Genau.« Esen zeigt mit dem Finger auf mich. Es ist die temperamentvollste Reaktion, seit sie reingekommen ist, und ich fühle mich sofort extrem unwohl. »Nur, dass du alles tun musst, was sie sagt, sonst wirst du bis in alle Ewigkeit verbannt.«

Ich sehe wieder Deborah an. »Wie bitte?«

»Das ist auch nicht besonders hilfreich, Esen«, sagt sie, ohne sie anzusehen.

»Und ich versuche auch immer noch nicht zu helfen, Deborah.«

»Kannst du mal aufhören? Es ist schon schwer genug für Ash«, sagt Dev und wirft Esen einen vernichtenden Blick zu, woraufhin Esen abwehrend die Hände hochhält und dann so tut, als würde sie ihre Lippen verschließen und den Schlüssel wegwerfen.

»Deswegen war ich gestern Abend beim Mini-Mart, Ash.« Devs Miene wird wieder weicher, als sie sich mir zuwendet und mich unter ihrem akkuraten Pony hindurch anblickt. »Um dich zu holen.«

»Du«, ich zeige auf Dev und dann auf mich selbst, »hast mich geholt, und jetzt bin ich selbst ein Sensenmädchen?«

»Weil du die Letzte warst, die an Silvester gestorben ist.«

»Hattest du das gemeint, als du sagtest, du wusstest, dass ich es bin?«

Sie grinst. »Ja! Ich war mir nicht sicher, aber ich hatte es gehofft.«

»Okay.« Ich bringe endlich die Kraft auf aufzustehen. Die Muskeln in meinen Beinen protestieren, aber es gelingt mir, aus reiner Willenskraft stehen zu bleiben. »Ich habe keine Ahnung, was hier los ist oder warum ihr das macht, aber ich bin nicht tot.« Ich zucke die Achseln und sehe Deborah mit erhobenen Augenbrauen an. »Und, so lustig es hier auch war, ich gehe jetzt.«

Dev starrt mich mit offenem Mund an, als ich über die Decke steige, die vor mir auf den Boden gefallen ist. »Wo willst du hin?«

»Nach Hause«, sage ich über die Schulter hinweg, während ich zur Tür gehe.

DREI

Draußen auf der Straße taste ich meine Taschen ab.

Sie sind leer.

Kein Handy.

Keine Schlüssel.

Kein Portemonnaie.

Super.

Ich drehe mich zum Buchladen um, bereit, noch mal reinzugehen und die Sachen zurückzuverlangen, aber im Portemonnaie war eh nur das bisschen Wechselgeld, das Nish mir im Mini-Mart gegeben hat. Wenn Deborah das und mein blödes Handy mit dem kaputten Display behalten will, soll sie es.

Etwas sagt mir, dass ich noch glimpflich davongekommen bin, und vor Angst läuft es mir wieder kalt den Rücken runter.

Ich vergewissere mich, dass sie mir nicht folgt, und dann sehe ich zu, dass ich wegkomme. Ich gehe los in Richtung North Street. Am liebsten würde ich rennen, doch auf einmal ist mir schrecklich schwindelig, wie wenn ich zu schnell aufgestanden bin und mich wieder hinsetzen muss. Aber ich kann mich nicht setzen, ich muss hier weg. Ich weiß nicht, ob es am Schock darüber liegt, was gerade passiert ist, oder an meinem verzweifelten Versuch, so viel Distanz wie möglich zwischen mich und den Buchladen zu bringen, aber meine Beine zittern so sehr, dass es mich schon genug anstrengt, nur einen Fuß vor den andern zu setzen.

Dass es überall so ruhig ist, hilft auch nicht. Zugegeben, so spät in der Nacht war ich noch nie in diesem Teil der Stadt unterwegs, aber normalerweise ist es hier voller Leute, und jetzt ist hier kein einziger Mensch – keine Menschenseele –, und das macht mir fast so viel Angst wie das eben im Buchladen.

Pinke Federn liegen über die Straße verstreut, wie eine Spur aus Brotkrumen, und in der Mitte der Straße liegt eine Federboa. Wer auch immer sie verloren hat, war wahrscheinlich zu betrunken, um es zu merken, und ist schon lange weg. Und so bin ich mit der Federboa allein, und etwas daran macht mich schaudern, es fühlt sich an, als wäre ich in einem Zombiefilm oder so.

Als wäre ich der letzte Mensch auf Erden.

An der Straßenecke angekommen, bleibe ich stehen und sehe hoch. Der Himmel ist kohlrabenschwarz, der Mond ein perfekter weißer Kreis, wie ein mit einem Messer sauber in den Himmel geschnittenes Loch. Ich stehe da und starre den Himmel an. Irgendwas stimmt nicht – irgendwas *fehlt*. Dann wird es mir bewusst – ich höre keine Möwen. Normalerweise schießen sie ständig kreischend vom Himmel herab, picken sich durch Mülleimer oder suchen über den Gehweg watschelnd nach Essensresten.

Sie sind Teil des Soundtracks von Brighton, wie das Auf und Ab des Meeres. Doch heute Nacht kann ich sie nicht hören. Sie sind verschwunden, und alles ist beunruhigend still. So still, dass ich meine Docs quietschen höre, als ich versuche, schneller zu gehen.

Endlich, da, vor mir, ist das Licht der North Street, und meine Hände in den Jackentaschen entspannen sich. Ein Bus fährt vorbei, das obere Deck dunkel, und als ich mich nach links wende und den Old Steine sehe, pulsiert es in mir wie eine frische Wunde. Wenn ich meinen Beinen vertrauen könnte, würde ich rennen. Doch so gehe ich bloß weiter, setze einen Fuß vor den anderen, einen vor den anderen, während ich mir sage, dass ich bald zu Hause bin und alles okay sein wird.

Ich überquere die Straße, und schließlich höre ich etwas, ein *Kreischen*, und ich stolpere. Es dauert einen Moment, bis ich mich vom Schreck erholt habe, und dann erkenne ich, was es ist – eine Möwe. Ich hätte nie gedacht, dass ich mich mal so freuen würde, eine zu sehen, aber jetzt seufze ich vor

Erleichterung. Etwas in mir sortiert sich neu, und endlich fühlt sich alles wieder ganz an.

Unzählige Möwen tapsen mit angelegten weißen Flügeln über den Rasen und picken im Gras. Es sind auch Leute da. Nicht viele, aber genug, um mir ein gewisses Gefühl von Sicherheit zu geben. Die meisten warten an der Haltestelle auf den Nachtbus, treten ungeduldig von einem Fuß auf den anderen und stoßen in der Kälte große Atemwolken aus. An der Ecke stehen vier Mädchen, und gerade als ich an ihnen vorbeigehe, übergibt sich eine von ihnen auf einmal so heftig, dass ihre Freundin laut losschreit. Ich schreie auch und halte mir eine Hand vor den Mund, während ich zur Seite springe, um dem Schwall auszuweichen. Dieser Abend ist so ganz anders verlaufen, als ich es mir erhofft habe, denke ich schluchzend.

Ich merke gar nicht, dass ich zum Pier gehe, statt die St James's Street rauf, bis ich da bin, unter der Uhr. Ich weiß nicht, ob sie funktioniert, aber die Uhr sagt, es ist fast drei Uhr morgens.

Ich gehe weiter, die Marine Parade entlang. Erst als ich mich dem The Lanes Hotel nähere, fällt mir auf, dass ich angefangen habe, schneller zu laufen, und als ich am oberen Ende der Treppe zum Strand angekommen bin, wird mir auch klar, warum.

Dann renne ich los, und meine Beine gehorchen mir endlich. Ich eile die Stufen runter und über den Strand, die Kiesel unter meinen Docs fliegen in alle Richtungen, während ich versuche, mich zu erinnern, wo genau ich vor ein paar Stunden mit Poppy gesessen habe.

Hier haben wir doch gesessen, oder? Der Pier rechts von uns, vor uns der Windpark. Ich weiß, dass es unmöglich ist, und trotzdem bin ich überzeugt, unsere Abdrücke auf den Kieseln zu sehen, und o Gott …

Warum bin ich gegangen?

Ich hätte bleiben sollen.

Poppy hatte recht – es waren nur neununddreißig Minuten. Letztendlich hat es sich noch nicht mal gelohnt, oder? Ich habe es trotzdem nicht rechtzeitig nach Hause geschafft. Wäre ich geblieben, hätte ich mit ihr das neue Jahr begrüßen können, und nichts von dem allen hier wäre passiert.

Auf einmal vermisse ich sie so sehr, ich könnte heulend auf die Knie sinken. Da wird mir bewusst, dass ich ohne mein Handy noch nicht mal ihre Nummer habe. Meine Eltern haben darauf bestanden, dass Rosh und ich für den Notfall unsere Festnetznummer auswendig lernen. Ich hätte dasselbe mit Poppys Nummer tun können, oder? Als ich an jenem Nachmittag mit dem Bus nach Hause gefahren bin und so lange ihre Nummer angestarrt habe, bis die Zahlen miteinander verschwammen.

Wütend auf mich selbst laufe ich den ganzen Strand lang, bis Duke's Mound, doch von Poppy keine Spur.

Sie ist weg.

Ich gebe es auf und gehe die Straße rauf zur Marine Parade. Wenigstens weiß ich, wo sie wohnt, denke ich, und als ich bei ihrem Haus ankomme, bleibe ich stehen. Ich blicke zu ihrem Zimmerfenster hoch, das Licht ist an, und ich will zu ihr hinaufrufen, ihr alles erzählen, was heute Nacht passiert ist.

Aber das kann warten.

Ich muss nach Hause.

Als ich das Polizeiauto sehe, das mit offenen Türen mitten auf der Straße steht, verlangsame ich schließlich meine Schritte. Die Menschen in meiner Siedlung rufen eigentlich nie die Polizei, sie ziehen es vor, die Dinge selbst zu regeln. Wenn die Polizei also hier ist, kann das nichts Gutes bedeuten.

Eine Gruppe von Leuten steht aufgeregt redend neben dem Polizeiauto. Die meisten von ihnen sind im Pyjama und haben sich in der Eile bloß einen Mantel übergeworfen und die Schuhe über die nackten Füße gezogen. Ich kann nicht anders, die Neugier ist stärker, und so gehe auch ich rüber, um zu gucken, was los ist.

Dann begreife ich, dass die Leute da alle zusammenstehen, weil sie nicht weiterkönnen, vor ihnen ist ein blau-weißes

Flatterband mit der Aufschrift POLICE LINE DO NOT CROSS gespannt. Als ich den Mini-Mart dahinter erkenne, huscht mir ein Frösteln über den Nacken wie eine Spinne.

Etwas zieht an mir, sagt, dass ich gehen – weglaufen – soll, doch ich bewege mich nur noch weiter vorwärts, ganz langsam, die Neugier packt mich und treibt mich voran. Ich weiß, was da ist, noch bevor die Menge sich teilt, und als ich es sehe, neigt sich etwas in mir viel zu weit in eine Richtung. Ich schwanke, und schnell halte ich mich an der Frau neben mir fest. Sie trägt einen rosafarbenen Morgenmantel ähnlich dem meiner Mutter, und, bitte, ich will einfach nur zu Hause sein.

Aber ich bin nicht zu Hause.

Ich bin hier, und es ist da.

Das Auto, das mich fast angefahren hätte.

Die Räder drehen sich nicht mehr, doch die Motorhaube ist noch ums Geländer geknautscht, als wollte das Auto ein Stück rausbeißen, und dann schwanke ich wieder und kralle die Hand in den Ärmel der Frau. Als sie sich zu mir umdreht, hat sie Tränen in den Augen, und es dauert einen Moment, bis ich etwas sagen kann.

Wieder spüre ich das Ziehen – *Los, Ash. Lauf. Lauf!* –, ich weiß, ich sollte abhauen, aber ich kann es nicht.

»Was ist passiert?«, frage ich, und es ist kaum ein Flüstern.

»Unfall mit Fahrerflucht«, sagt die Frau in dem rosafarbenen Morgenmantel schniefend.

»Gibt es Verletzte?«

»Ein junges Mädchen.« Sie schüttelt den Kopf. »Tot. Die arme Familie.«

Da gebe ich dem Ziehen nach, ich lasse mich zurückfallen, und als ich mich umdrehe, steht wer hinter mir.

Dev.

»Entschuldigung. Hab ich dich erschreckt?«, sagt sie, aber sie wirkt selbst erschrocken, ihre blasse Haut ist fast durchsichtig im flackernden Blaulicht. Sie greift nach meinem Arm und zieht mich von den Leuten vorm Mini-Mart fort. »Wir müssen hier weg, bevor dich wer sieht. Du bist immer noch in der Übergangsphase. Wir können von Glück sagen, dass die Frau eben dich nicht kennt.«

Ich habe keine Ahnung, wovon sie redet, und es ist mir auch egal.

Ich will nur nach Hause.

Alles wird gut, wenn ich erst mal zu Hause bin.

Ich sehe das Licht vom Kingfisher Court vor mir und traue mich nicht, den Blick davon zu lösen, aus Angst, der Gebäudekomplex könnte sich plötzlich in Luft auflösen und ich wieder auf dem Sofa im Buchladen sitzen, mit Deborah, Dev und Esen vor mir, die mich anstarren. Einen, zwei, drei Schritte noch, und ich bin da. Ich umschließe mit einer

Hand den Türgriff, der Stahl ist kühl und glatt an meinen Fingern, und ich halte mich daran fest.

Mit der anderen Hand tippe ich mit zitternden Fingern den Code ein.

Bevor ich Dev aufhalten kann, tritt sie hinter mir durch die Tür, und mit geballten Fäusten drehe ich mich zu ihr um. »Lass mich in Ruhe«, sage ich, meine Stimme viel ruhiger, als ich mich fühle.

Falls sie davon eingeschüchtert ist, lässt sie es sich nicht anmerken, aber zumindest greift sie nicht wieder nach meinem Arm.

»Bitte, Ash«, sagt sie, als würde sie mit einem bockigen Kleinkind reden. »Komm einfach mit zurück in den Buchladen. Da bist du sicher.«

Hier bin ich sicher.

Hier ist mein Zuhause.

Ich wende mich ab und gehe zur Treppe. Ich nehme immer zwei Stufen auf einmal, und wieder höre ich ihre Schritte hinter mir. Meine Beine zittern so sehr, dass ich nicht weiß, wie ich es hochschaffe, ohne zu stürzen, aber ich schaffe es. Eine Etage. Dann noch eine und noch eine, bis ich im sechsten Stock bin.

Normalerweise wäre ich jetzt außer Atem und der Puls würde mir in den Ohren pochen, doch ich fühle nichts. Ich wende mich dem halboffenen Gang zu, die Wohnungstüren befinden sich alle auf einer Seite, und gegenüber ist eine brusthohe Wand mit Blick auf die Siedlung. Es ist so kalt, dass ich nicht damit rechne, Dorito zu sehen, aber da ist er. Er sitzt auf Ms. Larsons Fußabtreter, und sein buschiger Schwanz saust vor und zurück. Er jault, als ich an ihm vorbeigehe und hebt seinen kleinen Kopf. Zweifellos wartet er darauf, dass ich ihn zwischen den Ohren kraule, aber ich kann nicht. Ich muss nach Hause und weg von Dev, die immer noch hinter mir ist.

Ich bleibe so abrupt stehen, dass sie fast in mich reinläuft, und wirbele zu ihr herum. »Könntest du mal aufhören, mir hinterherzurennen?«

Ich bin fast vor unserer Wohnung, sie muss gehen. *Jetzt.* Was soll ich sonst meinen Eltern sagen? Sie werden eh schon sauer genug sein, weil ich die letzten drei – wahrscheinlich inzwischen eher vier – Stunden verschwunden war, aber wie soll ich ihnen Dev erklären?

Meine Mutter wird einen verdammten Herzinfarkt kriegen.

»Ash, hör zu ...«

Ich lasse sie nicht ausreden. »Verschwinde einfach.«

»Ash, *bitte*. Kannst du mir einfach kurz zuhören ...«

»Kannst *du mir* mal zuhören? Ich weiß, ihr glaubt, ich wäre tot, aber das bin ich nicht. Allerdings werde ich es gleich sein, denn sobald meine Mutter die Tür öffnet, wird sie mich umbringen.« Ich zeige über den Gang zu unserer Wohnungstür. »Und dich auch, wenn du nicht abhaust.«

Doch Dev rührt sich nicht vom Fleck, sie guckt mich nur an.

Seufzend drehe ich mich zur Tür, dann fällt mir etwas ein, und ich wende mich wieder Dev zu. »Hast du meinen Schlüssel?«

Sie sieht verwirrt aus.

»Meinen Wohnungsschlüssel? Ich hab ihn nicht. Und mein Portemonnaie und mein Handy auch nicht. Eine von euch muss die Sachen genommen haben.«

Dev schüttelt den Kopf. »Ash, du verstehst es einfach nicht …«

»Pass auf.« Ich lege die Handflächen aneinander und halte sie beschwörend hoch. »Das Portemonnaie ist mir egal. Behaltet das Geld. Der Schlüssel ist mir auch egal, ich brauche nur mein Handy zurück. Bitte.«

Sie macht einen Schritt auf mich zu und senkt die Stimme.

»Die Sachen sind …« Sie wirft einen Blick über die Schulter zurück und kommt noch einen Schritt näher, so nah, dass unsere Schuhspitzen sich fast berühren. »Sie sind bei deiner Leiche, wo auch immer die ist. Im Krankenhaus wahrscheinlich.«

Ich verdrehe die Augen. »Nicht das schon wieder.«

»Doch, *das schon wieder.*«

Ich wende mich ab und trete vor unsere Wohnung. Sie folgt mir, aber inzwischen ist es mir egal. Meine Eltern können *Von einem seltsamen Mädchen nach Hause verfolgt worden* zur Liste meiner abendlichen Vergehen hinzufügen. Dev wird ohnehin nicht an meiner Mutter vorbeikommen, wie sie gleich selbst merken wird.

Das schmale Fenster in der Badezimmertür ist dunkel, aber das Küchenlicht ist an. Sie sind also eindeutig zu Hause. Schnell bekreuzige ich mich. »Lieber Gott, vergib mir meine heutigen Sünden. Falls ich irgendetwas Gutes getan habe, möge meine Mutter sich daran erinnern. Beschütze mich, während ich diese Wohnung betrete, und vor allen Gefahren, die mir durch Slipper oder andere Gegenstände drohen. Amen.«

Ich bekreuzige mich noch mal und klingele.

Nichts.

Ich warte, dann versuche ich es wieder – zweimal diesmal –, aber erneut keine Reaktion. Ich höre die Klingel durch die Tür, von daher weiß ich, dass sie funktioniert. Trotzdem versuche ich es stattdessen mit Klopfen, und als wieder nichts passiert, presse ich das Ohr an die Tür.

»Sie sind nicht zu Hause«, sagt Dev.

»Wo sollen sie denn sonst sein? Es ist fast vier Uhr.«

»Im Krankenhaus wahrscheinlich. Oder bei der Polizei.«

Ich ignoriere sie. Panik erfasst mich, und ich mache einen

Schritt zurück und öffne den Briefkastenschlitz. »Mum? Dad? Rosh?«

»Ash, hör auf«, zischt Dev. »Was ist, wenn dich wer hört?! Das ist gefährlich.«

Gefährlich?

Und meine Mutter meint, *ich* wäre theatralisch?

»Sie schlafen bestimmt«, sage ich mehr zu mir selbst als zu Dev.

Wie nett, denke ich und schlage mit der Faust gegen die Tür. Ich weiß, ich habe kein Recht, sauer zu sein, aber es freut mich zu sehen, dass sie sich solche verdammten Sorgen um mich machen, dass sie tatsächlich eingeschlafen sind.

Nichts.

Die Panik verdichtet sich zu etwas Klarerem. Ich fühle ein Prickeln auf der Kopfhaut, als mir bewusst wird, dass meine Eltern niemals ins Bett gehen und das Küchenlicht anlassen würden. Mein Vater dreht vorm Zubettgehen immer eine Runde durch die Wohnung und stellt sicher, dass alle Fenster und Türen zu und alle Lampen aus sind. Er war schon immer ziemlich streng, was das angeht, und seit dem Brand des Grenfell Towers in London ist es noch schlimmer. Die Mikrowelle zeigt immer die falsche Uhrzeit an, weil er jede Nacht den Stecker zieht.

Der Eingang zur Küche ist nah genug, dass ich nur einen Schritt nach rechts machen muss, um reinzugucken, und ja, das Licht ist eindeutig an, und neben dem Wasserkocher stehen drei Becher nebeneinander aufgereiht, in jedem ein Teebeutel.

Vielleicht sind sie mich suchen gegangen. Meine Mutter weiß, dass ich mit dem Bus gefahren bin, und vorausgesetzt, ich habe nicht gelogen – was ich nicht habe –, bin ich an der Haybourne Road ausgestiegen. Vielleicht gehen sie meinen Weg noch mal ab. Ob Rosh dabei ist, unter ihrem Mantel das Toronto-T-Shirt? Ich drehe mich um und blicke auf die Siedlung, und als ich das dunstige Blaulicht in der Ferne sehe, fällt mir wieder ein, dass meine Mutter mich gebeten hatte, Paracetamol mitzubringen, sie weiß also, dass ich zum Mini-Mart gegangen bin. Doch wenn sie weiß, dass ich beim Mini-Mart war, und sie dort nach mir gucken, werden sie das Auto sehen, und wenn sie das Auto sehen …

Ich renne los. Dev ruft mir nach, aber ich bin schon weg, über den Gang und zurück zur Treppe, eine Hand am Geländer und die andere an der Wand, damit ich nicht stürze. Ich kann an nichts anderes denken, als wie viel Angst sie haben müssen und dass ich sie finden muss.

Ich muss ihnen sagen, dass es mir gut geht.

Als ich im Erdgeschoss ankomme, fliege ich aus der Treppenhaustür und an den Aufzügen vorbei zur Tür. Ich schlage mit der Faust auf den grünen Knopf, doch als die Tür aufgeht und ich rausstürme, renne ich in wen hinein. Ich springe zurück und halte entschuldigend die Hände hoch. Erst dann sehe ich, wer es ist.

»Willst du irgendwohin?«, fragt Esen mit schiefem Lächeln.

VIER

»Oh, Ess. Gott sei Dank«, höre ich Dev hinter mir seufzen, als sie durch die Tür kommt.

Esen unterdrückt ein Lachen. »Wie läuft's denn so, Dev?«

»Ich wurde von einer Katze angefallen.« Sie zeigt auf ihre zerrissene Strumpfhose.

Jetzt muss auch ich ein Lachen unterdrücken.

Guter alter Dorito.

»Und Ash …« Dev stellt sich neben mich.

Ich hebe eine Augenbraue, wie um zu fragen, *Was?*, und sie presst die Lippen aufeinander.

»Na ja«, sagt sie und richtet ihren Teddymantel. »Sagen wir mal, es ist nicht so leicht, sie zu überzeugen, mit zurückzukommen, wie ich dachte.«

Esen runzelt die Stirn. »Krass.«

Dev funkelt sie offensichtlich wenig amüsiert unter ihrem Pony hindurch an.

»Okay«, sagt Esen. »Geh du für mich die Tote am Bahnhof holen, und ich kümmere mich hier drum.«

»Na gut.« Dev streicht sich schnaubend den Bob glatt. »Wir sehen uns im Buchladen.«

Sie stürmt in Richtung Mini-Mart davon, und ich sollte dasselbe tun, aber ich sehe ihr bloß hinterher, bis sie verschwindet und die Straße wieder leer ist. Als ich mich umdrehe, ist Esen immer noch da, die Hände in den Taschen ihres schweren schwarzen Mantels.

»Okay«, sagt sie und wippt auf den Füßen. »Das ist also dein Zuhause?«

Ich warte auf das plötzliche Aufflammen der Wut und Angst und Verwirrtheit, diesen wilden Mix aus Gefühlen, die ich bisher gespürt habe, seit ich auf dem Sofa im Buchladen aufgewacht bin, aber da ist nichts. Es ist, als wären die Gefühle verpufft. Wenn ich aufgeschnitten werden würde, wäre nichts mehr übrig – kein Feuer, nur Rauch –, und ich muss mich sehr zusammenreißen, nicht zu weinen.

»Ich will meinen Eltern und meiner Schwester nur sagen, dass es mir gutgeht.« Ich verschränke die Arme. »Das Licht ist an, aber sie kommen nicht an die Tür.«

Esen denkt einen Moment nach, dann nickt sie und geht auf die Tür zu. Als sie merkt, dass ich ihr nicht folge, dreht sie sich zu mir um. »Na los, dann komm.«

Ich zögere. Ich finde es verdächtig, dass sie so freundlich ist, wo Dev nur darauf konzentriert war, mich zurück zum Buchladen zu bekommen.

Ich gehe zur Tür, und als ich diesmal den Code eingebe, zittert meine Hand noch mehr. Das dumpfe Summen ertönt, und Esen öffnet die Tür, geht zu den Aufzügen und drückt auf den Knopf nach oben.

»Die funktionieren nicht«, sage ich und deute auf die Tür zum Treppenhaus.

»Und du wohnst im ersten Stock, richtig?«

»Im sechsten.«

»Na klar.«

Esen folgt mir, und sie lässt sich dabei Zeit. Ehrlich gesagt habe ich es auch nicht mehr so eilig wie vorher mit Dev im Rücken. Mich am Geländer festhaltend schleppe ich mich die Stufen hoch.

»Nett hier«, sagt Esen, während sie hinter mir hertrottet. Ich brauche sie gar nicht anzusehen, um zu wissen, dass sie es ironisch meint. »Riecht wie in dem besetzten Haus am Bahnhof, in dem ich mal gewohnt hab.«

Ich beiße die Zähne zusammen, am liebsten würde ich ihr sagen, dass sie mich mal kann, denn ja, auch wenn das Treppenhaus genau genommen nach Pisse und Gras stinkt, ist das hier mein Zuhause, ich darf das also sagen, sie aber nicht. Doch ich springe nicht darauf an, ich bin zu erschöpft, um mich mit ihr anzulegen. Sie verhält sich wie ein Arschloch, und das weiß sie selbst nur zu gut.

Anscheinend denkt sie, das zählt als Persönlichkeit.

Ich werfe ihr einen vernichtenden Blick zu, doch sie merkt es gar nicht, sondern sieht auf die Wände voller Tags und Sprüche. »Dieser Sicko-Typ findet sich wohl ziemlich toll, was?«

»*Syko*, nicht *Sicko*, wie in *psychopath*.«

»Entschuldige.« Sie verdreht die Augen und hält die Hände hoch. »Hab ich deinen Freund beleidigt?«

Ich stampfe die restlichen Stufen hoch, bis wir im sechsten Stock ankommen. Als ich den Gang betrete, ist Dorito leider nicht mehr da. Er würde Esen hassen.

Wie ich es meiner Mutter gesagt habe, Katzen spüren das Böse, stimmt's?

Vor unserer Wohnungstür bleibe ich stehen. Alles sieht genauso aus wie vorher. Das Licht im Badezimmer ist aus, das in der Küche an, und die drei Becher mit den Teebeuteln darin stehen immer noch neben dem Wasserkocher auf dem Tresen. Wieder klingele ich, und wieder gibt es keine Reaktion, und als ich über den Gang zu Esen sehe, die mit hüpfenden Locken auf mich zustolziert, frage ich mich, warum sie hierher zurückkommen wollte.

Es ist zwecklos.

Sie nimmt etwas aus ihrer Tasche und gibt mir mit einer Kopfbewegung zu verstehen, dass ich Platz machen soll.

»Erzähl das bloß nicht Deborah oder Dev«, sagt sie und sieht mich mit hochgezogenen Augenbrauen an.

Da wird mir klar, dass sie das Türschloss knackt, und nervös blicke ich mich um, aber ehe ich protestieren kann, schwingt die Tür auf, und als ich den Geruch wahrnehme, muss ich ein Schluchzen unterdrücken.

Zu Hause.

Esen macht einen Schritt zur Seite, damit ich zuerst reingehen kann, und dann schließt sie die Tür hinter uns. Ich beuge mich runter, um meine Docs aufzuschnüren. Meine Finger zittern so sehr, dass es länger dauert als sonst, und während ich die Schuhe abstreife, deute ich ihr an, dass sie dasselbe tun soll. Seufzend zieht sie ihre Stiefel aus und lässt sie neben meinen auf dem Abtreter liegen, während ich mich dem Badezimmer zuwende. Die Tür ist angelehnt, das Licht aus, aber ich bin mir sicher, immer noch den Granatapfelduft vom frühen Abend wahrzunehmen, als ich mich vor meinem Treffen mit Poppy noch geduscht habe, und alles in mir schmerzt.

Wie kann das erst ein paar Stunden her sein?

Die Küche liegt gegenüber vom Badezimmer. Es ist der einzige Raum in der Wohnung ohne Tür, und so gehe ich direkt hinein, und da sind sie – die drei Becher mit den Teebeuteln darin neben dem Wasserkocher. Abgesehen davon sieht alles aus wie immer. Der Topf mit Dhal auf dem Herd. Die von Kurkuma verfärbten Holzkochlöffel im Krug daneben. Die braunen Bananen in der Schüssel auf der Mikrowelle, die für die Nacht ausgestöpselt ist.

Esen steht neben der Wohnungstür und sieht mir hinterher, als ich über den Flur zum Wohnzimmer gehe. In der Tür zum Schlafzimmer meiner Eltern bleibe ich stehen. Die Bettseite meiner Mutter ist wie immer gemacht, die meines Vaters aber nicht. Ich habe das Bett meiner Eltern noch nie – wirklich nie – ungemacht gesehen, und außerdem ist das Licht an.

Warum hat mein Vater es nicht ausgemacht?

Er macht es doch immer aus.

Wahrscheinlich hat er geschlafen, ein Glas Wasser auf dem Nachttisch, bereit für die Paracetamol, die ich mitbringen sollte.

Auf wackeligen Beinen gehe ich weiter über den Flur zum Wohnzimmer, wobei ich mich mit den Händen an den Wänden abstütze. Unter den Fingern spüre ich die Tapete, die meine Mutter unbedingt haben wollte – königsrot mit goldenen Elefanten – und die so schwierig anzubringen war, dass mein Vater das ganze Wochenende dafür brauchte.

Die Tür zum Wohnzimmer steht auch offen, die Lampen sind an und der Fernseher läuft. Ich schalte ihn aus, und dann stehe ich in der Mitte des Raums. Abgesehen davon, dass die Lampen und der Fernseher an waren, ist alles an seinem Platz. Die Nähmaschine meiner Mutter. Das gerahmte Foto von uns überm Sofa, bei der Hochzeit meiner Cousine, ich in dem gelben Sari, den meine Mutter so liebt, weil er nicht schwarz ist. In der Ecke neben dem Fernseher der Weihnachtsbaum, dessen Lichter immer wieder verblassen und dann wieder heller werden, verblassen und wieder heller werden.

Zwei Geschenke liegen darunter, die noch nicht da waren, als ich gegangen bin. Eins für mich und eins für Rosh, nehme ich an – wahrscheinlich von einer Tante oder einem Onkel bei Tante Lalitas Silvesterfeier. Rosh hat ihres noch nicht geöffnet, bestimmt wollte sie warten, bis ich zu Hause bin, damit wir sie zusammen aufmachen können, und ich fühle mich ganz elend. Dann sehe ich ihre Weihnachtsdecke auf dem Boden – die flauschige rote mit den weißen Schneeflocken –, und auf einmal vermisse ich sie so sehr, dass ich die Decke aufheben, mir ans Gesicht drücken und hineinweinen will, doch Esen steht in der offenen Tür und beobachtet mich.

Sie weicht einen Schritt zurück, als ich auf sie zu und über den Flur zur Tür von Roshs und meinem Zimmer gehe. Es liegt direkt gegenüber vom Schlafzimmer unserer Eltern, was für uns als Kinder bedeutete, dass wir uns nicht viel erlauben konnten und ich Rosh ständig mit Süßigkeiten bestechen musste, damit sie nicht weinte und unsere Eltern auf irgendwas aufmerksam machte, was ich mal wieder angestellt hatte. Doch inzwischen mag ich es irgendwie, dass meine Eltern gleich da sind. Immer. Sie gehen nie in den Pub oder ins Kino oder essen. Ich wünschte, sie würden es manchmal tun, damit sie besser verstehen könnten, warum ich das mit meinen Freundinnen machen will, doch das Einzige, was meine Eltern machen, ist arbeiten, zu Hause zu Abend essen und schlafen. Und ab und zu auf Familienfeiern gehen. Die Samstage sind für Haushaltssachen vorgesehen – die Wohnung putzen, dann zum Waschsalon, dann ASDA – und die Sonntage für Kirche und Hausaufgaben.

Ich weiß immer, wo meine Eltern sind, und jetzt weiß ich es nicht. Nur, dass etwas nicht stimmt.

Dass etwas ganz und gar nicht stimmt.

Ich warte einen Moment, bevor ich die Tür zu meinem Zimmer aufstoße. Ich weiß, ich sollte nicht überrascht sein, dass auch dieses Zimmer leer ist, doch es macht mich unendlich traurig, als ich Roshs verwaistes Bett sehe. Ein offenes Buch liegt davor, wie ein verletzter Vogel, der dort gelandet ist und sich nicht mehr bewegen kann. Ich hebe es auf, puste die Kekskrümel weg, die sich zwischen den aufgeschlagenen Seiten gesammelt haben. Ich überlege kurz, ein Eselsohr in die Seite zu machen, damit sie weiß, wo sie aufgehört hat, aber Rosh hasst das, also schließe ich das Buch vorsichtig und fahre mit dem Daumen übers Cover.

»*Das Bernstein-Teleskop*«. Ich halte es hoch, um es Esen zu zeigen, die in der Tür steht wie eine Vampirin und offenbar darauf wartet, hineingebeten zu werden. Sie macht einen Schritt auf mich zu, und als ich nicht protestiere, kommt sie ganz ins Zimmer und bleibt mit den Händen in den Manteltaschen in der Mitte stehen.

Sie neigt den Kopf, schaut aufs Cover und dann sagt sie: »Hab ich nicht gelesen.«

»Ich auch nicht, aber meine kleine Schwester liest diese Trilogie jedes Jahr zu Weihnachten«, erzähle ich und lächle liebevoll.

Ich glaube, *Das Bernstein-Teleskop* ist der letzte Band, demnach war Rosh auf gutem Weg, sie bis Ende des Jahres auszulesen.

Vielleicht hätte sie es geschafft, wenn ich heute Abend nicht alles verbockt hätte.

»Rosh ist die Kluge von uns beiden.«

»Und was ist dein Ding?«

»Vor allem, meine Eltern zu enttäuschen.«

Das bringt Esen zum Lachen – richtig zum Lachen –, ihr ganzes Gesicht verändert sich. »Verstehe.«

Ich sehe sie an, und sie weicht meinem Blick aus, aber aus irgendeinem Grund fühle ich mich jetzt besser, als würde sie endlich erkennen, dass ich eine Persönlichkeit habe und nicht bloß irgendeine Dahergelaufene bin, die Dev mit angeschleppt hat. Sondern eine Person mit einer kleinen Schwester, die Will Parry liebt und von nun an jeden Abend auf ein leeres Bett starren muss, wenn sie nicht einschlafen kann.

Ich lege das Buch auf den Stapel auf dem Nachttisch und lasse meine Hand noch einen Moment länger darauf liegen, bevor ich mich abwende. Mit nur einem Schritt bin ich auf meiner Seite des Zimmers. Möglicherweise sollte ich mich dafür schämen, wie es dort aussieht, aber das tue ich nicht. Wenn Esen Poppy wäre, würde ich mich wahrscheinlich für den Haufen Klamotten auf dem Bett entschuldigen, die ich einfach liegen gelassen habe, nachdem ich mich für die schwarze Jeans und den schwarzen Hoodie entschieden hatte, aber was Esen denkt, ist mir egal.

Gott. Rosh hat recht. Ich bin ganz schön unordentlich. Ich muss lächeln, als mir einfällt, wie sie einmal ein Stück Klebeband in der Mitte des Zimmers auf den Fußboden geklebt und mich gewarnt hat, dass alles, was sich auf ihre Hälfte verirrt, im Müll landen würde. Nicht nur bei uns im Müll, sondern in den großen, stinkenden Tonnen draußen, die viel zu hoch sind, um irgendwas wieder rauszuholen. Ich glaubte ihr nicht, und so habe ich mein Lieblings-Thrasher-T-Shirt verloren.

Da sehe ich die Flasche Nagellack, den ich noch eilig aufgetragen hatte, bevor ich gegangen bin. Der rote Fleck ist immer noch auf meiner rechten Schuhspitze. Voller Sehnsucht denke ich an Poppy, wie sie den Kopf an meine Schulter lehnte, während wir hinaus aufs Meer sahen und das neue Jahr wie ein roter Teppich vor uns ausgerollt lag.

Als ich in den Spiegel über der Kommode blicke, schnappe ich nach Luft.

»Scheiße, was …?«

»Was ist?«, fragt Esen und stellt sich neben mich.

Mit zitterndem Arm zeige ich auf mein Spiegelbild.

»Ah.« Esen nickt und guckt mich über den Spiegel an. »Ich würde sagen, die Übergangsphase ist beendet.«

»Die Übergangsphase?«

Mein Spiegelbild sieht aus wie ich. Eigentlich. Ich habe dieselbe Größe, dieselben dunklen Augen und schwarzen Haare, die ich wie immer zum Pferdeschwanz gebunden habe, das einzige Überbleibsel meiner Ariana-Grande-Phase. Meine Haut hat dieselbe Farbe, es ist dasselbe kräftige Braun, das ich früher unter der Dusche so lange geschrubbt habe, bis ich ganz rot war, weil Tante Lalita mir ständig erzählte, wie schade es doch sei, dass ich die Hautfarbe meines Vaters geerbt habe und nicht so hell bin wie Rosh, als hätte Rosh irgendwie den genetischen Jackpot gewonnen. Meine Mutter sagte, ich solle nicht auf sie hören, dass sie die Hautfarbe meines Vaters liebe und meine genauso.

Es hat Jahre gedauert, bis ich ihr geglaubt habe, doch inzwischen tue ich's, und wenn die Sonne auf meine Haut fällt und sie leuchtet wie eine nagelneue Zwei-Pence-Münze, fühlt es sich überhaupt nicht an, als hätte ich verloren. Doch als ich jetzt in den Spiegel blicke, ist es, als würde ich mich selbst über eine Videoüberwachungskamera sehen. Das bin ich, und ich bin es auch wieder nicht, alles, was mich einzigartig gemacht hat – mein Nasenring, die Kuhle im Nasenrücken, mein leuchtend roter Lippenstift und der schwarze Eyeliner –, ist nicht mehr da.

Als ich zwischen Esen und ihrem Spiegelbild hin und her blicke, schnappe ich wieder nach Luft. Ihr Spiegelbild sieht genauso wenig aus wie sie. Auch Esens Spiegelbild hat dieselbe Größe und dieselben dunklen Augen wie Esen neben mir, aber im Spiegel ist ihre warme, braune Haut stumpf und ihre glänzenden Locken voller Spannkraft sind fettig und hängen schlaff herunter.

Esen deutet nickend auf unsere Spiegelbilder. »Deswegen können wir unbemerkt durch die Gegend laufen.«

Wir.

Das gefällt mir nicht. Ich antworte nicht, und ich hoffe, sie versteht den Wink, aber nein.

»Die Sache ist, wir dürfen nicht mehr aussehen wie früher, denn wir sind schließlich nicht unsichtbar. Die Menschen können uns sehen, weil sie irgendwann alle sterben werden. Aber sie sehen uns nicht richtig – nicht so wie wir aussahen, bevor wir gestorben sind –, erst wenn sie dran sind.«

Ich lehne mich vor, hebe das Kinn und gucke genauer hin. Doch da ist nichts. Die Narbe, die ich mir zugezogen habe, als ich mit sechs von der Schaukel fiel, ist verschwunden. Als ich allerdings über die Stelle reibe, kann ich sie fühlen.

Die Narbe ist immer noch da.

»Und deswegen solltest du eigentlich auch nicht hier sein«, sagt Esen, als ich mich ihr mit vor der Brust verschränkten Armen wieder zudrehe.

»Warum?«, frage ich und weiche ihrem Blick aus.

»Weil du nicht willst, dass irgendwer aus deiner Familie dich sieht.«

Als ich mich schließlich traue, sie anzugucken, lehnt sie mit ebenso verschränkten Armen an der Kommode.

»Es ist ein bisschen so, wie wenn du mit dem Bus fährst und beim Aussteigen gebeten werden würdest, die Person zu beschreiben, die drei Reihen hinter dir saß. Du könntest es nicht, oder? Jedenfalls nicht detailliert. Du wüsstest vielleicht die Haarfarbe oder was für einen Mantel die Person anhatte, aber nichts Genaues, weil du nicht drauf geachtet hast, richtig? Und so ist es auch mit uns – solange wir nicht die Aufmerksamkeit auf uns ziehen, werden wir nicht bemerkt.«

»Und das ist was Gutes?«

»Klar.« Sie lacht. »Die Leute wollen uns nicht sehen.«

»Sterben sie sonst?«

Esen guckt mich kurz an und wendet schnell wieder den Blick ab. »Vor ein paar Jahren sollte ich wen auf dem Pier holen, und auf einmal hörte ich meinen Namen.« Sie setzt sich auf Roshs Bett, stützt die Unterarme auf die Knie und sieht auf ihre Hände. »Ich brauchte eine Weile, weil ich ihn jahrelang nicht gesehen hatte, aber dann erkannte ich ihn als den Kumpel meines Cousins.«

»Und er wusste, dass du es bist? Also *du*?«

Sie nickt.

»Was hast du gesagt?«

»Ich habe Panik bekommen und versucht, mich als wer anders auszugeben. Ich hab einen lächerlichen, schrecklich falschen spanischen Akzent aufgesetzt und so getan, als wüsste ich nicht, wovon er redet.«

»Und hat er dir geglaubt?«

»Musste er ja, oder? Ich bin tot. Es konnte nicht ich sein.« Sie schweigt, und ich warte, ob noch mehr kommt.

Dann sagt sie es.

»Ein paar Tage später ist er bei einem Autounfall gestorben.«

O Gott.

Ich kann das nicht.

Das ist zu viel.

Ich gehe rüber zu meinem Bett und lasse mich schwer seufzend darauf sinken.

Es gibt eine Erklärung für das alles. Warum ich vorhin in dem Buchladen aufgewacht bin. Für Deborah und Dev und Esen. Dafür, dass ich nicht mehr aussehe wie ich selbst. Und die Erklärung ist *nicht*, dass ich tot bin und dass ich ein Sensenmädchen bin oder was auch immer ich angeblich sein soll. Es ist etwas anderes. Morgen erzähle ich Poppy, dass ich diesen krassen Albtraum hatte, und dann lachen wir darüber, und ich male Sensen an die beschlagene Scheibe in unserem Café.

Ich blicke auf meine Hand, und mir fällt wieder ein, wie ich die Nägel so fest in meine Haut gebohrt habe, bis es weh tat. Am liebsten würde ich es wieder machen, aber ich habe schreckliche Angst, dass nichts passiert.

Als ich wieder hochsehe, guckt Esen mich an, als wüsste sie, was in mir vorgeht.

Als wüsste sie, dass es so weit ist.

Dass ich es jetzt weiß.

Ich weiß, dass ich von dem Auto vorm Mini-Mart angefahren wurde.

Sie nickt, und als ihre Mundwinkel sich zu einem traurigen Lächeln verziehen, hab ich das Gefühl, dass ich falle – ich falle und falle –, obwohl ich absolut still dasitze. Ich stütze den Kopf in die Hände, als könnte ich das Gewicht nicht länger halten, und warte, bis das Gefühl vorbei ist.

Dann hebe ich den Blick, und Esen sieht mich immer noch an und lächelt immer noch traurig.

»Ich bin tot, oder?«, sage ich, aber es ist keine Frage.

Als sie wieder nickt, fühle ich mich, als müsste ich weinen, doch es kommt nichts.

»Es ist aber gar nicht so schlecht.« Sie grinst. »Du kannst die Ewigkeit mit mir verbringen.«

FÜNF

Ich gehe mit Esen zum Buchladen, weil ich ehrlich gesagt nicht weiß, wo ich sonst hinsoll.

»Der Wandervogel kehrt zurück«, verkündet sie, als wir durch die Tür kommen.

Dev legt sich die Hände auf die Brust. »Gott sei Dank. Ich habe mir solche Sorgen gemacht.«

Esen schlendert zum Tresen, wo Deborah etwas in ein Notizbuch schreibt. »Ich möchte vermerkt haben, dass *ich* sie zurückgeholt habe.« Sie tippt mit dem Finger aufs Notizbuch. »Nicht Dev. Ich.«

Deborah sieht nicht auf. »Hätten Sie gern einen Cookie, Miss Budak?«

»Ja, bitte.« Schwungvoll dreht sie sich um, so dass ihre Locken fliegen, während sie sich den Mantel aufknöpft und sich aufs Sofa wirft, auf dem ich aufgewacht war. »Einen großen. Vorzugsweise Chocolate Chip.«

Dev kommt auf mich zu und bleibt mit sorgenvoll gerunzelter Stirn vor mir stehen. Ich merke ihr an, dass sie mich berühren will – mir vielleicht die Hand auf die Schulter legen will –, doch sie hält sich zurück. »Wie geht's dir, Ash?«

Ich zucke die Achseln, die Hände in den Taschen meiner Lederjacke. »Gut.«

»Bist du sicher?«

»Es geht ihr gut.« Esen winkt ab, dann wiegt sie den Kopf von einer Seite zur anderen. »Ich meine, nicht *richtig* gut, aber sie kommt sehr viel besser klar als du damals.« Sie kichert und blickt über die Schulter zu Deborah. »Wissen Sie noch?«

Deborah schreibt weiter in ihrem Notizbuch, offensichtlich will sie Esen nicht noch weiter ermuntern. »Ich erinnere mich, Miss Budak.«

Esen sieht wieder mich an. »Dev war total außer sich«, erklärt sie. »Wir mussten sie eine Woche lang oben einsperren.«

»Es war keine Woche«, erwidert Dev ungehalten. »Es waren eher drei Tage!«

Esen lacht spöttisch.

»Ladys, bitte.« Deborah nimmt die Brille ab und drückt sich den Nasenrücken. Dann setzt sie die Brille wieder auf und blickt zwischen Dev und Esen hin und her. »Wenn ich noch Kopfschmerzen bekommen könnte, würdet ihr beide mir jetzt welche bereiten.«

Dev verschränkt die Arme. »Ich *sage* ja nur, dass es keine ganze Woche war. Esen übertreibt doch, oder?«

»Also gut.« Deborah sieht hinab auf ihr Notizbuch. »Es waren fünf Tage.«

Dev stößt einen leisen Schrei aus, und Esen breitet die Hände aus, wie um zu sagen: *Siehst du?* »Dann halt eine Arbeitswoche.«

»Okay, okay. Das reicht«, sagt Deborah verdrießlich seufzend und hält einen pinken Post-it hoch. »Wir haben eine weitere erstochene Person am Bahnhof. Wer will?«

Esen reißt den Arm hoch. »Ich! Ich hatte schon lange keinen Messertod mehr.« Sie klettert vom Sofa, und der Mantel schwingt um sie herum, während sie zum Tresen geht und den Post-it nimmt. Dann dreht sie sich nach mir um. »Bist du bereit?«

»Noch nicht«, sagt Deborah und blickt über ihre Brille erst Esen, dann mich an. »Ash muss sich noch ausruhen.«

»Na gut«, sagt Esen achselzuckend, knöpft ihren Mantel zu und schreitet zur Tür. »Dann ciao for now.«

Die Glocke klingelt, und dann ist sie weg und der Buchladen auf einmal viel ruhiger.

»Eine Ewigkeit mit *ihr*?«

Ich merke gar nicht, dass ich es laut ausgesprochen habe, bis ich Dev seufzen höre. »Jetzt weißt du, warum sie mich eine Woche lang oben einsperren mussten.«

Nicht, dass es nötig gewesen wäre, mich daran zu erinnern, aber Deborah sagt, da es eine lange Nacht für mich war, schlägt sie vor, dass ich hochgehe und mich etwas ausruhe. Ausnahmsweise zögere ich mal nicht. Dev bietet an, mich hochzubringen, und ich habe den Eindruck, sie macht das oft – Deborah Hilfe anbieten –, wie das Mädchen in der Schule, das immer aufspringt, um die Handouts zu verteilen, bevor sie überhaupt darum gebeten wurde. Das ist natürlich nett – aufmerksam –, aber ich bin mehr diejenige, die ganz hinten im Klassenzimmer sitzt und hofft, dass sie nicht bemerkt wird, daher fürchte ich, wir werden nicht so gut miteinander auskommen, Dev und ich.

Ich folge ihr hinauf zu einem Schlafzimmer, das ungefähr so groß ist wie das Schlafzimmer meiner Eltern und genauso ordentlich. Auf dem Boden liegen die gleichen breiten Dielen wie unten im Laden, und das Fenster mit Tüllgardinen geht raus auf die Lanes. Es gibt ein Doppelbett mit zwei Nachttischen, einen Schrank, eine Kommode. Ganz normale Sachen, aber ich fühle mich immer noch unwohl. Nichts passt zusammen, als ob die Möbel alle willkürlich aus einem Sozialladen mitgenommen worden wären. Sogar die Bettwäsche sieht zusammengewürfelt aus. Die Decke ist cremefarben mit großen roten Blumen, während die Kissenbezüge rot-weiß-blaue Streifen haben. Das Bettzeug ist zerknittert, wirkt aber sauber, zumindest sind die Farben vom häufigen

Waschen ganz verblichen. Doch obwohl ich ziemlich müde bin, zögere ich, das Zimmer zu betreten.

»Wem gehört das Zimmer?«, frage ich, weil es absolut nicht zu erkennen ist. Ich meine, Rosh ist auch ordentlich, aber mit ihren ganzen Büchern und den Postern an der Wand über ihrem Bett ist zumindest klar, welche Zimmerseite ihre ist. Hier deutet nichts darauf hin, dass der Raum überhaupt benutzt wird. Es gibt keinen Teppich, keine Vorhänge, keine Lampen auf den Nachttischen, und die Wände sind kahl – bis auf einen Wasserfleck in der vorderen rechten Ecke und eine Spinnwebe in der Ecke gegenüber. Der Raum hat noch nicht mal einen Geruch. Obwohl, doch, aber es ist kein angenehmer Geruch wie der süße Duft in meinem Zimmer, wo es immer nach Haarspray und dem Parfüm von Lush riecht, das ich zum Geburtstag bekommen habe. Es riecht wie der Buchladen, nach altem Papier und Staub.

»Keiner von uns«, antwortet Dev achselzuckend. »Wir haben keine eigenen Zimmer.«

»Wo schlaft ihr dann? Unten auf dem Sofa?«

Sie runzelt kurz die Stirn. »Oh.« Dann lächelt sie süß. »Wir schlafen nicht.«

Als ich es begreife, muss ich mich am Türrahmen abstützen.

Wir schlafen nicht, weil wir tot sind.

Dev zuckt die Achseln. »Aber du bist immer noch in der Übergangsphase, du kannst vielleicht schlafen.«

»Das sagt ihr ständig. Was soll das heißen, ich bin in der *Übergangsphase?*«

»Du befindest dich noch in der Phase des Übergangs von der, die du warst, zu der, die du jetzt bist. Es passiert nicht auf einmal«, erklärt sie, geht zur Kommode und nimmt eine Jeans raus. »Zuerst kommen die Äußerlichkeiten, was nur ein paar Stunden dauern sollte, und danach wirst du, na ja …« Sie überlegt einen Moment. »Du wirst nicht mehr aussehen wie vorher.«

Dessen bin ich mir schmerzhaft bewusst, denke ich, als ich daran denke, wie ich im Spiegel in meinem Zimmer ausgesehen habe.

»Das andere passiert alles erst später«, sagt Dev vorsichtig lächelnd.

Ich habe zu viel Angst nachzufragen, was *das andere alles* ist, und deute stattdessen auf die Jeans in ihrer Hand.

»Ist das deine?«

Sie nickt.

»Von …« Ich beende den Satz nicht, ich will nicht *davor* sagen.

Sie schüttelt den Kopf. »Wenn wir irgendwas brauchen, Klamotten oder so, gibt Deborah uns Geld. Nicht, dass wir viel bräuchten. Wir müssen ja keine Miete oder Rechnungen bezahlen oder Essen kaufen oder so.«

Dann essen und trinken wir wohl auch nicht.

Was ist mit den anderen Sachen?

»Wir haben auch keine Menstruation mehr«, sagt sie grinsend, als könnte sie meine Gedanken lesen.

Das Sensenmädchendasein scheint doch auch ein paar Vorteile zu haben.

»Und ist das Teil des Dresscodes?« Ich deute mit einem Nicken auf die Jeans. »Schwarz?«

»Nee. Ist so nur einfacher, nicht aufzufallen, weißt du?«

Ich würde sie gern noch mehr fragen, aber sie wendet sich ab.

»Ich lass dich mal allein.« In der Tür dreht sie sich noch mal um. »Zu oder auf?«

»Angelehnt.«

»Ruf, wenn du irgendwas brauchst.«

Dann ist sie weg.

Ich bin schon ganz schwach vor Müdigkeit – der Weg bis zur Tür, um das Licht auszuschalten, erscheint mir viel zu weit, so dass ich überlege, es anzulassen. Wahrscheinlich sollte ich das auch besser – ich fühle mich hier eindeutig nicht sicher, ich will hier nicht im Dunkeln allein sein –, aber es ist viel zu hell und mein Kopf *raucht*. Fragen über Fragen, bis nur noch weißes Rauschen da ist.

Vielleicht hilft es ja, eine Weile zu liegen. Ich schleppe mich zur Tür und mache das Licht aus.

Das Bett ist bequemer, als es aussieht, und so ziehe ich meine Lederjacke und die Docs aus, lege mich auf die Decke und warte, dass der Schlaf kommt. Ich fühle, wie er an mir zieht – es fängt in den Füßen an –, droht, mich zu verschlucken, und einen Moment lang erlaube ich mir den Gedanken, dass, wenn ich mich dem Schlaf hingebe, ich mich beim Aufwachen vielleicht wieder in meinem eigenen Bett befinden werde, in meine Decke gewickelt mit dem Rücken an der Heizung, und das hier alles nur ein schrecklicher Fiebertraum war.

Doch ich schlafe nicht, ich liege nur da und höre Deborah und Dev sich unten leise unterhalten. Irgendwann klingelt die Türglocke, und ich schließe die Augen, hoffe, dass Poppy kommt und mich rettet. Aber das kann nicht sein, denn kein Mensch weiß, dass ich noch hier bin.

Nicht mal sie.

Ich stelle sie mir in ihrem hübschen rosafarbenen Zimmer im dritten Stock des großen Hauses ihrer Eltern vor, wie sie auf meine WhatsApp-Nachricht wartet. Sie wird es wissen. Sie wird wissen, dass etwas nicht stimmt, denn ich schreibe ihr *immer*, wenn ich zu Hause ankomme. Vielleicht denkt sie, mein Akku ist alle, während sie da liegt und an die hohe weiße Decke blickt. Oder dass meine Mutter mir das Handy weggenommen hat, als Strafe dafür, dass ich sie angelogen habe. Aber sie wird es wissen. Wie sie es wohl erfahren wird? Ich bin die Einzige, die ihre Nummer hatte, also muss Adara es ihr sagen. Ihr eine Nachricht über Facebook schicken und Poppy bitten, sie anzurufen.

Was für eine Vorstellung. Sie sind sich noch nie begegnet, und das ist dann das erste Gespräch, das sie miteinander führen.

Wie beschissen ist das, bitte?

SECHS

Ich weiß nicht, wie lange ich da liege, während der Raum erst heller und dann immer dunkler wird, bis ich den Riss in der Decke nicht mehr sehe. Ab und zu geht die Tür auf, aber ich bewege mich nicht, und ich bin dankbar, dass wer auch immer es ist – Dev wahrscheinlich –, den Wink versteht, die Tür wieder anlehnt und mich in Ruhe lässt. Doch irgendwann hat sie anscheinend genug davon, ignoriert zu werden, denn schließlich macht sie die Tür auf und schaltet das Licht an.

»Geht's dir gut?«, fragt sie, immer noch in der Tür stehend. In der Hand hält sie einen Becher.

»Nicht unbedingt«, murmele ich, setze mich angestrengt auf und in den Schneidersitz.

Sie kommt rein und deutet auf die Bettkante. Ich nicke, dankbar, dass sie zuerst fragt.

Sie stellt den Becher auf den Nachttisch und setzt sich hin. »Hast du schlafen können?«

Ich schüttele den Kopf.

»Das hab ich mir gedacht«, sagt sie traurig lächelnd. »Bist du wenigstens etwas ruhiger?«

»Glaub schon.«

Ich weiß nicht, ob *ruhig* das richtige Wort dafür ist, wie ich mich fühle.

Niedergeschlagen vielleicht.

Sie deutet mit einem Nicken auf den Becher. »Ich hab dir einen Tee gebracht.«

»Danke«, sage ich und verziehe leicht das Gesicht. »Ich trinke keinen Tee.«

»Es ist auch eher ein Experiment. Wenn du mir einen Gefallen tun magst. Was fühlst du?«, fragt sie, als sie mir den Becher reicht.

Ich spüre das Gewicht in meiner Hand, die Wärme an meinen Fingern.

»Es fühlt sich an wie ein Becher Tee.«

»Kannst du ihn mal probieren?«

Wieder verziehe ich das Gesicht, denn ich will eigentlich nicht – ich hasse Tee –, aber ich bin auch neugierig.

Ich führe den Becher an den Mund und nehme einen Schluck. Ich spüre, dass er heiß ist, ich spüre die Hitze an der Zunge und im Hals, doch als ich darauf warte, dass sich mir der Magen zusammenzieht, passiert nichts.

»Es schmeckt nicht nach Tee.« Stirnrunzelnd blicke ich in den Becher. Es sieht aus wie Tee.

»Wie schmeckt es dann?«, fragt Dev neugierig, als wäre sie kurz davor, das Heilmittel für Krebs zu entdecken.

Ich nehme noch einen Schluck.

Nichts.

»Es schmeckt nach heißem Wasser.«

Sie wirkt begeistert. »Wow!«

»Was ist?«

»Das ist der schnellste Übergang, den ich je beobachtet habe.«

»Was soll das heißen?«, frage ich und stelle den Becher wieder auf den Nachttisch.

»Normalerweise dauert es mehrere Tage«, erklärt sie. »Aber du bist bereits da, Ash.«

»Wo, da?«

»Auf unserer Seite.«

Das Wort – *unserer* – gefällt mir genauso wenig wie das Wort *wir*.

»Die körperlichen Veränderungen passieren zuerst«, erklärt sie. »Dein Herz bleibt stehen, und dein Körper muss nicht mehr funktionieren wie früher, damit du, na ja, *da* bist. Dann verschwinden deine Sinneswahrnehmungen. Wie der Geschmack.« Sie deutet auf den Becher mit Tee. »Und Geruch. Du kannst nichts mehr riechen, oder?«

Es war mir noch gar nicht aufgefallen. Ich atme tief ein, und ja, das Zimmer riecht nicht mehr nach dem Buchladen unten, nach altem Papier und Staub. Ich hebe den Arm, presse die Nase in den Ärmel von meinen Hoodie und warte, während ich erneut einatme. Doch da ist nichts. Der Pulli riecht nach nichts.

»Was ist mit meinen anderen Sinnen?«, frage ich, als ich Dev wieder ansehe.

»Ein paar brauchen wir – den Sehsinn, den Hörsinn und den Tastsinn –, um tun zu können, was wir tun.« Sie zuckt die Achseln. »Aber dafür müssen wir schließlich nichts riechen oder schmecken können, oder?«

Wahrscheinlich nicht.

»Aber ich kann immer noch atmen. Warum kann ich noch atmen, wenn ich tot bin?«

Ich spüre es, ich spüre das Heben und Senken meiner Brust und den Luftstrom in meiner Nase, während ich tief ein- und wieder ausatme, als wollte ich damit etwas beweisen. Aber es geht keine Erleichterung damit einher. Da ist nichts.

»Wir müssen nicht atmen, um zu funktionieren, aber wir brauchen den Atem, um zu reden.«

»Okay.« Ich denke einen Moment darüber nach. »Aber wie kann es sein, dass ich, als ich den Becher gehalten habe, die Hitze an meiner Hand und das Brennen im Hals gefühlt habe, es aber nicht weh getan hat?«

»Weil Schmerz eine körperliche Reaktion ist, und der Tastsinn eben eine sensorische. Wir müssen Dinge spüren können.« Sie überlegt kurz. »Angenommen, ich soll wen holen und zwar aus einem brennenden Haus, wo es viel zu verraucht ist, um etwas zu sehen. Ich muss die Person fühlen können, damit ich sie finde.«

Okay, verstehe ich.

»Wie auch immer, das war genug Ruhe«, sagt sie und springt auf. »Ich will dir was zeigen.«

Ich halte die Hände hoch. »Ich bin noch nicht bereit, wen zu holen.«

»O nein. Nichts derart.« Sie schüttelt den Kopf. »Komm.«

SIEBEN

Dev geht mit mir zu einer Party am Strand, womit ich absolut nicht gerechnet habe. Ich weiß nicht, was für eine Party es ist – eine Neujahrsparty? Gibt es so was? –, aber es ist zu laut, um sie danach zu fragen. Es ist ein ganz schöner Trubel, überall Leute – fast wie gestern Abend, als ich mit Poppy am Strand war – in der Mitte von allem ein großes Feuer. Die leuchtend gelben Flammen schlagen hoch und kringeln sich wie die Spitzen von Tulpenblütenblättern. Nur dass diese Party am anderen Ende des Strands stattfindet, bei Duke's Mound, und der Pier bloß ein schmaler Streifen bunter Lichter in der Ferne ist.

Ich ziehe an Devs Mantelärmel. »Was ist das hier?«

Doch sie schüttelt den Kopf und hält sich eine Hand hinters Ohr.

»Was ist das hier?«, brülle ich, um gegen die laute Musik anzukommen. Da fällt mir auf, dass es der Song von Honeyblood ist, den ich letztes Jahr so toll fand. Ironischerweise heißt er »Babes Never Die«, und ich habe ihn ungefähr einen

Monat lang auf Repeat gehört und Rosh damit an den Rand der Verzweiflung gebracht. Die Erinnerung daran sollte mich trösten, aber das tut sie nicht. Nachdem ich fast den ganzen Tag in dem Zimmer überm Buchladen gelegen habe, sind die vielen Eindrücke – die Leute, die Musik, die Farben, *alles* – zu viel, und mir wird ganz schwindelig.

Als mir irgendwer auf den Fuß latscht, entschuldige ich mich, und dann entschuldige ich mich wieder, als ich so plötzlich einen Ellbogen in die Rippen gerammt bekomme, dass es mich fast umhaut. Ein paar Minuten lang habe ich Dev verloren. Zum Glück finde ich sie kurz darauf an einem ruhigeren Ende der Party, wo die Musik nur noch als träges BOOM BOOM BOOM zu hören ist. Ich schließe die Augen und hole tief Luft. Hier zu sein fühlt sich an wie damals, als ich ins tiefe Ende vom Pool gefallen bin und mein Vater mich rausfischen musste. Ich öffne die Augen wieder, und da schneit es, dicke weiße Klumpen, die mir in den Wimpern hängen bleiben. Eigentlich sollte ich zuerst an Rosh denken und wie glücklich sie sein muss, den Schnee zu sehen. Oder an Poppy – Poppy mit roten Fäustlingen und in den Haaren schmelzenden Schneeflocken. Doch ich denke daran, wie wir in der Schule *Wer die Nachtigall stört* gelesen haben und ich lachen musste, als Scout zum ersten Mal Schnee sah und Atticus erzählte, die Welt würde untergehen.

Ich drehe mich nach den anderen Leuten um. Einige haben die Arme in der Luft, andere den Kopf in den Nacken gelegt und lachen den dunklen Himmel an, doch irgendwas stimmt nicht. Wie mit den Möbeln im Schlafzimmer über dem Buchladen – nichts passt zusammen. Es ist ein bisschen wie am Abend zuvor, als komplett unterschiedliche Gruppen am Stand saßen. Aber sie haben sich nicht vermischt, oder? Sie sind in ihren Gruppen geblieben – haben alle ihre eigene Musik gespielt und ihr eigenes Bier getrunken –, bis sie um Mitternacht zusammen das neue Jahr begrüßt haben.

Oder zumindest nehme ich an, dass es so passiert ist.

Ich war ja nicht mehr da, um es mitzubekommen.

Doch hier feiern alle gemeinsam. Eine Frau mit hüftlangem silberweißem Zopf unterhält sich ernst mit einem Typen in meinem Alter, während ein Mädchen mit sauber geflochtenen Braids total verzaubert einem tanzenden Mann Beifall klatscht, der so alt wirkt, dass er ihr Vater sein könnte.

Das alles ergibt keinen wirklichen Sinn.

Und es gibt keinerlei Berührungen. Keine sich küssenden Paare oder befreundete Menschen, die sich in den Armen liegen, nachdem sie sich im Chaos gefunden haben. Es gibt auch keinen Alkohol. Okay, ein paar Leute trinken schon, das Licht des Feuers reflektiert sich in ihren Bierdosen, doch die meisten trinken nichts. Die Leute laufen nur umher, unterhalten sich und tanzen.

»Geht's dir gut, Dev?«, höre ich eine Stimme, und als ich mich umdrehe, kommt ein in Schwarz gekleideter Typ auf sie zu.

Sie nickt lächelnd, und er salutiert ihr mit zwei Fingern an der Schläfe und geht weiter.

»Kennst du hier alle?«, frage ich Dev.

Sie zuckt die Achseln. »Nicht alle.«

»Wer sind die ganzen Leute?«

»Sensenmänner und -frauen.«

»Was?« Ich blicke mich wieder nach der Menge um. »Alle?«

»Die meisten, ja.«

Stirnrunzelnd sehe ich Dev an. »So viele allein für Brighton?«

»Sie sind nicht alle aus Brighton, sie kommen auch aus der Umgebung. Worthing. Eastbourne. Hastings.«

»Wie kommt es, dass ich sie nicht schon im Buchladen gesehen habe?«

»Sie haben alle ihren eigenen Buchladen oder ein Café oder was auch immer, je nachdem, welchen Bereich sie abdecken.«

»Das heißt, es gibt mehr als eine Deborah?«

Sie lacht und reißt die Augen auf. »Es gibt nur *eine* Deborah.«

»Und warum sind sie alle hier?«

»Um die Neuen zu feiern. Das machen wir jedes Jahr. Es ist so eine Art ›*Willkommen-in-der-Familie*‹-Feier.«

»Ich dachte, wir dürfen keine Aufmerksamkeit auf uns ziehen?« Ich weiß nicht, wie hundert Sensenmänner und -frauen, die am Strand zu lauter Musik um ein Lagerfeuer tanzen – ein Lagerfeuer, das noch dazu überhaupt nicht erlaubt ist –, nicht die Aufmerksamkeit auf sich ziehen sollen.

»Wir sind in Brighton.« Dev winkt ab. »Wen interessiert's?«

Wahrscheinlich hat sie recht. Das erklärt auf jeden Fall, warum zumindest einige Leute was trinken. Das ist eben Brighton. Die Leute sehen eine Party und feiern einfach mit, selbst wenn's schneit. Dabei wären sie sicher nicht so wild darauf, wenn sie wüssten, mit wem sie da tanzen.

»Dev!«, ruft eine andere Stimme, und ein Mädchen kommt auf uns zu.

Ich sage Mädchen, aber sie ist älter als wir – achtzehn, vielleicht neunzehn. Sie grinst Dev an, und einen Augenblick bin ich ganz baff. Sie sieht Adara so ähnlich. Sie haben das gleiche herzförmige Gesicht, die gleichen vollen, breiten Lippen und die gleiche zart messingfarbene Haut. Ich habe Adara noch nie ohne ihren Hidschab gesehen. Er ist so sehr Teil von ihr, dass ich mich noch nie gefragt habe, wie ihre Haare wohl darunter aussehen. Die Haare dieses Mädchens sind ein bisschen länger als die von Dev, aber so dunkel wie meine, und sie haben die gleichen dicken, schwer zu bändigenden Wellen. Ich bin ein bisschen neidisch, weil sie die Haare so trägt, wie ich sie unbedingt mal haben wollte, als ich vierzehn war und sie mir abgeschnitten hatte – bis auf den glatten, stumpfen Pony, der ihr nur über die halbe Stirn geht, was ihr unverschämterweise auch noch steht.

Sie springt Dev entgegen und umarmt sie so wild, dass die beiden fast umfallen.

»Ist das Ash?«, fragt das Mädchen, als sie Dev losgelassen hat.

Dev zeigt mit dem Daumen auf mich. »Das ist sie.«

»Hey!« Diesmal grinst sie mich an. »Danica Daniels. Kinderkrebs.«

Sie sagt es, als würde sie mir erzählen, auf welche Schule sie geht, und ich zögere, als sie mir die Hand entgegenstreckt. Schließlich ergreife ich sie vorsichtig. »Kinderkrebs?«

»Galgenhumor«, sagt Dev entschuldigend. »Das ist halt unsere Art, damit umzugehen. Danica holt Kinder, die Krebs haben.«

Danica grinst. »Hast du Esen schon kennengelernt?«

Ich muss lachen. »Aber ich dachte, wir holen Leute, die auf die gleiche Art sterben, wie wir selbst gestorben sind?«

»Tun wir auch. Anfangs jedenfalls«, sagt Dev. »Aber wir können schlecht vierjährige Sensenmädchen und -jungs durch die Gegend laufen lassen, oder?«

Wahrscheinlich nicht.

Daran hatte ich nicht gedacht.

»Ich bin befördert worden«, sagt Danica, allerdings wenig begeistert.

»Zu Kindern mit Krebs? *Das* ist eine Beförderung?«

Danica zuckt die Achseln. »Na ja, irgendwer muss es ja machen.«

»Stimmt wohl.«

»Hey«, sagt sie und reckt das Kinn. »Bist du auch indisch?«

Was für eine Überleitung.

Ich hatte kaum Zeit, mich von der Kinderkrebssache zu erholen.

»Ja.« Ich nicke. »Indoguyanisch.«

»Ja!« Sie hält mir die Faust hin.

Als ich zögerlich mit meiner Faust gegen ihre stoße, zwinkert sie und sagt: »Wir brauchen mehr Desi bei den Sensenmädchen.«

Dann freue ich mich, dass ich meinen Teil dazu beitragen kann.

Dev ist schon wieder von einer anderen Person abgelenkt, was mir Gelegenheit gibt, mich etwas abseits vom Trubel hinzusetzen. Als ich hinaus auf den Horizont blicke, sehe ich die blinkenden Lichter des Windparks – alle einhundertsechzehn –, und ich kann nicht anders, als an letzten Abend zu denken, als ich mit Poppy am Strand saß, das Meer zu unseren Füßen. Erschöpft schließe ich die Augen. Ich bin mir sicher, dass ich sie neben mir spüren kann, doch als ich die Augen öffne, steht da nicht Poppy, sondern Dev, und ich zucke zusammen.

»Hab dich gefunden«, sagt sie mit einem Grinsen.

Ich erwidere es nicht. »Yay.«

»Ach, komm schon, Ash«, sagt sie mit schmeichelnder Stimme und setzt sich neben mich auf die Kiesel. »Ich dachte, es würde dir gefallen.«

Das überrascht mich. »Warum sollte es?«

»Weil du siehst, dass du nicht allein bist. Du bist jetzt Teil einer Familie.«

Dev kann so oft sagen, wir seien eine Familie, wie sie will, aber das werden wir nie sein.

Ich habe eine Familie.

»Okay, vielleicht heitert dich das hier ja auf«, sagt sie und greift in ihre Manteltasche. Lustlos sehe ich zu, wie sie einen kleinen schwarzen Samtbeutel hervorzieht. »Deborah hat mich gebeten, dir das hier zu geben.«

Ich starre darauf. »Was ist das?«

»Ein Geschenk. Ich habe es beim Juwelier in den Lanes gekauft, bei Cronus.«

Den Juwelier kenne ich. Das ist der mit Poppys Hummelanhänger.

»Mach auf!«, sagt Dev so aufgeregt wie ein Kind, das aus dem Kindergarten sein erstes Makkaroni-Kunstwerk mit nach Hause bringt.

Ich öffne den Samtbeutel und ziehe eine feine Silberkette heraus. Sie fällt mir fast aus der Hand, als ich sehe, wie sich das Mondlicht auf dem kleinen Sensenanhänger spiegelt.

»Wir haben alle so eine«, erklärt Dev mit plötzlich winziger Stimme, greift unter den Kragen ihres Teddymantels und zieht ihre Kette hervor. »Das ist so unser Zeichen. Esen hat auch eine.«

Ich betrachte den Anhänger, und er ist tatsächlich superschön. Der Griff der Sense hat ein kunstvoll gearbeitetes Muster, und als ich den Anhänger umdrehe, sehe ich, dass auf der Klinge mein Name eingraviert ist.

»Danke.« Ich versuche ein Lächeln, und dann sehe ich zur Menge von Leuten rüber und erblicke Esen, die ein Stück abseits vom Chaos steht und mit verschränkten Armen und vom Wind zerzausten Locken mit einer Person redet, die genauso gelangweilt aussieht wie sie.

»Willst du sie gar nicht ummachen?«, fragt Dev gespannt.

Sie wird nicht lockerlassen, oder?

Also lege ich die Kette um, und sobald ich es getan habe, presst sie einen Finger auf den Anhänger.

»Siehst du«, sagt sie stolz lächelnd. »Du bist jetzt eine von uns.«

Ich weiche ihrem Blick aus und drehe mich wieder nach Esen um, die jetzt lacht, und ihr Gesicht sieht komplett anders aus.

»Mach dir keine Sorgen wegen Ess«, sagt Dev, nimmt einen Kiesel und wirft ihn in hohem Bogen Richtung Meer. »Sie ist schwierig«, warnt sie mich, als der Kiesel mit einem schweren *Platsch* ins Wasser fällt. »Es wird eine Weile dauern, sie für dich zu gewinnen, aber wenn du es geschafft hast, und ich weiß, das tust du, wird sie alles für dich machen.«

Es ist mir egal, ob ich sie für mich gewinne oder nicht.

»Alle gehen unterschiedlich damit um«, gesteht Dev und blickt hinaus aufs Meer.

»Womit?«

»Mit *dem* hier.« Sie deutet nickend auf die Menge. »Sensenmädchen sein.«

»Es steckt also noch mehr dahinter, als tote Jugendliche zum Strand zu bringen, um sie in die Ewigkeit übersetzen zu lassen?«

Dev lacht in sich hinein, dann erklärt sie ausführlicher, was sie meinte. »Manche Leute, wie Esen, packen alles, was sie früher waren, alle ihre Erinnerungen und die Listen von Dingen, die sie eigentlich in ihrem Leben noch machen wollten, in eine Box. Dann verschließen sie sie und verstecken sie irgendwo ganz hinten in ihrem Bewusstsein. Es ist leichter, die Person, die sie mal waren, zu begraben und wer komplett Neues zu werden. Manche ändern sogar ihren Namen, weil sie sich selbst nicht mehr als dieselbe Person sehen.«

»Nennst du dich deswegen Dev und nicht Isla?«

»Ich war tatsächlich immer schon Dev. Wir waren zwei Islas in meiner Klasse, so dass die andere Isla McDermid wurde und ich Isla Devlin. Aber dann haben die Leute angefangen, das Isla einfach wegzulassen, und ich wurde nur noch Devlin genannt und irgendwann Dev.«

Es ist schon komisch. Ich hatte überhaupt nicht daran gedacht, dass sie genau wie ich auch mal ein anderes Leben hatte, bevor sie im Buchladen landete.

»Auf welcher Schule warst du?«

»Erst Queen's Park, dann Stringer. Und du?«

»Ich war die ganze Zeit auf der Whitehawk.«

»Dachte ich mir.«

Ich will sie schon fragen, warum, als mir klar wird, dass es nicht schwer zu erraten ist, angesichts dessen, wo ich gestorben bin.

»Was ist mit dir?«, frage ich stattdessen. »Wie gehst du damit um?«

Sie schweigt so lange, dass ich bezweifle, es noch zu erfahren, doch dann dreht sie mir den Kopf zu und sieht mich unter ihren falschen Wimpern hindurch an. »Ich hab's eine Weile auf Esens Art probiert, aber für mich hat das nicht funktioniert. Ich kann mich nicht so von mir abspalten, weißt du? Da könnte ich genauso gut tot sein.«

»Ich dachte, wir hätten keine Wahl? Ich meine, wir müssen uns doch abspalten. Wir *sind* tot.«

»Hör zu, Ash«, sagt sie, aber sie sagt es nicht wie Deborah, so als würde sie gleich die Geduld verlieren. Es klingt wie das genaue Gegenteil, als warte sie darauf, dass ich mitkomme. »Ich weiß, du denkst, du hättest keine Wahl und dass du in der schlimmsten Lotterie überhaupt gewonnen hast.« Sie lacht, und ich lache mit ihr. »Aber sich zu entscheiden, nicht zu leben, ist immer noch eine Entscheidung.«

»Wie meinst du das?«

»Ich meine damit, du kannst es machen wie Esen und alles wegschließen und so tun, als wäre es nicht da, oder …« Sie zögert, und ich sage mir, Geduld zu haben. Möglich, dass sie noch nie zuvor darüber gesprochen hat.

Dass sie es noch nie vorher in Worte gefasst hat.

»Es ist …« Sie versucht es erneut. »Wir sind alle gleich, oder? Mehr oder weniger. Wenn du uns aufschneidest, haben wir alle ein Herz, eine Lunge, Rippen. Aber da ist auch noch was anderes, richtig? In der Tiefe. Etwas, was uns besonders macht.«

Ich fasse mir ans Kinn und streiche über meine Narbe.

»Die körperlichen Sachen …« Dev hebt einen Kiesel auf und fährt mit dem Daumen darüber. »Die Dinge, die wir machen, wie schlafen und essen, die sind ziemlich einfach loszulassen, weil wir keine Kontrolle darüber haben, weißt du?«

Ich nicke.

»Du stirbst. Dein Herz bleibt stehen. Fertig. Wenn es wieder weiterschlagen würde, wärst du nicht tot.«

»Klar.«

»Aber die anderen Dinge …« Sie zuckt die Achseln. »Das, was ganz tief in dir ist, wovon nur du weißt – das ist immer noch da.«

»Du meinst, so was wie Erinnerungen?«

Sie zeigt mit dem Kieselstein auf mich. »Die verschwinden nicht, es sei denn, du sperrst sie weg, so wie Esen.«

Ich muss an Poppy denken, an letzte Nacht und ihren Blick, als ich ihr sagte, dass ich sie auch liebe.

Das will ich nie vergessen.

Nie.

»Aber warum sollte ich sie wegsperren wollen?«

»Weil's leichter ist.« Dev sieht auf den Kieselstein in ihrer Hand. »Es ist leichter, nichts zu fühlen, einfach aufzugeben. Alles loszulassen und es nur als einen Job anzusehen. Du musst nichts weiter tun, als die Leute zum Strand bringen. Fertig. Was danach kommt, ist schließlich nicht mehr dein Problem, oder? Es ist egal, was mit ihnen passiert, wen sie zurücklassen oder wo sie hinkommen, weil du es nie erfahren wirst. Ich kann das nachvollziehen.« Sie nickt vor sich hin, den Blick immer noch auf den Kieselstein gerichtet. »Ich verstehe schon, warum das leichter ist, aber die Ewigkeit ist eine *lange* Zeit, wenn du nichts anderes tust, als im Buchladen rumzusitzen und darauf zu warten, dass irgendwer stirbt.«

Sie wirft den Stein, und ich sehe zu, wie er hochfliegt und dann fällt, und ich warte auf das Platschen.

»Aber was gibt es denn sonst noch?«

»Das hier zum Beispiel.« Dev sieht zurück zur Party. »Du wirst nicht mehr so fühlen wie früher. Also, du wirst keine feuchten Hände mehr bekommen oder Herzrasen, wenn du eine Person siehst, in die du früher verliebt warst, aber du wirst dich dran *erinnern*, wie es sich angefühlt hat.« Sie streicht sich mit den Fingern über den Pony. »Du spürst immer noch dieselbe Verbindung, das Bedürfnis, der Person nah zu sein, sie zu beschützen, weißt du? Den Wunsch, etwas Albernes zu sagen, um sie zum Lachen zu bringen.«

Ich denke an Poppy und warte auf den Schmerz, aber er kommt nicht.

»Versteh mich nicht falsch«, fügt Dev hinzu. »Tot zu sein ist toll. Ich hab vor nichts mehr Angst. Was kann schlimmstenfalls passieren? Ich bin ja schon tot. Inzwischen sind mir die ganzen Sachen, vor denen ich früher Angst hatte, egal. Die ganzen Belanglosigkeiten, wegen der ich mir früher einen Kopf gemacht habe, wie, ob ich hübsch oder klug oder lustig genug bin – das ist alles nicht mehr wichtig. Das Jetzt ist mir wichtig. Der Moment, der gerade ist. Denn, wenn mir *der* egal wäre …« Sie leckt sich über die Lippen, und ihr Lächeln verblasst etwas, wie die Unterseite eines Blattes. »Sei einfach vorsichtig, okay?«, warnt sie mich, nimmt noch einen Stein und schließt die Finger so fest darum, dass ihre Knöchel durch die blasse Haut hervortreten. »Ich weiß, du bist sauer, dass es dich getroffen hat, und du hast jedes Recht, sauer zu sein. Es ist nicht fair. Aber wenn du das Gefühl zulässt, dann wird die Verbitterung immer größer, bis du gar nichts anderes mehr fühlst, und das willst du nicht. Dann wärst du richtig tot.«

Ich will sie gerade fragen, was sie damit meint, doch da schnappt sie nach Luft und zeigt in den Himmel. »Guck!«

Eine Sternschnuppe flitzt über unseren Köpfen hinweg. Ein scharfer, weißer Strahl gegen den tiefschwarzen Himmel, mit einer Perle aus Licht an der Spitze.

»Wünsch dir was, Ash!«

Während die Spur bereits verblasst, formuliere ich panisch einen Gedanken.

Poppy.

Ich will Poppy wiedersehen.

ACHT

Esen ist nicht da, als wir zum Buchladen zurückkommen, und so setzen Dev und ich uns auf die Sessel und erzählen Deborah von der Party. Oder zumindest tut Dev es. Ich sitze da und denke darüber nach, was sie am Strand zu mir gesagt hat, darüber, dass nicht zu leben immer noch eine Entscheidung ist.

Ich streiche mit dem Finger über die kleine Kuhle an meinem Nasenrücken, während ich überlege, was besser ist. Wie Esen alles wegzuschließen und in meinem Hinterkopf zu bewahren? Oder was Dev sagt: daran festzuhalten, auch wenn es das hier so viel schwieriger macht?

Die Antwort ist natürlich Letzteres. Aber wenn ich nicht alles wegschließe – es bewahre –, werde ich mich dann in fünfzig Jahren noch daran erinnern, wie sich die Umarmungen meines Vaters anfühlten? Werde ich mich an Poppys Lachen erinnern, das klingt wie das Klimpern der Goldarmreifen meiner Großmutter, wenn sie Roti klatscht?

Was ist, wenn ich das alles verliere?

Was ist, wenn ich alles verliere und es nie wieder zurückbekomme?

Eine Stunde später sitze ich immer noch auf dem Sessel und starre, den Kopf in den Nacken gelegt, an die Decke. Ich muss an die hohen weißen Decken bei Poppy zu Hause denken. Ehe ich mir darüber klarwerde, dass das eine schlechte Idee ist, frage ich Deborah: »Kennen Sie Margot Morgan?«

Sie blickt vom Tresen auf. »Margot Morgan? Die Physikerin?«

Ich nicke.

»Natürlich.«

»Haben wir Bücher von ihr? Gibt es nicht eins mit dem Titel *Die Wunder des Kosmos* oder so?«

Falls es sie erstaunt, dass ich endlich anerkenne, mich in einem Buchladen zu befinden, nachdem ich seit meiner Ankunft nichts anderes getan habe, als auf dem Sofa zu schmollen, erholt sie sich schnell davon. »Leider nein. Wir sind auf seltene und antiquarische Bücher spezialisiert.« Sie nimmt die Brille ab und deutet auf die ordentlich arrangierten Regale. »Vorzugsweise Erstausgaben, aber größtenteils sind es Sammlerstücke oder signierte Exemplare von Sonderausgaben oder nicht mehr lieferbaren Büchern.«

»Okay«, sage ich mit leichtem Schulterzucken.

Ich denke schon, das war's, doch dann fragt sie: »Warum interessierst du dich auf einmal für Margot Morgan?«

»Nur so«, sage ich und versuche, gleichgültig zu klingen.

»Sie ist eine sehr kluge Frau«, sagt Deborah und richtet den Kragen ihres Hemds. »Sie wohnt übrigens ganz in der Nähe.«

»Ach ja?«, frage ich, und meine Stimme ist viel zu hoch, als ich an das große, weiße Haus von Poppys Eltern denke und an Poppys rosafarbenes Zimmer, und das Gefühl des Verlusts überwältigt mich.

Es füllt den ganzen Buchladen aus, und ich ersticke fast daran.

Zum Glück kommt in dem Moment Esen reingestürmt, bevor Deborah noch etwas sagen kann.

»Was für ein Arschloch!« Sie wartet gar nicht erst ab, ob wir sie fragen, wen sie meint, sondern knöpft bloß ihren Mantel auf und wirft sich aufs Sofa. »Der Typ, den ich gerade geholt hab, wollte mich tatsächlich schlagen! Ist das zu fassen?«

»Erwartest du darauf wirklich eine Antwort?«, fragt Deborah, während sie sich wieder ihrem Bücherstapel zuwendet.

Esen ignoriert sie und lehnt stöhnend den Kopf zurück. »Und dann ist er getürmt. Ich musste ihn die ganze Queens

Road runterjagen. Ich hätte fast so eine alte Tante umgerannt, die gerade aus dem Sainsbury's kam.«

»Wir wollen uns um ältere Menschen herum doch vorsichtig verhalten, Miss Budak.« Deborah schlägt ein Buch neben der Kasse auf und beginnt, es durchzublättern. »Sie werden schon noch früh genug Bekanntschaft mit uns machen.«

Esen lacht, um ihre dunkelbraunen Augen bilden sich Falten. »Wohl wahr.«

»Hast du ihn geschnappt?«, fragt Dev und lehnt sich gegen den Tresen.

»Na klar. Ich musste ihn allerdings am Mantelkragen zum Strand runterzerren.«

»Okay«, unterbricht sie Deborah und hält Dev einen pinken Post-it hin. »Bitte sehr.«

Dev nimmt ihn und blickt darauf. »Was haben wir denn da?«

»Eine Überdosis am New Steine. Du kannst Miss Persaud mitnehmen und sie einweisen.«

Dev blinzelt. Sie wirkt genauso unsicher, wie ich mich fühle. »Was? Jetzt schon?«

Da richtet Esen sich auf. »Kann ich mitkommen?« Sie grinst mich an. »Das will ich unbedingt sehen.«

»Ganz klares Nein.« Deborah wendet sich wieder ihrem Buch zu und winkt ab.

»Warum nicht? Vertrauen Sie mir nicht?«

Deborah blickt nicht noch mal auf. »Kein bisschen.«

Ich habe gar keine Chance zu protestieren, denn Dev drängt mich schon hinaus auf die Straße. Es ist noch dunkel, und das wird es auch noch eine Weile bleiben. Die Möwen kreischen wild, als wollten sie mich vor etwas warnen. Als Dev den Reißverschluss ihres Mantels zuzieht, drehe ich mich noch mal um und sehe durchs Fenster in den Buchladen. Deborah steht hinterm Tresen und blättert ein Buch durch, während Esen auf dem Sofa liegt, die Stiefel auf der einen Armlehne, den Kopf auf der anderen, und ihre colafarbenen Locken sich über den Rand ergießen, so dass die Spitzen beinah den Boden berühren.

»Kommst du, Ash?«

Ich spüre Dev neben mir und drehe mich langsam zu ihr um. »Wir haben nicht viel Zeit«, sagt sie, zeigt mit dem Daumen die Straße runter und läuft mit schwingendem weißem Bob los.

Wenn das hier jetzt mein Leben ist – wenn ich es denn Leben nennen kann –, werde ich es wohl nicht ewig hinauszögern können. Also folge ich Dev und laufe neben ihr her in Richtung North Street.

»Keine Sorge«, sagt Dev, als wir am Wetherspoons links abbiegen. »Du musst gar nichts machen.«

Ich nicke.

»Es ist eine Überdosis. Sie ist wahrscheinlich längst tot.«

Dev zeigt mir den Post-it.

Kitty Lawrence

Überdosis

New Steine

03:32

»Und wie erkennen wir sie?«

Dev guckt mich nicht an. »Wir erkennen sie.«

Als wir am New Steine ankommen, mache ich mich aufs Schlimmste gefasst, doch der Park ist leer. Übersehen haben können wir sie eigentlich nicht. Der New Steine ist viel kleiner als der Old Steine mit seinem ordentlichen Rasen, dem Brunnen und dem Kriegsdenkmal, über das Rosh letztes Jahr einen Schulaufsatz schreiben musste. Der Park hier ist viel schlichter, es ist bloß ein langer Rasenstreifen, mit dem Meer am einen Ende und einer seltsamen Skulptur am anderen. In ein paar der Bed and Breakfasts zu beiden Seiten sind Lichter an, entweder sind die Gäste gerade erst angekommen oder sie stehen schon auf, um einen frühen Flug zu erwischen, und sind wahrscheinlich zu sehr mit der Frage beschäftigt, ob sie alles eingepackt und ihren Pass haben, als dass sie mitbekommen würden, was Dev und ich hier treiben.

Wieder sehe ich mich nach ihr um – nach Kitty Lawrence –, doch der Park ist bis auf ein kleines dunkelblaues Zelt in der Ecke bei der Skulptur leer. Es dauert einen Moment, bis ich kapiere, dass sie da drin sein muss. Dev geht bereits darauf zu, und ich folge ihr.

»Warte hier«, sagt sie, als wir vor dem Zelt ankommen. Nicht, dass das nötig gewesen wäre. Ich habe keine Ahnung, was uns im Zelt erwartet, und ich habe auch nicht vor, es rauszufinden. Dev hockt sich hin, zieht den Reißverschluss hoch und guckt hinein. Als nichts passiert, als keine Kitty schreiend oder weinend mit einer Nadel im Arm rausgerannt kommt, beuge ich mich vor, um hineinzuspähen.

Sie – ich vermute, es ist Kitty Lawrence – sitzt im Schneidersitz da und umklammert eine weiße Fleece-Decke. Ihre Fingernägel sind schmutzig, doch abgesehen davon sieht sie völlig okay aus. Ihre langen dunkelblonden Haare sind sauber und in der Mitte gescheitelt und fallen um ein kleines Gesicht, das fast die gleiche Farbe hat wie die Fleece-Decke. Ich frage mich, wie sie hier gelandet ist, in diesem Zelt, so ganz allein.

Und da sehe ich ihn, den neben ihr liegenden Körper in

Embryonalstellung, und einen Moment lang denke ich, es wäre wer anders, bis Kitty darauf zeigt und sagt: »Das bin ich.«

Dev nickt.

»Wie kann das sein?«

»Komm mit, Kitty.« Dev streckt ihr die Hand entgegen.

Als Kitty raus in die Kälte kommt, schwankt sie leicht. Dann fängt sie sich und blickt hinauf in den Himmel. Er ist ganz schwarz, und als sie so dasteht und hochsieht, frage ich mich, ob sie es weiß.

Ob sie weiß, dass sie tot ist.

Ich sehe zum Zelt. Dev hat den Reißverschluss nicht wieder runtergezogen, und die Klappe flattert im Wind. Wie lange es wohl dauert, bis Kittys Leiche entdeckt wird?

Als ich wieder zu Kitty sehe, grinst sie. So ein albernes, benebeltes Grinsen. Ihre blassgrünen Augen sind auf mich gerichtet, aber sie sieht mich nicht richtig, so als wäre sie gerade aufgewacht. »Wer ist das?«, fragt sie.

»Das ist Ash«, erklärt Dev. »Sie ist auch hier, um zu helfen.«

»Hallo, Ash«, sagt Kitty, und wieder schwankt sie leicht. Ob ich auch so war? Ich glaube nicht. Ich kann mich noch genau an alles erinnern. An das laute Knallen des Feuerwerks, die fliehenden Möwen, die Autoreifen, die sich drehten und drehten, das Knirschen der Scherben unter meinen Füßen, die Leute, die »Auld Lang Syne« sangen. Ich erinnere mich an jedes Detail. Doch dann, danach weiß ich nichts mehr. Ich weiß nicht, wie ich vom Mini-Mart zum Buchladen gekommen bin, nur, dass ich auf einmal da war, auf dem Sofa, und wieder dreht sich alles.

»Es ist nicht weit«, sagt Dev und nickt in Richtung Strand.

»Wohin gehen wir?«, fragt Kitty, aber sie folgt uns bereits aus dem New Steine und über die Straße.

Das Meer ist fast so schwarz wie der Himmel und für Januar ungewöhnlich ruhig. Da fällt mir wieder ein, was Dev früher am Abend gesagt hat, von wegen, dass wir nicht an alten Ängsten festhalten müssen. Also lasse ich auch eine los – meine Angst vorm Meer –, und hoffe, dass dadurch Raum für etwas anderes entsteht.

Etwas, wovor es mehr lohnt, Angst zu haben.

»Ich konnte nicht schlafen«, erzählt Kitty, während wir aufs Meer zugehen. »Mir war so kalt.«

Es ist fast vier Uhr morgens, aber ich habe den Strand noch nie so leer gesehen. Bis auf die Möwen sind wir die Einzigen hier. Die Kiesel unter unseren Füßen knirschen. Ich blicke zum Pier, kilometerweit die einzige Spur von Farbe. Er ist jetzt geschlossen, der lange Arm des Fahrgeschäfts reglos, wie eine kaputte Uhr, deren Zeiger auf zwanzig vor zwei stehengeblieben sind. In ein paar Stunden wird es wieder losgehen. Das Auf und Ab des Karussells. Das Klickklack der

Münzen in den Spielautomaten. Das Zischen und Spritzen der Fritteusen, während die Leute auf ihre Papiertüten mit heißen, gezuckerten Donuts und Churros warten.

Doch jetzt ist alles still.

Sogar das Meer.

Dann fragt Kitty: »Wer ist das?«

Ich drehe mich um und sehe den Umriss eines Mannes, der vor uns am Wasser steht. Er ist groß und dünn und ganz in Schwarz gekleidet, ein dunkler Fleck gegen den Himmel. Vor einem Moment war er noch nicht da, und ich will Dev schon fragen, wer das ist, als ich das Holzboot neben ihm erkenne, das sanft auf dem Meer schaukelt.

Dev bleibt stehen, also tue ich es auch, froh, Abstand zu ihm zu halten, wer auch immer es ist.

Schließlich bleibt auch Kitty stehen und sieht uns verwirrt an. »Kommt ihr nicht mit?«

Dev schüttelt den Kopf. »Das ist Charon. Er bringt dich.«

»Wohin?«

»Wohin willst du, Kitty?«

Sie denkt einen Moment darüber nach, dann sagt sie: »Nach Hause.«

»Dann bringt er dich nach Hause.«

Sie guckt mich an. »Kannst du meiner Mum was sagen, Ash? Kannst du ihr sagen, dass es mir leidtut?«, fragt sie mit tiefen Falten auf der Stirn, und plötzlich sind ihre Augen voller Tränen. »Ich wollte schon früher nach Hause kommen, aber ich konnte es nicht.«

Ich weiß nicht, was ich sagen soll, und so nicke ich bloß und sehe zu, wie sie auf Charon zugeht. Ich glaube nicht, dass sie sich noch mal umblickt, doch dann bleibt sie stehen und lächelt uns an.

»Mir ist gar nicht mehr kalt.«

NEUN

Die nächste Woche verbringe ich mit Dev und begleite sie, wenn sie wen holt. Dabei achte ich stets darauf, einen gewissen Abstand zu halten, so wie eine Assistenzärztin, die beim Legen einer Infusion zusieht. Das Erste, was ich lerne, ist, dass in Brighton gar nicht so viele Teenager sterben. Das ist natürlich nichts Schlechtes, versteht mich nicht falsch, aber es bedeutet, dass Dev, Esen und ich meistens insgesamt nur einen Fall pro Tag haben. Dev sagt, um Weihnachten und im Sommer – wenn Prüfungen stattfinden oder die Ergebnisse bekanntgegeben werden – ist mehr los. Aber jetzt ist es erst mal ruhiger.

Dabei will ich mich gar nicht beschweren, es gibt nur immer wieder ziemlich lange Zeitabschnitte, in denen nichts zu tun ist. Wir drei lungern also die meisten Tage im Buchladen rum, fläzen auf dem Sofa und zanken uns wie griesgrämige Katzen.

Mein zweiter Fall – nach Kitty Lawrence – ist Jennifer Craig in Preston Park, die sich umgebracht hat, ohne eine Nachricht zu hinterlassen, was mich eine Weile noch ziemlich beschäftigt. Dann ist da Tom Thompson, der auf dem Heimweg von einem Konzert im The Haunt überfallen wurde, uns aber nicht sagen will, warum. Dann, heute Nachmittag, kam Charlie Graham, der ausgerechnet in der Jubilee Library starb. Wir haben ewig gebraucht, ihn zu finden, weil er an einem Tisch im zweiten Stock über seinen Büchern zusammengesunken dasaß und wir dachten, er würde bloß schlafen. Oder vielmehr saß seine Leiche da, Charlie saß auf dem Boden, mit dem Rücken an der Wand, weswegen wir ihn zuerst nicht gesehen haben.

Wie sich herausstellte, hat er sich am Tag vorher beim Rugby den Kopf gestoßen, und ihm war gar nicht klar wie schlimm, bis sein Gehirn mitten in seinem Schulaufsatz einen Kurzschluss hatte.

Nachdem wir Charlie an Charon übergeben haben, gehen Dev und ich zurück zum Buchladen. Auf dem Weg denke ich darüber nach, was er wohl getan hätte, wenn ihm klar gewesen wäre, dass heute, ihr wisst schon, *der Tag* ist.

Dev denkt anscheinend das Gleiche, denn sie fragt mich: »Wo wärst du gewesen? Wenn du es gewusst hättest, dass du an Silvester stirbst?«

»Du meinst, statt vorm Mini-Mart?«, frage ich, und sie nickt. »Ich weiß nicht.« Ich weiß es wirklich nicht. Darüber habe ich noch gar nicht nachgedacht. »Aber ich wäre garantiert nicht in der Bibliothek gewesen und hätte einen langweiligen Schulaufsatz geschrieben.«

Kichernd zieht sie die Nase kraus. »Was für ein Abgang.«

Ich bin froh, dass sie nicht weiter nachfragt, dabei weiß ich jetzt, wo ich gewesen wäre.

Unter der Brücke beim Bahnhof, und ich hätte Poppy geküsst, bis ich keine Luft mehr gehabt hätte.

Ein paar Tage nach Charlie Graham machen Dev und ich uns auf den Weg in die Stadt, weil ich nicht bis in alle Ewigkeit dieselbe schwarze Jeans und denselben schwarzen Hoodie tragen kann.

»Ist das nicht seltsam?«, sage ich zu Dev, als wir bei Primark nach Jeans gucken. »Es sind jetzt schon fast zwei Wochen, und ich hab noch keinen Menschen getroffen, den ich kenne. So wie jetzt. Es ist Samstagnachmittag. Da müsste ich doch eigentlich *irgendwen* in der Stadt treffen. Und wenn es nur wer aus der Schule ist oder eine Nachbarin oder so.«

»M-hm«, macht Dev, die von einem rosafarbenen Paillettenkleid ein paar Meter weiter abgelenkt ist.

»Hast du das schon mal?«

»Hab ich was?«

»Wen getroffen, aus der Zeit … vorher?«

»Ich hab mal meinen alten Geschichtslehrer gesehen.« Sie nimmt das Kleid vom Ständer und geht damit zum Spiegel. »Er kam gerade aus'm Bahnhof.«

Ich folge Dev und stelle mich hinter sie, während sie sich das Kleid anhält und mit geneigtem Kopf ihr Spiegelbild betrachtet. »Hat er dich gesehen?«

Sie schüttelt den Kopf.

»Was wäre passiert, wenn er dich gesehen hätte?«

Sie lacht. »Was glaubst du?«

»Ich hab keine Ahnung. In der Silvesternacht, als ich nach Hause wollte, hast du nur gesagt, es wäre gefährlich.«

Obwohl das nicht ganz stimmt. Schließlich hat Esen mir die Geschichte vom Freund ihres Cousins, den sie auf dem Pier getroffen hat, erzählt.

Wahrscheinlich will ich einfach wissen, ob es nur Zufall war. Nicht, dass ich hoffe, irgendwen zu treffen. Oder vielleicht doch.

Vielleicht glaube ich, wenn ich in der Nähe der Roedean rumhänge, könnte ich vielleicht Poppy sehen.

Nur einmal.

Nur für eine Sekunde.

»Es ist gefährlich, wenn die Leute uns sehen. Wenn sie uns so sehen, wie wir vorher aussahen.« Dev wartet, bis ich ihrem Spiegelbild in die Augen blicke, bevor sie fortfährt.

»Wenn mein Geschichtslehrer mich an dem Tag am Bahnhof erkannt hätte, wäre ihm klargeworden, dass etwas nicht stimmt.«

»Etwas nicht stimmt?«, frage ich und laufe ihr hinterher, als sie das Kleid zum Ständer zurückbringt.

Ich wünschte, sie könnte mal stillstehen.

»Ja.« Sie sieht mich aufmerksam an, wie um herauszufinden, ob ich einen Witz mache. Dann merkt sie, dass ich es ernst meine, und fragt mich mit nachdrücklichem Ton: »Warum glaubst du, wäre es schlecht gewesen, wenn er mich erkannt hätte?«

Es dauert einen Moment, bis ich kapiere, worauf sie hinauswill, und dann schüttele ich den Kopf über mich, beschämt, dass ich nicht gleich darauf gekommen bin. »Weil ihm, wenn er dich erkannt hätte, klargeworden wäre, dass er bald stirbt.«

Dev hält einen Finger hoch und guckt mich an, als wollte sie sagen: *Du hast es!*

»Aber ist das nicht egal?« Ich zucke die Achseln. »Er wäre doch eh gestorben.«

»Ist es nicht. *Weil* …«, sagt Dev und zieht das Wort unendlich in die Länge, während sie das nächste Kleid vom Ständer nimmt, das Gesicht verzieht und das Kleid wieder weghängt, »… es die natürliche Ordnung durcheinanderbringt. Was wäre zum Beispiel gewesen …«, sie dreht sich um und sieht mich an, »… wenn er mich an dem Tag erkannt und einen Herzinfarkt gehabt hätte, weil er das Mädchen aus seinem Geschichtskurs gesehen hat, das seit elf Jahren tot ist?«

»Aber vielleicht wäre er ohnehin gestorben?«

»Vielleicht, aber was, wenn er eigentlich zwei Stunden später vom Bus angefahren werden sollte, stattdessen aber mich gesehen hat und am Herzinfarkt gestorben ist?« Sie zuckt die Achseln. »Mich zu sehen hätte die Folge von Ereignissen durcheinandergebracht.«

»Wie beim Schmetterlingseffekt«, sage ich, als mir wieder einfällt, was Mr. Moreno uns nach dem Besuch des Windparks zum Thema Klimawandel erzählt hat. Anscheinend gibt es in der Wissenschaft Leute, die glauben, dass der Flügelschlag eines einzigen Schmetterlings den Verlauf der Geschichte ändern kann.

»Genau. Es gibt eine Ordnung der Dinge.« Dev deutet auf die ordentliche Reihe von Kleidern auf dem Ständer vor sich. »Wenn wir eingreifen«, sie steckt die Hand zwischen zwei Kleiderbügel und vergrößert den Abstand, »selbst, wenn wir es nicht beabsichtigen, und eine Person stirbt, bevor sie es sollte, oder auf eine andere Art, als sie es sollte, dann bringt das nicht nur den zeitlichen Ablauf dieser Person durcheinander, sondern auch von allen anderen. Mein alter Geschichtslehrer, zum Beispiel.« Sie zieht eins der rosafarbenen Paillettenkleider wieder hervor, die sie zuerst bewundert hat, und hält es mir an. »Wenn er am Herzinfarkt gestorben wäre, nachdem er mich gesehen hat, würde das heißen, dass er zwei Stunden später nicht vom Bus angefahren worden wäre, wie er es eigentlich sollte, und *vielleicht* …«, sie steckt das Kleid zwischen zwei schwarze Kleider, »… fährt der Bus dann wen anders an. Eine Person, die an dem Tag eigentlich gar nicht sterben sollte.«

So langsam begreife ich es. Entsetzt starre ich Dev an. Es ist, als würde ich eine Zwei-Pence-Münze in einen der Arcade-Spielautomaten auf dem Pier einwerfen, das langsame Rollen hören und nur noch auf das klimpernde Geräusch des Fallens warten.

»*Deswegen* ist es so gefährlich? Weil eine andere Person sterben könnte, als die, die eigentlich sterben sollte?«

»Ich weiß es nicht.« Sie zuckt wieder die Achseln, dann greift sie nach einer limettengrünen Kunstfelltasche auf dem Regalbrett über dem Kleiderständer. »Jedenfalls nicht sicher. Das weiß nur Deborah. Aber es muss einen Grund dafür geben, dass sie uns nie in die Gegend schickt, in der wir früher gewohnt haben. Sie will bestimmt verhindern, dass wir da wen treffen.«

Deswegen haben wir also immer nur Leute von der anderen Seite der Stadt geholt – Seven Dials, Preston Park, the Level. Das erklärt auch, warum ich es noch nie geschafft habe, es so zu deichseln, dass wir auf dem Rückweg von einem unserer Aufträge an meiner Siedlung oder Schule vorbeikommen, so dass ich nach meiner Familie und Adara sehen kann. Ich will sie nur einmal sehen – nur einmal –, um zu gucken, ob es ihnen gut geht. Vielleicht kann ich das eines Tages machen, wenn Deborah mich mal alleine mit einem Fall beauftragt. Doch bis dahin bin ich an Dev gebunden, die offenbar die klare Anweisung hat, sich nicht in die Nähe von Whitehawk zu begeben.

»Aber was ist, wenn wir doch mal einer Person begegnen, die wir kennen? Zufällig, meine ich.«

Dev scheint sich darum keine Sorgen zu machen. »Solange die Person uns nicht erkennt, macht das nichts.«

Vermutlich.

»Außerdem, nach einer Weile hörst du auch auf zu gucken«, fügt sie hinzu und stellt die Tasche zurück aufs Regal.

»Fühlt sich an, als würde es bald wieder schneien«, meint Dev und blickt in den Himmel, als wir uns auf den Rückweg zum Buchladen machen. Doch daran denke ich nicht. Ich denke nur an das, was sie gerade gesagt hat und wie sehr mir das Angst macht. Es macht mir noch mehr Angst als zu sterben. Noch mehr, als ein Sensenmädchen zu sein. Mehr, als hier festzusitzen und nie wieder meine Familie oder Poppy sehen zu können. Der Gedanke, dass ich eines Tages aufhören könnte, nach ihnen zu gucken. Dass ich nicht mehr gucken könnte, ob es Rosh ist, wenn mir ein Mädchen mit einer Umhängetasche von Studio Ghibli auf der Straße begegnet, dass ich nicht mehr das Bedürfnis verspüren könnte loszulaufen, wenn ich ein Mädchen mit roten Haaren vor mir sehe.

Ohne dass ich es überhaupt gemerkt habe, fühlt sich das hier – unsere Aufträge, mit Dev und Esen im Buchladen abzuhängen – inzwischen schon normal an. Was ist, wenn ich genauso wenig merke, dass ich nicht mehr nach Poppy und Rosh Ausschau halte? Was ist, wenn ich eines Tages erkenne, dass wer ich war, nur noch eine Erinnerung ist, wie das gerahmte Foto von mir mit dem gelben Sari überm Wohnzimmersofa?

Ein in Bernstein gefangener Käfer.

ZEHN

Als ich mit Dev zurück zum Buchladen gehe, sehe ich wen aus dem Boots kommen, und wenn mein Herz in der Silvesternacht nicht schon zu schlagen aufgehört hätte, dann würde es das jetzt tun. Adara. Adara und Mark, die sich lachend gegenseitig schubsen, während Adara in die kleine Papiertüte in ihrer Hand späht. Sie ruft, er solle den Mund halten, und ich frage mich, ob er sie dafür aufgezogen hat, noch eine rosé-goldene Lidschattenpalette gekauft zu haben, die genauso aussieht wie die vier, die sie bereits besitzt.

»Wer ist das?«, fragt Dev, aber ich gucke sie nicht an, ich sehe nur Adara.

Sie trägt einen blassrosafarbenen Hidschab, passend zu ihrer blassrosafarbenen Winterjacke. Ihr Eyeliner ist so perfekt gezogen wie immer, und als sie näher kommt, bin ich mir sicher, dass sie den Lippenstift trägt, den sie an jenem Tag gekauft hat, an dem ich Poppy auf der Fähre zum Windpark kennenlernte. Als sie mit Mark an mir vorbeikommt, lächle ich sie an und warte, aber sie beachtet mich gar nicht. Völlig geschockt blicke ich ihr hinterher.

Sie hat mich gar nicht gesehen. Adara, die ich kenne, seit sie am ersten Schultag meine Elmo-Brotdose bemerkte und sagte, sie würde zu ihrer Krümelmonster-Dose passen. Adara, der ich als Erster davon erzählte, als ich meine Tage bekam, und die mir als Erste erklärte, dass ich Rachel Boyd nicht bloß hübsch fand, sondern in sie verknallt war. Adara, die immer da war – immer – und es jetzt nicht mehr ist. Obwohl, sie ist noch da, oder? Ich bin nicht mehr da, wird mir klar, während ich hier stehe, auf dem Gehweg vorm Boots, und ihr und Mark hinterhersehe, bis sie verschwunden sind. Auf einmal fühle ich mich schrecklich allein, doch dann ist Dev da, und als ich ihr erzähle, wer Adara ist – oder wer sie für mich war –, schlägt sie vor, dass wir uns an den Strand setzen und auf den Schnee warten. Es ist schon fast halb neun, als wir im Buchladen ankommen, doch falls Deborah sich wundern sollte, wo wir gesteckt haben, lässt sie sich nichts anmerken, sondern begrüßt uns bloß mit einem Nicken. Esen liegt mit verschränkten Armen und geschlossenen Augen auf dem Sofa. Obwohl die Türglocke uns verrät, rührt sie sich nicht, und ich bin versucht, vor ihrer Nase mit den Fingern zu schnipsen.

»Wie war es?«, fragt Deborah, ohne aufzublicken, während sie hinterm Tresen stehend etwas schreibt.

Sie hat sich umgezogen, seit ich sie das letzte Mal gesehen habe, und trägt jetzt ein ordentliches T-Shirt-Kleid aus schwarzem Leinenstoff und über den kurzen Haaren einen großen Knoten aus einem kompliziert geschlungenen Headwrap in Leopardenmuster.

Mir war nicht bewusst, dass Leopardenmuster Teil unseres Dresscodes ist, doch andererseits habe ich auch noch nie mitbekommen, dass sie den Laden verlassen hätte.

»Gut«, antwortet Dev. »Wir waren shoppen.«

Da blickt sie auf. »Aber nicht *noch* mehr Make-up, oder? Das Geld, das ich Ihnen gegeben habe, war für *Kleidung*, Miss Devlin.«

»Kein Make-up.« Dev lächelt strahlend. »Nur etwas anderes für Ash zum Anziehen als *diese* Jeans und *diesen* Hoodie.«

»Sehr weise«, murmelt Deborah und blickt wieder auf ihr Notizbuch. »Denkt daran, die Sachen erst zu waschen.«

Ich muss fast lachen, denn es ist *genau*, was meine Mutter gesagt hätte. Ich habe das noch nie verstanden, aber sie hat diesen Tick, dass Klamotten zuerst gewaschen werden müssen, bevor wir sie tragen, selbst wenn sie nagelneu sind.

Wir gehen also rauf in die Küche, in der ich noch nie war, und Dev nimmt unsere Einkäufe aus den Tüten. Die Küche ist etwas größer als unsere Küche zu Hause, und sie ist fast krankenhaussauber. Wahrscheinlich wird sie wie das Schlafzimmer so gut wie nie benutzt.

Wir machen die Schilder ab und stopfen alles in die Waschmaschine, da hören wir Deborah von unten rufen.

»Dev?«

Dev steckt den Kopf aus der Tür. »Ja?«

»Könnt ihr bitte runterkommen?«

Ich kriege sofort Panik und frage mich, was sie falsch gemacht hat, aber Dev scheint sich keine Sorgen zu machen. Sie schließt die Waschmaschine mit dem Knie und schaltet sie an. Ich warte, dass sie vorgeht, und dann folge ich ihr die Treppe runter. Als wir unten ankommen, steht Esen schon, gelangweilt wie immer, an den Tresen gelehnt bereit.

»Da seid ihr ja«, sagt Deborah und blickt uns über ihre Brille hinweg an, während wir uns neben Esen stellen.

»Was gibt's?«, fragt Dev erwartungsvoll lächelnd.

»Du musst zum Pier.« Deborah zieht einen Post-it vom Block und reicht ihn ihr. »Ertrinken.«

»Noch ein Fall?« Esen wirkt nicht gerade begeistert. »Was ist denn heute los? Wir hatten doch schon drei.«

Deborah schüttelt den Kopf. »Scheint irgendwas im Wasser zu sein.«

»Buchstäblich«, lacht Dev und sieht mich an. »Gehen wir, Ash.«

»Nein«, sagt Deborah und hält eine Hand hoch. »Du kannst nicht schwimmen, Ash, oder?«

Woher weiß sie das?

»Außerdem haben wir drei Fälle auf einmal.«

Sie zieht noch einen Post-it vom Block und reicht ihn Esen. Dann wendet sie sich an mich. »Ash?«

Esen sieht erst mich an, dann Deborah. »Sie ist noch nicht so weit.«

»Ash ist inzwischen fast zwei Wochen bei uns. Du hast deinen ersten eigenen Fall innerhalb von zwölf Stunden übernommen«, ruft Deborah ihr in Erinnerung.

»Ja, aber dabei vergessen Sie, dass ich innerlich bereits tot war. Mein Sterben hat es bloß offiziell gemacht.«

Deborah lacht leise und sieht rüber zu Dev, die mit offenem Mund neben mir in der Mitte des Ladens steht. »Dev, du sagtest doch, Ash hat sich bislang gut gemacht, richtig? Dass es keinerlei Probleme gab.«

Dev guckt mich an, doch als ich ihren Blick erwidere, dreht sie den Kopf weg.

Sie nickt Deborah zu, und Esen starrt sie mit weit aufgerissenen Augen an, als hätte Dev sie gerade geohrfeigt. Nachdem Esen sich von ihrem Schock erholt hat, wendet sie sich an Deborah und stemmt die Hände auf den Tresen.

»Sie ist noch nicht so weit«, sagt sie wieder, diesmal mit tieferer Stimme. Entschieden.

»Tja, wir haben drei Fälle auf einmal in drei verschiedenen Teilen von Brighton. Jetzt ist also eine gute Gelegenheit«, sagt Deborah und hält mir den dritten Post-it hin. »Na, komm, Ash.«

Ich gehe zum Tresen und spüre, wie Dev und Esen mich anstarren, als Deborah mir den Post-it reicht.

»Saltdean? Das ist noch nicht mal unser Revier«, sagt Esen, nachdem sie meinen Zettel gelesen hat.

Deborah blickt auf ihr Notizbuch. »Katrina ist mit einem anderen Fall beschäftigt und hat uns um Hilfe gebeten.«

»Dann fragen Sie wen anders. Fragen Sie Danica. Sie würde es sicher machen.«

»Ash ist bereit.« Deborah lächelt mich streng an. »Nicht wahr, Ash?«

Ich antworte nicht, sondern blicke auf den leuchtend grünen Post-it in meiner Hand.

Alice Anderson

Sturz

Longridge Avenue, Saltdean

21.12 Uhr

ELF

Alice Anderson ist genau da, wo Deborah sagte, dass sie sein würde: auf dem Kliff in Saltdean, den Blick aufs Meer gerichtet. Obwohl ich sie in ihrem pinken Pelzmantel gar nicht hätte übersehen können. Es ist die Art von Kleidungsstück, das ich im Laden sofort ansteuern, mich aber nie zu kaufen trauen würde. Ich würde ihn anprobieren, ein Selfie machen und ihn dann wieder weghängen und etwas Schlichteres kaufen. Etwas Schwarzes, das ich zur Schule tragen kann, ohne nachsitzen zu müssen.

Das ist mit das Schwerste daran: Wie schrecklich normal sie sind. Alice könnte aus meinem Jahrgang sein oder das Mädchen hinter mir in der Umkleideschlange bei Primark. Eine x-beliebige Person, der ich schon mal auf der Straße begegnet bin, ohne dass sie mir vor heute Abend aufgefallen wäre.

Im Dunkeln ist es nicht so leicht zu sagen, aber ich schätze, sie ist in meinem Alter – sechzehn, vielleicht siebzehn. Der Wind weht ihr die blonde Lockenmähne aus dem Gesicht, so dass ich ihr Profil sehen kann. Die Augenfarbe kann ich nicht erkennen, aber die geschwungene Linie ihres Kiefers und die hübsche Stupsnase und dass ihr Lippenstift dieselbe Farbe hat wie der Mantel.

Dem knielangen Kleid und den Absatzschuhen nach zu urteilen war sie heute Abend aus. Es ist viel zu kalt für nackte Beine, aber vielleicht wollte sie ein Taxi nehmen, hat ihr Portemonnaie verloren und musste doch laufen. Oder sie hatte einen Streit mit ihrem Freund und wollte von hier aus lieber weiter zu Fuß nach Hause gehen, als sich von ihm auch nur ein Stück weiter mit dem Auto fahren zu lassen.

Ich weiß nicht, warum ich das mache, warum ich mir immer Geschichten zu ihnen ausdenke. Das geht wohl vorbei. Vielleicht in ein paar Monaten, wenn ich das hier so oft gemacht habe, dass ich mich nicht mal mehr an ihre Namen erinnere.

Doch bislang frage ich mich jedes Mal warum.

Warum sie?

Das Meer ist heute Abend rau, die tosende Brandung reißt dich einfach um und zieht dich rein, wenn du zu nah rangehst. Nicht, dass mir das passieren könnte. Seit ich denken kann, habe ich Angst vorm Meer, und Abende wie heute rufen mir wieder ins Gedächtnis warum. Die Wellen sind so laut, dass Alice mich nicht kommen hört. Mit etwas Abstand bleibe ich stehen, denn ich sehe sie zittern.

Dieser Moment ist besonders, der benommene Zustand, wo du hier und doch nicht mehr hier bist und alles auf einmal fühlst – Angst, Freude, Hoffnung. Einen ganzen Schwall, eine Flut an Emotionen, es fühlt sich an, als würdest du ertrinken, als würde dir wer den Kopf unter Wasser drücken, und wenn du nur den Weg zurück an die Oberfläche findest, wird alles gut sein.

Es ist grausam, dieser Bruchteil einer Sekunde, in dem du glaubst, es geschafft zu haben, und vor Erleichterung wird dir ganz schwindelig. Ähnlich dem Moment, wenn du zum ersten Mal wen küsst und du dich fühlst, als würdest du schweben, als könntest du fliegen und den Himmel berühren. In genau dem Moment komme ich ins Spiel und stelle sicher, dass du es nicht tust.

Ich lasse Alice einen Augenblick Zeit, sich zu fangen, sehe zu, wie sie die Augen schließt und tief Luft holt. Sie erschaudert, und ich frage mich, ob das der Moment ist, wo ihr klar wird, dass da nichts ist.

Schließlich dreht Alice sich um, ihre blonden Locken wirbeln im Wind, und als sie mich sieht, weicht sie einen Schritt zurück.

Ich warte eine Sekunde, dann noch eine.

»Alice Anderson?«

Die Falte zwischen ihren hellen Augenbrauen vertieft sich. »Woher weißt du, wie ich heiße?«

»Ich bin Ash.«

Sie starrt mich an, und ich hebe kurz das Kinn. Sie braucht einen Moment, doch als sie begreift, dass ich ihr andeute, über die Kliffkante zu sehen, tut sie es, und dann stößt sie einen Schrei aus, woraufhin die Möwen aufgeschreckt in alle Richtungen davonfliegen. Stolpernd tritt sie von der Kante zurück und schlägt sich die Hände vor den Mund. Als sie sich wieder umdreht, würde ich am liebsten weglaufen, denn was ist, wenn sie verlangt, dass ich es ihr erkläre?

Sie will garantiert von mir hören, dass alles gut wird.

Aber das kann ich ihr nicht sagen.

Doch sie fragt nichts, und ich bin froh, dass sie nicht wissen will wie oder warum, oder irgendeine andere Frage stellt, die ich nicht beantworten kann. Vielleicht will sie wissen wann. Das kann ich ihr sagen. Wenn ich eins hierbei gelernt habe, dann, dass in dem Moment, in dem all die Jahre, von denen du dachtest, du hättest sie noch vor dir, sich in wenige Sekunden auflösen, das Warum nicht mehr wichtig ist. Wichtig ist, wen du zurücklässt, und das verstehe ich am allerbesten, glaubt mir.

Wie gesagt, dieser Moment ist besonders. Die ganzen Dinge, die du getan und nicht getan, gesagt und nicht gesagt hast, plötzlich siehst du alles mit absoluter, erstaunlicher Klarheit. Manche Menschen warten ihr Leben lang auf diesen Moment. Sie klettern auf Berge und schwimmen durch

Meere und lesen Bücher, in der Hoffnung, ihn zu finden. Ein paar Glücklichen gelingt es, aber den meisten von uns – Leuten wie mir und Alice Anderson und all denjenigen, die vor uns gingen und noch kommen werden – nicht, bis es zu spät ist, und … Gott, es ist grausam, oder? Wenn du keine Zeit mehr hast, weißt du auf einmal genau, was du mit ihr hättest anfangen sollen.

Als Alice den Blick hebt und mir zum ersten Mal in die Augen sieht, frage ich mich, ob es das jetzt ist. Ob sie es weiß und alles aus ihr herausströmen wird. Alles, was sie hätte tun sollen. Die Lügen, die sie erzählt, und die Geheimnisse, die sie für sich behalten hat. Sie kann sie nicht mitnehmen, also wird sie sie bei mir zurücklassen. Alles, was sie sich gewünscht hat, als sie zum letzten Mal ihre Geburtstagskerzen auspustete. Ich bin da, und das hier ist ihre letzte Chance zu sagen, was ihr leidtut, wen sie liebt oder gern um Verzeihung bitten würde.

All die Male, die sie sich etwas hätte trauen sollen und es nicht getan hat. All die Menschen, die sie hätte küssen sollen und es nicht getan hat. All die Zeit, die sie verschwendet hat, indem sie zu vorsichtig oder zu höflich oder zu ängstlich war, wenn letztendlich nichts beängstigender ist, als zu sehen, wie dein ganzes Leben auf einen einzigen Moment zusammenschrumpft, der gleich vorbei sein wird, ob du bereit bist oder nicht.

Vielleicht werde ich es gleich sehen – das Bedauern –, wie es von ihr ausstrahlt, durch ihre Kleidung hindurchbrennt, und sie wird nie wieder so lebendig wirken. Sie wird lachen und weinen und schreien, jede Emotion bis zur Erschöpfung völlig aufbrauchen, wie eine Glühbirne, die ein letztes Mal aufflackert und dann erlischt.

Doch Alice tut nichts davon. Sie erzählt mir keine Geheimnisse oder von ihrem Hund Chester, der nachts an ihrem Fußende schläft. Oder von dem Lippenstift, den sie letztes Jahr bei Boots geklaut hat, dem roten, der nicht mehr abgehen wollte, selbst, als sie so fest daran rieb, dass ihr Mund sich tagelang wund anfühlte.

Mir sollte es eigentlich recht sein, dann muss ich nichts erklären, und wir können einfach gehen. Aber ich will es. Ich will, dass Alice mich fragt, wer ich bin. Wenn sie es täte, würde ich ihr sagen, dass ich Ashana Persaud heiße und sechzehn Jahre alt bin. Ich würde ihr erzählen, dass mein Lieblingssong »Rock Steady« ist, weil er meine Eltern bei jeder Hochzeit auf die Tanzfläche bringt, und mein Lieblingsfilm *Dilwale Dulhania Le Jayenge*, auch wenn ich immer behaupte, es wäre *The Shining*, weil das einfacher ist. Ich würde ihr die Narbe an meinem Kinn zeigen, die ich habe, seit ich mit sechs von der Schaukel gefallen bin, und ihr von dem Tattoo erzählen, das ich mir mit achtzehn stechen lassen wollte. Ich würde ihr erzählen, dass ich Angst vorm Meer und vor

Clowns habe und davor, angekotzt zu werden, und dass ich von hier aus sehen kann, wo ich vor zwei Wochen meinen letzten Kuss hatte, gleich da am Strand. Und vor allem würde ich ihr sagen, dass es nicht gerecht ist.

Es ist nicht gerecht, dass sie gehen kann, während ich hierbleiben und das hier machen muss.

Sie fragt aber nicht, und so stehen wir einfach da, an der Kante des Kliffs, der Mond wacht über uns, und unter uns lockt das Meer, bis sie schließlich sagt: »Der Mond sah so schön aus. Ich wollte nur ein Foto machen. Mir war nicht klar, dass ich so nah am Rand stehe, und dann …«, sie macht eine Pause und blickt hinauf zum Mond, »… dann war da auf einmal nichts mehr.«

Eine von Mascara gefärbte Träne läuft ihr über die Wange, und da bemerke ich, dass ihre Augen unter dem verschmierten Eyeliner braun sind, wie meine, aber das Licht dahinter ist verschwunden, und ich frage mich, wie sie wohl vorher aussahen. Bevor ich hierhergekommen bin. Und wer zu Hause auf sie wartet. Ob ihre Eltern noch wach sind und *Newsnight* gucken, damit es nicht so aussieht, als hätten sie auf sie gewartet. Ihre Mutter in einen dicken Morgenmantel gewickelt, das Telefon in der Hand, und ihr Vater achtet auf das Quietschen des Tors, gefolgt von Alice' vorsichtigen Schritten, während sie in ihren Absatzschuhen über den Kiesweg balanciert.

Nur kommt sie nicht mehr nach Hause. Bei dem Gedanken würde ich am liebsten abhauen und ins Meer rennen, mich vom Wasser runterziehen und hintragen lassen, an welchen Ort auch immer. Doch das kann ich nicht. Ich kann sie nicht hier zurücklassen. Also gehe ich zu ihr, stelle mich neben sie und blicke über die Kante. Es ist dunkel, aber ich sehe sie – Alice Anderson – unten auf dem Weg, ihre Glieder in unnatürlichen Winkeln abgespreizt, eine Lache frisches Blut um ihren Kopf.

Eine Weile stehen wir da, ich die Hände in den Taschen meiner Jacke und sie ihre in den Taschen ihres pinken Mantels. Schließlich dreht sie mir den Kopf zu.

»Bist du ein Engel?«

Ich unterdrücke ein Lachen.

»Wenn du kein Engel bist, was bist du dann?« Sie sieht mich von oben bis unten an, und ich warte, während ihr Blick von meinem schwarzen Hoodie über meine schwarze Lederjacke zu meiner schwarzen Jeans und den schwarzen Doc Martens und wieder hoch wandert. Als ihr Blick auf dem silbernen Anhänger in Form einer Sense landet, kneift sie die Augen zusammen.

Da wirkt ihre blasse Haut gegen den dunklen Himmel auf einmal fast durchsichtig, ihre Ränder sind unscharf, als würde sie bereits verschwinden. Ein Flüstern von Nachtfaltern schart sich zusammen und setzt sich in ihre Locken. Ich blicke wieder über die Klippe, und sie tut es mir nach. Unten am Strand ist die Silhouette von Charon zu erkennen, sein vom Mondlicht angestrahltes Holzboot schaukelt sanft auf dem plötzlich ruhigen Meer. Neugierig sieht Alice mich an.

»Ist er meinetwegen hier?«

Ich nicke.

»Wo bringt er mich hin?«

Ich strecke die Hand nach ihr aus. »Wart's ab.«

ZWÖLF

Ich rufe Dev an, um ihr zu sagen, dass alles geklappt hat, und sie sagt, ich soll sie und Esen am Ovingdean Beach treffen. Als ich dort ankomme, schneit es immer noch, und wir drei sitzen ungewöhnlich still auf der Mauer und sehen zu, wie die Schneeflocken lautlos auf die Kieselsteine am Strand fallen. Es gibt keinen Zank. Keine Erzählungen über unsere Fälle heute. Wir sitzen einfach nur da und warten, dass Deborah uns woanders hinschickt.

Doch Deborah meldet sich nicht, und so mache ich, was Dev mir geraten hat: Ich präge es mir ein, diesen Moment, wie wir hier sitzen und den Schneeflocken zusehen – aus Angst, dass, wenn ich es nicht tue, mein Leben auf ein Nadelloch zusammenschrumpft und ich nichts weiter bin als eine Taxifahrerin für die Untoten, alles zwischendurch bloß stinklangweilige Zeitspannen, die ich im Buchladen totschlage wie in einem Goldfischglas, während draußen am Fenster die Welt vorbeizieht.

Dev hat recht, die körperlichen Dinge vermisse ich gar

nicht so sehr – nicht mehr zu frieren oder hungrig oder müde zu sein –, doch obwohl ich mein Herz nicht mehr schlagen spüre, spüre ich immer noch sein Gewicht, jedes Mal, wenn ich an meine Eltern denke, wie sie auf einer Hochzeit zu »Rock Steady« tanzten, oder an das erste Mal, als ich Poppy lachen hörte – an dieses Geräusch, das ich wieder und wieder hören wollte.

Ich erinnere mich an alles, und ich verspreche mir, es nie zu vergessen.

Und dann ist da noch mehr:

Devs Haare haben die gleiche Farbe wie der Schnee unter unseren Füßen.

Seit ich auf dem Sofa im Buchladen aufgewacht bin, ist sie nicht mehr von meiner Seite gewichen, und ich weiß, dass sie es nie tun wird.

Esens Haare sind so schwarz wie der Himmel über uns.

Es wäre leicht, sie als Schatten abzutun, der alles Licht verschluckt, doch neben ihr fühlt es sich an wie an einem heißen Sommertag im Schatten einer großen Eiche. Kühl und ruhig, und ab und zu fällt ein Lichtstrahl durch die Blätter.

Und dann bin da ich, die ich zwischen ihnen sitze, während wir hinaus aufs weite, wilde Meer sehen.

Nein, ich habe mir nicht vorgestellt, dass mein Leben so endet, aber wenn mein Leben so wieder beginnt, habe ich zumindest die beiden.

Als wir auf dem Weg zurück zum Buchladen am Dome vorbeikommen, höre ich etwas und bleibe wie angewurzelt stehen.

Das ist sie.

Das ist ihr Lachen.

Das falsche Lachen, das sie aufsetzt, wenn sie mit ihrem Vater telefoniert.

Zum ersten Mal seit Wochen spüre ich mein Herz klopfen, oder zumindest irgendein Echo, wie ein in einem anderen Zimmer laufender Song. Bestimmt bilde ich es mir nur ein, das kann nicht sein, ich habe mir ihr Lachen sicher nur heraufbeschworen, weil ich auf einmal von so vielen Leuten umgeben bin, dabei will ich nur sie sehen. Da blitzt weiter vorne etwas Rotes auf, und ich renne los.

Ich höre Esen und Dev noch nach mir rufen, doch ich sehe mich nicht um. Ich werde von der Masse an Leuten, die aus dem Dome strömen, verschluckt. Die Veranstaltung muss gerade zu Ende sein, denn überall sind Menschen, sie laufen in sämtliche Richtungen los, zum Old Steine und hoch zum Bahnhof. Sie reden alle auf einmal, bleiben mitten auf dem Weg stehen, um sich Mantel und Handschuhe anzuziehen, während ich versuche, um sie herumzulaufen. Ein Typ haut mir seinen Schal ins Gesicht, merkt es aber gar nicht, sondern steuert bloß mit seinem Kumpel den Pub auf der gegenüberliegenden Straßenseite an. »Entschuldigung«, sage ich, doch er hört mich nicht, er ist zu sehr darauf fokussiert, noch einen Drink zu bekommen, bevor alles schließt.

Das dauert hier zu lange.

Ich werde sie noch verpassen.

Ich werde sie noch verpassen.

Ich denke nicht nach, trete einfach auf die Straße. Ein Taxi kommt, und ich springe zurück auf den Gehweg und warte, bis es vorbeigefahren ist, dann renne ich hinterher.

Als ich die Straßenecke erreiche, sehe ich sie wieder. Sie steht draußen vorm Mash Tun, das Licht fällt aus der offenen Tür wie ein Scheinwerferstrahl auf sie, und o Gott, sie ist es. Sie ist da. Wirklich da. Ich will auf sie zulaufen, sie am Mantel packen und an mich ziehen, das Gesicht an ihrem Hals vergraben und sie einatmen.

Poppy.

Ihr Name kommt mir über die Lippen, bevor ich mich zurückhalten kann, wie ein Hund, der aus seinem Halsband schlüpft und auf sie zurennt. Sie dreht den Kopf in meine Richtung, und das ist er, der Moment, auf den ich gewartet habe. Ich weiß, ich sehe anders aus, aber sie wird wissen, dass ich es bin, weil sie es ist und ich es bin und sie es wissen wird. Und so warte ich. Ich warte auf den Schauder des Erkennens auf ihrem Gesicht, auf ihren Aufschrei, bevor sie auf mich zugelaufen kommt und mich so fest umarmt, dass meine Füße vom Boden abheben. Doch sie lächelt nur und hebt kurz das Kinn.

Als sie sich abwendet, ist es wie ein Stoß in die Magengrube, als wäre ich gegen eine Tischkante gerannt und eine auf meinen Rippen balancierende Glasvase würde schwankend umkippen und fallen und fallen und fallen.

Es ist seltsam. Ich habe immer gedacht, sie wäre die Zurückgelassene, dabei bin ich es, oder? Sie kann mich vergessen, mit ihren Freundinnen ausgehen und lachen. Sich treiben lassen, unverändert, unwissend, unbeeindruckt von der Tatsache, dass ich immer noch hier bin.

Sie geht weiter, und während ich ihr hinterhersehe, wie sie mit schwingenden Hüften und lodernden Haaren verschwindet, fühlt es sich an, als würde ich noch einmal sterben.

DREIZEHN

Als ich aufblicke, steht Esen vor mir, und ich versteife mich, denn Esen ist nicht wie Dev. Sie wird mich nicht in den Arm nehmen und sagen, dass alles gut ist. Stattdessen beobachtet sie mich aufmerksam, die Hände in den Taschen ihres schweren Wollmantels. Der Wind hebt ihre Locken und bläst sie ihr aus dem Gesicht, so dass ich den scharfen Schwung ihres Kiefers sehe.

Ich mache mich aufs Schlimmste gefasst, überzeugt, einen ordentlichen Anschiss zu bekommen, aber sie blickt mich nur an, und dann wird mir klar, dass ich meine kleine Schwester genauso angesehen habe, als sie mal im Churchill Square Shopping Centre verloren gegangen war. Es ist ein Blick, der mich warnt MACH DAS BLOSS NICHT NOCH MAL und gleichzeitig sagt, wie erleichtert sie ist, und noch etwas anderes. Etwas, was mir klarwurde, als ich Rosh im Churchill Square suchte und sie schließlich an einem Cookie-Stand entdeckte und wusste, ich würde bis ans Ende der Welt gehen, um sie zu finden.

Mein Bedürfnis, Esen zu umarmen, ist plötzlich so stark, dass es mich erschreckt, doch ich widerstehe dem Drang und sehe zu, wie sie ihr Handy aus der Tasche nimmt und wen anruft. »Ich hab sie«, sagt sie und legt auf.

»War das Deborah?«

Esen schüttelt den Kopf und steckt das Handy wieder ein. »Dev. Sie ist schon vorgegangen, um Deborah abzulenken, während ich dich suche.« Sie runzelt die Stirn, und im Licht, das aus der offenen Tür vom Mash Tun fällt, sieht sie mich mit funkelnden Augen an. »Was sollte das? Warum bist du einfach so losgerannt?«

Ich weiß nicht, was ich sagen soll, also sage ich, dass es mir leidtut.

»Nein, schon okay. Es war mein Fehler.« Sie schüttelt den Kopf. »Ich habe Deborah gesagt, dass du noch nicht so weit bist.«

Ich brauche einen Moment, um zu kapieren, was sie meint. »Wegen Alice Anderson? Das lief gut. Sie hat keine Probleme gemacht.« Esen sieht nicht besonders überzeugt aus, und ich halte die Hände hoch. »Ehrlich. Ich hab sie einfach zu Charon gebracht.«

»Und was ist eben gerade passiert?«

Ich überlege kurz, es ihr nicht zu sagen, doch ich spüre, wie ich langsam anfange abzurutschen. Wohin, weiß ich nicht, aber sie muss mich halten.

»Ich hab meine Freundin gesehen, sie kam gerade aus dem Dome. Deswegen bin ich losgelaufen, um sie einzuholen.«

»Was?!«, ruft sie und streicht sich die vom Wind aufgewirbelten Haare aus dem Gesicht.

»Sie hat mich nicht erkannt.«

Esen entspannt sich etwas, doch sie sieht mich immer noch mit erhobener Augenbraue an. »Du klingst enttäuscht.«

»Bin ich nicht.« Ich kann sie nicht ansehen. »Ich dachte nur, sie würde es vielleicht tun.«

»Du dachtest es oder du hast es gehofft?«

Ich schweige, nur das Kreischen der Möwen ist zu hören.

Erst Adara, jetzt Poppy? Ich weiß, es ist gut, dass sie mich nicht gesehen haben, doch das macht es kein bisschen leichter.

»Es fühlt sich so unecht an«, sage ich mehr zu mir selbst als zu Esen. »Als würde ich darauf warten, aufzuwachen und zurück in meinem alten Leben zu sein, weißt du? Als wäre nichts passiert. Als wäre das hier alles nur ein Traum.«

Mein Blick landet auf Esens Kette, und unwillkürlich greife ich nach meiner. Ich presse Daumen und Zeigefinger auf die scharfen Kanten des Sensenanhängers und denke an Alice Andersons Eltern, die darauf warten, dass Alice nach Hause kommt. »Wird das hier irgendwann leichter?«

Ich merke erst, dass ich es laut ausgesprochen habe, als Esen sagt: »Ich glaube, es soll nicht leicht sein.«

VIERZEHN

Es hat aufgehört zu schneien, und der wenige liegen gebliebene Schnee schmilzt schon wieder, als Esen und ich zurück zum Buchladen gehen. Ich bin immer noch ganz verstört davon, was gerade mit Poppy passiert ist, und so merke ich erst nach einer Weile, dass wir auf eine Straße abgebogen sind, die ich nicht kenne. Ich frage Esen, wo wir hingehen. Doch sie antwortet nicht, sie nimmt nur ihr Handy raus und blickt stirnrunzelnd aufs Display, bevor sie es wieder einsteckt.

»Wo gehen wir hin?«, frage ich wieder. Nicht, dass ich etwas gegen einen Umweg habe. Ich bin froh, wenn ich die Standpauke, die mich mit Sicherheit von Deborah erwartet, noch etwas hinauszögern kann.

Esen deutet nickend die Straße hinunter. »Ich will dir was zeigen. Es wird dir helfen.«

»Womit helfen?«

»Dass sich das hier alles realer anfühlt. Es ist gleich da vorn.«

Doch *da* ist nichts, nur eine Reihe von Häusern links von

uns und eine hohe Steinmauer rechts, aber Esen geht mit solcher Entschlossenheit weiter, dass ich fast rennen muss, um mit ihr mitzuhalten. Von vorn kommt ein Taxi und fährt vorbei, das Licht ist an, und als ich über die Schulter dem Taxi hinterhersehe, wie es in Richtung Meer davonfährt, übersehe ich die orangefarbenen Verkehrshütchen auf dem Gehweg und laufe fast in sie hinein.

Zum Glück streckt Esen den Arm aus und hält mich auf.

Da sehe ich das riesige Loch in der Mauer und die kaputten Ziegelsteine auf dem Gehweg. Die Verkehrshütchen sollen Leute wie mich wohl davon abhalten, über die Steine zu stolpern.

»Komm.«

Statt einen Bogen um die Steine zu machen, steigt Esen über sie hinweg und durch das Loch in der Mauer.

»Wo gehst du hin?«

Esen antwortet nicht, sondern verschwindet in der Dunkelheit. Ich werfe noch einen Blick zurück, dann gehe ich hinterher. Ich trete über die Ziegelsteine und durch das Loch in ein dichtes Wäldchen. Ein Zweig zerbricht unter meinem Fuß, und ich verliere das Gleichgewicht, doch Esen ist da und hält mich am Arm fest. Sie wartet einen Moment, bis ich mich wieder gefangen habe, dann lässt sie mich los und sagt, ich soll ihr folgen.

Je weiter wir uns vom Loch in der Mauer und dem Licht der Straße entfernen und je dichter das Blätterdach über unseren Köpfen wird, desto weniger ist zu erkennen. Es hilft auch nicht, dass Esen ganz in Schwarz ist, nur ein Schatten, den ich versuche, nicht zu verlieren. Ich stolpere über den unebenen Teppich herabgefallener Zweige. Mein Fuß verhakt sich an etwas, und ich taumele vorwärts und laufe mit dem Gesicht voran mitten in ein Spinnennetz. Die Spinnfäden schmiegen sich an meine Wangen, keuchend rudere ich mit den Armen. Wieder fängt Esen mich und sagt, ich soll vorsichtig sein, und dann führt sie mich hinaus auf eine große Rasenfläche.

Jetzt, da wir aus den dichten Bäumen raus sind, sehe ich den Mond, der hoch und hell am Himmel steht und genug Licht wirft, um endlich etwas zu erkennen. Doch ehe ich ausmachen kann, wo wir uns befinden, fliegt ein kleiner Vogel im Sturzflug über unsere Köpfe hinweg. Ich schnappe nach Luft, ducke mich und halte mir schützend die Hände über den Kopf.

»Kannst du mal locker werden?«, zischt Esen. »Das ist nur ’ne Fledermaus.«

»Eine Fledermaus?!«

Das ist ja noch schlimmer.

Doch Esen scheint kein bisschen beunruhigt zu sein und zeigt nur nach links. »Da ist der Eingang, also muss es da sein.«

»Was denn?«, fragte ich, aber sie läuft schon wieder weiter. Ich trabe ihr hinterher, und als ich sie gerade eingeholt habe, bleibe ich abrupt wieder stehen. Mit weit aufgerissenen Augen sehe ich mich um. Wir sind umgeben von Grabsteinen.

»Ist das ein Friedhof?«, frage ich stirnrunzelnd. »Du übertreibst es etwas mit deinem Goth-Faible, Esen.«

»Keine Sorge. Ich hab keinen Cider mitgebracht.«

Sie lacht, aber ich lache nicht mit.

Wir gehen unter dem Schatten eines großen Baums hindurch, dessen Zweige nach oben gerichtet sind, als würde er versuchen, den Himmel zu berühren. Die Gräber auf diesem Teil des Friedhofs sind neuer, sie haben frische Blumen, und die Grabsteine stehen gerader, in regelmäßigeren Abständen zueinander, und sind aus glattem Granit. Die Inschriften in Goldbuchstaben glänzen im Mondlicht, doch ich traue mich nicht, genauer hinzusehen, ich konzentriere mich ganz auf Esen, die wieder ein paar Schritte vor mir ist. Schließlich geht sie langsamer, und da fällt mir auf, dass die Gräber hier gar keine Grabsteine haben, sondern voller Kränze und Blumen liegen, Blumen, aus denen Worte wie *GRANDMA* oder *DAD* gelegt sind, jedes Grab reicher geschmückt als das andere. Auf manchen Gräbern stehen diese bunten Windmühlen, die es am Strand zu kaufen gibt, andere Gräber werden von dicken Gebetskerzen flankiert, die schon lange vom Wind ausgepustet oder zu wächsernen Pfützen auf dem Rasen zusammengeschmolzen sind. Auf einem Grab liegt sogar ein blau-weißer Brighton-&-Hove-Albion-Schal. Wer ihn dort wohl hingetan hat? Die Person hat anscheinend ziemlich aufgepasst, den Haufen an Kränzen darunter nicht zu zerstören.

Ich war noch nie auf einem Friedhof. Der einzige Mensch, den ich kannte, der gestorben ist, ist der Vater meines Vaters, aber da war ich zwei, und an die Beerdigung kann ich mich natürlich nicht erinnern, nur an die Geschichte, dass ich auf dem ganzen Flug nach Guyana geweint habe und erst aufhörte, als einer der Flugbegleiter mich ins Cockpit brachte und ich auf dem Schoß des Kapitäns sitzen durfte. Ich weiß nicht, wo mein Großvater begraben liegt – oder ob er überhaupt begraben ist, vielleicht wurde er auch verbrannt, ich habe nie danach gefragt. Ob es an einem Ort wie diesem ist? Einem großen, ruhigen Friedhof, wo der Mond über ihn wacht?

Auf einmal hören die vielen Blumen auf, und dann sehe ich warum und muss den Blick abwenden, als ich an einem komplett nackten Grab vorbeigehe. Esen hat ihre Schritte auch verlangsamt und bleibt jetzt vor jedem Grab stehen, um die Karten zu lesen – sie guckt auf beiden Seiten des Wegs –, und weil ich nicht in sie hineinlaufen will, fange ich an, das Gleiche zu tun. Das Grab mit den meisten Blumen, ein riesiger Berg, liegt voller Teddybären, und aus der Mitte ragt an einer Schnur ein Folienballon in Form eines Affen, der sanft in der Luft schaukelt. Ich beuge mich vor und blicke auf eine der Karten. Durch die Nässe des Schnees ist sie an den Rändern leicht gewellt, und die Tinte verschwommen, aber ich kann sie noch lesen.

Schlaf gut, süßes Äffchen.
Du bist nicht allein.
Du hast unsere Herzen mit dir genommen.
Mum und Dad xx

Ich weiche zurück, als wäre ich geschlagen worden, wende mich schnell ab und gehe weiter zu Esen, die mit gesenktem Kopf, die Hände in den Manteltaschen, vor einem der anderen Gräber steht. Als ich mich neben sie stelle, blickt sie kurz auf, dann deutet sie nickend auf den Blumenteppich zu unseren Füßen.

»Was?«, frage ich, doch sie sieht weiter aufs Grab.

Es sieht aus wie die anderen Gräber – die gleichen runtergebrannten Kerzen, die gleichen Berge von Kränzen und Blumengestecken in Tropfenform. Natürlich alle weiß, bis auf den Strauß bunter Blumen oben drauf. Ich frage mich, warum wir hier sind, bis ich das A aus weißen Chrysanthemen sehe und zurückweiche.

»Was ist das?«, frage ich, doch ich weiß es bereits.

»Erzähl es Deborah und Dev nicht«, sagt Esen, aber nicht

auf die großspurige Art wie an dem Abend, als sie das Türschloss unserer Wohnung geknackt hat. »Deborah bringt mich noch mal um, wenn sie mitbekommt, dass ich dich hierhergebracht hab. Wir hatten letzte Woche einen ziemlichen Streit deswegen.«

»Worüber?«

»Ich dachte, es würde dir helfen, weißt du? Dein Grab zu sehen. Um damit abzuschließen, was passiert ist. Dev jedenfalls hat es geholfen«, erklärt sie, als ich entsetzt den Kopf schüttele. »Als wir sie schließlich aus dem Schlafzimmer gelockt hatten, sind wir mit ihr zu ihrer Beerdigung gegangen, und sie sagte, dadurch hat sie die Realität des Ganzen begreifen können. Dass sie tot ist. Ich wollte es mit dir auch so machen, aber Deborah hat es mir nicht erlaubt. Sie meinte, du wärst noch nicht so weit.«

»Und wieso glaubst du, dass ich es jetzt bin?«

»Tue ich nicht.« Sie zuckt die Achseln. »Ich dachte nur, es würde dir vielleicht helfen, wo du heute deine Freundin gesehen hast. Ich will nicht, dass du dir unnötige Hoffnungen machst, Ash.«

»Dass ich mir unnötige Hoffnungen mache?!« Fassungslos sehe ich sie an. »Poppy hat mich *direkt angesehen* und mich nicht erkannt! Wie soll ich mir da irgendwelche Hoffnungen machen?! Wenn überhaupt hat es mir klargemacht, dass ich wirklich tot bin, von daher ist das hier nur noch …«

Ich deute auf das Grab und sage fast *der endgültige Todesstoß*, aber dann halte ich mich doch zurück.

Himmel, es wäre wirklich lustig, wenn es nicht so traurig wäre.

Als ich den Satz nicht zu Ende bringe, rauft Esen sich die Haare. »Tut mir leid, Ash. Ich wollte nicht, dass es dir dadurch noch schlechter geht. Ich dachte nur, es würde das Ganze realer machen, weißt du? Damit du einen Schlussstrich ziehen kannst.«

Einen Schlussstrich.

Ich wende mich von ihr ab und blicke aufs Grab. »Da ist kein Grabstein«, bemerke ich stirnrunzelnd.

Sie stellt sich neben mich, so nah, dass ihr Ärmel meinen berührt. »Da wird auch so schnell keiner sein. Es dauert normalerweise mehrere Wochen, bis einer aufgestellt wird.«

Das wusste ich nicht.

Eine Weile stehen wir schweigend da und sehen hinunter aufs Grab.

Mein Grab.

Da wird mir klar, dass ich nicht wütend bin. Ich bin nicht verbittert oder sauer oder von Hass erfüllt wegen der Ungerechtigkeit des Ganzen.

Ich bin nur traurig.

Äußerst, unsagbar traurig, weil es nicht fair ist.

Es ist einfach nicht fair.

»Wo kommen sie hin?«, frage ich schließlich.

Die eine Frage, die ich mich nicht getraut habe, Dev zu stellen.

Esen sieht mich nicht an. »Wer?«

»Wenn sie ins Boot steigen, wo kommen sie hin?«

»Ich weiß es nicht«, sagt Esen, und ich glaube ihr. »Es ist noch kein Mensch aufs Boot gestiegen und wieder zurückgekommen.«

»Dev sagt, sie fahren dorthin, wo sie hinwollen.«

»Dev redet viel, wenn der Tag lang ist.«

Ich lache, und es ist nett, dieses warme Kribbeln in der Brust.

»Du bist katholisch, oder?«, fragt sie und deutet mit dem Kinn auf das Grabgesteck in Form eines Kruzifixes.

Es war mir noch gar nicht aufgefallen.

»Theoretisch.« Ich zucke die Achseln. »Das ist kompliziert.«

»Weil du lesbisch bist?«

Okay. Vielleicht ist es doch nicht so kompliziert.

»Ich weiß es natürlich nicht sicher«, fährt Esen fort, »aber ich glaube nicht, dass es für alle derselbe Ort ist. Ich meine, wir sind alle unterschiedlich, nicht wahr? Manche Leute glauben an den Himmel oder Dschanna oder Scheol. Ich glaube, die Leute landen da, woran sie *glauben*, was hinterm Meer liegt.«

»Und woran glaubst du?«, frage ich und sehe runter auf das Kruzifix aus weißen Nelken zu unseren Füßen.

»Du meinst, abgesehen von der Macht eines gut geschnittenen Mantels?«

Sie schlägt den Kragen hoch und sieht mich mit hochgezogener Augenbraue an, und ich verdrehe die Augen.

»Ich glaube an nichts«, sagt sie achselzuckend. »Es fällt mir schwer, nach dem allem an irgendwas zu glauben.«

Einen Moment denke ich, sie meint das Dasein als Sensenmädchen, doch dann wird mir klar, dass es irgendwo ein Grab ganz ähnlich wie dieses geben muss, mit ihrem Namen drauf. Auch sie hatte eine Beerdigung, hat Menschen zurückgelassen. Eine Mutter. Einen Vater. Brüder. Schwestern. Vielleicht sogar eine Person wie Poppy. Und damit wird aus der Nervensäge Esen ein Mensch. Ein Mensch, der ein richtiges Leben hatte, bevor sie wie ich im Buchladen landete.

Was für eine Gemeinsamkeit.

»Wir sollten los«, sagt sie, doch als sie einen Schritt zurückmacht, halte ich sie auf.

»Wo wärst du hingefahren?«, frage ich und stecke die Hände in die Taschen meiner Lederjacke. »Ich meine, wenn du auf Charons Boot hättest steigen können und kein Sensenmädchen geworden wärst. Wo wärst du hingefahren, wenn du an nichts glaubst?«

Sie denkt einen Moment darüber nach, dann sagt sie:

»Nirgendwohin wahrscheinlich. Ich wäre einfach immer weitergefahren.«

Ich weiß nicht, ob der Gedanke beruhigend oder beängstigend ist.

»Das wäre vielleicht tatsächlich noch schlimmer als das hier«, sage ich seufzend.

»So schlimm ist es gar nicht. Ehrlich«, sagt sie, als ich schnaube. »Ja, es ist ätzend, und meistens hasse ich's, aber immerhin bin ich noch da.«

»Aber bist du das wirklich?«

»Es fühlt sich so an, wenn ich aufs Meer raussehe. Oder wenn ich bei Sonnenaufgang unterwegs bin und die letzten Partyleute auf dem Nachhauseweg beobachte. Oder wenn eine alte Frau vorm Sainsbury's mich beschimpft, weil ich sie fast umgerannt hätte.« Schließlich sieht sie mich an. »Es ist nicht dasselbe, aber es ist genug, verstehst du?«

Tue ich nicht, aber ich nicke trotzdem.

»Außerdem kann ich Spaß mit meiner Familie haben.«

»Du darfst deine Familie doch gar nicht sehen.«

»*Die* doch nicht«, sagt sie verächtlich. »Die sind mir egal. Ich weiß noch nicht mal, wer mein Dad ist. Nicht dass meine Mum da gewesen wäre, um es mir zu erzählen.«

»Das tut mir leid. Ist sie auch gestorben?«

»Nein. Sie hat mich weggegeben, als ich acht war. Seitdem hab ich sie nicht wiedergesehen.«

»Tut mir leid. Ich …«

»Ich meine *diese* Familie. Meine neue Familie. Dev und Deborah.« Sie tritt gegen das Unkraut zwischen uns auf dem Weg. »Und dich.«

Mich?

»Oh«, sage ich und sehe sie an. Doch sie wendet den Blick ab, und ich habe das überwältigende Bedürfnis, nach ihrer Hand zu greifen, aber ehe ich es kann, höre ich meinen Namen.

Und dann wieder. »Ash, bist du das?«

Ich drehe mich um, und da ist sie, mit im Mondlicht leuchtenden roten Haaren, und starrt mich an.

Poppy.

FÜNFZEHN

Ich warte, dass sie verschwindet, aber es macht nicht »Puff«, es gibt keinen Rauch, kein grausames Gackern meines Hirns, das sich freut, mich reingelegt zu haben, und sich schon den nächsten Trick überlegt.

Ihre Wangen sind so rot, ich würde am liebsten die Hand ausstrecken und sie berühren, die Hitze ihrer Haut spüren, doch ich kann mich nicht bewegen. Es ist wie an unserem ersten Tag auf der Fähre, als wären wir in einer Seifenblase eingeschlossen, die platzt, sollte ich einen Fehler machen.

Sie findet ihre Stimme zuerst wieder, und sie klingt leise – vorsichtig –, wie ich sie noch nie vorher gehört habe. »Ash?«

Ich starre sie bloß an. »O Gott, Poppy.«

Sie ist es.

Sie ist es wirklich.

Aber das kann nicht sein.

Kurz verspüre ich einen Funken Hoffnung, mein fieser Verstand will mich offenbar glauben machen, eine Art Wunder wäre geschehen, doch dann kommt auch schon die Realität auf mich zugerast wie das Auto vorm Mini-Mart an Silvester.

»Lauf, Poppy! Schnell!«, rufe ich, als ob es das aufhalten könnte.

Als ob ihr Weglaufen die Kette von Ereignissen stoppen könnte, die im Moment des Erkennens in Gang gesetzt wurde.

Sie weicht zurück, aus ihren weit aufgerissenen Augen strömen die Tränen. Ein letztes Mal sieht sie mich an, dann dreht sie sich um und rennt den Weg runter, ihre Haare sind *überall* und das Einzige, was ich im Dunkeln sehe. Natürlich sollte ich es nicht, doch ich kann nicht anders, ich laufe ihr laut rufend hinterher. Sie blickt sich nach mir um, das Gesicht ganz blass, und dann stößt sie einen Schrei aus, und die Möwen fliegen aufgeschreckt mit wild schlagenden Flügeln kreischend davon.

»Lass mich!«, schreit sie und dreht sich wieder weg. Ihre Haare wirbeln durch die Luft und bleiben ihr im Gesicht hängen. Sie stolpert, und als sie versucht, sich abzufangen, graben ihre Hände zwei Furchen in den Kies, und die Kiesel fliegen in alle Richtungen davon, ähnlich wie die Möwen kurz zuvor. Mit einem schrecklichen Keuchen schlägt sie auf den Boden auf und schnappt nach Luft.

Als ich sie einhole, dreht sie sich um. »Lass mich!«, ruft sie wieder und krabbelt rückwärts, weg von mir. Sie hält eine Hand hoch, ihr Handballen blutet – nass und leuchtend rot –, und sie hat eine Schürfwunde am Kinn. Am liebsten würde ich mich zu ihr runterbeugen, sie an mich ziehen und sie so lange halten, bis sie aufhört zu zittern. Völlig entgeistert sieht sie mich an, und eine einzelne Träne läuft ihr über die Wange. Ich weiß, was es bedeutet, dass sie mich sehen kann, aber ich kann sie doch so nicht zurücklassen – denn was habe ich nur getan?

Was habe ich nur getan?

»Poppy, es tut mir so leid«, keuche ich und strecke die Hand nach ihr aus. »Ist alles okay?«

»Wer bist du?«, fragt sie mit solcher Verachtung, dass ich erschrocken zurückweiche und auf ein Grab voller Blumen trete. Als ich das Gleichgewicht wiedergefunden habe, sehe ich, dass ein Kranz umgefallen und der Boden um meine Füße mit weißen Chrysanthemenblütenblättern übersät ist, und ich schäme mich so unendlich, den Kranz ruiniert zu haben – ihn zerstört zu haben, diesen Kranz, den eine arme Seele für einen geliebten verlorenen Menschen aufgestellt hat –, dass ich ihn wieder aufrichten will, doch ich kann mich nicht rühren. Ich sehe Poppy an, und sie sagt es wieder.

»Wer bist du?«

Ich brauche eine Sekunde, um zu merken, dass sie nicht mich meint, sondern Esen.

Ich hatte sie ganz vergessen.

»Ich bin Esen«, sagt sie und hockt sich neben sie. »Soll ich dir aufhelfen?«

»Geht schon.« Poppy stützt die Hände auf den Boden, um sich hochzuhieven, und zuckt vor Schmerzen zusammen. Sobald sie steht, weicht sie so plötzlich zurück, dass sie fast schon wieder hinfällt, und da wird mir bewusst, dass es meinetwegen ist, weil ich die Hand ausgestreckt habe, um ihr zu helfen. »Fass mich nicht an!«, faucht sie und macht noch einen Schritt zurück.

»Warum setzt du dich nicht?« Esen deutet auf eine Bank unter einem Baum.

Poppy sieht auf ihre blutigen Hände und dann mich an. »Was zum Teufel geht hier vor?«

Ich weiß es nicht.

So habe ich mir das jedenfalls nicht vorgestellt.

Das hier ist nicht, wie ich mir unser Wiedersehen ausgemalt habe, seit ich Poppy an Silvester am Strand zurückgelassen habe. Ich habe so oft daran gedacht. Es war das Einzige, was mich davor bewahrt hat zu verzweifeln, wenn ich auf dem Sofa im Buchladen liegend Deborah und Esen beim Streiten zuhörte. Oder jedes Mal, wenn ich mit Dev vom Strand zurückkehrte, um nicht weiter über die Person nachzudenken, die wir gerade zu Charon gebracht hatten. Ich habe mir immer vorgestellt, dass wenn ich um die nächste Ecke biege, Poppy da stehen und mich sehen würde – mich richtig *sehen* würde – und sie mich in die Arme schließen und halten würde, so wie ich sie jetzt halten will.

Als würde ich sie diesmal nicht wieder loslassen.

Aber ich habe sie ja getroffen, nicht wahr? Vor ein paar Stunden vorm Dome. Und obwohl sie mich direkt angesehen hat, hat sie mich nicht erkannt, und es fühlte sich an, als würde ich noch mal sterben. Doch jetzt sieht sie mich, und sie blutet, und sie guckt, als hätte ich ihr das angetan, dabei sollte es so doch nicht laufen.

»Ich dachte, du wärst tot, Ash!«, brüllt sie – wirklich, sie *brüllt* – so laut, dass die Vögel in den Zweigen über uns auseinanderstieben. Ich hatte die Vögel vorher gar nicht bemerkt, und jetzt sind sie weg, ein schwarzes Flügelschlagen vor dem Mond.

»Ich war auf deiner Beerdigung, Ash!« Sie wischt sich mit dem Handrücken eine Träne weg. »Ich hab dir Blumen aufs Grab gelegt!« Sie zeigt auf mein Grab, auf die nicht zusammenpassenden Blumen auf dem Haufen von Gestecken und Kränzen.

Ich fühle mich elend.

Ich war so entsetzt, mein eigenes Grab zu sehen, dass ich die Blumen gar nicht bemerkt habe.

Welcher dünne Faden auch immer mich noch gehalten, mich wie angewurzelt hat dastehen lassen, reißt, und es ist, als würde ich schweben, als würde ich auf einem der Zweige über uns sitzen, auf uns runterblicken und zusehen, wie das Unglück seinen Lauf nimmt.

»Wie konntest du mir das antun?«, fragt Poppy. »Wie konntest du so tun, als wärst du tot?«

Als ich nicht antworte, sagt sie meinen Namen, und dann befinde ich mich wieder vor ihr, und sie schüttelt wild den Kopf, so wild, dass sich eine weitere Träne aus ihrem Augenwinkel löst und ihr über die Wange läuft. »Ich war diese Woche jede Nacht hier, weil ich nicht schlafen konnte. Ich hab die ganze Zeit nur an dich gedacht! An dich, die du ganz allein hier liegst, dabei bist du noch nicht mal tot!« Sie starrt mich an und wartet, dass ich etwas sage, und als ich es nicht tue, schubst sie mich so fest, dass ich taumele. »Du hast mir das verdammte Herz gebrochen, Ash!«

Esen hält mich, aber ich wünschte, sie würde es nicht tun. Ich wünschte, ich wäre gefallen, denn es ist alles zu viel. Der Schmerz – der unerträgliche, unfassbare Schmerz – in Poppys Stimme. Ich wünschte, ich wäre gefallen, so dass die Erde mich verschlucken könnte.

Und mich dortbehalten.

Wo ich hingehöre.

»Wenn ich kurz unterbrechen darf«, fängt Esen an, aber Poppy beachtet sie nicht, sie sieht nur mich an.

»Wer zum Teufel ist sie?«

»Hab ich doch schon gesagt, ich bin Esen.«

Poppy ignoriert sie und hält die Hand hoch, als ob Esen verschwinden würde, wenn sie ihr Gesicht nicht mehr sieht.

»Im Ernst, Ash? Ist sie deine neue Freundin, oder was?«

Ich könnte lachen, wenn es nicht so traurig wäre.

»Wenn du kein Interesse mehr an mir hast, hättest du mich auch einfach ghosten können. Du hättest nicht deinen eigenen Tod faken müssen.«

»Genau genommen«, sagt Esen grinsend, »hat Ash dich geghosted. Im wahrsten Sinne des Wortes.«

Ich funkele sie an, wie um zu sagen: *Muss das sein, Esen?*

»Okay.« Esen verdreht die Augen, und ich habe keine Ahnung, wie sie so ruhig bleiben kann.

Es fühlt sich an, als wäre ein Wasserhahn in meinem Kopf an und mein Kopf würde jeden Moment überlaufen.

Esen deutet Poppy wieder an, sich auf die Bank zu setzen, doch Poppy verschränkt bloß die Arme.

Ich allerdings muss mich setzen, meine Beine sind kurz davor nachzugeben. Ich gehe zur Bank, lasse mich darauf sinken und stütze den Kopf in die Hände.

Als ich wieder hochsehe, stehen sie beide vor mir und starren mich an.

Poppy mit verschränkten Armen.

Esen, die Hände in die Hüften gestützt.

»Was passiert hier gerade?«, frage ich und blicke von einer zur anderen. »Ich weiß nicht, was hier los ist.«

»Du weißt nicht, was los ist?«, fragt Poppy spöttisch. »Ich habe gerade meine tote Freundin auf dem Friedhof getroffen!«

»Okay.« Esen hält die Hände hoch. »Okay. Jetzt beruhigen sich erst mal alle.«

Beruhigen?, würde ich am liebsten schreien. *Meine Freundin wird sterben!*

Als sie ihr Handy aus der Manteltasche nimmt, bekomme ich Panik. »Wen rufst du an?«

Hoffentlich nicht Deborah.

»Dev«, sagt sie und hält sich das Handy ans Ohr. »Ich bin mit so was nicht gut. Sie wird wissen, was zu tun ist.«

»Wer zum Teufel ist Dev?«, fragt Poppy, und ich vergrabe den Kopf wieder in den Händen.

»Ein Friedhof? Ernsthaft, Ess?«, fragt Dev, als sie auf die Lichtung stolpert. »Langsam übertreibst du es etwas mit dieser Goth-Nummer.«

Esen ignoriert sie. »Dev, das ist Poppy.«

Dev sagt hallo und winkt Poppy kurz zu, woraufhin Esen die beiden stirnrunzelnd ansieht und offensichtlich auf eine Reaktion wartet. Doch sie bekommt keine, und so wendet sie sich mir zu. Ich blicke sie mit erhobenen Augenbrauen an, und blinzelnd begreift Esen, dass ich Dev noch nicht von Poppy erzählt habe. Nur ihr.

»Poppy ist Ashs Freundin«, sagt Esen und deutet auf Poppy.

»Ah.« Dev wirkt verwirrt, und ich weiß, was sie denkt. *Ich habe sie seit Silvester nicht aus den Augen gelassen. Wie kann sie da wen kennengelernt haben?*

»Ashs Freundin von *davor*«, erklärt Esen und wartet, dass es *klick* macht.

Dev reißt die Augen auf. »Von *davor*?«

Esen nickt.

»Mist«, murmelt sie. »Moment. Wartet. *Du*«, Dev zeigt erst auf Poppy, dann auf mich, »bist *ihre* Freundin?«

»*War* ich«, sagt Poppy spitz. »Bis sie ihren eigenen Tod inszeniert hat.«

»Inszeniert?« Dev braucht einen Moment, dann wendet sie sich an Esen. »Du hast es ihr noch nicht gesagt?«

»Mir *was* gesagt?«, fragt Poppy.

»Und *sie*«, richtet Dev sich an Poppy und zeigt wieder auf mich, »sieht genauso aus wie immer?«

»Klar.« Poppy zuckt die Achseln und wippt mit dem Fuß. »Wie wer sollte sie denn sonst aussehen?«

»Oh.«

Das ist alles, was Dev sagt: *Oh*.

Nicht ganz die Erklärung, auf die ich gehofft hatte, und ihrem Gesichtsausdruck nach bedeutet das nichts Gutes.

»Oh«, sagt sie wieder, dann wendet sie sich mit gerunzelter Stirn an Esen. »O nein.«

Esen nickt und atmet tief durch die Nase aus, während die beiden sich mir zuwenden.

»O Gott, Ash. Es tut mir so leid«, sagt Dev traurig seufzend.

»Schon okay«, sage ich achselzuckend, und ich weiß nicht, warum ich das sage, denn es ist nicht okay.

Es ist absolut überhaupt nicht okay.

»Und?«, fragt Poppy und sieht zwischen uns umher. »Kann eine von euch mir mal erklären, was zum Teufel hier los ist?«

SECHZEHN

Ich erzähle Poppy alles. Jedenfalls alles, was ich weiß. Alles, was Deborah mir in der Nacht erzählt hat, in der ich auf dem Sofa im Buchladen aufgewacht bin. Dass ich vom Auto vorm Mini-Mart angefahren wurde. Dass ich die letzte Person bin, die an Silvester gestorben ist. Von der Legende. Davon, ein Sensenmädchen zu sein.

Wo ich es laut ausspreche, klingt es noch lächerlicher. Als würden wir ums Lagerfeuer sitzen und ich würde Poppy von der Patientin erzählen, die aus der Psychiatrie ausgebrochen ist und jetzt auf dem Friedhof lebt. Doch Poppy lacht nicht. Sie lacht nicht und weint nicht und sagt auch nicht, dass ich wohl geistig verwirrt bin. Sie hört zu, und ihre Augen werden immer größer, während sie am Ring an ihrem Daumen dreht – dem mit dem roten Herz mit dem Dolch darin –, bis mir nichts mehr einfällt, wie ich es ihr erklären könnte, und mir nichts anderes übrig bleibt, als zu warten, ob sie mir glaubt. Ob sie mir die Frage stellen wird, die wir uns alle stellen, aber keine von uns als Erste aussprechen mag.

Doch Poppy sagt nichts, ihr Blick wandert nur zu meinem Hals. Ich brauche einen Moment, um zu merken, dass sie meine Kette ansieht, und instinktiv greife ich danach und nehme den Anhänger zwischen Daumen und Zeigefinger. Sie macht es mir nach, nimmt ihren Christophorus-Anhänger zwischen Daumen und Zeigefinger und hebt den Blick. Wir sehen einander in die Augen, und es ist das erste Mal, dass ich es zulasse. Bis eben hatte ich es noch vermieden, aus Angst, ich könnte sehen, wie wütend sie ist, aus Angst, dass sich alles ändern würde und ich nicht mehr diejenige wäre, die sie auf der Fähre getroffen hat.

Oder vielleicht macht mir auch nicht das, was ich sehen könnte, Angst, sondern das, was ich nicht sehen könnte.

Dass sie mich nicht mehr so anblicken könnte wie früher – als würde sie meilenweit nichts außer mir sehen.

Manchmal, wenn ich auf dem Sofa im Buchladen liegend an sie dachte, habe ich mich schon gefragt, ob ich sie bloß aus einer Mischung aus Einsamkeit und Nostalgie phantasiert habe. Ob ich sie mit der Zeit verklärt, mir ihre Augen blauer und die Haare röter vorgestellt habe, bis sie zu dieser wirklichkeitsfremden, viel zu perfekten Märchenprinzessin wurde, die in einem Schloss gefangen darauf wartet, von mir gerettet zu werden. Doch als ich sie jetzt ansehe, weiß ich, es war nicht so. Selbst mit der Schürfwunde am Kinn und den Mascaraspuren auf den Wangen, die aussehen wie aufgemalt, ist sie wunderschön. Ihre Wangen sind so rosig und die Augen so blau wie in meiner Erinnerung, und wo die Mascara weggeweint ist, fängt sich das Mondlicht in ihren geschwungenen Wimpern. Und obwohl ich Angst habe, weil ich weiß, was es bedeutet – warum sie mich sehen kann, was mit ihr passieren wird –, bin ich unsagbar glücklich.

Glücklich, dass sie hier ist.

Glücklich, dass ich ihr Gesicht noch einmal sehen kann.

Und sie meins.

»Ich wusste, dass du es warst, vorhin vorm Dome«, sagt sie schließlich. »Du sahst nicht aus wie du, aber … keine Ahnung.« Sie blickt wieder auf meinen Sensenanhänger. »Deswegen bin ich hergekommen. Weil ich an dich denken musste.«

Ich wusste es.

Ich wusste, ihr war klar, dass ich es bin.

Mich durchfährt ein Schauder der Hoffnung, als ich mir bewusst mache, dass sie es ist und ich es bin und wir wir sind, und vielleicht ist es wirklich so leicht. Vielleicht wollten wir einander so sehr sehen, dass die reine Willenskraft ausreichte, ihre Welt näher an meine zu rücken, oder meine an ihre, und jetzt sind wir beide hier, zur selben Zeit.

Doch dann denke ich an all die Gräber, zwischen denen wir uns befinden, und an all die Menschen, die sie jeden Tag besuchen, die die Grabsteine reinigen und das Unkraut jäten und frische Blumen für ihre Ehemänner oder -frauen oder Freundinnen und Freunde mitbringen. Für Menschen, die sie genauso lieben und vermissen, wie ich Poppy liebe und vermisse, und alles dafür geben würden, noch einen Tag mit ihnen verbringen zu können.

So gern ich es auch glauben würde, doch wir sind eigentlich gar nicht besonders, oder? Es kommt mir manchmal vielleicht so vor, wenn ich an die Nachmittage denke, an denen wir in unserem Café an dem kleinen Tisch saßen und es sich anfühlte, als würde die Welt sich ein bisschen langsamer drehen, während unsere Knie sich unterm Tisch berührten. Nachmittage, an denen wir redeten und redeten, und jedes Gespräch mir vorkam, als wäre es unser erstes und letztes, alles auf einmal. Wie wir Türen in uns öffneten, die wir bis dahin sorgsam geschlossen gehalten hatten, und dann feststellten, dass das dahinter – dass wir gar nicht so beängstigend waren, wie wir dachten.

Dass wir gar nicht so verstörend und schwierig zu lieben waren.

Nachdem ich überzeugt gewesen war, für keinen Menschen gemacht zu sein, nur für diese Mädchen, die an meinem papiernen Herzen mit Streichhölzern spielen wollten, habe ich sie gefunden. Und vielleicht sind wir nicht besonders – nicht im Sinne davon, Krebs heilen und die Welt verändern zu können –, besonders genug, um zu verdienen, einander noch einmal zu begegnen, wenn wir die Einzigen sind, denen es vergönnt ist – doch hier sind wir. Wir haben uns wiedergefunden. Von all den Menschen habe ich ausgerechnet sie wiedergetroffen. Nicht meine Mutter oder meinen Vater oder Rosh oder Adara, die ich genauso liebe und vermisse, wie ich Poppy liebe und vermisst habe.

Und das muss etwas bedeuten.

Muss es.

Auf einmal verspüre ich etwas, das ich seit Silvester eigentlich verloren hatte. Zuversicht.

Ich brauche einen Moment, um zu begreifen, was es ist, und dann bin ich auf einmal so erleichtert, dass mir fast schwindelig wird.

Ich bin dem allen nicht hilflos ausgeliefert, ich kann etwas verändern.

»Okay«, sage ich und ziehe den Reißverschluss meiner Lederjacke zu. »Gehen wir zum Buchladen.«

Verwirrt sieht Esen mich an. »Warum?«

»Damit ich Deborah fragen kann, was hier los ist.«

SIEBZEHN

Esen lacht, doch als sie merkt, dass ich es ernst meine, verhärtet sich ihr Gesicht. »Das ist ein Scherz, oder?«

»Ganz und gar nicht«, sage ich kopfschüttelnd.

Eher das Gegenteil. Zum ersten Mal seit Wochen weiß ich genau, was ich will.

Esen sieht Dev an, die ähnlich entsetzt wirkt, und dann wieder mich. »Du kannst Deborah nicht hiervon erzählen.«

»Warum nicht?«

»Was glaubst du, *warum nicht?*« Sie blickt wieder Dev an, als wollte sie fragen: *Hast du das gehört?*, und als Dev den Kopf schüttelt, wendet sie sich wieder mir zu. »Du weißt warum, Ash. Es scheint vielleicht so, als würde Deborah nichts anderes tun, als den ganzen Tag im Buchladen rumhängen, Post-its verteilen und Bücher entstauben, aber weißt du eigentlich, wie viel Macht sie hat?«

»Nein, tue ich nicht, und du genauso wenig«, rufe ich ihr ins Gedächtnis. »Keine von uns weiß das, Esen. Jedenfalls nicht sicher.«

»Wohl wahr«, räumt sie ein. »Aber was meinst du, woher sie weiß, wer stirbt? Sie muss doch einen direkten Draht zu *sonst wem* haben, und wenn sie dieser Person hiervon erzählt, was glaubst du, wird mit dir passieren? Und mit Poppy?«

Darüber will ich gar nicht nachdenken.

»Ich werde es ihr nicht erzählen«, sage ich durch zusammengebissene Zähne. »Ich werde sie nur ganz subtil fragen, was los ist.«

Esen wirft schnaubend die Hände in die Luft und sieht wieder Dev an. »Ich gebe auf.«

»Ash, hör zu. Das geht nicht«, versucht es jetzt Dev mit sorgenvoll gerunzelter Stirn. »Das kannst du nicht riskieren.«

»Sie ist die Einzige, die es mir sagen kann, Dev. Wen soll ich denn sonst fragen?«

»Was willst du sie überhaupt fragen?«, schaltet Esen sich wieder ein. Sie kann sich einfach nicht zurückhalten. »Du weißt doch, was los ist.«

»Ja, aber vielleicht …«

»Nichts *ja, aber vielleicht*.« Esen zeigt mit dem Finger auf mich. Sie macht einen Schritt auf mich zu und sieht mir in die Augen. »Du willst Deborah fragen, ob es irgendeinen Ausweg gibt, nicht wahr? Ob du es aufhalten kannst.«

Sie hat recht, aber ich ignoriere sie. Ich verschränke die Arme und wende mich Poppy zu, die immer noch auf der

Bank sitzend zu uns hochsieht. »Lass uns gehen, Süße«, sage ich und halte ihr die Hand hin.

Halb rechne ich damit, dass sie nein sagt, doch zu meiner Überraschung nimmt sie meine Hand. Ich fühle, wie sie zittert, als unsere Handflächen sich berühren, doch als sie aufsteht und mich anblickt, sind wir beide auf einmal völlig ruhig.

»Ash, bitte«, versucht Dev es wieder. »*Bitte* denk noch mal darüber nach.«

Ich will nicht darüber nachdenken.

Ich will wissen, was los ist.

Und so verlassen Poppy und ich den Friedhof und gehen zum Buchladen, während Esen und Dev uns folgen und die ganze Zeit versuchen, mir die Sache auszureden. Als wir an der Komedia vorbeikommen, greift Esen schließlich nach meinem Arm und hält mich fest.

»Verdammt nochmal«, ruft sie, als ich sie abschüttele. »Ash, weißt du eigentlich, was passiert, wenn Deborah mitbekommt, dass deine Freundin dich auf einmal sehen kann?« Sie deutet mit dem Kinn zum erleuchteten Buchladen vor uns. »Und dass Poppy weiß, dass du ein Sensenmädchen bist? Dass wir *alle* Sensenmädchen sind?«

Ich spüre Poppys Hand warm und vertraut in meiner. »Ist mir egal.«

»Es sollte dir aber nicht egal sein«, schnauzt Esen. »Dabei

kann nichts Gutes rauskommen. Das ist dir klar, oder? Ich verstehe, dass du unter Schock stehst, aber das muss dir doch bewusst sein.« Als ich nicht antworte, sondern nur Poppys Hand drücke, schüttelt sie den Kopf. »Du bist schon lange genug dabei, um zu wissen, dass es hierbei keine Happy Ends gibt, Ash.«

Das fühlt sich jetzt tatsächlich an, wie noch mal zu sterben.

Ich ignoriere sie und lächle Poppy beruhigend an. »Warte hier, okay?« So ungern ich Poppy auch allein lasse, ich bin nicht so lebensmüde, wie Esen und Dev glauben, und nehme sie mit in den Buchladen. »Rühr dich nicht vom Fleck, okay? Ich bin gleich wieder da.«

Ich rechne schon mit Widerspruch, doch Poppy lächelt nur und nickt.

Fast bin ich vor der Tür, da hält Esen mich wieder am Arm fest, und diesmal lässt sie mich nicht los.

»Poppys Zeit ist gekommen, Ash. Das weißt du«, sagt sie, als ich zu ihr herumwirbele. Ich versuche, sie abzuschütteln, doch sie hält mich nur noch fester und zieht mich zu sich. »Willst du da wirklich reingehen?« Sie deutet nickend auf die Tür und senkt die Stimme. »Und riskieren, dass Deborah es rausfindet? Damit verkürzt du die Zeit, die Poppy noch hat, doch nur noch mehr.«

Das lässt mich zum ersten Mal, seit wir den Friedhof verlassen haben, zögern.

»Was glaubst du, was Deborah macht, wenn sie es rausfindet, Ash?« Esen schüttelt mich so sehr, dass ich glaube zu spüren, wie sich etwas in mir löst. »Meinst du, sie lässt euch beide einfach zusammen in den Sonnenuntergang fahren?« Wieder schüttelt sie mich. »Sie wird Poppy direkt zu Charon schicken, und dich *Gott weiß* wohin. Wir werden dich nie wiedersehen.«

Als Esen mich schließlich loslässt, wanke ich, und Dev kommt zu mir gelaufen.

»Was soll ich denn machen?«, klage ich.

»*Warte* einfach«, sagt Dev und presst die Handflächen aneinander. »Ich weiß, du hast Angst, Ash, aber wir werden uns was überlegen.« Sie sieht Esen an, die geräuschvoll durch die Nase ausatmet und dann nickt. »Wir drei werden uns was überlegen. Versprochen.«

Ich gucke rüber zu Poppy. Sie steht vor der Komedia und beobachtet uns.

»Okay«, sage ich und richte meine Lederjacke.

»Gott sei Dank.« Dev atmet laut seufzend auf, und wenn ich es nicht besser wüsste, könnte ich denken, sie fällt gleich in Ohnmacht. »Alles wird gut.«

Wird es das?, denke ich, während ich ihnen in den Buchladen folge.

Falls Deborah sich Sorgen wegen meines Verschwindens gemacht haben sollte, lässt sie sich nichts anmerken, als sie beim Klingeln der Türglocke hinterm Tresen auftaucht. Sie trägt einen Stapel Bücher und legt ihn neben die Kasse. Es erstaunt mich immer wieder, wie beschäftigt sie ist. Die ganze Zeit betreibt sie irgendwelchen Aufwand, stellt Bücher um oder fährt mit einem Staubwedel über die Regale, obwohl ich noch nie Kundschaft im Laden gesehen habe.

Nicht ein einziges Mal.

»Perfektes Timing, Ladys«, sagt sie und greift über den Tresen, um ein neon-orangefarbenes Post-it vom Block zu ziehen. »Dev, würdest du diesen Selbstmord in Queen's Park übernehmen?«

»Klar«, sagt sie, geht zu ihr und nimmt den Post-it entgegen.

»Esen, du kannst diesen übernehmen«, sagt Deborah und zieht den nächsten Post-it vom Block.

»Gleich zwei?« Esen runzelt die Stirn. »Ich meine, es ist Samstag, aber heute ist echt viel los.«

»Ich weiß. Der Fall hier ist aber nicht weit.«

»Wo?«, fragen wir gleichzeitig.

»Auf der anderen Straßenseite.«

»Wo auf der anderen Straßenseite?«, frage ich und blicke über die Schulter durchs Fenster.

Keine Spur von Poppy.

»Bei der Komedia«, sagt Deborah, und der Boden unter meinen Füßen verwandelt sich in Wasser.

»Name?«, frage ich mit zittriger Stimme.

Deborah blickt auf und kneift argwöhnisch die Augen zusammen, bevor sie auf den Post-it späht.

Sag nicht Poppy Morgan.

Sag nicht Poppy Morgan.

Sag nicht Poppy Morgan.

»Toby Powell«, sagt sie.

»Toby Powell«, wiederhole ich so erleichtert, dass ich ein Lachen unterdrücken muss.

»Ein Straßenkind«, fügt Deborah ernst hinzu. »Erfroren.«

Meine Erleichterung verhärtet sich sofort zu einem Schuldgefühl, während ich Dev und Esen ansehe und mich frage, ob sie das Gleiche denken.

Wir haben ihn noch nicht mal bemerkt.

Dabei müssen wir direkt an ihm vorbeigegangen sein.

»Ist alles okay?«, fragt Deborah.

Ich blicke zum Tresen und zucke die Achseln, als mir bewusst wird, dass sie mit mir redet. »Klar.«

»Du verhältst dich sehr seltsam.«

»Ja?«

Ich fühle mich wieder wie vierzehn, als ich nach meinem ersten richtigen Kuss (Danielle Lawson, an der Bushaltestelle vor Morrisons – am nächsten Tag in der Schule hat sie mich ignoriert) nach Hause kam und meine Eltern auf dem Sofa im Wohnzimmer *Chupke Chupke* sahen und ich so tun musste, als wäre alles ganz normal, obwohl es sich ganz anders anfühlte.

Wieder zucke ich die Achseln, in der Hoffnung, dass es gleichgültig rüberkommt, aber Deborah runzelt die Stirn.

»Was ist los? War irgendwas mit Alice Anderson?«

Ich hatte Alice schon ganz vergessen.

War das wirklich erst heute Abend?

Es fühlt sich an, als wäre es zwei Wochen her.

»Nein.« Ich schüttele den Kopf. »Ich hab sie nur zum Strand zu Charon gebracht.«

»Das weiß ich, aber ist *danach* etwas passiert?«

Woher weiß sie das?, denke ich und blicke verstohlen zu Dev und Esen.

»Es ist alles in Ordnung«, sagt Esen zu Deborah und zupft sich einen Fussel vom Mantel, dann geht sie zum Tresen und nimmt den Post-it. »Komm, Ash. Suchen wir Toby Powell, bevor er abhaut.«

»Warum gehst du nicht allein?«, sagt Deborah zu ihr, dann sieht sie mich an. »Ich möchte mit Ash reden.«

Sie weiß es, denke ich und werfe Esen einen verzweifelten Blick zu.

Sie weiß über Poppy Bescheid.

Sie weiß es.

Sie weiß es.

Sie weiß es.

»Wir sind nicht lange …«, fängt Esen an, aber Deborah unterbricht sie mit einem strengen Lächeln.

»Ich bin mir sicher, dass Sie das sehr gut alleine schaffen, Miss Budak, oder etwa nicht?«

Es ist keine Frage, und wir wissen es beide.

Esen hebt eine Augenbraue, wie um zu sagen: *Viel Glück*, und dann gehen sie und Dev zur Tür.

Die Glocke klingelt, und sie sind weg, so dass ich mit Deborah allein bin, die mich über ihre Brille hinweg beobachtet.

»Gibt es etwas, was du mir mitteilen möchtest, Ash?«

Sag's ihr nicht.

Sag's ihr nicht.

»Ist heute Abend irgendetwas passiert?«

Sag's ihr nicht.

»Nein.« Ich presse die Lippen zusammen.

»Sicher?«

Sag's ihr nicht.

Ich denke an Poppy vor der Komedia, und ich spüre, wie die Worte sich auf meiner Zunge aneinanderreihen.

»Ich habe eine Person gesehen, die ich kenne.«

Bevor ich sie aufhalten kann, sind die Worte aus meinem Mund und fliegen durch den Buchladen wie aufgeschreckte Motten.

Deborah nimmt die Brille ab und sieht mich an. »Wen?«

»Ein Mädchen, mit dem ich zur Schule gegangen bin.«

»Du hast sie aber nicht angesprochen, oder?«

»Natürlich nicht.«

Sie nickt und wendet sich wieder ihrem Bücherstapel zu. »Gut.«

Das ist alles, was sie sagt – *Gut* –, und damit ist das Gespräch offenbar beendet, denn sie setzt die Brille wieder auf, nimmt das erste Buch vom Stapel, betrachtet das Cover und verzieht das Gesicht.

Ich weiß, ich sollte mich freuen, so leicht davonzukommen und dass sie nicht noch mehr wissen will, doch ich kann mich nicht zurückhalten, noch etwas hinterherzuschieben, auch wenn ich weiß, was sie sagen wird.

»Es hat mich einfach fertiggemacht«, fahre ich fort und stecke die Hände in die Taschen meiner Lederjacke, während ich schulterzuckend auf meine Füße blicke. »Dass sie mich nicht erkannt hat, obwohl ich direkt vor ihr stand.«

»Warum hätte sie dich erkennen sollen?« Ich blicke wieder auf, und Deborah sieht mich besorgt an. »Warum die plötzliche Neugier, Ash? Du weißt doch, dass die Leute dich nicht mehr sehen wie vorher.«

»Wirklich? *Nie?*«

»Nie«, sagt sie knapp, wendet sich wieder den Büchern zu, geht den Stapel durch und wählt eins aus der Mitte. »Kein

Mensch kann euch Sensenmädchen sehen, euch *wirklich* sehen, bis seine Zeit gekommen ist. Aber das weißt du ja bereits.« Sie schlägt das Buch auf, klappt es sofort wieder zu und legt es auf den Tresen. »Also, warum fragst du?«

»Ich bin nur neugierig«, sage ich vorsichtig, als würde ich eine streunende Katze streicheln, die jeden Moment auf mich losgehen könnte.

»Weswegen?«

»Ich frage mich, was passiert wäre, wenn meine Freundin mich erkannt hätte.«

Deborah nimmt die Brille ab und seufzt. »Tja, es ist gut, dass sie es nicht getan hat.«

»Warum?« Ich presse die Lippen zusammen und versuche, die Worte runterzuschlucken, aber ich kann sie nicht länger zurückhalten, sie sind zu groß – zu schwer. »Weil es bedeuten würde, dass sie stirbt?«

»Ja.« Sie gibt sich keinerlei Mühe, den Schock abzumildern. Das Wort fällt, hart wie ein Stein, zu meinen Füßen auf den Boden. So hart, dass ich überzeugt bin, Staub zwischen den Dielenbrettern aufwirbeln zu sehen. »Wie sonst sollte sie dich sehen können, wenn sie nicht kurz davor ist zu sterben?«

Das war mir klar, von daher weiß ich nicht, warum ich gehofft habe, bei Poppy und mir könnte es anders sein.

Dass wir eine Geheimtür zwischen ihrer und meiner Welt entdeckt hätten.

Und so lasse ich schließlich den Gedanken zu, wenn auch nur im Stillen für mich: Poppy wird sterben.

Am liebsten würde ich zur Tür rauslaufen, raus zu Poppy, und ihre Hand nehmen und ihr sagen, dass sie so schnell und weit wie möglich mit mir davonlaufen muss. Doch ich kann mich gerade noch zurückhalten.

»Sonst noch etwas, Miss Persaud?«, fragt Deborah, und als ich sie ansehe, hat sie die Augenbrauen gehoben.

»Können die Menschen uns nur direkt vor ihrem Tod sehen?«

»Nein.« Sie setzt die Brille wieder auf, offensichtlich meint sie, das Gespräch wäre zu Ende, doch als sie den Kopf hebt und ich sie hoffnungsvoll ansehe, schüttelt sie den Kopf.

Bei jeder anderen Person würde ich denken, ich hätte sie zermürbt.

»Wenn die Leute sterben, Ash, gibt es ein Zeitfenster zwischen der Entscheidung über ihren Tod und unserem Auftrag, sie zu holen.« Sie hebt den Finger, zweifellos denkt sie, ich würde sie gleich fragen, wer die Entscheidung trifft, und sie hat eindeutig nicht vor, es mir zu verraten. »Wir wissen nur, wann das Fenster sich *schließt*.«

»Wie lange ist es offen?«

Ich denke an den Freund von Esens Cousin, der sie auf dem Pier erkannt hatte.

Esen hat erzählt, ein paar Tage später ist er gestorben.

Ist das alles, was Poppy bleibt?

Ein paar Tage?

Während ich auf Deborahs Antwort warte, bewegen die Wände sich langsam auf mich zu, die Bücher sind schon so nah, dass ich Angst habe, mich zu bewegen und sie versehentlich aus den Regalen zu schubsen, und die Decke ist so niedrig, dass sie gleich meinen Kopf berühren muss.

Doch Deborah zuckt bloß die Achseln. »Das wissen wir nicht. Es könnten Tage sein. Oder ein paar Stunden.«

Stunden?

Ich öffne den Mund, aber es kommt nichts raus. Ich schreie nicht oder weine oder sage ihr, dass es nicht fair ist.

Ich sehe sie nur an, während irgendwo eine Uhr anfängt zu ticken.

Tick-tick.

Tick-tick.

Ich muss zurück zu Poppy.

»Wie gesagt«, erklärt Deborah, die zum Glück nichts bemerkt. »Wir wissen nur, wann das Fenster sich schließt. Mit allem, was davor passiert, haben wir nichts zu tun. Deswegen ist es wichtig, dass du keine Leute triffst, die du kennst, Ash, denn wenn sie dich sehen würden, während das Fenster offen ist …« Sie breitet die Hände aus und zuckt die Achseln. »Tja.«

»Was?«

»Tja.« Sie macht eine Pause, und ich weiß nicht, ob sie überlegt, wie sie es formulieren soll oder ob sie es mir überhaupt sagen soll, aber ihr Zögern bewirkt, dass ich die Hände in den Jackentaschen zu Fäusten balle. »Es ist an sich kein Problem, wenn die Leute euch sehen, weil es unwahrscheinlich ist, dass sie euch registrieren. Wenn Alice Anderson gestern hier reinspaziert wäre, während ihr Fenster offen war, hätte sie dich möglicherweise so gesehen, wie ich dich jetzt sehe, aber sie hätte keinen Grund zur Sorge gehabt, weil du einfach irgendeine Fremde für sie gewesen wärst, richtig?«

Okay.

Das ergibt Sinn.

»Aber wenn es zum Beispiel deine Mutter wäre.« Sie hält die Hände hoch, als würde sie erwarten, dass ich zurückschrecke. »Nicht, dass ich damit sagen will, dass deiner Mutter irgendetwas passieren wird. Nur zum Beispiel, wenn deine Mutter auf einmal hier reinkäme, während ihr Fenster offen ist, und sie dich, ihre Tochter, sehen würde, dann wär's das.« Sie klatscht in die Hände. »Das Ganze würde zusammenfallen. Sie würde wissen wollen, warum du nicht tot bist, und du müsstest ihr erklären, dass sie bald stirbt.«

»Aber wäre das so schlimm?« Meine Stimme klingt ganz leise, als käme sie von der anderen Straßenseite.

»Natürlich wäre es das«, sagt sie, als wäre es offensichtlich. »Es gibt Sachen, die die Menschen nicht wissen sollten, Miss Persaud. Wann sie sterben werden ist eine davon.«

»Warum?«

»Warum?« Sie wartet, bis ich sie ansehe, und hebt die Augenbrauen. »Weil sie versuchen könnten, etwas daran zu ändern. Es zu vermeiden. *Dies* ...« Sie lässt die Hände überm Tresen kreisen wie eine Zauberin auf einem Kindergeburtstag, bevor sie ein Kaninchen aus dem Zylinder zieht. »Was wir tun, funktioniert nur, weil wir nicht in das Geschehen eingreifen, wir begleiten es nur. Wir wissen mehr als die meisten, mehr als wir sollten vielleicht, aber wir wissen nicht *alles*. Und das ist gut so. Es ist ein empfindliches Gleichgewicht, das leicht gestört wird, und wenn das passiert, gerät das Universum aus den Fugen, und die Folgewirkungen könnten Jahre anhalten. *Jahrzehnte* sogar. Deswegen müssen wir vorsichtig sein.«

»Und wenn wir es nicht sind?«

»Du musst vorsichtig sein, Ash«, sagt sie und wendet sich wieder dem Stapel Bücher zu.

Ich denke daran, was Dev im Primark gesagt hat, über das schwarze Kleid zwischen den rosafarbenen.

»Weil sonst wer anders sterben könnte als die Person, die eigentlich sterben sollte?«

Meine Stimme zittert, als ich es sage.

Falls Deborah es bemerkt, zeigt sie es nicht, sondern zuckt

bloß die Achseln. »Möglich«, sagt sie, als wäre das nicht so tragisch. Als würden wir uns übers Wetter unterhalten und sie hätte gerade gesagt, dass es morgen wieder schneien könnte.

»Was würde mit mir passieren?«, frage ich, bevor ich mir darüber klarwerde, dass ich es lieber nicht wissen will.

»Mit Ihnen, Miss Persaud?«

»Ja, wenn mich eine Person erkennt, deren Fenster offen ist?«

»Nichts.« Deborah schüttelt den Kopf. »Es ist nicht deine Schuld, wenn du wen von früher triffst.«

»Ich würde also nicht bestraft werden?«

»Natürlich nicht.«

Ich sollte erleichtert sein, denn es war schließlich nicht meine Schuld. Ich wusste nicht, dass Poppy auf den Friedhof kommen würde. Es ist ja nicht so, dass ich vor der Roedean rumgelungert hätte, in der Hoffnung, sie zu treffen, wie ich es so oft überlegt habe.

Ich war da.

Und dann war Poppy da.

Und jetzt … was?

»Ich würde nur bestraft werden, wenn ich eingreifen würde, oder? Wenn ich versuchen würde, den Tod der Person zu verhindern.«

Da wird sie aufmerksam.

Sie nimmt die Brille wieder ab und blickt vom Buch in ihrer Hand auf. »Warum solltest du eingreifen wollen?«

»Ich weiß nicht«, sage ich und versuche, mir nicht anmerken zu lassen, wie sehr mich ihr Blick beunruhigt. »Aber angenommen, ich würde es tun.«

Ich will es von ihr hören.

Nicht von Esen oder Dev.

Ich will, dass sie es mir sagt.

»Tja, wenn du eingreifen würdest …«, sie hebt eine Augenbraue und schüttelt den Kopf, »… das wäre eine ganz andere Sache.«

»Was würde mit mir passieren?«

»Es liegt nicht in meiner Macht, das zu entscheiden, Miss Persaud.«

»Aber es wäre schlimm, oder?«

Sie sieht mich nicht an, als sie sich die Brille zurück auf die Nase setzt. »Pass einfach auf, es niemals zu tun.«

Da weiß ich, dass ich zwei Möglichkeiten habe: Deborah von Poppy zu erzählen oder ihr nicht von ihr zu erzählen.

Es ist wirklich so einfach.

Wenn ich es Deborah jetzt sage, wird sie ziemlich sauer sein, aber nicht so sauer, wie wenn sie es … später herausfindet.

Aber Esen hat recht, sie wird Poppy und mich nicht gemeinsam in den Sonnenuntergang fahren lassen. Sobald ich es ihr erzähle, wird sie Poppy direkt zu Charon schicken, und das war's dann.

Ich werde es nicht aufhalten können.

Darum geht es, oder?

Deswegen bin ich hier.

Auch damit hat Esen recht.

Und ich werde es aufhalten.

»Das ist also alles?«, frage ich. »Es ist noch nie vorgekommen, dass uns eine Person gesehen hat und nicht gestorben ist?« Ich achte darauf, jedes Wort deutlich auszusprechen, als würde ich einen Zauberspruch aufsagen, und wenn ich ihn nicht richtig sage, funktioniert er nicht.

»Nie«, sagt sie, schlägt eins der Bücher auf und blättert es durch.

»Warum?«, frage ich.

»Weil, Miss Persaud …«, schließlich blickt sie auf und knallt das Buch schwungvoll zu, »… das ein Wunder wäre und wir keine Wunder vollbringen. Eher das Gegenteil.«

ACHTZEHN

Ich trete hinaus, und ich sehe nichts anderes als Poppy. Sie sitzt auf der Lehne einer der Picknickbänke vor der Komedia, den Kopf in die Hände gestützt. Dann hebt sie den Blick, und als sie mich in der Eingangstür zum Buchladen entdeckt, richtet sie sich auf, und sie wirkt so erleichtert, dass ich fast weggucken muss, denn was soll ich ihr sagen?

Wie soll ich es ihr sagen?

Ich habe keine Ahnung, und so stehe ich einfach nur da, nehme ihren Anblick in mich auf, wie ich es an Silvester hätte tun sollen, bevor ich sie verlassen habe. Sie ist wirklich wunderschön. Nicht schön wie auf einem Gemälde oder einer Reklametafel – die Art von schön, bei der Typen meinen, beim Vorbeifahren hupen zu müssen –, sie hat die Art von Schönheit, über die Lieder gesungen und Bücher geschrieben werden. Die Art von Schönheit, die dich nachts nicht schlafen lässt, weil du Angst hast, du könntest es verbocken, weil du noch nicht so weit bist.

Ich lächle, und sie erwidert mein Lächeln, es ist dieses

unsichere, unbeholfene Lächeln, wie sie es als Kind vielleicht auf ihren Schulfotos aufgesetzt hat, und auf einmal sieht sie so jung aus, dass es mich fertigmacht. Ich könnte mich auf den Gehweg werfen und heulend da liegen bleiben, weil es so ungerecht ist. Wie kann es sein, dass wir so ein Pech haben? Dass wir innerhalb von ein paar Wochen beide sterben müssen? Die meisten Leute bekommen ein ganzes Leben. Kinder und Enkelkinder. Können Fehler machen und aus ihnen lernen. Brücken einreißen und neue bauen. Leben und lieben, bis ihre Herzen ausreichend abgenutzt sind, und dann halten sie am Ende die Hand des Menschen, den sie lieben, und denken: *Wir haben es geschafft*, bevor sie mit neunzig im Schlaf sterben.

Warum kann Poppy das nicht haben?

Auch wenn es nicht mit mir ist.

Ich denke daran, was Mr. Moreno uns letztes Jahr erzählt hat, über diesen Typen, einen Astronomen namens Carl Sagan, der sagte, wir bestünden komplett aus Sternenstaub. Der Stickstoff in unserer DNA. Das Calcium in unseren Zähnen. Das Eisen in unserem Blut. Das alles wäre vor Milliarden von Jahren im Inneren von zusammenfallenden Sternen entstanden.

Mr. Moreno findet das lustig, wo wir Menschen jahrelang das Universum erforscht haben. Raketen gebaut und auf den Mond geschossen haben. Durch Teleskope gespäht, um zu sehen, was den Raum zwischen den Sternen füllt.

Und ein Teil von uns weiß das offenbar. Weiß, dass wir daher kommen, und sehnt sich danach, dorthin zurückzukehren. Früher dachte ich, Poppy hätte eine ganze Reihe verschlossener Türen in sich, die ich, vorausgesetzt, dass sie es zuließe, den Rest meines Lebens zu öffnen versuchen würde. Aber wenn ich sie jetzt so ansehe, wird mir klar, dass Carl Sagan recht hatte. Sie trägt den Kosmos in sich. Ich kann es sehen, wie der Kosmos danach strebt, sich aus der Begrenzung ihres Brustkorbs und ihrer Haut zu befreien. Ich sehe die Sterne an ihren Haarspitzen, die sie gen Himmel ziehen.

Zurück, wo sie hingehört.

Es passiert bereits. Sie ist schon dabei zu gehen, sie wird gerufen, um es sich in einem Winkel des Himmels bequem zu machen, von wo aus sie so hell scheinen kann, wie sie will, ohne sich zu sorgen, dass sie zu schnell verbrennen könnte, so wie jetzt.

»Hast du rausgefunden, was los ist?«, fragt sie, als ich bei ihr ankomme.

Ich sollte es ihr erzählen, ich weiß. Aber ich will es ihr nicht hier sagen, auf der Straße, am selben Ort, wo gerade ein Mensch gestorben ist.

Letztendlich werde ich es tun müssen, doch fürs Erste will ich einfach einen Moment lang in ihrem Licht stehen.

»Nein«, sage ich.

»Wieso warst du dann so lange da drin?«, fragt sie stirnrunzelnd.

»Sie hat mir eine Standpauke gehalten, weil ich vorher abgehauen war.«

»Ja?«, fragt Esen neugierig, als sie auf einmal neben mir auftaucht.

Ich verdrehe die Augen und seufze theatralisch. »Ich dachte, du solltest wen holen?«

Sie deutet auf Poppy. »Ich konnte sie ja schlecht allein lassen, oder? Ich hab Danica gebeten, Toby Powell zu übernehmen.«

»Danke«, sage ich und bin sofort etwas milder gestimmt. Ich hätte nicht gedacht, dass sie von sich aus bei Poppy bleiben würde.

»Deborah hat dich also zusammengestaucht?« Esen grinst, offenbar hofft sie es.

»Na klar. Wie ich's vorhergesagt hab.«

Als ich wieder zu Poppy sehe, wirkt sie auf einmal wütend. »Warum machst du das, Ash?«

Ich blinzle sie an. »Warum mache ich was?«

»Warum tust du so, als wüsstest du nicht, was vor sich geht?«

»Tue ich nicht«, sage ich mit übertriebenem Stirnrunzeln, trete einen Schritt zurück und richte den Kragen meiner Jacke.

»Doch, tust du!« Sie wird noch wütender und blickt abwechselnd Esen und mich an. »Ihr beide! Ihr seid *Sensenmädchen!*«

Ich schüttele den Kopf.

»Ash, du *weißt*, dass ich dich nur sehen kann, weil ich sterben werde.«

Nein.

Das ist alles, was ich denken kann.

Nein, das passiert gerade nicht.

Nein, ich kann das nicht.

Nein, ich kann es ihr nicht erzählen.

Ich hoffe, dass Esen etwas sagt, eine beißende Bemerkung macht, einen albernen Spruch, damit ich die Augen verdrehen kann und Poppy nicht weiter ansehen muss, die von der Picknickbank zu uns hochstarrt und wartet. Doch Esen sagt nichts, sondern sieht mich nur an, dann runter auf ihre Füße, und so bleibt es an mir hängen.

Was nur gerecht ist, schließlich sollte ich es ihr sagen.

Aber ich kann es nicht.

»Kommt schon«, sagt Poppy, als keine von uns antwortet. »Ihr müsst doch dasselbe denken.«

Ich zucke die Achseln und schiebe die Hände in meine Jackentaschen, auf einmal weiß ich nicht, wohin mit ihnen.

»Ich meine, warum sonst sollte ich euch sehen können?«

»Ich …«, fange ich an, aber mehr bringe ich nicht heraus, die Worte lassen mich im Stich, verstecken sich unter meiner Zunge.

Gott, ich bin so erbärmlich.

Sie könnte jeden Moment vom Blitz erschlagen werden – einfach umkippen –, sie verdient, es zu erfahren.

Ich fühle mich elend.

Über uns kreischen die Möwen wie heulende Banshees.

»Du hast recht. Du kannst uns sehen, weil du sterben wirst«, sagt Esen, und ich fühle mich noch schlechter.

Weil sie es sagen musste und ich es nicht geschafft habe.

Als ich Esen ansehe, runzelt sie so heftig die Stirn, als wollte sie sagen: *Los, erzähl es ihr*.

Also tue ich es.

Ich erzähle ihr alles, was Deborah mir gerade gesagt hat. Von dem Zeitfenster. Davon, dass wenn es offen ist, die Leute uns Sensenmädchen sehen können, und zwar nicht nur diejenige, die dich holen wird. Vom Schmetterlingseffekt und warum es so wichtig ist, dass wir die Leute von früher nicht treffen, weil dadurch alles durcheinandergeraten würde.

Poppy hört zu, ihr Mund eine gerade Linie, während sie darauf wartet, dass ich zum Ende komme. Als es so weit ist, sagt sie lange Zeit nichts und sieht nur an mir vorbei auf das Licht im Buchladen.

»Das ist es dann also?«, fragt sie schließlich. »Ich werde definitiv sterben?«

Nickend senke ich den Blick und trete nach einer Kippe auf dem Boden.

»Wann?«

Als Esen und ich nicht antworten, uns nur kurz angucken und dann in verschiedene Richtungen sehen, wie ein Paar, das sich gerade gestritten hat, lacht sie kopfschüttelnd, aber es ist nicht ihr übliches ausgelassenes, helles Lachen.

Es ist stumpf.

Verbittert.

»Im Ernst?«, fragt sie. »Ihr *wisst* es nicht?«

Ich schüttele den Kopf. »Nur, dass es bald sein wird.«

»Wie bald?«

»Ich weiß es nicht.«

»Doch, tust du«, sagt sie, als ich ihrem Blick ausweiche. »Deswegen warst du so lange im Buchladen. Deborah hat dir gar keine Standpauke gehalten, oder? Ihr habt über mich geredet.«

Esen sieht mich mit weit aufgerissenen Augen an.

»Ich habe ihr nichts gesagt, ich schwöre. Ich habe sie nur ganz allgemein gefragt, was passieren würde, wenn eine Person von früher mich erkennt.«

»Und was hat sie gesagt?«, drängt Poppy, und die Falte zwischen ihren Augenbrauen wird tiefer.

»Nicht viel.« Sie glaubt mir offensichtlich nicht, und ich halte abwehrend die Hände hoch. »So ist Deborah nun mal. Sie weiß alles und erzählt uns nichts.«

Esen lacht bitter und bekräftigt damit meine Worte.

»Sie hat nur gesagt, ich soll aufpassen, dass es nicht passiert.«

»Sie hat nicht gesagt, was sonst geschieht?«

Ich schüttele den Kopf, denn das kann ich ihr nicht auch noch sagen.

Nicht jetzt.

Es ist zu viel.

»Und was heißt das jetzt für mich, Ash?«

»Ich weiß es nicht, Pops. Es tut mir so leid.«

»Ich soll also einfach hier rumsitzen und darauf warten, dass Deborah dir ein Post-it mit meinem Namen drauf gibt?«, fragt sie und spielt mit dem Ring mit dem Katzenkopf an ihrem Zeigefinger.

Als ich nicht antworte, sondern nur einen kurzen Blick mit Esen wechsele, schweigt sie einen Moment, dann sieht sie mich wieder an. »Ich schätze, das Fenster wird nicht lange offen sein.«

Ich überlege zu lügen. Überlege, ihr ein winziges bisschen Hoffnung zu machen, aber das wäre nicht fair, oder?

Nicht, dass irgendwas hieran fair wäre.

Ich schüttele den Kopf. »Ein paar Tage vielleicht.«

Das Wort – Tage – hängt da und füllt den Raum zwischen uns, während Poppy sich aufsetzt und die Arme verschränkt.

»Ich könnte also jeden Moment sterben? Jetzt gleich, hier auf dieser Bank?«

Sie wartet meine Antwort gar nicht erst ab.

»Ich will nicht auf dieser Bank sterben«, sagt sie.

Doch ich höre nur: *Ich will nicht sterben*.

Bevor ich etwas sagen kann, um sie zu beruhigen, springt sie auf und geht los.

»Poppy, was hast du vor?«, rufe ich ihr nach, aber sie dreht sich nicht um.

»Hab ich doch gerade gesagt. Auf der verdammten Bank werde ich nicht sterben!«

NEUNZEHN

Ich glaube, Poppy weiß selbst nicht, wo sie hingeht, sie will nur weg. Und so lassen Esen und ich sie erst mal in Ruhe und folgen ihr mit etwas Abstand, während sie Richtung Marina läuft. Schließlich verlangsamt sie ihre Schritte beim Fahrstuhl runter zur Madeira Terrace, und ich frage mich, ob sie erschöpft ist, aber sie blickt nur kurz übers Geländer aufs Café und den leeren Spielplatz am Strand und läuft dann noch entschlossener weiter, ihre roten Haare flammenhell im Mondlicht.

Mein Instinkt ist, auch schneller zu laufen, doch Esen hält mich am Ärmel meiner Lederjacke zurück. Sie sagt wieder, ich soll Poppy Zeit lassen. Aber was ist, wenn Poppy keine Zeit mehr hat? Was, wenn der Fahrer des sich nähernden Lkws einschläft, auf den Gehweg gerät und sie überfährt?

Könnte doch sein.

Es könnte alles Mögliche passieren.

Wenn ich an den Jungen denke, den Dev und ich aus der Bibliothek geholt haben – Charlie Graham. Er hat an seinem

Aufsatz geschrieben und *zack.* Weg war er. Poppy könnte dasselbe zustoßen. Vielleicht hat sie einen Herzfehler, von dem sie bislang nicht wusste, und der Schock über das alles verursacht eine Fehlfunktion. Der Himmel könnte runterfallen oder das Meer übers Geländer schwappen und sie wegspülen, und wie sollte ich das aufhalten?

Wie soll ich sie retten?

Poppy wartet den Lkw ab, dann läuft sie über die Straße. Ich will ihr nach, aber ich muss den Lkw noch vorbeilassen, wieder spüre ich Esens Hand an meinem Arm. Ich warte eine gefühlte Ewigkeit. Als der Lkw endlich weg ist, hat Poppy schon die andere Straßenseite erreicht, und ich renne ihr hinterher, während sie die Chichester Terrace ansteuert. Ich folge ihr, und jetzt weiß ich, wo sie hinwill – nach Hause –, genau wie ich in der Nacht, in der ich auf dem Sofa im Buchladen aufgewacht bin. Doch ehe ich Poppy erreiche, versperrt mir eine Frau mit einem kleinen flauschigen, schwarz-weißen Hund den Weg, und ich stolpere fast über die Leine.

Die Frau entschuldigt sich, und dann entschuldigt sie sich noch mal, als der Hund anfängt zu bellen.

»Hunde spüren das Böse«, sagt Esen, während der Kläffer, sein Frauchen hinter sich herziehend, davonstolziert.

Aber ich ignoriere Esen, ich sehe nur Poppy, die jetzt fast zu Hause ist. Ich laufe los und komme gerade bei ihr an, als sie den Schlüssel ins Schloss steckt. Ich zögere nicht, ich laufe die Stufen hoch, und sie stößt die Tür mit der Hüfte auf und lässt sie offen stehen, was ich als Einladung verstehe, mit reinzukommen, während sie das Licht anmacht und die Schlüssel auf den Tisch unterm Spiegel wirft.

»Hier wohnst du?«, fragt Esen, als sie reinkommt.

Poppy sieht sie nicht an. »Meine Eltern.«

»Krasser Scheiß«, murmelt Esen. »Gehört euch das ganze Haus?«

Poppy zuckt bloß die Achseln.

Esen reißt die Augen auf und pfeift durch die Zähne. »Wow, das heißt, ihr habt richtig fett Kohle.«

»Meine Eltern, ja.«

»Sind sie zu Hause?«, frage ich. Ich habe keine Ahnung, wie wir ihnen dies alles erklären sollen.

»Woher soll sie das wissen?« Esen lacht. »Das Haus hat mindestens drei Etagen.«

»Vier. Plus die Wohnung unten.«

»*Krasser* Scheiß.«

»Freut mich, dass du beeindruckt bist. Es ist die reinste Verschwendung. Sie sind nie hier. Jetzt zum Beispiel sind sie zum fünfzigsten Geburtstag meines Vaters in Paris.«

»Wann kommen sie zurück?«, frage ich. Ob Poppy dasselbe denkt wie ich?

Ob sie rechtzeitig wieder da sein werden?

»Morgen. Der Eurostar ist gegen Mittag in London, glaube

ich. Und bis sie mit dem Zug von St Pancras hier ankommen, wird es früher Nachmittag sein. *Gut*«, sagt sie, bevor ich noch irgendwas fragen kann. »Ich muss duschen. Ich will den Tag von mir abwaschen.« Sie deutet uns an, ihr zu folgen, und geht die Treppe rauf. »Ihr könnt gern hier abhängen.«

Als wir im ersten Stock ankommen, deutet sie mit traurigem Lächeln aufs Wohnzimmer. Bestimmt denkt sie an den Tag, an dem ich hier war. Dann geht sie weiter rauf zu ihrem Zimmer, und sobald sie weg ist, marschiert Esen in die Küche. Ich will sie gerade warnen, dass sie nichts anfassen soll, doch da ruft sie schon: »Es gibt einen Weinkühlschrank!«

»Sei vorsichtig«, sage ich. Als ich in die Küche komme, hat sie bereits die Tür geöffnet.

»Dom Perignon!« Sie zieht eine Champagnerflasche hervor und sieht wehmütig lächelnd aufs Etikett. »Verdammt, ich wünschte, ich könnte so ein Zeug noch schmecken. Früher hab ich nichts anderes in die Finger bekommen als Prosecco von Lidl.«

»Geht mir genauso«, lache ich. »Nur, dass der, den ich mit Adara in Preston Park getrunken hab, von Aldi war.«

»Wie stilvoll«, sagt sie und legt die Flasche wieder in den Kühlschrank, während ich auf den Flur gehe, um zu gucken, ob ich Poppy hören kann.

Ich blicke die Treppe hoch und überlege, nach ihr zu sehen, als Esen aus der Küche nach mir ruft.

»Lass sie in Ruhe, Ash.«

»Ich will nur gucken, ob es ihr gut geht«, sage ich, gegen den Türrahmen gelehnt.

»Ich weiß.« Sie zuckt die Achseln. »Aber wenn es unter der Dusche passiert, dann ist es eben so. Was kannst du da schon tun?«

Es ist Esen, von daher sollte es mich nicht überraschen, dass sie so verdammt gleichgültig wirkt, und trotzdem würde ich sie gern ohrfeigen.

»Und?«, fragt sie und steht mit verschränkten Armen hinter der Kücheninsel.

»Und was?«

»Was hat Deborah gesagt?«

»Genau das, was ich Poppy erzählt habe. Dass sie nicht weiß, wie lange es dauert, bis …«

Ich kann es nicht aussprechen.

»Deborah weiß es«, sagt Esen. »Du kannst sie fragen.«

»Hätte ich fast.«

Esen schüttelt den Kopf. »Gut, dass du's nicht gemacht hast.«

»Aber wäre es nicht besser zu wissen, wie viel Zeit Poppy noch bleibt?«

»Dann hätte sie *überhaupt* keine Zeit mehr. Deborah würde sie direkt zu Charon schicken. Das weißt du selbst.«

Natürlich würde sie das.

»Ich weiß nicht.« Ich zucke die Achseln. »Ich dachte, vielleicht würde sie den Dingen einfach ihren Lauf lassen. Und Poppy gehen lassen, wenn ihre Zeit gekommen ist.«

»Vielleicht, aber um welchen Preis?«

»Um welchen Preis?« Ich senke die Stimme, für den Fall, dass Poppy uns hört. »Sie stirbt doch sowieso. Was gibt es da noch zu verlieren?«

»Ich meine, um welchen Preis für dich, Ash. Wenn du es Deborah erzählst, müsstest du ihr sagen, dass Poppy weiß, wer, *was*, du bist, und das würde sie niemals ungestraft lassen.«

»Mir egal.«

»Nein.« Sie hebt drohend den Zeigefinger. »Denk noch nicht mal dran.«

»Woran?«

»Das weißt du ganz genau.« Sie wartet, bis ich sie ansehe, dann sagt sie: »Das kannst du nicht tun.«

Ich recke das Kinn und sehe ihr in die Augen. »Ich kann was nicht, Esen?«

»Du darfst nicht eingreifen.«

Ich presse die Lippen aufeinander und denke an all die Arten, auf die es passieren könnte. Poppy ist gesund – jedenfalls so viel wir wissen –, es muss also irgendetwas sein, was ihr zustößt. Ein betrunkener Autofahrer. So ein Typ mit einem Messer, dem es nicht gefällt, wie sie ihn anguckt. Vielleicht überhitzt genau jetzt irgendwo in diesem riesigen, alten Haus ein Kabel, und das Haus geht gleich in Flammen auf. Ich kann mir nicht vorstellen, es einfach geschehen zu lassen.

Nicht zu versuchen, sie rauszubekommen.

Ihr nicht aufzuhelfen, sollte sie fallen.

»Ich glaube ehrlich gesagt nicht, dass ich nicht eingreifen kann«, gebe ich zu.

Als ich Esen wieder ansehe, nickt sie. »Ich weiß. Aber du musst. Wenn du nicht glaubst, dass du es kannst, dann darfst du sie nicht mehr sehen, Ash.«

»Das kann ich nicht.«

»Hör zu. Ich weiß, du denkst, ich würde es nicht verstehen, aber das tue ich.« Sie legt sich eine Hand auf die Brust. »Es ist nicht fair.«

Ich nicke, denn sie hat recht. Es ist nicht fair.

»Du und Poppy konntet euch nicht verabschieden, oder? Ihr habt kein Ende bekommen, aber jetzt bekommt ihr es, und ja, okay, es ist vielleicht nicht das Ende, das ihr euch erträumt habt, aber es ist besser als keins, oder?«

Als ich ihr nicht zustimme, sondern nur auf den makellosen Herd blicke, der wahrscheinlich noch nie benutzt wurde, hoffe ich, dass sie es dabei belässt, aber dann sagt sie: »Du kannst das Schicksal nicht ändern, Ash. Poppy wird sterben, wenn sie stirbt. Du kannst es nicht aufhalten. Und ja, das ist scheiße und unfair und alles andere, was du gerade fühlst, aber sieh es mal so: Du wirst sie nie enttäuschen, oder? Sie wird nie von dir gelangweilt sein oder dich betrügen oder dir so sehr das Herz brechen, dass du es noch nicht mal mehr erträgst, ihren Namen zu hören. Es wird immer so sein wie jetzt. Ihr werdet immer so verliebt ineinander sein, wie ihr es jetzt seid.«

So wie sie das sagt, klingt es gar nicht mal schlecht.

Es sollte mir reichen, ich weiß, aber das tut es nicht, denn ja, okay, wir sind vielleicht nichts Besonderes, aber ich glaube an sie. Ich glaube an uns. Ich glaube daran, dass wir größer sind als das alles. Und es ist mehr als bloße Anziehung. Mehr als Lust und jugendliche Ungeduld. Da ist etwas unter dem allen. Etwas, weswegen ich leben will. Und ich weiß natürlich, dass das nicht geht, aber sie kann es. Sie kann immer noch hier sein, selbst wenn mein Eingreifen bedeutet, dass ich nicht bleiben darf.

Soll Charon mich ruhig holen. Das ist besser, als zuzusehen, wie Poppy stirbt, wenn ich es hätte verhindern können. Ich kann nicht zusehen, wie sie auf die Barke steigt und irgendwo hinfährt, wo ich sie nie finden werde. Das muss gar nicht passieren, damit das, was Esen gerade gesagt hat, wahr wird. Selbst wenn Poppy neunzig wird, werde ich sie nie enttäuschen. Es wird immer so sein wie jetzt. Wir werden uns immer so sehr lieben.

Ich werde immer das Mädchen sein, das ihr das Leben gerettet hat.

Und ich will wirklich dieses Mädchen sein.

Esen weiß es offenbar, denn sie schüttelt wieder den Kopf. »Ich kann dich nicht aufhalten. Ich kann noch nicht mal lügen und behaupten, ich würde nicht dasselbe tun, schließlich ist es der ultimative Liebesbeweis, nicht wahr? Poppy zu retten, damit sie das Leben leben kann, das du nicht mehr haben kannst. Versprich mir nur, dass du darüber nachdenkst. Wenn du das machst, sollte es – sollte *sie* – das Risiko wirklich wert sein.«

Darüber muss ich noch nicht mal nachdenken.

Natürlich ist sie das.

ZWANZIG

Esen erhält einen Anruf von Deborah wegen eines Todesfalls in der Nähe vom Tarner Park, den sie übernehmen soll. Sie sagt noch, ich soll mich später bei ihr melden, und weg ist sie. Sobald die Haustür hinter ihr ins Schloss fällt, ruft Poppy nach mir und bittet mich rauf. Als ich oben ankomme, ist sie angezogen, ganz in Schwarz, wie ich. Schwarze Skinny-Jeans. Schwarze Socken. Ein übergroßer schwarzer Pulli. Ihre Haut ist rosig vom Duschen, und alles an ihr wirkt so kuschelig, dass ich sie am liebsten umarmen und den kratzigen Wollpulli unter meinen Fingern spüren würde. Dann wird mir bewusst, dass wir endlich allein sind.

Doch Poppy scheint nicht das Gleiche zu denken wie ich, denn sie drückt mir eine grüne Plastikbox in die Hand. Es ist ein Verbandskasten, und als ich Poppy wieder ansehe, streckt sie das Kinn vor und zeigt mir ihre Handflächen.

»Meinst du, ich sollte damit was machen? Brauche ich ein Pflaster oder so?«

Ich beuge mich vor, um die Schürfwunden zu begutachten, die sie sich bei ihrem Sturz auf dem Friedhof zugezogen hat. »Sie haben aufgehört zu bluten, wahrscheinlich ist es am besten, sie einfach trocknen zu lassen. Aber wir sollten sie reinigen, falls du Duschgel reinbekommen hast.«

Sie geht ins Badezimmer, und ich folge ihr. Der Spiegel ist beschlagen, so dass ich uns darin nicht sehe, als ich den Verbandskasten auf den Rand des Waschbeckens stelle. Im Kasten finde ich ein Päckchen mit klarer Flüssigkeit und zwischen den Pflastern und Mullbinden eine kleine Schere. Ich überprüfe, ob es sich bei dem Päckchen mit Flüssigkeit um Kochsalzlösung handelt, dann schneide ich eine Ecke ab.

»Lehn dich vor«, sage ich, träufle ihr etwas Kochsalzlösung übers Kinn und sehe zu, wie die Lösung über ihre aufgeschürfte Haut läuft und dann ins Waschbecken tropft. Poppy zuckt zusammen. »Brennt es?«, frage ich.

Sie schüttelt den Kopf. »Ist nur kalt.«

Ich mache dasselbe mit ihren Händen, und als ich fertig bin, nehme ich das Handtuch vom Halter neben dem Waschbecken und tupfe ihr vorsichtig die Hände ab. Wieder zuckt sie zusammen, und ich entschuldige mich, aber sie greift nach meinem Handgelenk und umklammert es so fest, dass ihre Silberringe mir in die Haut schneiden. Sofort höre ich auf, aus Angst, ihr weh zu tun.

Doch sie sieht mich unter ihren Wimpern hindurch an und sagt: »Ich hab dich so vermisst, Ash.«

»Ich dich auch«, antworte ich, ohne zu zögern.

Flatternd senkt sie die Augenlider, und bevor ich es überhaupt zu hoffen wage, neigt sie den Kopf und drückt ihre Lippen auf meine. Dann ist kein Raum mehr zwischen uns, und ich traue mich nicht, mich zu bewegen. Ich kralle mich ans Handtuch, um mich an etwas festzuhalten, denn das kann gerade nicht echt sein. Ich habe einen dieser Träume, wie ich sie manchmal habe, wenn ich krank bin, wo ich in einem brennenden Haus gefangen bin und nicht rauskomme.

Nur, dass ich gar nicht raus will.

Ich will für immer hierbleiben.

Doch dann macht sie einen Schritt zurück und sieht mich an – und ihre Augen sind ganz schwarz, bis auf eine dünne blaue Linie um den Rand der Iris. Sie leckt sich über die Lippen, nimmt mir das Handtuch ab und wirft es ins Waschbecken, bevor sie mich wieder an sich zieht. Ich hätte nicht gedacht, dass wir uns noch näher sein können, doch da ist sie, sie presst ihre Brust an meine, eine Hand auf meinem unteren Rücken, die andere in meinem Nacken, und ich warte. Warte darauf zu fühlen, was ich unter der Brücke fühlte, als sie mich zum ersten Mal küsste. Aber es ist nicht dasselbe. Ich spüre die Hitze ihres Munds und ihre sich langsam bewegende Zunge, aber es setzt mich nicht in Flammen wie an jenem Abend. Und doch ist da etwas – weit, weit weg regt sich etwas –, und ich muss daran denken, was Dev gesagt hat.

Darüber, dass wir solche Dinge nicht mehr spüren, uns aber immer noch an sie erinnern können, wenn wir es zulassen.

Also erinnere ich mich daran, wie sie mich unter der Brücke gehalten hat, auch wenn das hier anders ist. Und es anders ist als der Abschiedskuss an Silvester. Da küsste sie mich, als würde es noch viel mehr solcher Küsse geben – unzählige –, aber jetzt weiß sie, dem ist nicht so, dies ist vielleicht alles, was uns bleibt. Und so klammere ich mich an sie und hoffe, sie weiß, dass ich genauso wenig vorhabe, sie wieder loszulassen.

Schließlich weicht sie ein Stück zurück. Sie zittert am ganzen Körper, als sie mir die Hände auf die Wangen legt und mich ansieht – mich richtig ansieht –, als würde sie versuchen, sich mich noch mal neu einzuprägen. Die Farbe meiner Augen. Meinen Nasenring. Die Kuhle an meinem Nasenrücken. Ich hebe die Hände und lege sie um ihre Handgelenke auf meinen Wangen, umklammere sie so fest, dass ich ihren Puls spüre. Er ist viel zu schnell, und ich sollte vielleicht beunruhigt sein, aber wie kann ich das sein?

Ich habe das mit ihr gemacht.

Ich war es.

Wir küssen uns, bis sie müde wird und ihr Kopf auf meine Schulter sinkt.

»Komm«, sagt sie an meinem Hals, greift nach meiner Hand und zieht mich aus dem Badezimmer. Als wir vor ihrer Zimmertür ankommen, zögere ich, und sie sieht mich erschöpft lächelnd an. »Keine Sorge. Ich werde dich nicht bespringen. Ich will mich nur kurz hinlegen, bevor meine Eltern nach Hause kommen. Es war ein langer Abend.«

»Das ist es nicht. Es ist nur so, dass Sensenmädchen nicht schlafen.«

»Ich will gar nicht schlafen. Ich muss mich nur eine Weile hinlegen.«

Das ist wahrscheinlich eine gute Idee, denke ich und folge ihr ins rosafarbene Zimmer.

»Pass auf, dass ich nicht einschlafe, ja?«, sagt sie mit einem Blick aufs Handy, das auf einem der Nachttische am Ladekabel hängt, bevor sie sich mit einem langen Seufzen aufs Bett wirft. Ich setze mich auf die Bettkante, schnüre meine Docs auf und lege mich neben sie. Sofort kuschelt sie sich an mich und schlingt mir einen Arm um den Bauch.

»Pass auf, dass ich nicht einschlafe, ja?«, sagt sie wieder. »Ich will nichts verpassen.«

Ich nicke.

»Versprochen?«

Ihr Atem wird langsamer, und fast bin ich versucht, sie

anzustoßen. Sie wach zu halten, damit sie mir alles erzählt. All ihre Geheimnisse, für den Fall, dass dies die letzte Gelegenheit ist, mit ihr zu reden. Doch sie klingt so zufrieden, und das regelmäßige Auf und Ab ihrer Brust ist so beruhigend, dass es auch mich fast in den Schlaf lullt (wenn ich noch schlafen könnte), und so lasse ich sie eindämmern. Auch wenn ich nur ungern mein Versprechen breche, sie braucht den Schlaf. Mit Poppy in meinen Armen liege ich da und zähle jeden ihrer Atemzüge an meinem Hals – eins, zwei, drei, vier –, während ich aus den hohen, breiten Fenstern sehe und darauf warte, dass die Sonne aufgeht.

EINUNDZWANZIG

Als Poppy aufwacht und mich neben sich liegen sieht, mein Kopf auf ihrem Kissen, schreckt sie kurz zurück. Einen Moment sehen wir einander nur an, und ich weiß, ich sollte es nicht, aber ich fühle mich unsagbar glücklich, weil es eine weitere Sache ist, von der ich nicht glaubte, sie über sie zu erfahren. Wie sie aussieht, wenn sie aufwacht. Ich betrachte ihre schweren Augenlider, den weichen Mund, die Kissenabdrücke auf ihrer Wange, die wirren, aber irgendwie immer noch perfekten Haare. Die ganzen geheimen Dinge, die nur ein paar Menschen über sie wissen. Und jetzt gehöre ich dazu.

Sie blinzelt mich an, offenbar unsicher, ob ich wirklich da bin oder sie noch träumt. Sie streckt die Hand nach mir aus, drückt mir sanft die Finger auf die Lippen und wartet, wie um zu gucken, ob ich verschwinde, wenn sie mich berührt. Als ich es nicht tue, verändert sich ihr Gesichtsausdruck, und sie erschaudert, und ich sehe ihr an, wie ihr alles wieder einfällt. Der Friedhof. Ich. Esen. Dev. Nicht auf der verdammten Bank sterben zu wollen.

Sie seufzt niedergeschlagen, und ich setze mich auf, unsicher, was ich tun soll. Wie ich sie trösten soll. Soll ich sie an der Schulter berühren? Sie an mich ziehen? Lügen und sagen, dass alles gut wird?

Bevor ich irgendwas davon machen kann, haut sie mich auf den Arm. »Du solltest doch aufpassen, dass ich nicht einschlafe!«

Kurz denke ich, sie wäre wirklich sauer auf mich, doch dann lächelt sie.

»Guten Morgen«, sagt sie, und ich habe mich nie so gefreut, diese Worte zu hören.

»Morgen.«

Wir haben es geschafft.

Ich frage mich, ob sie dasselbe denkt, als sie sich vorbeugt und mich auf den Mund küsst. Es ist ein so sanfter Kuss – kaum spürbar –, genau wie das Berühren meiner Lippen mit ihren Fingern kurz vorher, und ich bin froh darüber. Froh, dass sie mich nicht packt und mir die Zunge in den Hals steckt. Sie lehnt sich zurück und sieht mich wieder an, ihre Hände auf meinen Wangen, und ich frage mich, ob es sich so anfühlt, sich sicher zu sein. Eine Person anzusehen und zu wissen – wirklich zu *wissen* –, dass sie genauso für dich empfindet wie du für sie. Dass sie dich nicht am nächsten Tag in der Schule ignorieren oder den erstbesten Jungen küssen wird, nur um zu beweisen, dass es nichts bedeutet hat.

Und mit *es* meine ich natürlich mich. Jedenfalls fühlt es sich so an, wenn sie mich ansieht. Es bewirkt, dass ich darüber nachdenke, wie groß die Welt ist. Wie weit weg alles ist. Wie kurz mein Leben war. Wie kurz ihrs sein soll. Und trotzdem sind wir beide hier, zur selben Zeit, auf demselben Fleck Erde.

Wisst ihr eigentlich, wie unwahrscheinlich das ist?

Manchmal denke ich darüber nach, wie alles gelaufen wäre, wenn wir uns an jenem Tag nicht auf der Fähre begegnet wären. Wenn unsere Klasse mit der nächsten Fähre gefahren wäre oder ihre mit der davor, oder Mr. Moreno nicht so begeistert von den Wundern der erneuerbaren Energien gewesen wäre und wir stattdessen einfach nur ein Buch über das Thema hätten lesen sollen. Nicht nur wären Poppy und ich uns nie begegnet, ich wäre außerdem auch zu Donna Nivens Silvesterparty gegangen, hätte mich betrunken und um Mitternacht ein Mädchen geküsst, das ich nicht hätte küssen sollen, während Poppy am Strand gesessen und zweifellos eine andere geküsst hätte, bevor jede von uns nach Hause gegangen und geschminkt eingeschlafen wäre, ohne zu wissen, was wir verpasst hätten.

Ohne zu wissen, dass wir das hier verpasst hätten.

Uns.

Hier.

Jetzt.

Eine Weile sitzen wir schweigend da und lassen die Stille um uns herabsinken.

Schließlich lächelt sie mich zaghaft an. »Komm. Ich muss raus. Ich kann hier nicht atmen.«

Ich sehe ihr zu, wie sie zum Schrank geht, einen schwarzen Mantel rausnimmt, den ich noch nie gesehen habe, ihn anzieht und zur Kommode geht. Aus der untersten Schublade zieht sie einen gelb karierten Schal hervor, den ich ebenso noch nie gesehen habe, schlingt ihn sich um den Hals und nimmt noch ein Paar schwarzer Wollhandschuhe heraus.

Sie greift nach einem Paar Stiefel auf dem Boden neben dem Bett, dann sieht sie sich im Zimmer um, als würde sie es zum letzten Mal betrachten. Plötzlich wirkt sie sehr traurig. So traurig, dass ich einen Schritt auf sie zu mache.

»Was ist, Pops? Willst du warten, bis deine Eltern zu Hause sind, damit du dich verabschieden kannst?«

»Das ist es nicht.« Sie schüttelt den Kopf. »Es ist irgendwie lustig. Ich dachte, ich wollte hier sein, aber ich hab immer noch dieses Gefühl.«

»Was für ein Gefühl?«

»Das Bedürfnis, nach Hause zu gehen.« Sie blickt sich noch mal im Zimmer um. »Aber ich bin schon da, oder?«

ZWEIUNDZWANZIG

Poppy kann nicht einfach so gehen. Ich weiß, sie hat ein schwieriges Verhältnis zu ihren Eltern – besonders zu ihrem Vater –, aber sie muss sich von ihnen verabschieden.

Ein bisschen Zeit draußen wird ihr guttun, denke ich, als ich ihr auf die Straße folge und die Tür hinter uns zuziehe. Es wird ihr die Gelegenheit geben, ihre Gedanken zu sortieren und zu überlegen, was sie sagen will, wenn ich sie überzeugt habe, später noch mal zurückzukommen.

Doch gerade hat sie andere Dinge im Kopf.

»Wo sind Esen und Dev?«

Ich zucke die Achseln. »Keine Ahnung.«

»Kannst du sie anrufen?«

»Warum?«

Sie zieht an ihren Handschuhen. »Ich will Minigolf spielen, und zu viert macht es mehr Spaß.«

Als Esen und Dev ankommen, sitzen Poppy und ich auf einer der Picknickbänke auf dem Dach des Strandcafés und blicken hinaus aufs Meer. Für Januar ist es überraschend sonnig. Trotzdem ist es gerade mal zehn Uhr morgens an einem Sonntag, so dass wir die Einzigen hier sind. Wir und die müde aussehende Frau auf dem Spielplatz unter uns, die einen Kinderwagen hin- und herschaukelt, während sie an einem wahrscheinlich sehr starken Kaffee nippt.

Poppy hat ihren Hafer-Latte gerade ausgetrunken, als Esen und Dev uns entdecken.

»Da seid ihr ja!«, ruft sie begeistert und wirft die Hände in die Luft.

Esen ist selbst in Hochform keine, die begeistert die Hände in die Luft wirft, aber angesichts dessen, in welchem Zustand Poppy sich befunden hat, als Esen sie das letzte Mal gesehen hat, ist sie zurecht verunsichert.

»Geht es ihr gut?«, fragt sie mich, als Poppy sagt, dass wir ihr folgen sollen, und die Treppe zum Café runterläuft.

»Was glaubst du?«

Sie murmelt etwas vor sich hin, während ich Poppy hinterhergehe, dann murmelt sie noch etwas, als Dev ihr sagt, sie soll aufhören, so miesepetrig zu sein, und ein paar Sekunden später höre ich sie hinter mir auf der Treppe. Die Frau ist immer noch da, nippt immer noch an ihrem Kaffee und schuckelt den Kinderwagen, während die Möwen auf dem leeren Spielplatz nach verstreuten Chips oder Krümeln von Reiswaffeln picken.

Poppy steht schon am Cafétresen und ist vor Aufregung ganz hibbelig.

Oder vielleicht kommt es auch von dem ganzen Koffein, das sie sich gerade reingepfiffen hat.

»Yay, Minigolf!« Sie klatscht freudig in die Hände.

Esen sieht mich mit zusammengekniffenen Augen an. »Wie bitte?«

Ich habe ihr nicht erzählt, was wir vorhaben – und das aus gutem Grund. Ich lege mir einen Finger an die Lippen und flüstere ihr zu: »Darf ich dich daran erinnern, dass Poppy jeden Moment sterben kann? Wenn sie also mit uns Minigolf spielen will, dann spielen wir Minigolf.«

»Auf keinen Fall«, murmelt Esen.

»Komm schon, Ess!«, sagt Dev und klatscht auch in die Hände. »Ich hab schon seit Jahren kein Minigolf mehr gespielt.«

»Viermal, bitte!«, singt Poppy, als sie beim Mann hinterm Cafétresen Schläger und Bälle bestellt.

Er guckt, als hätte er sie nicht richtig verstanden. »Es ist Januar.«

»Ich weiß.«

»Warum wollt ihr im Januar Minigolf spielen? Es ist eiskalt.«

Esen sieht zu mir, dann deutet sie auf den Mann, wie um zu sagen: *Eben! Hört auf ihn.*

Doch Poppy zeigt sich unbeeindruckt. »Wir werden beim Spielen schon warm.«

»Aber es ist windig.«

»Wir sind in Brighton. Es ist immer windig. Außerdem wird es meine ausgefeilten Minigolffähigkeiten auf die Probe stellen.«

Er wirkt kein bisschen überzeugter, sieht aber ein, dass sie von ihrem Plan nicht abzubringen ist, und so verschwindet er und kommt kurz darauf mit vier Schlägern und ein paar Golfbällen zurück.

»Zwei Teams, nehme ich an?«, sagt er und reicht ihr die Sachen.

Poppy nimmt sie mit breitem Lächeln entgegen. »Ja, zwei Teams. Eins, das gewinnt, und eins, das verliert.«

Sie streckt Esen und Dev die Zunge raus.

»Du bist mir echt was schuldig«, murmelt Esen mir zu, während Poppy uns mit hochgestrecktem Arm zum Minigolfplatz führt. »Du bist mir so was von was schuldig.«

Ich nicke, leicht besorgt, was meine Strafe dafür sein könnte, dass ich sie zwinge, Minigolf zu spielen.

Eigentlich sollte es mich nicht besonders erstaunen, dass Poppy ganz wild darauf ist zu gewinnen. Aber als sie vorschlug, Minigolf zu spielen, dachte ich trotzdem noch, es würde eine Menge Kichern und Flirten geben und Poppy würde sich hinter mich stellen, um mir zu zeigen, wie ich den Schläger halten muss. Doch zum Flirten ist sie viel zu konzentriert. Sie teilt uns in zwei Teams ein und erklärt die Regeln. Ich wusste noch nicht mal, dass es hierbei Regeln gibt, doch offenbar ist es so. Und es gibt eine Menge. Esen scheint gar nicht zuzuhören, sondern sieht mich nur an, als hätte sie vor, mich mit dem Schläger, den sie vor- und zurückschwingt, zu verdreschen.

»Los geht's«, sagt Poppy grinsend und wirft Dev einen Ball zu.

»Ich möchte nur noch eins klarstellen, bevor wir anfangen«, sagt Esen. »Damit es nachher keine enttäuschten Gesichter gibt.«

Ich bin gespannt, worauf sie hinauswill.

»Ich weiß, das hier ist wie in einem Arthouse-Film: Das Mädchen, das sterben soll, fordert drei Sensenmädchen zu einem Schachspiel um ihre Seele heraus. Oder in unserem Fall zum Minigolf. Aber wenn du dieses Spiel gewinnst, Poppy Morgan« – sie zeigt kopfschüttelnd mit dem Schläger auf sie – »ändert das gar nichts, okay?«

Wir sind die Einzigen auf dem Platz, aber ich sehe mich trotzdem um, ob irgendwer Esens Worte mitbekommen hat.

Doch Poppy lacht nur – das wilde, helle Lachen, das ich gefühlt seit Jahren nicht gehört habe –, und da ist es mir egal, wer uns hört, weil sie glücklich ist.

Und wie glücklich sie ist.

Ich habe noch nie Golf gespielt – Minigolf oder richtig –, daher bin ich erleichtert, dass es gar nicht so schwer ist, noch nicht mal mit dem Wind. Die ersten paar Schläge sind sogar ziemlich einfach, aber als wir die Brücke erreichen, stellt sich heraus, dass Esen genauso sehr gewinnen will wie Poppy. Vielleicht sogar noch mehr.

»Das ist viel zu schwer!«, ruft sie, als der Ball wieder zurückrollt, nachdem sie ihn gerade geschlagen hat. Sie versucht es noch mal, und als er wieder zurückkullert, haut sie mit dem Schläger auf den Kunstrasen, und ihre Haare fliegen durch die Luft.

Ich will nicht lügen, ich würde lachen, wenn sie nicht so sauer wäre und gerade einen Golfschläger in der Hand hätte.

Dev geht zu ihr und sagt, sie soll sich beruhigen, bevor wir noch rausgeschmissen werden. Für einen Moment beruhigt sie sich tatsächlich, doch kurz darauf regt sie sich schon wieder darüber auf, wie schwierig es ist, den Ball um den Stamm einer Kunstpalme zu bugsieren.

»Das kann doch nicht sein!«, zischt Esen. »Das ist wie mit den Münzschieberautomaten auf dem Pier. Da sind irgendwelche Magneten oder so!«

»Da sind keine Magneten, Ess.« Dev verdreht die Augen. »Du spielst einfach scheiße.«

Esen schlägt wieder nach dem Kunstrasen, und ich weiß nicht, ob es aus Frust ist oder im Versuch, die Magneten zu lösen, die ihren Ball davon abhalten, über die Brücke zu rollen, aber es bringt Poppy zum Lachen.

»Okay«, sage ich zu Poppy, während ich Esen zusehe, die den Golfball aufhebt und droht, ihn ins Meer zu schmeißen. »Von allen Dingen, die du heute hättest machen können, warum ausgerechnet Minigolf?«

»Ich weiß nicht.« Sie zuckt die Achseln und beobachtet lächelnd Dev und Esen. »Ich habe an das letzte Mal gedacht, als ich glücklich war.« Sie wendet sich mir zu und lächelt mich an. »An Silvester, mit dir.« Sie zieht die Nase kraus und küsst mich schnell auf den Mund. »Davor war ich das letzte Mal an meinem elften Geburtstag so richtig, richtig glücklich.«

»Ja?«

»Mein Dad und ich haben den kleinen Zug von der Black Rock Station genommen.« Sie deutet mit dem Daumen über ihre Schulter, dann zeigt sie geradeaus. »Zum Pier. Wir haben an allen Münzschieberautomaten gespielt, denen mit den Magneten, und dann haben wir uns vom Gewinn Zuckerwatte und Eis gekauft und sind mit dem Zug hierhergefahren und haben Minigolf gespielt. Das war der schönste Tag. Wirklich. Ich hatte so einen Spaß.«

Sie seufzt traurig, und ich weiß, warum sie herkommen wollte.

Das hier ist ihr Abschied von ihrem Vater.

»Klingt nett«, sage ich und greife nach ihrer Hand, und ich schwöre, ich zittere, als unsere Handflächen sich berühren.

Oder vielleicht ist sie das auch.

»Es war nett.« Ihr Lächeln verblasst, als sie zurück zu Dev und Esen sieht. »Ein paar Wochen später haben sie mich nach Wycombe Abbey geschickt. Ich weiß nicht, was ich getan hatte.« Sie zuckt die Achseln. »Warum es auf einmal so schwer geworden war, mich zu lieben.«

Bevor ich etwas sagen kann, springt sie los, um ihren nächsten Schlag zu machen, jetzt wo Dev Esen den Ball abgenommen hat. Poppy trifft ihn perfekt, und Dev schnappt nach Luft und schlägt sich die Hand auf den Mund.

»Was für ein Scheiß!«, flucht Esen und wirft ihren Schläger hin. Er springt zweimal hoch, dann bleibt er auf dem Kunstrasen liegen, während sie davonstapft und schmollend neben einem Tiki-Kopf stehen bleibt, der genauso dreinschaut wie sie.

Dev wird zu einem Fall gerufen, und wo sie nicht mehr da ist, um Esen zu beruhigen, schlage ich vor, dass wir aufhören. Halb rechne ich mit Poppys Protest, doch ihr scheint es nichts auszumachen, sie wirkt vielmehr amüsiert von dem Ganzen, als sie versucht, dem Mann hinterm Cafétresen zu erklären, warum Esens Schläger verbogen ist.

»Was willst du jetzt machen?«, frage ich Poppy, als wir Richtung Duke's Mound gehen.

Sie denkt kurz nach, und ich überlege, ob sie eine Liste mit Dingen hat, die sie unbedingt noch erleben will, bevor … na ja. Dann denke ich an unsere Vorhaben fürs neue Jahr, von denen wir uns an Silvester erzählt haben. Ich hatte keine Gelegenheit mehr, irgendwas von meiner Liste zu machen, aber vielleicht können wir ein paar Punkte von ihrer abhaken. Es muss für sie noch was anderes geben als Minigolf.

»Ich will Toast«, verkündet sie, als wir wieder auf der Straße sind.

Okay.

Toast können wir auf jeden Fall machen.

»Sollen wir dann wieder zu dir?« Ich deute nickend über die Straße zu ihrem Haus.

»Meine Eltern haben keinen Toaster.« Sie setzt einen schockierten Blick auf. »Und auch kein Brot. Nein.« Sie bleibt stehen und lässt einen Bus vorbeifahren, bevor sie die Straße überquert. »Da vorn ist ein Laden, wo es das *beste* vegane Frühstück gibt.«

Darauf springt Esen an. »Das blaue Café an der Ecke gegenüber von St Mary's Hall?«

»Ja!«, ruft Poppy. »Warst du schon mal da?«

»Nee. Das gab's noch nicht, bevor *du weißt schon*. Aber immer, wenn ich dran vorbeikomme, ist es *richtig* voll.«

Poppy sieht noch nicht mal zu ihrem Haus rüber, sondern läuft einfach die Lewes Crescent weiter. Als wir an den Kemp Town Enclosures vorbeikommen, würde ich Poppy am liebsten fragen, ob sie den Schlüssel dabeihat und wir reingehen und gucken können, ob mein Vater da ist. Wir sind auch gar nicht so weit weg vom Krankenhaus, oder? Noch vor ein paar Tagen hätte ich es so gedeichselt, dass wir auf dem Weg zurück zum Buchladen am Krankenhaus vorbeigekommen wären, so dass ich davor hätte stehen bleiben können, in der Hoffnung, meine Mutter zu sehen. Aber nachdem ich Poppy auf dem Friedhof begegnet bin, traue ich mich das nicht mehr. Ich habe viel zu viel Angst davor, was passieren könnte. Poppy scheint zu wissen, was ich denke, denn sie greift nach meiner Hand und drückt sie, und als ich sie ansehe, stößt sie mich mit der Hüfte an.

»Da ist es«, sagt sie, als wir oben am Sussex Square ankommen, und zeigt auf ein Café. Es ist genau da, wo Esen gesagt hat – an der Ecke, gegenüber von St Mary's Hall – und genauso voll. Die Schlange reicht bis auf die Straße. Wir stellen uns gerade hinten an, da klingelt mein Handy, und als ich es aus meiner hinteren Jeanstasche ziehe, ist es Deborah.

»Mist«, murmele ich und gehe ran. »Hallo?«, sage ich.

Sie erwidert es nicht. »Ash, du bist mit Esen unterwegs, oder?«

»Ja.« Ich runzle die Stirn. Woher weiß sie das?

Vielleicht hat Esen ihr erzählt, dass sie mich trifft.

»Seid ihr in der Nähe von St Mary's Hall?«

Okay. *Das* kann Deborah nicht wissen.

Argwöhnisch sehe ich mich um. »Ja.«

»Gut. Wir haben dort einen Todesfall durch Erstechen. Mir wäre es lieber, ihr geht beide hin.«

»Erstechen?«

Ich versuche, meine Stimme zu dämpfen, während ich zu Poppy sehe, aber sie ist viel zu abgelenkt von zwei Möpsen, die gerade vorbeiwatscheln. Esen allerdings hört zu. Sie runzelt die Stirn, und ich frage mich, ob sie das Gleiche denkt wie ich.

Sag nicht Poppy Morgan.

Sag nicht Poppy Morgan.

Sag nicht Poppy Morgan.

»Ja.« Deborah macht eine Pause, und es fühlt sich an wie eine Ewigkeit, bevor sie schließlich sagt: »Alfie Fuller.«

Ich blicke Esen kopfschüttelnd an. Nicht, dass es nötig gewesen wäre – die Erleichterung muss mir auch so anzusehen sein.

»Wo?«, frage ich.

»The Manor. Kennst du den Sportpark?«

»Ja.« Meine Cousine hat da früher jeden Samstagvormittag Fußball gespielt. »Wann?«

»Gleich. Um 12.13 Uhr.«

»Okay. Wir gehen sofort los.«

»Wer war das?«, fragt Poppy, als ich aufgelegt habe.

»Deborah«, sage ich, dann wende ich mich an Esen. »Woher weiß sie, dass wir hier sind?«

Sie verdreht die Augen. »Das ist Deborah. Sie ist eine Hexe.«

»Oder sie trackt euch über eure Handys«, sagt Poppy und richtet ihre Bommelmütze.

Ich sehe auf mein Handy und dann Esen an, die ähnlich entsetzt wirkt wie ich.

»Was?« Ich halte mein Handy hoch. »Auf diesem Schrottding? Es hat noch nicht mal Internet.«

Ich bin noch nicht lange genug dabei, um mir ein iPhone verdient zu haben, wie Dev und Esen eins besitzen.

Poppy zuckt die Achseln. »Peilsender sind winzig. Sie passen so ziemlich überall ran.«

Ich frage mich, ob Esen genauso wie ich überlegt, ihr Handy auf die Straße zu schmeißen.

Doch sie hebt das Kinn und sagt: »Wohin?«

»The Manor.« Ich deute nickend die Straße entlang. »Nicht weit.«

»Okay.« Poppy nimmt die Handschuhe aus ihrer Manteltasche und zieht sie an. »Der Toast kann warten.«

»Auf keinen Fall«, sage ich und halte die Hände hoch. »Du bleibst hier. Wir holen dich ab, wenn wir fertig sind.«

»Und inwiefern bin ich hier mehr in Sicherheit?«, fragt sie mit wütender Miene. »Was, wenn es passiert, und du bist nicht da?«

»Sie hat recht«, stimmt Esen ihr zu.

Ich starre sie an, doch sie zuckt bloß die Achseln.

»Du kannst sie nicht allein lassen.«

»Okay«, sage ich schnaubend. »Aber halte dich zurück, ja? Misch dich nicht ein.«

Poppy nickt folgsam.

Um genau 12.13 Uhr kommen wir beim Sportpark an und finden einen reglos auf dem Platz liegenden Körper. Es muss gerade erst passiert sein, denn zwei Typen rennen wie der Teufel davon in Richtung der Wohnhäuser auf der anderen Seite. Esen blickt ihnen hinterher. »Waren dann wohl die beiden, die ihn erstochen haben.«

»Die beiden?« Poppy runzelt die Stirn. »Da ist doch nur einer.«

Wir brauchen einen Moment, doch als wir kapieren, dass Poppy Alfie Fuller nicht sehen kann – sondern nur wir –, gucken wir einander an und sagen gleichzeitig: »Mist.«

Warum passiert so was immer, wenn ich mit Esen unterwegs bin?

Esen läuft los. »Bleib bei Poppy!«, ruft sie noch, und dann sieht sie sich noch mal um. »Welcher von beiden ist es?«, fragt sie, als ihr klarwird, dass sie nicht weiß, wie Alfie Fuller aussieht.

Ich blicke auf die Leiche zu meinen Füßen. »Der mit der Pelzkapuze!«

Sie holt ihn am Ende des Felds ein und reißt ihn an der Kapuze zurück, woraufhin er stolpert und auf den Rücken fällt. Nachdem sie ihm aufgeholfen hat, ist er so damit beschäftigt, sie abzuschütteln, dass er seine Leiche auf dem Feld anscheinend nicht sieht, sonst würde er sicherlich noch mehr ausflippen. Als sie bei uns ankommen, sagt Esen gerade zu ihm: »Ja, ich weiß, dass er auf dich eingestochen hat, aber du musst mit mir mitkommen.«

»Wer seid ihr?«, faucht er und sieht erst Esen und dann mich und Poppy an. »Die Polizei oder was?«

»Schön wär's«, sagt Esen, fasst ihn am Ellbogen und führt ihn zum Tor.

Das letzte Mal war ich zur Neujahrsparty an diesem Ende des Strands. Jetzt ist es leer hier, aber ich bestehe trotzdem darauf, dass Poppy und ich uns hinter einem der oben an der Straße geparkten Busse verstecken, während Esen Alfie Fuller zu Charon bringt. Ginge es nach mir, wären wir viel weiter weg, aber Poppy wollte unbedingt zugucken.

»Von hier aus sehe ich überhaupt nichts«, sagt sie schmollend und linst hinter dem Bus hervor.

»Du kannst doch sowieso nichts sehen«, erinnere ich sie und ziehe sie am Ärmel zurück. »Ich hab dir doch gesagt, nur Esen und ich können Alfie und Charon mit seiner Barke sehen. Wie, glaubst du, sollten wir die Verstorbenen sonst hierherbringen, ohne dass es irgendwer mitbekommt?«

Poppy wirkt richtig enttäuscht. »Ich dachte ja nur …«

Ich hoffe, dass es nie so weit kommt, denke ich, als Esen mit hüpfenden Locken zu uns zurückkehrt.

»Alles klar?«, frage ich.

»Ich hab ihn doch noch überzeugen können.«

»Wie kommt es eigentlich, dass ich mit Dev schon so viele Leute geholt hab und nicht ein Mal wer weggelaufen ist?«

Esen lächelt bloß und schlägt den Kragen ihres Mantels hoch.

Wir beschließen, zurück zum Buchladen zu gehen, damit ich mich kurz zeigen kann, bevor Deborah noch Verdacht schöpft. Poppy muss müde sein, denn sie will mit dem Bus zurück in die Stadt fahren, und als ich ihr erkläre, dass wir lieber laufen, weil wir so weniger Aufmerksamkeit auf uns ziehen, bucht sie uns über ihr Handy ein Taxi. Ich bin nicht wirklich überzeugt, dass das besser ist, aber der Fahrer ist so in sein Telefonat über die Freisprechanlage vertieft, dass er uns kaum eines Blickes würdigt, als wir bei Duke's Mound einsteigen.

An der North Road steigen wir aus, und Esen bietet an, bei Poppy zu bleiben, die Tees bei Bird & Blend probieren will. Vorausgesetzt, sie erstickt nicht an einem getrockneten Rosenblatt, wird ihr dort schon nichts passieren, und so gebe ich mich damit zufrieden, dass sie bei Esen in Sicherheit ist, und gehe weiter zum Buchladen.

Dort angekommen sage ich hallo zu Dev, die auf dem Sofa liegend ein Buch liest. Ihre Füße auf der Lehne stecken in klobigen Stiefeln, die ich noch nie vorher an ihr gesehen habe. Ich will gerade Deborah begrüßen, aber sie steht nicht hinterm Tresen, Dev und ich sind allein im Laden. Deborah ist immer hier – *immer* –, doch ehe ich Dev fragen kann, wo sie steckt, taucht Deborah auch schon mit einem Staubwedel in der Hand hinter einem der Bücherstapel auf.

»Miss Persaud.«

Sie hat sich mal wieder umgezogen, diesmal trägt sie eine enganliegende, in eine schwarze 7/8-Hose gesteckte Hemdbluse und glänzende Lederschuhe und sieht sehr nach Audrey Hepburn aus.

»Wie war's beim Sportpark?«, fragt sie und lehnt sich gegen eins der Bücherregale. »Gab es irgendwelche Probleme?«

»Na klar. Wie immer mit Esen«, sage ich und werfe mich in einen der Sessel.

Mit großer Freude erzähle ich, wie Alfie weggerannt ist, und Deborah lächelt so breit, dass eine Zahnlücke zwischen ihren Schneidezähnen zum Vorschein kommt, von der ich noch gar nichts wusste.

»Esen, Esen«, murmelt sie kopfschüttelnd.

Sie staubt weiter die Bücher ab, und Dev fängt an, über ihre Geburtstagsparty zu plappern, die heute Abend steigt, was ich durch die ganze Sache mit Poppy völlig vergessen hatte. Nach ungefähr zehn Minuten finde ich, genug getan zu haben, um Deborah zu überzeugen, dass alles in Ordnung ist, und gehen zu können.

An der Tür fällt mir der gerahmte Druck an der Wand daneben auf. Ich muss schon unzählige Male daran vorbeigegangen sein, ohne ihn richtig bemerkt zu haben. Wahrscheinlich habe ich jedes Mal gedacht, es wäre bloß ein abstraktes Bild von einem schwarzen Kreis auf cremefarbenem

Hintergrund, aber als ich jetzt davor stehen bleibe, sehe ich die Punkte und Linien in der Mitte des Kreises und den Titel darüber.

»Carte Céleste«, lese ich laut vor, unsicher, ob ich es richtig ausspreche.

Doch anscheinend habe ich es, denn Deborah korrigiert mich nicht, sondern sagt nur: »Karte des Himmels.« Als ich mich nach ihr umdrehe, steht sie hinterm Sofa und sieht mich über ihre Brille hinweg an. »Das ist eine Sternenkarte.«

Ich blicke wieder auf den Druck, folge jeder Linie zu dem Punkt, zu dem sie führt, dann der nächsten Linie und der nächsten, und versuche, ein Muster zu erkennen. Doch da scheint keins zu sein, manche Linien sind länger als andere, so dass jede Form leicht anders aussieht. Die Rechtecke sind nicht wirklich rechteckig, und jedes der Dreiecke hat eine andere Größe. Manche der Formen kann ich noch nicht einmal benennen, *aber Rosh könnte es garantiert*, denke ich, während ich weiter darauf blicke.

»Ash«, sagt Deborah, als ich gerade zur Tür raus will.

Gespannt drehe ich mich zu ihr um und setze ein Lächeln auf, von dem ich hoffe, dass es gelassen wirkt. »Ich weiß, heute Abend ist Devs Party, aber pass auf, dass du dein Handy hörst, ja?«

Ich nicke, und sie erwidert es und verschwindet zwischen den Bücherstapeln.

Poppy probiert immer noch bei Bird & Blend Tees, während Esen offensichtlich gelangweilt an der Tür rumlungert.

»Alles klar?«, fragt Esen, als sie mich sieht.

»Ich glaube, Deborah hat noch keinen Verdacht geschöpft.« Ich halte die gekreuzten Finger hoch. »Geht's Poppy gut?«

»Ja. Ihre Mum hat angerufen.«

»Echt?«, frage ich begeistert. »Wann?«

»Gerade eben. Als Poppy mich überreden wollte, einen Himbeertee mit dem Namen *Be My Berry* zu probieren.«

In dem Moment kommt eine Frau mit einem Krug in der Hand auf uns zu, in dem etwas, das aussieht wie Potpourri, in Wasser schwimmt. Als sie unsere Blicke bemerkt, dreht sie ab und geht in die andere Richtung weiter.

»Ich wollte nicht lauschen, von daher weiß ich nicht, was sie gesagt hat, aber sie wirkt sehr viel fröhlicher.«

Wie aufs Stichwort kommt Poppy mit hüpfender Bommelmütze auf uns zu.

»Was ist das?«, frage ich und deute auf den Pappbecher in ihrer Hand.

»Banana-Bread-Chai-Tee!« Grinsend hält sie mir den Becher hin.

»Erstens«, sage ich ernst, »bedeutet Chai Tee, du hast also gerade Tee-Tee gesagt.« Sie streckt mir die Zunge raus, während ich in den Becher gucke und das Gesicht verziehe. »Und zweitens: Das ist kein Chai.«

Sie zuckt bloß die Achseln und nimmt einen Schluck, und dann treten wir raus auf die Straße. »Egal. Mir schmeckt's.«

»Hör zu«, sagt Esen zu mir und deutet nickend in Richtung North Street. »Ich helfe Dev mit den Vorbereitungen für die Party heute Abend.«

Poppy reißt die Augen auf. »Was für eine Party?«

»Du kannst nicht mit«, sagt Esen ohne Umschweife. »Ist nur für Sensenleute.«

Poppy zieht eine Flunsch. »Auch nicht als Ashs Begleitung?«

»Nein.«

»Hey!« Sie zeigt mit dem Becher Tee-Tee auf sie. »Ich hab euch vorhin geholfen. Alfie Fuller wäre abgehauen, wenn ich nicht da gewesen wäre.«

»Das stimmt«, sage ich zu Esen und nicke langsam.

»Außerdem«, fügt Poppy hinzu, »woher sollen die anderen wissen, dass ich kein Sensenmädchen bin? Ihr könnt euch doch nicht *alle* kennen.«

»Tun wir auch nicht«, räumt Esen ein und steckt die Hände in die Manteltaschen. »Ich will das Risiko trotzdem nicht eingehen.«

»Wenn irgendwer fragt, kann ich doch sagen, ich bin aus Hastings oder so«, versucht Poppy es weiter.

»Und wenn die Person selbst aus Hastings ist? Weißt du eigentlich, wie viel Ärger wir bekommen können?«

Natürlich nicht.

»Was?«, fragt Poppy, als sie sieht, wie ich Esen versuche, lautlos ein Zeichen zu geben, den Mund zu halten.

»Nichts.« Ich lächle. »Alles okay.«

»Nichts ist okay«, schimpft Esen laut.

So laut, dass Poppy und ich zusammenzucken.

Plötzlich ist sie total wütend und funkelt uns mit versteinerter Miene an. »Wie soll irgendwas hiervon *okay* sein, Ash? Ihr macht euch doch was vor.« Esen zieht die Hand aus der Manteltasche und zeigt mir einen Vogel. »Ihr rennt durch die Gegend, spielt Minigolf und trinkt Tee, als wäre das völlig *normal*.«

Ich bin so perplex, ich weiß gar nicht, was ich sagen soll. Ich hatte keine Ahnung, dass sie diese Sache so stresst. Noch vor einer Stunde hat sie gesagt, ich könne Poppy nicht allein lassen, während wir Alfie Fuller holen, weil sie an ihrem Toast ersticken könnte.

Als ich nicht antworte, scheint sie das noch mehr aufzuregen. »Und du.« Sie zeigt mit dem Finger auf Poppy. »Du solltest eigentlich überhaupt nicht über uns und was wir tun Bescheid wissen. Und du solltest definitiv nicht mit uns mitkommen, wenn wir wen holen. Hast du eine Ahnung, was Deborah mit uns macht, wenn sie es rausfindet?«

Poppy weicht einen Schritt zurück, sie hat Tränen in den Augen. Ich denke gar nicht darüber nach, auf einmal stehe ich zwischen ihnen.

»Wage es nicht, sie anzuschreien! Sonst stirbst du gleich ein zweites Mal!« Ich weiß nicht, wo es herkommt – dieses Brüllen –, aber es fühlt sich an, als könnte ich ein Loch in den Himmel schlagen.

Falls Esen überrascht ist, lässt sie sich nichts anmerken, sondern leckt sich bei der Herausforderung bloß über die Lippen.

Doch ehe sie etwas sagen kann, mache ich noch einen Schritt auf sie zu, und diesmal bin ich es, die mit dem Finger auf sie zeigt. »Poppy kann nichts dafür. Sie wird sterben und weiß noch nicht mal, wie oder wann, also sei nicht so hart zu ihr! Wenn du wen anschreien willst, Esen, schrei mich an.« Ich schlage mir auf die Brust. »Ich hab dich hier mit reingezogen.«

»Allerdings«, sagt sie und verzieht das Gesicht. »Und jetzt sind wir alle am Arsch.«

Ich werfe die Arme in die Luft. »Warum?«

»Wenn du das durchziehen willst«, sagt Esen zu Poppy, »*meinetwegen*. Du musst selbst wissen, worauf du dich einlässt. Aber wenn Deborah rausfindet, dass Dev und ich davon wussten und mitgemacht haben, Ash, sind wir am *Arsch*!«

»Wird sie nicht«, sage ich, doch ich glaube selbst nicht daran.

Es ist Deborah.

»Ich sag ihr, dass ihr nichts davon wusstet«, verspreche ich, denn es ist das mindeste, was ich tun kann. »Dass ich es allein war.«

»Sei nicht so naiv, Ash. Darüber wird eh eine Ebene über Deborah entschieden. Und die Person weiß längst Bescheid.«

Das war mir noch gar nicht in den Sinn gekommen.

Schließlich kapiere ich, worauf sie hinauswill, und auf einmal bekomme ich ziemlich große Angst.

»Es ist okay.« Ich halte die Hände hoch und ich weiß nicht, ob ich es ihret- oder meinetwegen sage. »Es wird okay sein.«

»Wie auch immer.« Esen schüttelt den Kopf und macht einen Schritt zurück. »Tu, was du willst, Ash. Machst du ja eh.«

»Das ist nicht fair, Esen!«, rufe ich ihr hinterher, als sie sich wegdreht und losgeht.

Aber sie sieht sich nicht noch mal um, und dann wird sie auch schon vom Strom der Touris und Leute, die zum Sonntagseinkauf unterwegs sind, verschluckt. Sie schnuppern an Räucherstäbchen und machen Fotos von den rot-weiß gestreiften Beinen, die vor der Komedia in die Luft treten, und bemerken uns gar nicht, geschweige denn, worüber wir streiten.

Als ich mich wieder Poppy zuwende, starrt sie mich mit knallrotem Gesicht an.

»Wovon redet sie, Ash?«

DREIUNDZWANZIG

Ich sehe sie nur an, die Hände in den Taschen meiner Lederjacke, denn ich weiß nicht, was ich sagen soll. Ich weiß noch nicht mal selbst, was ich riskiere, oder? Jedenfalls nicht sicher. Nur, dass, was auch immer es ist, es wert ist.

Doch Poppy lässt nicht locker.

»Ash?«, drängt sie mich und macht einen Schritt auf mich zu.

Ich lege mir eine Hand auf die Stirn. »Ich will nicht, dass du dir deswegen Gedanken machst.«

»Weswegen?«

»Wegen dem, was auch immer passiert, nachdem … *du weißt schon.*« Ich kann sie nicht ansehen. »Ich will, dass du dich nur aufs Jetzt konzentrierst.«

»Wie kann ich das, wenn du mir nicht erzählst, was vor sich geht?«

»Du kannst es, weil es egal ist, Poppy. Das Einzige, was zählt, ist, was du heute machen willst.«

»Was? Du darfst dir also Gedanken um mich machen, ich

mir aber nicht um dich? So funktioniert das nicht, Ash. Warum hast du mir nicht erzählt, dass du deswegen Ärger bekommst?«

»Bekomme ich nur, wenn Deborah es rausfindet, und das wird sie nicht. Dafür sorge ich.«

Poppy hebt den Arm und zeigt in die Richtung, in die Esen davongestürmt ist. »Und was, wenn Esen recht hat? Was ist, wenn Deborah oder wer auch immer bereits Bescheid weiß?«

»Wenn es so wäre, wüsste ich es«, versichere ich ihr, und das glaube ich auch.

»Und wenn sie es rausfinden? Wirst du dafür bestraft werden? Dafür, dass du Zeit mit mir verbringst?«

»Wahrscheinlich.«

»Wahrscheinlich?« Sie lacht spöttisch. »Und wie?«

»Ich weiß es nicht.«

»Tust du wohl. Du weißt es vielleicht nicht sicher, aber du hast eine Ahnung.«

»Ich werde verbannt werden«, gestehe ich und vergrabe die Hände in den Taschen meiner Lederjacke. »Was auch immer das heißt.«

»Was glaubst du, was es heißt?«

»Dass ich weder hier noch dort sein werde, wo auch immer du hinkommst, wenn du auf das Boot von Charon steigst.«

»Wo wirst du dann sein?«

»Im Nirgendwo.«

»Was?« Poppy blinzelt mich an. »Wie im Fegefeuer oder was?«

»Wahrscheinlich. Ich hab Dev einmal danach gefragt, und sie meinte, sie hat mal gehört, es wäre, wie durch Dunkelheit zu fallen. Du fällst und fällst und fällst ewig, ohne jemals zu landen.«

Sie denkt darüber nach, und zieht die Augenbrauen zusammen. »Und wie können wir das verhindern?«

Jetzt ist es an mir nachzudenken, und als ich es tue, zögere ich zum ersten Mal, seit ich beschlossen habe, mich in den Lauf der Dinge einzumischen, und frage mich, ob Esen vielleicht recht hatte und es das Risiko wirklich wert ist. Doch dann sehe ich Poppy an, wie sie vor mir steht und die nachmittägliche Januarsonne sich in ihren Haaren fängt, so dass ich jede einzelne Strähne aus Gold zählen könnte, wenn ich wollte, und ich kann es sehen – ich kann es wirklich *sehen* –, das *Leben*, das aus ihr herausstrahlt, direkt durch ihre Kleidung. Es fühlt sich an wie an Silvester, als wir am Strand saßen und die Zukunft sich vor unseren Füßen ausbreitete wie ein roter Teppich. Das kann es einfach noch nicht gewesen sein.

Das geht nicht.

»Wir können es nicht verhindern«, sage ich. »Vielleicht hätte ich es verhindern können, wenn ich Deborah sofort davon erzählt hätte, aber jetzt ist es zu spät.«

»Nein.« Sie macht noch einen Schritt auf mich zu, so dass unsere Stiefelspitzen sich berühren. »Das machst du nicht, Ash. Das lasse ich nicht zu. Ich will nicht, dass du *meinetwegen* ins Fegefeuer verbannt wirst.«

»Ich hab dir doch gesagt, das passiert nur, wenn Deborah es rausfindet, und das wird sie nicht.«

»Und wenn doch?«

»Wenn sie es tut, dann ist es eben so.« Ich zucke die Achseln. »Was geschehen ist, ist geschehen. Wir können nichts mehr daran ändern. Du weißt, wer – was – ich bin, und du weißt, was dir passieren wird. Ich hätte es dir nicht sagen dürfen, aber ich habe es getan, und jetzt kann ich es nicht mehr zurücknehmen. Und ich will es auch gar nicht, denn wenn ich Deborah die Wahrheit sage, würde sie dich direkt zu Charon schicken, und das würde bedeuten, dass wir das hier nicht mehr haben könnten.«

»Was, das hier?«

»*Uns*. Wieder zusammen zu sein.«

»Ja, aber wozu?« Sie macht einen Schritt zurück und dreht sich kurz weg, um ihren Pappbecher ein Stück weiter in den Mülleimer zu werfen. »Was bringt es, wieder zusammen zu sein, wenn wir nicht zusammen *bleiben* können? Das ist doch grausam.«

Sie guckt mich nicht an, aber ich sehe, wie wütend sie ist, ihr ganzer Körper ist angespannt, und ihre Wangen glühen.

Poppy dreht sich um und geht los, aber ehe ich ihr folgen kann, bleibt sie stehen und sieht mich noch mal an.

»Ich hab Angst, Ash«, sagt sie. »Ich hab versucht, mich zusammenzureißen, aber ich will verdammt nochmal nicht sterben.«

»Ich weiß.« Ich laufe zu ihr, schließe die Lücke zwischen uns. »Ich weiß.«

Als ich nach ihrer Hand greife und sie an meine Lippen presse, hebt sie die schweren Augenlider und sieht mich an. »Ash, was machen wir nur?«

»Hör zu, Pop«, sage ich sanft. »Ich weiß nicht, was passieren wird, aber eins weiß ich: Ich glaube hieran, an uns.«

Eine Träne kullert ihr über die Wange. »Ja?«

»Ja, wirklich.«

Das ist das Einzige, was ich sicher weiß.

VIERUNDZWANZIG

Wir beschließen, ins Café zu gehen – in unser Café –, um eine Weile abzuschalten, doch auf dem Weg dorthin kommen wir am Snoopers Paradise vorbei. Das letzte Mal waren wir hier, als wir Hüte anprobierten für eine Mottoparty, auf die Poppy gehen wollte. Jetzt zieht sie mich wieder in den Laden, und es ist immer noch genauso wie in meiner Erinnerung – ein einziges Chaos –, alles liegt durcheinander und willkürlich zusammengeworfen. Eine cremefarbene Teekanne mit braunem Blätterdekor steht neben einem Stapel verbeulter Keksdosen und einem Rudel Winkekatzen mit angeschlagenen Ohren. Darunter liegt ein alter Lederkoffer voller Fotos fremder Leute. Ich frage mich, wer die kaufen soll. Die Erinnerungen anderer.

Die Gänge sind so vollgestopft, dass immer nur eine Person auf einmal hindurchpasst. Und es ist viel mehr los als im Buchladen, was die Sache nicht leichter macht. Ein paar Touris machen Fotos von Porzellantellern auf einer Anrichte, und Einheimische durchsuchen die Schallplatten nach einer originalen Otis Redding mit 45 Umdrehungen pro Minute. Poppy ist irgendwo dazwischen, öffnet verrostete Tabakdosen, nimmt eine verschrammte Rolleiflex-Kamera aus dem Regal und tut so, als würde sie mich fotografieren. Als sie sie wieder wegstellt, wirft sie dabei aus Versehen fast eine Glasschatulle runter, in der ein einzelnes Puppenbein liegt. Ich sehe sie an und ziehe eine Grimasse.

»Meinst du, das Bein ist verflucht?«, fragt sie, als ich sie wegziehe.

»Das will ich lieber nicht rausfinden.«

Sie bleibt stehen und zeigt auf eine andere Glasschatulle, in der ein ausgestopfter Rabe liegt. »Guck dir den armen Kerl an.«

»Oje.«

»Was glaubst du, wie er heißt?«

»Edgar«, schlage ich vor.

»Wie in Edgar Allan Poe?« Ich nicke, und sie lacht. »Das gefällt mir.«

Wir gehen um die Ecke, und als sie wieder stehen bleibt, frage ich mich, was sie mir wohl als Nächstes zeigen wird, doch sie sagt, ich soll stehen bleiben und warten. Sie verspricht, dass es nur eine Sekunde dauert, trotzdem würde ich sie lieber nicht aus den Augen lassen. Aber sie ist so aufgeregt, dass ich okay sage, und dann sehe ich ihr hinterher, während ich mir all die Möglichkeiten vorstelle, wie sie in einem Laden wie diesen umkommen könnte. Tod durch einen ausgestopften Raben.

Was für eine Art zu sterben.

Zum Glück taucht sie ein paar Augenblicke später wieder auf.

»Komm.« Sie nimmt mich an der Hand und grinst verwegen.

»Wohin?«

»Wirst du gleich sehen«, sagt sie, zieht mich um die Ecke, und da ist er.

Der Fotoautomat.

Sie hat es sich gemerkt.

Sie hat sich an meine Liste von Silvester erinnert.

»Ich hab Kleingeld geholt«, erklärt sie, lässt meine Hand los und greift in ihre Manteltasche. Sie holt ein paar Pfundmünzen hervor und steckt sie in den Schlitz, dann nimmt sie wieder meine Hand und zieht mich hinein. Ich sitze neben ihr auf dem Hocker, während wir darauf warten, dass der Blitz losgeht, und auf einmal fühle ich mich sehr sicher.

Als könnte uns hier drin nichts passieren.

Der erste Blitz überrascht uns, aber wir erholen uns schnell und nehmen ein paar alberne Posen ein, und zum Schluss legt Poppy mir so plötzlich die Hände auf die Wangen, dass ich ihr in den offenen Mund lache, als sie mich küsst. Auch sie muss lachen, und zum ersten Mal, seit ich ihr auf dem

Friedhof begegnet bin, ist sie nicht mehr dieses flüchtige, zerbrechliche Etwas. Ein Vogel, der wegfliegen wird, wenn ich sie nicht mit beiden Händen festhalte. Sie ist da – richtig da –, warm und fest und absolut furchtlos, als könnte ihr nichts was anhaben. Und wenn wir einfach hierbleiben, hier in diesem Fotoautomaten, wird ihr auch nichts passieren.

Natürlich geht das nicht, und so ziehe ich den Vorhang zurück, nehme Poppys Hand, und wir gehen raus und warten kichernd, dass unsere Fotos gedruckt werden. Als der Automat sie schließlich ausspuckt, schnappt Poppy sie aus dem Fach, doch als sie die Fotos sieht, macht sie ein langes Gesicht. Ich frage mich, was nicht stimmt, ob die Fotos nichts geworden sind oder ich die Augen zu und sie damit ruiniert habe. Ich nehme ihr das glänzende Papier aus der Hand, und dann begreife ich es.

Das bin nicht ich.

Also schon, aber es ist nicht das Ich, das Poppy jetzt sehen kann, sondern das, an dem sie vorm Dome vorbeigeguckt hat.

Und Poppy sieht auch nicht aus wie sie selbst, in Schwarz-Weiß gebändigt haben ihre roten Haare ihre Magie verloren.

Und so werfen wir die Fotos in den Behälter zu denen, die schon andere Leute vor uns dagelassen haben. Ich greife nach Poppys Hand, und schweigend gehen wir aus dem Laden, vorbei an dem ausgestopften Raben, der uns nicht mehr zum Lachen bringt.

Es wird langsam dunkel, und bevor ich Poppy fragen kann, was sie jetzt machen will, steuert sie den Schmuckstand vorm Laden an. Unsere Fotos sind sofort vergessen, als sie anfängt, Ringe anzuprobieren. Sie hält sich ein Paar Creolen an, die so groß sind, dass ich die ganze Hand durchstecken könnte, und fragt mich, wie ich sie finde. Ich lächle, und sie legt sie wieder weg und greift nach einer Kette mit einem runden Baumanhänger. Ich betrachte einen Bernsteinring, der aussieht, als wäre das ganze Universum darin eingeschlossen, und als ich wieder aufblicke, reicht Poppy dem Verkäufer einen 20-Pfund-Schein. Dann nimmt sie mich an der Hand und zieht mich ein paar Meter weiter vor ein Schaufenster.

»Gib mir deine Kette«, sagt sie, und stirnrunzelnd sehe ich sie an.

»Meine Kette?«

»Die mit der Sense.«

Ich hatte sie ganz vergessen.

Ich öffne die Kette, und als ich sie Poppy gebe, fädelt sie etwas darauf auf und sagt, ich soll mich umdrehen. Von hinten legt sie mir die Kette wieder um, und dann fasst sie mich an den Schultern und dreht mich zu sich.

»Bitte schön«, sagt sie zaghaft lächelnd.

Als ich die Kette hochhebe, hängt daran eine silberne Hummel.

»Pop.« Ich sehe sie an, und sie grinst so breit, dass ich ihre Zähne sehen kann.

»Hummeln sind toll.« Sie presst ihren Finger darauf. »Sie symbolisieren nicht nur Glück, sie beschützen dich auch. Es heißt, wenn du einer Hummel folgst, führt sie dich zu einem neuen Ziel.«

Sie beugt sich vor und küsst mich, dann sieht sie mich wieder mit strahlendem Lächeln und leicht erwartungsvoll an. Ich sollte etwas sagen, ihr danken, sagen, dass ich den Anhänger wunderschön finde, ihr versprechen, ihn nie abzunehmen. Doch ich kann nichts sagen, und als ich ihr die Hände auf die Wangen lege und sie küsse, hoffe ich, es reicht, denn ich kann nichts anderes denken, als wie unendlich schade es ist, dass der Ort, wo sie hingehen wird, und der Ort, wo ich hingehen werde, nicht ein und derselbe sein werden.

FÜNFUNDZWANZIG

Schließlich kommen wir bei unserem Café an. Unser Tisch – der in der Ecke am Fenster – ist frei, und ich denke an das letzte Mal, als wir zusammen hier waren. Wir hatten darüber geredet, was wir an Weihnachten machen, und überlegt, wann wir uns das nächste Mal treffen könnten. Sie sagte, das Einzige, worauf sie sich freue, sei, am ersten Weihnachtstag ihre Großmutter zu sehen. Sie haben die Tradition, nach dem Mittagessen einen Strandspaziergang zu machen, aber weil ihre Großmutter inzwischen im Rollstuhl sitzt, wusste Poppy nicht, ob sie in dem Jahr überhaupt noch einen machen könnten.

Ich bestelle mir einen Tee, damit es nicht komisch aussieht, wenn ich nichts trinke, und Poppy nimmt einen Hafer-Latte – einen normalen, denn Lebkuchen-Latte gibt es zu ihrer großen Enttäuschung nicht mehr – und dazu ein veganes Teilchen, das so groß ist wie ihr Kopf, vor Zuckerguss nur so trieft und mit Pistazienstückchen garniert ist. Sie hat noch nicht mal reingebissen, als mein Handy klingelt, und schwer seufzend frage ich mich, woher Deborah weiß, dass ich mich gerade eben hingesetzt habe.

Aber es ist nicht Deborah, es ist Esen. Ich starre auf ihren Namen auf dem Display und überlege, die Mailbox rangehen zu lassen, denn ich habe keine Lust, mir noch eine Standpauke anzuhören. Aber eigentlich weiß ich es besser, nachdem ich über die Jahre genug Auseinandersetzungen mit meiner Mutter gehabt habe. Streitigkeiten, bei denen ich mich noch nicht mal mehr erinnern konnte, was mich überhaupt so wütend gemacht hatte, aber die Wut fühlte sich so real an, als würde sich eine weitere Person im Raum befinden, direkt neben mir, die mich anstachelte. Und so sage ich mir, dass ich lieber rangehen sollte, denn je länger ich Esen aus dem Weg gehe, desto schwieriger wird es, wieder den Zustand von davor zu erreichen, und die Kluft zwischen uns wird nur immer größer werden, bis sie nicht mehr zu überbrücken ist. Doch dann frage ich mich, ob es wirklich ein weiterer Streit ist, dem ich aus dem Weg gehen will, oder ob ich nicht vielmehr zugeben müsste, dass sie recht hat. Ich bin egoistisch. Ich bin so mit Poppy beschäftigt, dass ich überhaupt nicht darüber nachgedacht habe, in welche Lage ich Esen und Dev damit bringe.

»Hallo?«, sage ich, als ich schließlich rangehe, und mache mich darauf gefasst, jeden Moment angebrüllt zu werden.

»Kommt zur Party«, sagt Esen und schnaubt.

Das ist alles. Ich frage mich, ob Dev dahintersteckt.

»Schon okay«, antworte ich. »Poppy hat gesagt, sie will die veganen Hotdogs bei Hope & Ruin ausprobieren.«

Da fällt mir auf, dass fast alles, was Poppy machen will, sich ums Essen dreht. Sie will keine Freundinnen treffen, obwohl ich gesagt habe, dass sie das ruhig tun soll, und sie will auch nicht nach Paris abhauen, wie ich gedacht hätte. Sie will einfach nur durch die Gegend laufen, so wie wir es gemacht haben, als wir frisch zusammengekommen waren und es sich anfühlte, als würden wir Brighton ganz neu entdecken. Die Street-Art, die wir nie zuvor gesehen hatten. Den Secondhandladen mit den ausgestopften Ratten mit Zylindern. Den seltsamen veganen Schuhladen gegenüber vom Buchladen. Sie will jeden Hund streicheln und jede entlaufene Katze suchen und alle Straßenmusik hören. Nur, dass sie es nicht mehr macht wie zum ersten Mal.

Sie verabschiedet sich.

Und das verstehe ich, aber ich mache mir Sorgen, sie könnte denken, sie hätte noch jede Menge Zeit für alles andere.

»Erstens mal sind die widerlich«, reißt Esen mich aus den Gedanken. »Ich muss noch nicht mal einen veganen Hotdog probiert haben, um das zu wissen. Und zweitens: Hör auf zu schmollen und kommt zur Party.«

»Ich schmolle gar nicht«, sage ich, obwohl ich so klinge, als würde ich es sehr wohl tun.

»Na dann, kommt.«

»Woher der plötzliche Gesinnungswandel?«

Wieder schnaubt sie. »Dev hat uns auf der Straße streiten gehört.«

»Hat Deborah es auch gehört?«, frage ich und richte mich auf.

»Nein. Sie war zum Glück mit einem Kunden beschäftigt.«

»Einem Kunden?« Ich blinzle, unsicher, ob ich richtig gehört habe.

»Ich weiß«, sagt Esen kichernd. »Er wollte ein seltenes Buch, und wir hatten es tatsächlich. Kannst du das glauben?«

»Nicht wirklich.«

»Wie auch immer, sie hat uns nicht gehört, aber Dev, und Dev hat mir ganz schön was erzählt.«

»Okay.« Ich nicke, obwohl sie mich nicht sehen kann. »Deswegen sollen wir also auf einmal kommen.«

»Nein«, sagt Esen abwehrend. »Ich meine, sie hat mir vielleicht den nötigen Tritt in den Hintern verpasst, um zu verstehen, dass ich mich wie ein Arschloch verhalten habe …«

»Du gibst es also zu?«, unterbreche ich sie selbstgefällig grinsend.

»Ja«, sagt sie, und ich höre, wie sie die Zähne zusammenbeißt. »Ich geb's zu. Und ich gebe außerdem zu, dass nichts hiervon passiert wäre, wenn ich dich nicht zum Friedhof geschleppt hätte.«

»Ich bin sehr froh darüber«, sage ich, während ich Poppy zusehe, wie sie die Pistazien von ihrem Teilchen pflückt und sich in den Mund wirft.

»Und ich gebe zu, dass ich's vergessen hab.«

»Was?«

»Wie es war, so für einen anderen Menschen zu empfinden.« Sie macht eine Pause und seufzt. »Das ist schon ganz schön lange her.«

Ich nicke wieder.

»Wie auch immer, kommt zur Party«, sagt sie, diesmal sanfter. »Dev will euch dabeihaben. Ich will euch dabeihaben.«

»Was ist mit Poppy?«

»Keine Sorge«, sagt sie und klingt viel ruhiger als das letzte Mal, als wir darüber gesprochen haben. »Wir haben gerade mal die zweite Januarwoche. Es ist praktisch unmöglich, jetzt schon alle neuen Sensenmädchen kennengelernt zu haben. Es könnte funktionieren.«

»Meinst du?«, frage ich und sehe wieder zu Poppy, die sich gerade Zuckerguss von den Fingern leckt.

»Ja, wir versuchen es mit der Hastings-Nummer. Ich bezweifle, dass irgendwer aus Hastings kommt.«

Ich höre das *wir*, und lächle. »Okay, wenn du glaubst, dass es klappt.«

»Wird es, wenn ihr einfach cool seid und nicht die Aufmerksamkeit auf euch zieht.«

»Okay«, verspreche ich. »Wir machen uns auf den Weg.«

Esen legt auf, ohne tschüs zu sagen, und als ich Poppy ansehe, grinst sie.

»Gehen wir auf die Party?«

»Ja«, sage ich, aber bevor sie sich zu sehr freut, halte ich den Finger hoch. »Unter einer Voraussetzung.«

Sie beäugt mich misstrauisch. »Und zwar?«

»Ruf deinen Dad an.«

»Nein.« Sie schüttelt den Kopf. »Auf keinen Fall.«

»Poppy«, sage ich in einem Tonfall, den ich früher immer bei Rosh benutzt habe, wenn sie sich geweigert hat, beim Über-die-Straße-Gehen meine Hand zu halten, als sie noch klein war. »Du musst ihn anrufen.«

»Ach ja?«

Ich neige den Kopf zur Seite. »Du weißt es.«

»Okay.« Sie wirft die Haare zurück. »Ich rede mit ihm, wenn ich heute Abend nach Hause komme.«

»Poppy«, sage ich wieder im selben Ton.

»Was soll ich denn zu ihm sagen?« Sie wirft die Hände in die Luft. »Wie zum Teufel soll ich mich übers Handy von ihm verabschieden?«

»Was hast du denn vorhin deiner Mum gesagt?«

»Nichts.« Sie sieht mich nicht an. »Nur, dass ich sie liebe.«

Ich nehme ihr Handy vom Tisch und halte es ihr hin. »Dann sag das.«

»Okay.«

Sie nimmt es bockig schnaubend entgegen, entsperrt es und tippt auf dem Display herum, dann presst sie sich das Handy erneut schnaubend ans Ohr. Ich frage mich, ob sie gehofft hat, dass er nicht rangeht, denn sie wirkt überrascht, als er es tut.

»Hey, Dad.« Sie verzieht das Gesicht und streckt mir die Zunge raus. »Ja, alles okay. Seid ihr wieder gut angekommen?«

Sie macht die richtigen Geräusche, hört ihm aber offensichtlich nicht ganz zu, während sie eine Pistazie von ihrem Teilchen pflückt.

»Wie war Paris? Hattest du einen schönen Geburtstag?«

Sie wirft sich die Pistazie in den Mund und tut so, als wäre sie gefesselt von seiner Erzählung.

»Wie schön. Wo bist du jetzt?« Sie runzelt die Stirn. »Wie kommt's, dass du schon wieder in Cambridge bist?« Sie nickt. »Okay. Dann lass ich dich mal los.« Ich weiß nicht, was er sagt, aber ihr Gesichtsausdruck wird ganz weich, sie blinzelt ein paarmal und ihr Kinn fängt an zu zittern, und dann sagt sie: »Ich liebe dich auch, Daddy.«

Beim Auflegen lächelt sie vor sich hin, und dann fängt sie sich wieder und funkelt mich an. »Zufrieden?«

Sehr.

Poppy lässt sich von der Frau hinterm Tresen ihren Kaffee in einen Pappbecher umfüllen, und wir gehen los. Während sie fröhlich ihren Latte austrinkt, erinnere ich sie an die Regeln.

»Wenn wir dich als Sensenmädchen ausgeben«, sage ich mit gesenkter Stimme – obwohl wir bis auf ein paar vor einem Pub rauchende Typen auf der anderen Straßenseite die Einzigen auf der Straße sind –, »darfst du keinen Kaffee trinken.«

»Kein Problem.« Sie schüttelt den leeren Pappbecher. »Schon alle.«

»Okay.« Ich schlage in die Hände. »Der Plan ist folgender: Wenn irgendwer dich fragt, sagst du, du bist ein neues Sensenmädchen aus Hastings.«

»Das war doch ursprünglich sowieso mein Plan«, erinnert sie mich.

»Du bist neu und aus Hastings und genau wie ich für plötzliche Todesfälle Jugendlicher zuständig. Du weißt ja, wie das läuft, richtig? Außerdem wird es davon nicht so viele am Tag in Hastings geben, was erklärt, warum du auf die Party gehen konntest.« Als ich so darüber nachdenke, regen sich in mir Zweifel. »Ich weiß nicht. Hastings ist *meilenweit* weg. Wie solltest du da überhaupt so schnell zurückkommen, wenn du wen holen müsstest?«

»Du denkst zu viel nach«, sagt sie und zeigt mit dem Rest ihres süßen Teilchens auf mich. »Das interessiert doch keine Sau.«

»Auch wieder wahr.« Ich wiege den Kopf von einer Seite zur anderen. »Wahrscheinlich ist es einfach das Beste, wenn du versuchst, gar nicht erst mit irgendwem zu reden, und wenn du es doch tun musst, keine Informationen preiszugeben, es sei denn, du wirst direkt nach was gefragt.«

Sie nickt.

»Das ist das Geheimnis einer guten Lüge«, sage ich, froh, die Erfahrungen aus dem jahrelangen Anlügen meiner Eltern endlich nutzbringend weitergeben zu können. »Halte die Lüge schlicht. Sag nicht zu viel. Formuliere deine Antworten so kurz wie möglich. *Amüsierst du dich? – Ja. Ich hab dich noch nie gesehen, bist du von hier? – Nein.* Oder, wenn das nicht funktioniert, beantworte die Frage mit einer Gegenfrage. *Ich hab dich auch noch nie gesehen. Wo kommst du her?* Kapiert?«

»Meinst du, ich sollte mir einen anderen Namen zulegen? Wie Cressida Montgomery? Cressida Montgomery«, sagt sie theatralisch und kneift die Augen zusammen. »Sie ist knallhart, aber sie hat ein Herz aus Gold.«

Sie wird es verbocken, denke ich schwer seufzend.

Innerhalb von drei Minuten nach unserer Ankunft wird sie es verbocken.

Hätte ich gewusst, dass wir auf die Party gehen, hätte ich aufgepasst, dass sie sich nicht so viel Kaffee und Zucker reinpfeift.

»Keine Sorge«, sagt sie und nimmt einen großen Bissen

von ihrem süßen Teilchen. »Du weißt doch, ich gehe auf die Roedean. Wir haben das Lügen praktisch erfunden.«

»Haben sie dir da auch beigebracht, mit vollem Mund zu reden?«

Sie reißt den Mund auf, um mir den Inhalt zu zeigen, und als ich schnell den Kopf wegdrehe, lacht sie wie wild.

Die Musik ist schon zu hören, bevor wir auf die Bristol Gardens abbiegen, und Poppy ist auf einmal so aufgeregt, dass ich sie davon abhalten muss loszurennen. Ein langsamer, unheimlich klingender Song läuft, die Art von Musik, wie sie auf einer Halloweenparty-Playlist zu finden ist – für eine Party mit lauter Sensenmädchen und -jungs natürlich perfekt, wenn ich so darüber nachdenke.

»The Cure!«, ruft Poppy und grinst, während wir zur Eingangstür gehen.

Ich habe keine Ahnung, wer The Cure sind, aber Poppy ist begeistert.

Als wir reinkommen, lächelt Poppy mich an. Wahrscheinlich hat sie sich die Party genauso vorgestellt: Die Leute tragen schwarze Klamotten, das Licht ist aus, und überall sind Altarkerzen verteilt – auf dem Boden, auf dem Tisch neben der Eingangstür, auf den Treppenstufen –, so dass alles in goldenes Licht getaucht ist, wie an einem sonnigen Herbstnachmittag.

Wir spähen durch eine offene Tür ins Wohnzimmer. Die Vorhänge sind zugezogen und die Möbel an die Wände geschoben. Der Teppich, der in der Mitte gelegen haben muss, steht wie eine riesige Zigarre zusammengerollt in der Ecke neben dem Fenster. Der Raum ist voller Kerzen in allen möglichen Größen und Farben, die Flammen flackern über die Wände, und Wachs tropft auf die nicht zueinanderpassenden Untersetzer.

Mehrere mir unbekannte Leute stehen in der Mitte des Raums und tanzen, oder vielmehr versuchen sie es – der Song ist nicht fröhlich genug –, und als Poppy mich hineinzieht, ist klar, dass es sie in den Fingern juckt mitzutanzen. Vom Wohnzimmer aus gibt es einen Durchbruch in die Küche, die genauso dunkel ist, nur dass die Altarkerzen dort auf den Oberflächen und dem kleinen quadratischen Esstisch in Dreiergruppen auf Esstellern arrangiert sind.

Poppy zieht an meiner Hand und deutet auf Esen und Dev, die neben dem Kühlschrank stehen und sich zanken, so wie Rosh und ich früher, wenn Rosh meine Seite des Zimmers zu unordentlich fand oder sie das Licht nicht ausmachen wollte, weil sie noch las. So wie sich nur Geschwister streiten können, die sich im einen Moment hassen und im nächsten zusammen über den *Prinz von Bel-Air* lachen. Auf einmal vermisse ich Rosh schrecklich. Als Esen, die Dev vorher halb verdeckt hat, einen Schritt zur Seite macht, um ihr Handy vom Küchentresen zu nehmen, sehe ich Devs rosafarbene Pailletten und schnappe überrascht nach Luft.

»Dev!«, kreischt Poppy, lässt meine Hand los und läuft auf sie zu. »Du siehst toll aus!«

Sie wirft sich buchstäblich auf sie, und die beiden fallen sich um den Hals und wiegen sich hin und her, so dass sie fast das Gleichgewicht verlieren, und ich frage mich, wann die beiden zu besten Freundinnen geworden sind. Keine Ahnung, ob das mit dem Minigolf zusammenhängt oder damit, dass Poppy sterben wird, aber sie scheinen sich ziemlich zu freuen, einander zu sehen.

»Ist das das Kleid von Primark?«, frage ich, als sie sich schließlich loslassen.

»Ja!« Dev stützt die Hände in die Hüften, hebt das Kinn und grinst mich an.

Sie dreht sich einmal um die eigene Achse und sieht so happy aus, so glänzend und glitzernd und glücklich wie ein ganz normaler Teenie.

Selbst wenn sie, theoretisch, heute fünfundzwanzig Jahre alt geworden wäre.

»Sie hat's geklaut«, sagt Esen stirnrunzelnd.

»Ich hab Deborah *angefleht*«, erklärt Dev und reißt die Augen auf. »Auf Knien!«

»Du siehst toll aus.«

»Danke, Ash!«, flötet sie und umarmt mich.

Sie macht einen Schritt zurück und strahlt Poppy und mich an. »Danke, dass ihr gekommen seid.«

»Danke für die Einladung.« Poppy erwidert ihr Lächeln und zieht ihre Bommelmütze ab.

»Tut mir leid wegen der Musik. Wir …«, sie macht eine Pause und funkelt Esen an, »… haben uns geeinigt, dass abwechselnd *ich* einen Song aussuche und *sie* einen Song aussucht, weswegen es gerade klingt, als wären wir in einer deprimierenden Goth-Disco.«

»Ähm, Entschuldigung«, schaltet Esen sich offensichtlich wenig amüsiert ein. »The Cure sind nicht deprimierend.«

Wahrscheinlich haben sie sich genau darüber gestritten, als wir ankamen.

»Oder?«, sagt Poppy und wickelt ihren gelb karierten Schal ab. »›Lullaby‹ ist einer meiner Lieblingssongs.«

Esen zeigt auf sie, wie um zu sagen, *Siehst du?*, aber Dev winkt ab. »Klar, der Song ist nett, um auf dem Bett zu liegen und sich Existenzängsten hinzugeben, aber wirklich tanzen kann dazu kein Mensch.«

Esen sieht aus, als würde sie gleich einen Anfall bekommen, also wechsele ich schnell das Thema.

»Herzlichen Glückwunsch zum Geburtstag, Dev.«

Doch Dev reagiert nicht, denn in dem Moment hört die

Musik auf, und Dev hält aufgeregt lächelnd die Hände hoch, während sie darauf wartet, dass ihr Song kommt. Es gibt einen Moment der Stille, dann ertönt das vertraute *Ding Ding Ding Ding Ding* von ›Bad Girls‹ von M. I. A., und Dev springt auf und ab, so dass ihr weißblonder Bob vor- und zurückschwingt.

»Ja!«, ruft Poppy, reißt sich den Mantel runter und wirft ihn so schnell auf den Küchentresen, dass vom Wind zwei Kerzen ausgehen. Dev, dankbar, eine Tanzpartnerin gefunden zu haben, nimmt Poppys Hand und läuft mit ihr in die Mitte des Wohnzimmers.

»Okay. Tschüs dann«, ruft Esen ihnen nach, und dann sehen wir zu, wie die anderen ihnen Platz machen und die beiden anfangen, begeistert zu M. I. A. zu tanzen und den Song mitzusingen.

»Live fast, die young«, sagt Esen kopfschüttelnd.

Besser hätte ich es nicht ausdrücken können.

»Wer wohnt hier eigentlich?«, frage ich, während ich mich in der Küche umblicke. Selbst im Kerzenlicht ist zu erkennen, dass das Haus, das Dev für den Abend »ausgeliehen« hat, bewohnt sein muss. Auf der Mikrowelle liegt ein Stapel Post, und am Kühlschrank hängen unter Obstmagneten mehrere Ansichtskarten. »Ich wusste nicht, dass Sensenleute Häuser besitzen können.«

»Ich glaube, es gehörte einer Person, die Erik neulich geholt hat.« Sie zeigt auf einen Typen, der sich auf der anderen Seite des Wohnzimmers mit einem Mädchen in schwarzem Hidschab unterhält. Entsetzt sehe ich Esen an, doch sie zuckt die Achseln. »Was denn? Die Person braucht das Haus schließlich nicht mehr, oder? Mach dir keine Gedanken.« Sie winkt ab. »Wir hinterlassen alles, wie wir es vorgefunden haben. Es ist ja nicht so, dass sich irgendwer betrinken und in die Topfpflanzen göbeln würde, oder?«

Ich werfe ihr einen Blick zu, der sagt, dass ich das sehr hoffe, aber Esen zuckt wieder die Achseln. »Wo sollen wir denn sonst hin? Wir können ja nicht *noch* eine Party am Strand veranstalten.«

Wahrscheinlich nicht, aber ich finde es trotzdem irgendwie gruselig, als ich sehe, wie Poppy und Dev im Wohnzimmer lachend auf und ab springen und gerade so tun, als würden sie ihre Schultern abstauben.

»Was machst du da?«, fragt Esen.

Doch ich sehe sie nicht an, ich bin zu sehr darauf fokussiert, ob Poppy sich mit irgendwem unterhält.

Redet sie etwa mit dem Typen neben sich?

Ich hoffe nicht.

»Ash.«

»Was?« Ich sehe sie immer noch nicht an.

»Was machst du da?«

»Du meinst, abgesehen davon, euch dafür zu verurteilen,

im Haus einer frisch verstorbenen Person eine Party zu feiern?«

»Ja, abgesehen davon. Was machst du da?«

»Häh?« Es muss offensichtlich sein, dass ich nicht bei der Sache bin, denn sie stößt mich an. »Was ist?«

»Warum bist du hier, Ash?«

Verwirrt gucke ich sie an. »Du hast gesagt, dass ich kommen soll.«

»Nein, ich meine, warum bist du *hier*.« Sie zeigt auf den Boden. »Mit mir in der Küche.«

Worauf will sie hinaus?

»Wo soll ich denn sonst sein, Esen?«

Als ich sie stirnrunzelnd ansehe, zeigt sie auf Poppy und Dev, die immer noch im Wohnzimmer tanzen. »Du verpasst es.«

»Was verpasse ich?«, frage ich, aber bevor sie antworten kann, fängt ein Song von Radiohead an, und alle verlassen die Tanzfläche und kommen zurück in die Küche. Ein paar Leute zeigen mit dem Daumen nach unten und buhen Esen aus.

»Oh, *okay*«, spottet sie und murmelt etwas vor sich hin, von wegen, dass kein Mensch mehr gute Musik zu würdigen weiß. Sie schnappt sich das Handy vom Tresen und macht einen Song von Missy Elliott an. »Bitte schön. Zufrieden?«

Wie es aussieht, sind sie das, denn jubelnd fangen sie wieder an zu tanzen, Poppy und Dev mittendrin.

»*Was* verpasse ich?«, frage ich noch mal, als sie das Handy zurück auf den Tresen legt.

»Das hier. Mit deiner Freundin auf einer Party sein.« Sie deutet wieder zum Wohnzimmer, und ich drehe mich um zu Poppy, die auf und ab springt, ihre roten Haare überall. »Du machst dir solche Sorgen wegen großer Löcher, die sich auftun könnten, oder vom Himmel fallender Klaviere, dass du alles verpasst. Aber ich weiß, mein Wutanfall vorhin hat nicht gerade geholfen.«

Als ich sie wieder ansehe, guckt sie beschämt.

Richtig beschämt.

Und sofort habe ich das Bedürfnis, mich zu entschuldigen.

»Hör zu. Es tut mir leid«, sage ich, bevor sie weiterreden kann. »Du hattest recht. Ich bin egoistisch.«

»Du bist nicht egoistisch.« Sie schüttelt den Kopf. »Du willst mit Poppy zusammen sein, und das verstehe ich.«

»Ja, aber ich hätte dich nicht mit reinziehen sollen.«

»Du hast mich nicht mit reingezogen. Es war meine Idee, zum Friedhof zu gehen, oder?« Sie schüttelt wieder den Kopf. »Nichts hiervon ist deine Schuld, Ash. Außerdem bin ich nicht gerade zurückhaltend, wenn es darum geht, meine Meinung zu sagen, oder? Ich hätte jederzeit nein sagen können. Es ist nur …« Sie presst die Lippen aufeinander, und ich warte gespannt, während ich mir die Hände in die hinteren Jeanstaschen stecke, und dann wird mir klar, dass sie versucht, etwas zurückzuhalten. Doch dann seufzt sie frustriert und spuckt es aus. »Du bist eine Nervensäge, Ash, aber ich hab dich gern um mich.«

Oh.

Erleichtert kichere ich, aber sie guckt auf einmal wieder ganz ernst.

»Ich will nicht, dass dir was passiert, Ash.«

Ich lächle unbeholfen, überrascht von dieser seltenen Zuneigungsbekundung. »Ich auch nicht.«

»Deswegen hab ich's dir nicht erzählt.«

»Was hast du mir nicht erzählt, Esen?«

Sie weicht meinem Blick aus, und es fühlt sich an, als wäre ich wieder auf der Fähre, die ganze Küche schwankt.

Esen seufzt schwer, dann sagt sie: »Wir waren schon immer drei.«

»Wer?«

»Es waren schon immer Dev, ich und noch eine dritte Person.«

»Okay?«, sage ich, unsicher, worauf sie hinauswill.

»Vor dir gab es einen Typen namens Joseph.«

»Ja?«

»Aber er hat uns an Silvester verlassen.«

»Okay.« Stirnrunzelnd denke ich an das Mädchen, das Dev mir am Neujahrstag auf der Strandparty vorgestellt hat – wie hieß sie doch gleich? Danica? Sie erzählte, sie wurde befördert und holt jetzt Kinder, die an Krebs gestorben sind. »Wozu wurde er befördert? Überfahrene Welpen?«

»Er wurde nicht befördert«, sagt Esen, sieht mich aber immer noch nicht an. »Er ist gegangen.«

Ich runzle so heftig die Stirn, dass es eigentlich weh tun müsste. »Wohin?«

Sie zögert, und am liebsten würde ich sie schütteln.

»Kann ich dir nicht sagen. Deborah bringt mich um, wenn ich es dir erzähle.«

Ich mache einen Schritt auf sie zu. »Sag's mir, Esen.«

Meine Stimme zittert, und Esen muss es auch hören, denn schließlich sieht sie mich an.

»Du darfst es eigentlich erst an Silvester erfahren.«

Sag es einfach, würde ich am liebsten schreien, doch es kommt nichts aus mir raus, wortlos starre ich Esen an.

»Er ist aufs Boot gestiegen«, sagt sie schließlich, dann seufzt sie wieder und schließt die Augen.

»Was für ein Boot?« Ich brauche einen Moment, um zu kapieren, was sie meint, und dann verliere ich fast das Gleichgewicht. Die Küche scheint plötzlich zu kippen, es fühlt sich an, als wäre ich kopfüber in der Achterbahn. »Charons Barke?«

Sie nickt, und benommen versuche ich, mir einen Reim darauf zu machen.

»Wo ist er hingefahren, Esen?«, frage ich, und meine Stimme klingt sicherer, als ich mich fühle.

»Ich weiß es nicht. Wo auch immer die Leute hinfahren. Jedes Jahr an Silvester bekommen wir wen Neues, und eine Person von uns kann gehen. Dev und ich wollten letztes Mal nicht, also ist Joseph gegangen.«

Ich glaube fast zu begreifen, was sie da sagt, doch dann entgleitet es mir wieder, und ich starre Esen bloß an.

»Von daher ...« Sie zuckt die Achseln, als sie merkt, dass ich es nicht kapiere. »Ich meine, rein *theoretisch* ...« Wieder zuckt sie die Achseln, greift sich in die Haare und zieht daran. »... könntest du nächstes Silvester aufs Boot, wenn Dev und ich nicht wollen.«

Ich sollte wütend sein – ich dachte, das hier wäre für die Ewigkeit –, aber endlich ist da ein Lichtschimmer.

Hoffnung.

Helle, wunderbare Hoffnung.

»Und Poppy wiederfinden«, sage ich. Die Worte fliegen wie Funken von meiner Zunge und explodieren um uns herum wie Feuerwerk.

Esen zuckt wieder die Achseln. »Nicht zwangsläufig ...«

»Du hast gesagt«, unterbreche ich sie und zeige mit zitternder Hand auf sie. »Du hast gesagt, wir fahren dorthin, wo wir hinwollen.«

Sie erwidert nichts, doch das muss sie auch nicht.

»Wenn also Poppy und ich daran glauben, dass wir an denselben Ort fahren, dann tun wir das auch.«

Sie lacht verbittert. »Was zum Teufel weiß ich schon?«

Ich ignoriere sie und wirbele herum. Poppy tanzt immer noch wild im Wohnzimmer. »Ich muss es ihr sagen.«

»Nein.« Esen packt mich am Arm. Als ich mich zu ihr umdrehe, sieht sie mich eindringlich an. »Mach ihr keine falschen Hoffnungen. Das ist grausam.«

»Aber ich muss ihr doch irgendwas *geben*, Esen.«

Wie kann ich es ihr *nicht* sagen?

Das ist mehr, als wir noch vor fünf Minuten hatten.

»Lass sie damit in Ruhe. Lass ihr doch das hier.« Sie nickt in Richtung von Poppy und Dev. »Lass sie die Party genießen und was auch immer sie sonst noch machen will. Lass sie auf ihre Weise gehen. Und wenn du sie an Silvester wiederfindest, super, aber wenn nicht, habt ihr euch wenigstens verabschiedet und sie wird nicht die Ewigkeit damit verbringen, auf dich zu warten.«

Ich zögere und stelle mir vor, wie Poppy irgendwo an einem einsamen Strand sitzt und auf ein Boot wartet, das nicht kommt.

»Geh«, sagt Esen. »Du weißt nicht, wie lange ihr noch habt, also geh und tanz mit ihr.«

Und so schlängele ich mich durch die anderen auf der Tanzfläche hindurch, bis ich bei Poppy in der Mitte ankomme. Als sie mich sieht, wirft sie mir die Arme um den Hals und bedeckt mein Gesicht mit Küssen. Ich sage, sie soll aufhören, aber ich will es nicht wirklich, ich habe sie noch nie so voller Leben gesehen. Ihre Wangen leuchten rosig, und ihre Stirn glitzert vom Schweiß, und sie strahlt so voller Energie, dass mein längst totes Herz fast wieder anspringt.

»Das ist alles, was ich will«, sagt sie in mein Ohr und drückt mich an sich.

SECHSUNDZWANZIG

Ich weiß nicht, wie spät es ist, aber als ich aus der Ecke, in die Poppy und ich uns zurückgezogen haben, aufblicke, ist das Wohnzimmer fast leer. Esen ist schon vor einer Weile gegangen, weil sie mit einem Fall beauftragt wurde, und als Dev auf uns zukommt und statt des rosafarbenen Paillettenkleids wieder die Sachen trägt, die sie vorher im Buchladen anhatte, ist klar, dass auch sie wen holen muss.

Also beschließen Poppy und ich ebenso zu gehen, und draußen vorm Haus umarmen wir Dev zum Abschied.

»Wie spät ist es?«, fragt Poppy, als sie sich den gelb karierten Schal um den Hals schlingt.

»Verdammt«, murmele ich mit einem Blick aufs Handy. »Fast halb drei.«

Um diese Uhrzeit hat selbst in Brigthon alles zu.

Gerade als ich das Handy wieder einstecken will, erscheint eine neue Nachricht auf dem Display, und ich bete, dass sie nicht von Deborah ist.

Zum Glück ist es Esen.

Wenn du wen holen sollst, sag Bescheid und ich übernehme – E

Ich tue noch nicht mal so, als wollte ich protestieren, sondern danke ihr sofort, dann sehe ich Poppy an.

»Bist du müde? Willst du nach Hause?«

»Nein.« Sie schüttelt heftig den Kopf und zieht an ihrer Bommelmütze, wie ein Kleinkind, das sich weigert, ins Bett zu gehen.

»Was willst du dann machen?«

»Alles«, sagt sie auf einmal atemlos, und ihre Augen strahlen.

»Wie zum Beispiel?«

Sie überlegt einen Moment, und ich weiß schon, was sie sagen wird.

»Ich will an den Strand«, sagt sie und greift nach meiner Hand. »Dem Mond gute Nacht sagen.«

Ich denke nicht weiter darüber nach, bis wir da sind, aber irgendwie ist es auch nett, den Tag am Strand ausklingen zu lassen. Wir haben ihn ganz für uns, das Meer rauscht in Wellen heran, um uns zu begrüßen wie ein aufgeregter Welpe, während Poppy einen Platz aussucht, der nah genug am Wasser ist, um es zu hören – und nicht die Autos auf der Straße hinter uns –, aber weit genug weg, dass ich keine Angst haben muss, es könnte nach uns greifen und uns vom Strand reißen. Ich vertreibe eine Möwe, die angewatschelt kommt, als wollte sie sich zu uns gesellen, dann ziehe ich meine Jacke aus, lege sie auf die Kieselsteine und deute Poppy an, sich als Erste zu setzen, bevor ich mich neben ihr niederlasse. Sie lehnt den Kopf an meine Schulter, dann sieht sie rauf in den Himmel, wo der Mond über uns hängt wie eine nackte Glühbirne in einem leeren Zimmer.

»Da ist sie, la lune«, sagt sie glücklich seufzend.

Das Mondlicht fällt auf ihr Gesicht, betont ihre Wangenknochen, die Augenbrauen, den sanften Schwung ihrer Nase und sammelt sich an ihrer Nasenspitze in einem Punkt, der mich an die Sternenkarte im Buchladen erinnert.

Wieder seufzt sie. »Sag es.«

»Sag was?«

»Sag ihm gute Nacht.« Sie stößt mich an. »Hast du das Buch als Kind nicht gelesen?«

»Doch, klar.«

Das war Roshs Lieblingsbuch.

»Meine Mum hat mir das früher immer vorgelesen«, sagt Poppy, greift nach meiner Hand und drückt sie.

Dann schweigt sie, und ich weiß, ich sollte es dabei belassen, aber es gibt noch einen Menschen, mit dem sie reden muss.

»Apropos, du hast heute mit deiner Mum geredet, und mit deinem Dad«, sage ich vorsichtig und hoffe, die Seifenblase um uns damit nicht zu zerstören. »Was ist mit deiner Großmutter? Hast du mit ihr schon gesprochen?«

Ihr Gesichtsausdruck verändert sich, und die Seifenblase platzt.

Sie sieht mich nicht an. »Sie ist gestorben.«

»Was?« Ich löse mich von ihr und sehe sie stirnrunzelnd an, während ich darauf warte, dass sie meinen Blick erwidert. »Wann?«

»Ein paar Tage nach dir.«

»O Poppy.« Ihre Hand liegt immer noch in meiner, und ich drücke sie fest. »Nein.«

Sie wendet den Blick ab, hebt mit der freien Hand einen Kieselstein auf und fährt mit dem Daumen darüber.

»Das tut mir leid, Pop. Ich weiß, wie sehr du sie geliebt hast.«

Sie nickt traurig. »Ja.«

»Geht es dir gut?«

»Es war nur alles ziemlich viel, weißt du? Ich hatte gerade erst über Instagram die Nachricht von Adara bekommen, darüber, was mit dir passiert ist.«

So hat sie es also erfahren.

Ich wollte sie schon die ganze Zeit danach fragen, doch ich wollte nicht, dass sie anfängt, darüber nachzudenken …

… wie die Leute davon erfahren werden, wenn sie gestorben ist.

»Nachdem ich die Nachricht gelesen hatte, bin ich spazieren gegangen, weil ich nicht wollte, dass meine Eltern mitbekommen, wie aufgelöst ich bin. Ich habe dann noch eine Weile in den Enclosures gesessen, und als ich zurückkam, sagte Mum, Dad wäre in seinem Arbeitszimmer und würde mit dem Heim telefonieren, in dem meine Großmutter war. Ich konnte ihn weinen hören, und da wusste ich es.«

»O Poppy.« Ich führe ihre Hand an meinen Mund und küsse sie. »Es tut mir so leid.«

»Ich war noch nie vorher auf einer Beerdigung.« Sie lacht wieder, aber es ist ein leeres Lachen. Wie aus der Konserve. »Und dann war ich auf gleich zweien in einer Woche.«

»Poppy, es tut mir so leid.« Wieder küsse ich ihre Hand.

»Schon okay. Wirklich.« Sie wartet, dass ich sie ansehe, dann nickt sie tapfer lächelnd. »Ich hab meine Großmutter geliebt. Sie war einfach *toll*. Sie war zweiundsiebzig, und sie hat alles erlebt. Wirklich alles. Sie ist durch Nepal gewandert und hat Jimmy Hendrix in Woodstock gesehen und war Mitglied bei Greenpeace. Als sie mit meinem Vater schwanger war, ist sie von London nach Paris gelaufen, um gegen Atombombentests zu protestieren. Sie hatte ein langes, unglaubliches Leben, weißt du?«

Tatsächlich wusste ich das alles nicht.

»Ich fand es so gemein, als sie MS diagnostiziert bekam und auf einmal auf den Rollstuhl angewiesen war, aber jetzt denke ich anders darüber.« Ihr Lächeln wirkt ein bisschen ehrlicher. »Sie hatte Glück, Ash. Sie hatte ein erfülltes Leben, alles, was sie wollte, und jetzt ist sie bei meinem Großvater, wo sie hingehört.«

Wieder führe ich ihre Hand an meinen Mund und küsse sie.

»Hey«, sagt Poppy. »Kann ich dir ein Lied vorspielen?«

»Klar«, sage ich, während sie schon ihr Handy aus der Manteltasche nimmt.

»Es wurde auf ihrer Beerdigung gespielt. Das war das erste Lied, zu dem meine Großeltern auf ihrer Hochzeit getanzt haben, aber es hat mich an dich erinnert.«

»An mich?«

»Ja. Als ich es hörte, hab ich angefangen zu heulen, weil ich an Silvester denken musste. Warte«, sagt sie und entsperrt ihr Handy. Sie ignoriert eine ganze Reihe von Nachrichten und öffnet eine Playlist. Sie scrollt hindurch, und als sie das gesuchte Lied findet, drückt sie auf Play und sieht mich erwartungsvoll lächelnd an.

Es kommt mir entfernt bekannt vor.

Es klingt wie ein Lied aus einem alten Film.

»Kennst du es?«, fragt sie. »›The Way You Look Tonight‹ von Frank Sinatra.«

»Ja.«

Das ist das Lied, zu dem Chris und Lorelai in *Gilmore Girls* tanzen.

Poppys Lächeln verblasst genauso schnell, wie es kam. Ich frage mich, was sie denkt.

Ob ihr gerade klarwird, dass wir beide so etwas nie haben werden?

Dass wir nie einen ersten Tanz zusammen haben werden?

Ich überlege nicht lange, ich stehe auf und halte ihr die Hand hin.

»Was?«, fragt sie, und ihre Wangen färben sich rot.

»Darf ich um diesen Tanz bitten, Miss Morgan?«

»Es wäre mir eine Ehre, Miss Persaud.« Sie grinst und stolpert fast, so eilig hat sie es, aufzustehen und meine Hand zu nehmen.

Wir machen nicht viel mehr, als uns hin und her zu wiegen, was auf den Kieselsteinen schon schwierig genug ist. Ein paarmal rutschen wir aus und verlieren beinah den Halt, und es ist nicht ganz so romantisch, wie ich es mir vorgestellt habe, aber das ist egal, denn Poppy wirft den Kopf zurück und lacht den Mond an. Es ist nur so unendlich schade, dass sie zu diesem Lied nie richtig tanzen wird, in einem weißen langen Kleid, das sie raschelnd hinter sich herzieht wie Pfauenfedern. Dafür ist keine Zeit mehr. Für nichts von den Dingen, die sie an Silvester aufgezählt hat, ist noch Zeit.

Sie hat keine Zeit mehr, nach Bali zu fliegen. Keine Zeit zu surfen und mit Sand zwischen den Zehen in einem kleinen Strandcafé Nasi Goreng zu essen. Keine Zeit, Mandarin zu lernen oder das perfekte Grilled Cheese Sandwich zu machen. Keine Zeit zu entscheiden, auf welche Uni sie gehen will, um sich dann während der Einführungswoche total zu betrinken und die erste Vorlesung zu verpassen, weil sie so verkatert ist. Es wird kein erstes Auto geben. Keine erste Wohnung, die gestrichen werden will. Keinen ersten Garten, in dem sie Tulpen pflanzen könnte. Keinen Golden Retriever. Keine wilden Weihnachtsessen, wo alle durcheinanderreden.

Ich werde auch nichts dergleichen mehr haben, aber zum ersten Mal, seit ich in der Silvesternacht auf dem Sofa im Buchladen aufgewacht bin, ist mir das egal. Sechzehn Jahre sind nicht annähernd genug, ein ganzes Leben zu leben, ein Leben, wie es Poppys Großmutter hatte, aber es reicht, um eine Sache gelernt zu haben: Du solltest keine Angst vorm Tod haben, denn während du davor Angst hast, bemerkst du gar nicht die tausend kleinen Tode, die du jeden Tag stirbst.

Jedes Mal, wenn du gesagt bekommst, du sollst mal erwachsen werden.

Jedes Mal, wenn du gesagt bekommst, du sollst mal realistisch sein.

Jedes Mal, wenn du gesagt bekommst, dass du zu viel bist oder nicht genug, alles auf einmal.

Hör nicht darauf.

Du musst nicht besser sein als irgendwer anders, du musst nur besser sein, als du es früher warst.

Jetzt fühlt es sich vielleicht noch nicht so an, aber eines Tages wirst du Angst davor haben, die Person zu sein, die du heute bist.

Du wirst Angst davor haben, dass du nie aufhören wirst, diese Person zu sein.

Leute kommen und gehen. Manche sind bloß eine Zigarettenpause und andere sind wilde Feuer.

Manche Leute nehmen mehr, als sie geben. Sie nehmen und nehmen, und sie geben nie etwas zurück, und es ist egal, wie fest sie dich halten oder wie oft sie dich küssen, es wird nie reichen, um das zu ersetzen, was sie dir genommen haben.

Lass das nicht zu.

Wenn sie gehen wollen, lass sie ziehen.

Du kannst Leute vermissen und sie trotzdem nicht zurückhaben wollen.

Du kannst wissen wollen, warum, und trotzdem ihre Anrufe ignorieren.

Aber bereue nie, was du einmal wolltest.

Denn, wie Dev sagt, wenn du das zulässt, wird es immer größer, bis für nichts anderes mehr Platz ist.

Für keinen anderen Menschen.

Es gibt einen Unterschied zwischen diesen Leuten und den Menschen, die dich lieben, selbst, wenn du es nicht glaubst, weil sie es dir nicht so sagen, wie du es hören müsstest. Nicht alle wissen, wie sie *Ich liebe dich* sagen können, also versuche zu lernen, die verschiedenen Arten zu erkennen, auf die sie es sagen. Sie tun es ständig. Und wenn sie bloß sagen: »Vergiss nicht deine Handschuhe« oder »Hast du heute schon was gegessen?«

Pass auf, dass du zuhörst.

Es ist okay, die Songs, die du jedes Mal überspringst, von deiner Playlist zu werfen.

Es ist okay, ein Buch nicht zu beenden, wenn es dir vorkommt wie eine geschlossene Tür und nicht wie ein Fenster.

Es ist okay, nicht zu heiraten, wenn du es nicht willst.

Es ist okay, keine Kinder zu bekommen, wenn du keine willst.

Es ist okay, noch nichts davon zu wissen.

»Was denkst du?«, fragt Poppy, und ich muss fast lachen, denn womit soll ich anfangen?

Letztendlich muss ich gar nicht weiter darüber nachdenken, denn alles macht ganz von alleine Platz, bis ich nur noch einen einzigen Gedanken habe. »Ich habe das Gefühl, als würde ich dich schon total lange lieben, aber es ist immer noch nicht genug.«

Das ist noch etwas, was ich gelernt habe: Wenn du eine Person liebst, sag es ihr.

Und wenn du es schon getan hast, sag es noch mal.

Poppy drückt ihre Wange an meine. »Am liebsten würde ich jetzt sterben, damit das das Letzte ist, was ich gehört habe.«

SIEBENUNDZWANZIG

Eine Weile sitzen wir so da, ihr Kopf auf meiner Schulter, während wir hinaus aufs große, schwarze Meer blicken und uns gegenseitig Songs auf ihrem Handy vorspielen, bis der Akku leer ist. Sie überspringt »Born to Die« von Lana Del Rey, aus naheliegenden Gründen, spielt mir aber den Song von Death Cab for Cutie vor, den ich nach unserem ersten Date auf der Fahrt nach Hause im Bus gehört hatte – den, wo es darum geht, einer Person ins Dunkle zu folgen –, und es ist, als würde ich ihn zum allerersten Mal hören, als wir so eng umschlugen dasitzen.

Kurz denke ich, sie wäre eingeschlafen. Sie muss ziemlich müde sein, aber dann sieht sie mich an und lächelt, ganz entspannt und ein bisschen erschöpft, und ich weiß genau, was sie denkt, denn ich denke das Gleiche.

Wir haben es geschafft.

Wir bekommen noch einen Tag.

Plötzlich richtet sie sich auf. So plötzlich, dass ich zusammenzucke.

»Komm, wir gehen schwimmen«, sagt sie, und ihre Augen strahlen, leuchtend blau.

Ich lache, denn das kann sie nicht ernst meinen. Wir haben Januar. Das Meer ist selbst im Sommer kalt, und jetzt muss es so eisig sein, dass uns garantiert das Herz stehenbleibt, sollten wir reingehen. Aber Poppy ist schon auf den Beinen, und die Kieselsteine knirschen mürrisch unter ihren Füßen, während sie versucht, das Gleichgewicht zu finden. Dann höre ich statisches Knistern, und ihre Haare stehen ab, als sie sich die Bommelmütze vom Kopf zieht und sie fallen lässt. Sie nimmt den gelb karierten Schal ab und lässt auch ihn fallen. Verdammt, sie meint es wirklich ernst.

»Poppy.« Blinzelnd sehe ich zu, wie sie sich den Mantel aufknöpft. »Was machst du da?«

»Wie sieht es denn aus?«, fragt sie verschmitzt grinsend.

»Du machst Witze, oder? Du willst doch jetzt nicht schwimmen gehen. Es ist *eiskalt!*«

Sie schüttelt den Mantel ab und lässt ihn sich von den Schultern gleiten und um die Füße fallen. Kleingeld purzelt aus den Taschen und verschwindet zwischen den Kieselsteinen.

»Poppy, warte«, sage ich, als sie sich runterbeugt, die Reißverschlüsse an den Stiefeln öffnet und sie sich von den Füßen kickt.

Sie landen – eins, zwei – klatschend auf den Kieseln zwischen uns.

»Worauf, Ash?«, fragt sie, hakt sich die Finger in die Socken und zieht auch die aus. Aber ehe ich antworten kann, deutet sie mir an aufzustehen. »Komm schon. Bevor ich es mir anders überlege und doch noch kneife!«

Ich rühre mich nicht, ich sitze nur da und starre sie an.

»Was ist denn?«, fragt sie stirnrunzelnd, als würde sie absolut nicht verstehen, warum ich nicht mitmachen will.

Ich kann nicht anders als zu lachen. »Pops, das ist doch nicht dein Ernst.«

»Bitte, Ash. Tu's mir zuliebe.« Sie hält mir die Hand hin und wackelt mit den Fingern, damit ich sie nehme. »Ich wollte schon immer mal nachts schwimmen gehen.«

»Dann mach es im Juli.«

Als mir bewusst wird, was ich gerade gesagt habe, wünschte ich, der Strand würde mich verschlucken.

»Tut mir leid, Pop. Ich ...«

»Schon okay«, unterbricht sie mich kopfschüttelnd.

Aber es ist nicht okay.

Wenn das stimmt – wenn sie schon immer mal nachts schwimmen gehen wollte –, dann ist das jetzt die letzte Gelegenheit, oder?

Wann soll sie es sonst machen?

Also stehe ich auf, und jubelnd klatscht sie in die Hände, während ich meine Docs aufschnüre. Ich ziehe die Socken aus und stecke sie in die Stiefel.

»Wir gehen nur eine Minute rein«, verspricht sie. »Außerdem sind es nur fünf Minuten bis zu mir nach Hause. Es ist gleich da.« Sie zeigt die Straße hoch. »Wir gehen ins Wasser, gucken, wie la lune von unten aussieht, dann gehe ich direkt nach Hause und springe unter die warme Dusche, versprochen.«

Ich sehe wahrscheinlich nicht besonders überzeugt aus, denn Poppy nimmt meine Hand und drückt sie. »Ich weiß, du hast Angst vorm Meer, aber du kannst schwimmen, oder? Du bist schon mal im Meer geschwommen, oder?«

»Nur ein paarmal.«

Als Kind.

Als ich noch furchtlos war.

Nicht totzukriegen.

Meine Knochen waren aus Gummi, mein Herz ein Ball, der immer zurücksprang, ganz gleich, wem ich es zuwarf.

»Wovor hast du dann Angst?«, fragt sie, und ihr Stirnrunzeln ist wieder da.

Sie sagt es nicht – *Du bist doch eh schon tot* –, aber als ich den Kopf drehe und aufs Meer blicke, ist es so ruhig wie Badewasser, die Wellen nur noch ein Flüstern, es gibt also nichts, wovor ich Angst haben müsste, oder?

Doch dann wird mir klar, dass ich nicht um mich Angst habe.

Sondern um sie.

»Du bist da, richtig?«, fragt sie und drückt wieder meine Hand. »Mir passiert nichts.«

Und wenn doch?

Was, wenn ihr etwas passiert und ich sie nicht retten kann?

»Wir gehen nur kurz rein und sofort wieder raus. Versprochen.«

Als ich sie wieder ansehe, lächelt sie mich voller Hoffnung an.

Wenn es das ist, was sie machen will, wie kann ich da nein sagen?

Außerdem bin ich irgendwie auch neugierig, wie der Mond von unten aussieht.

»Okay«, sage ich, bevor ich es mir anders überlegen kann, und drücke ihre Hand.

Sie dankt mir und küsst mich schnell auf die Wange, dann führt sie mich zum Wasser. Die Kieselsteine müssen kalt sein, denn sie springt kichernd von einem Fuß auf den anderen. Ich bin mir der Kälte bewusst, aber sie stört mich nicht, während sie mit im Mondlicht leuchtenden Haaren an den Meeresrand tritt.

»Bereit?«, fragt sie.

Doch ehe ich ihr sagen kann, dass ich es nicht bin, spült das Wasser auch schon um unsere nackten Zehen. Poppy kreischt und umklammert meine Hand fester, dann macht sie einen Schritt hinein. Ich bewege mich allerdings nicht, denn ich bin unfähig, den Blick vom Horizont zu lösen. Was wohl dahinterliegt? Dann bemerke ich die blinkenden roten Lichter des Windparks – alle 116 –, und ich sehe Poppy an und frage mich, wie mein Leben verlaufen wäre, hätte ich sie nicht kennengelernt. Vielleicht wäre ich dann jetzt zu Hause, mit dem Rücken an der Heizung in meine Decke gewickelt, und würde einem Mädchen hinterhertrauern, das mir nicht zurückgeschrieben hat, der Schmerz so groß, als würden mir die Knochen zerbrechen, zu Staub zerfallen, so dass das Universum sie zurückverlangen könnte.

Sie wieder in Sterne verwandeln.

Ich hätte vielleicht niemals erfahren, dass mich das Lächeln eines Mädchens so in Flammen setzen könnte.

Dass ihre Hand in meiner genug wäre, um die Flammen anzufachen, genug, sie jahrelang am Leben zu halten.

Jahre um Jahre.

Und so nicke ich, und gemeinsam gehen wir hinein.

Die Steine sind viel rutschiger, als ich gedacht hätte. Poppy hat wohl auch nicht damit gerechnet, denn sie verliert das Gleichgewicht, und ich kann sie gerade noch am Ellbogen halten, bevor sie mit dem Hintern ins Wasser fällt. Sie lacht ausgelassen und bleibt einen Moment stehen, um wieder zu Atem zu kommen, dann gibt sie mir ein Zeichen, dass wir weiterkönnen. Diesmal sind wir vorsichtiger, das Wasser schwappt uns um die Knöchel, während wir langsam immer tiefer gehen. Ein Schritt. Stopp. Schritt. Stopp. Schritt. Stopp. Bis uns das Wasser bis zu den Knien reicht und Poppy zittert, den Mund weit geöffnet, so dass ich das Rosa ihrer Zunge sehen kann.

Das ist wahrscheinlich weit genug, aber Poppy sieht so glücklich aus, sie blickt hinaus aufs Meer, als hätte sie in ihrem Haus ein geheimes Zimmer entdeckt, eine Tür, hinter der ein großer Ballsaal liegt, von dem sie nicht wusste. Denn wie kann das sein? Es ist dasselbe Meer, mit dem sie aufgewachsen ist. Dasselbe Meer, auf das sie als Kind aus ihrem Kinderfenster geblickt und den vorbeifahrenden Schiffen zugesehen hat. Dasselbe Meer, auf das sie sicherlich jeden Tag aus ihrem Zimmerfenster an der Roedean blickt und zusieht, wie es von blau zu tiefblau zu schwarz wird, bis kaum noch zu sagen ist, wo das Meer endet und der Himmel beginnt. Das Meer, in dem sie so oft geschwommen ist, doch genauso, wie der Himmel um vier Uhr morgens eine andere Farbe hat, weiß sie jetzt, dass das Meer um vier Uhr morgens völlig anders ist.

Etwas, was nicht viele wissen.

Sie weiß es jetzt.

Wir machen noch ein paar Schritte, und ich fühle mich schon ein bisschen sicherer. Ich frage mich, wie weit die Kieselsteine wohl reichen, ob wir noch meilenweit so weitergehen können – den ganzen Weg bis nach Frankreich, wie ihre Großmutter –, und die Steine immer da sein werden. Aber genau in dem Moment spüre ich, wie sie anfangen abzufallen – das Wasser wird immer tiefer und tiefer –, bis meine Füße sie kaum noch finden. Dann sind sie weg, und ich fange an, wie wild zu treten, und das Wasser peitscht um mich herum auf.

»Ash«, sagt Poppy ruhig. »Es ist okay.«

Ist es nicht.

Es ist in meinen Augen.

Meinem Mund.

Aber dann ist sie da, ihre Arme um meine Taille und ihre Brust an meiner. Das Wasser reicht mir jetzt bis zum Kinn, und ich lege den Kopf in den Nacken, bevor mich das Wasser verschluckt.

»Nicht«, sagt sie und legt mir eine Hand an den Hinterkopf und drückt ihn wieder hoch. »Bleib ruhig.«

Aber ich kann es nicht.

Ich fühle, wie das Wasser meinen Hals umschließt.

»Es ist okay«, sagt sie wieder. »Es ist okay. Es ist Salzwasser. Es trägt dich.«

Nein.

Es verschlingt mich, ich spüre es.

»Ich lass dich jetzt los, Ash.«

»Nein!«, keuche ich und fange wieder an, wie wild zu treten.

Ich trete gegen etwas und … *o Gott*. Da ist irgendwas. Unter Wasser. Dann schlage ich um mich, ich habe meine Arme und Beine nicht mehr unter Kontrolle, mein Körper ergibt sich.

Ich lasse mich hinunterziehen.

»Ash, das bin ich«, sagt Poppy und versucht, nicht zu lachen. »Du trittst mich.«

»Oh, verdammt. Tut mir leid«, keuche ich und bekomme sofort Wasser in den Mund.

Dann sind ihre Hände um meine Taille, und sie hebt mich hoch, so dass meine Schultern durch die Wasseroberfläche stoßen. Wieder keuche ich.

»Beug die Knie«, sagt sie. Ich beuge sie, und dann sagt Poppy: »Und jetzt tritt mit den Beinen. Langsam. *Langsam*.«

Ich tue, was sie sagt, und trete langsam mit den Beinen, so dass das Wasser nicht mehr ganz so doll spritzt.

»Jetzt beweg die Arme.«

»Wie?«, frage ich verzweifelt.

Ich habe das mit dem Treten doch gerade mal so eben hinbekommen.

»Zur Seite. Ja, genau«, sagt sie, als ich anfange, die Arme zu bewegen. »Langsam. Langsam.«

Langsam.

Langsam.

»Na also«, sagt sie stolz. »Du kannst es.«

»Ja?« Ich lache. »Schwimme ich?«

»Na ja«, sagt sie und zieht die Nase kraus. »Du ertrinkst jedenfalls nicht.«

Wieder lache ich und sehe zu ihr rüber, während sie ihre Arme immer wieder sanft nach außen zieht, und ich mache es ihr nach.

Erst da wird mir bewusst, dass sie mich nicht mehr hält.

»Verdammt«, keuche ich und gehe fast wieder unter, aber dann deutet sie nach oben.

Ich hebe das Kinn, und da ist er: der Mond, eine flache Scheibe am Nachthimmel. Der Himmel ist auf einmal klar – keine Wolken, keine Möwen, nichts –, wie um uns einen unverstellten Blick auf den Mond zu ermöglichen. Ich blinzle mir das Wasser von den Wimpern, und auch wenn wir die Unterseite nicht sehen können, war ich ihm noch nie so nah wie jetzt.

Auf einmal ist alles ruhig, und wir bleiben eine Weile so, die Gesichter nach oben geneigt.

Dann fühle ich ihre Hände auf meinen Gesicht. »Danke.«

Sie presst ihren Mund auf meinen, und als sie die Lippen wieder von mir löst und mich ansieht, spüre ich zwar nicht mein Herz, aber ich spüre etwas anderes. Etwas tief, tief in mir drin, und ich frage mich, ob ein Teil von mir sie schon immer gekannt hat.

Sie schon immer geliebt hat.

Ob wir aus demselben Sternenstaub gemacht sind, wie Carl Sagan sagt.

»Ist es, wie du es dir vorgestellt hast?«, frage ich, als sie den Kopf wieder in den Nacken legt und versonnen lächelnd den Mond ansieht.

»Viel besser.«

Ich will ihr erzählen, was Esen mir auf der Party verraten hat, will ihr sagen, dass sie auf mich warten soll und ich sie finden werde, aber bevor ich es kann, ist sie weg. Sie kippt nach vorn und verschwindet. Irgendwas muss sie unter Wasser gezogen haben. Ich öffne den Mund, um zu schreien, doch nichts kommt raus, während ich auf die Wasseroberfläche starre und darauf warte, dass sich das Wasser teilt und Poppy wieder auftaucht, aber das tut sie nicht. Also greife ich ins Wasser und taste nach ihr, doch ich fühle nichts. Wieder und wieder, bis ich ihren Pulli zu fassen zu bekomme und sie wieder hochziehe. Kreischend und prustend kommt sie offensichtlich begeistert an die Oberfläche.

»Poppy, was war das?«, rufe ich, als sie sich die Haare zurückstreicht.

Sie lacht nur.

»Das ist nicht lustig!«, sage ich, während ich wild mit den Beinen trete und versuche, nicht unterzugehen.

Sie lächelt mich an, so wie an dem Nachmittag, als wir uns auf der Fähre begegnet sind, dieses verschmitzte Lächeln, und ich will ihr sofort verzeihen. Doch ehe ich sie küssen und ihr sagen kann, das bloß nicht noch mal zu machen, zuckt sie auf einmal am ganzen Körper. Ich will nach ihr greifen und frage mich, ob sie von einer Feuerqualle oder so gestochen wurde oder ihr Fuß sich in Seetang verfangen hat, da verschwindet sie erneut, mit geschlossenen Augen und offenem Mund wird sie vom Meer unter die Oberfläche gezogen.

»Poppy!« Zum zweiten Mal taste ich im Wasser nach ihr, bekomme sie jedoch nicht zu fassen. Kurz spüre ich etwas – ich glaube, ihre Haare –, aber dann ist es auch schon wieder weg und meine Hand bleibt leer zurück. Aus einer Sekunde werden mehrere und dann eine ganze Minute, während ich fieberhaft nach ihr taste. Sie wird ertrinken. Doch dann fühle ich den Kragen ihres Pullis und ziehe sie hoch.

Wild lachend kommt sie an die Oberfläche.

Diesmal schlage ich ihr auf den Arm. »Poppy! Mach das nicht mit mir!«

Unbeeindruckt lacht sie weiter.

»Okay«, sage ich durch meine Zähne, und ich klinge wie meine Mutter. »Wir gehen raus.«

Zu meiner Überraschung widerspricht sie mir nicht, was gut ist, denn ich brauche ihre Hilfe. Es ist schließlich eine Sache, ohne unterzugehen an einem Fleck zu bleiben, aber den Weg zurück an den Strand zu finden, ist etwas anderes.

Ich traue mich nicht, Poppy aus den Augen zu lassen, aus Angst, sie noch mal zu verlieren, und kralle die Hand weiterhin in ihren Pulli, während sie uns zurückführt. Auch sie sieht mich an, und kichernd entschuldigt sie sich, mich erschreckt zu haben, und sagt, sie habe schon immer wissen wollen, wie es ist, eine Meerjungfrau zu sein.

Ich blicke zum Strand und stelle erleichtert fest, dass wir doch näher dran sind, als ich dachte. So langsam erkenne ich alles – die blassgrünen Bögen der Terrasse, die biscuitfarbenen Kiesel, unseren Klamottenhaufen mit ihrem gelb karierten Schal –, und dann sehe ich noch etwas.

Charon.

ACHTUNDZWANZIG

Ich sehe zu Charon und dann auf die sanft vor ihm schaukelnde Barke.

Nein.

Das kann nicht sein.

Wie kann das sein?

Wo ist ihre Leiche?

Ich blicke über die Schulter zurück, aber da ist nichts, nur das leise Vor und Zurück der Wellen.

Ich sehe wieder zum Strand und frage mich, ob ich ihn mir nur eingebildet habe, aber nein, da ist er.

Er ist eindeutig da.

Charon.

»Es ist okay«, sagt Poppy und küsst mich auf die Wange, doch alles, was ich denken kann, ist, *wie?*

Wann?

Irgendwo in meinen panischen Gedanken fängt etwas an, Gestalt anzunehmen, und dann erinnere ich mich. Wie Poppy am ganzen Körper zuckte, bevor sie das zweite Mal unterging. Ich dachte, dass sie mich bloß ärgern wollte, aber was auch immer passiert ist, muss in dem Moment passiert sein. Ihr Körper ist untergegangen, und ihre Seele kam wieder hoch.

Nein.

Ich hatte es doch aufhalten wollen.

Ich hatte sie doch retten wollen.

Doch ich habe sie nicht gerettet.

Auf einmal erklingt heftiges Donnergrollen, gefolgt von einem so lauten Blitz, dass garantiert gleich der Himmel entzweibricht. Ich warte auf das Kreischen der Möwen, aber da ist nichts, nur diese quälende Stille, bevor es anfängt zu regnen, schnell und hart, wie prasselnde Pistolenkugeln durchbohren die Tropfen die Wasseroberfläche, als meine Füße endlich die Kieselsteine finden.

»Es tut mir leid«, sagt Poppy und küsst mich wie wild auf die Wange. »Alles ist gut. Alles ist gut.«

Eigentlich sollte *ich* das *ihr* sagen.

Sie sagt es immer wieder – und küsst mich wieder und wieder auf die Wange –, während wir die ansteigenden Kiesel hoch auf ihn zugehen.

Da entdecke ich sie. Dev und Esen, die ein paar Meter weiter rechts von ihm stehen. Devs Haare haben dieselbe Farbe wie der Mond, der über uns wacht, und Esens Locken sind so dunkel wie das Meer, das Poppy zurückruft. Als wir uns dem

Strand nähern, kommen sie uns entgegen und helfen uns über die glitschigen Kiesel aus dem Wasser. Esen hält meinen Arm so fest, dass ich das Kinn hebe und sie anblicke. Sie sieht mich an wie noch nie zuvor, mit einer Mischung aus Kummer und Mitleid, und ich würde mich ihr am liebsten in die Arme werfen, wenn ich nicht solche Angst hätte, Poppy loszulassen.

Dev ist diejenige, die es zuerst ausspricht. »Es tut mir so leid.«

»Wir wussten nicht, dass ihr schon am Strand seid«, sagt Esen, laut genug, dass Charon sie hören kann. »Sonst wären wir gar nicht gekommen und hätten die Sache dir überlassen.«

Das war es dann wohl, was?

»Es ist okay, Poppy«, sagt Dev mit einem Lächeln, das nicht ganz bis zu ihren Augen reicht. »Komm mit uns mit.«

»Wohin?«, fragt sie, und ich bin unsicher, ob sie nur so tut oder ob sie es wirklich nicht weiß.

Esen deutet auf Charon neben seiner Barke, der uns unauffällig beobachtet.

Poppy sieht erst zu ihm und dann mich an, und dann wird uns klar, dass wir uns nicht verabschieden können. Sie kann mich nicht küssen und mir sagen, dass sie mich liebt. Ich kann ihr nicht sagen, dass sie auf mich warten soll, dass ich sie an Silvester finden werde. Ich kann nur zusehen, wie sie mit im Mondlicht leuchtend roten Haaren auf Charon zugeht.

»Bin ich tot?«, fragt sie, als er ihr die Hand hinhält.

Er nickt.

»Was ist passiert?«

»Ein Aneurysma.«

Ich habe ihn noch nie vorher sprechen gehört. Ich dachte immer, seine Stimme wäre tief wie Donnergrollen, aber sie ist leicht.

Fast sanft.

Da dreht Poppy sich plötzlich um und läuft zu mir zurück, und kurz denke ich, sie weigert sich, mit ihm zu kommen, dass sie sich an mich klammern und flehen wird, bleiben zu dürfen. Aber sie zieht bloß den Ring von ihrem Daumen – den silbernen mit dem roten Herz und dem Dolch – und drückt ihn mir in die Hand.

»Du hast versprochen, dass du mich nicht verlässt«, flüstert sie, und ich erinnere mich an jenen Nachmittag im Taxi, als ich ihr das Versprechen gemacht habe, bevor der Fahrer uns rauswarf. »Und du hast es auch nicht getan.«

Ich würde dich nie verlassen, denke ich und schließe die Hand um ihren Ring.

Sie lächelt mich ein letztes Mal an, und ich würde ihr so gern sagen, dass sie auf mich warten soll und ich sie finden werde, aber Esen hat recht.

Es ist nicht fair, ihr Hoffnungen zu machen.

Wenigstens habe ich genug Hoffnung für uns beide zusammen.

Da merke ich, dass der Regen aufgehört hat und alles wieder ruhig ist, und ich denke an Poppys Aneurysma. Einen hellroten Punkt auf der endlosen Leinwand ihres Gehirns, von dem wir noch nicht einmal wussten, dass er da war, bis er platzte.

Sie wirft mir noch einen letzten Blick zu, dann steigt sie in die Barke, und als sie sich setzt, sieht sie aus wie die Frau auf dem Gemälde von John William Waterhouse, das sie so liebt. *The Lady of Shalott*, hieß es, glaube ich. Sie sitzt genauso da, der Rücken gerade, den Blick auf den Horizont gerichtet, und ihre Haare flattern im Wind, als Charon dazusteigt und die geschwungene Barke auf den Mond zufährt.

Ich sehe ihr hinterher, bis sie weg ist.

Elf Monate später

Veronica Price ist genau da, wo Deborah sagte, dass sie sein würde, auf der Brücke, die über die Autobahn führt, den Blick auf die unten durchfahrenden Autos gerichtet. Sie ist ganz anders, als ich sie mir vorgestellt habe, aber das sind sie immer. Ich sehe nur ihr Profil, das glatte, runde Gesicht mit der tiefgoldbraunen Haut, unter dem Licht der Straßenlaternen eher golden als braun. In der süßen Stupsnase trägt sie einen Glitzerstecker, der leuchtet wie ein einzelner Stern. Sie hat tatsächlich noch mehr Haare als Esen, was ich bisher für unmöglich gehalten habe, einen dichten, herzförmigen Afro, der in der Mitte gescheitelt ist und sich sanft im Wind wiegt und schillert wie Krähenfedern.

Nachdem ich mir den ganzen Tag schon – eigentlich die letzten elf Monate und zwei Wochen, nicht, dass ich mitgezählt hätte – Sorgen gemacht habe, dass, wo Poppy ist und wo ich hinkommen werde, nicht derselbe Ort sein könnten, bin ich erleichtert, Veronica zu sehen, denn ich werde es endlich herausfinden. Die ganze Zeit habe ich es wie ein

Mantra wiederholt – *Glaub einfach daran, dass wir an denselben Ort kommen* – immer und immer wieder. Nach jedem Todesfall. Nach jedem Schritt. Jedes Mal, wenn die Türglocke im Buchladen ging und wer reinkam.

Glaub einfach daran, dass wir an denselben Ort kommen.

Ich bin so aufgeregt, ich muss mich zügeln, nicht auf Veronica zuzurennen und sie an den Schultern zu packen. Aus Angst, mich zu verspäten, bin ich zu früh gekommen. Also halte ich mich erst mal dezent im Hintergrund, damit sie mich nicht bemerkt und es sich in letzter Sekunde doch noch anders überlegt.

Ich will bei meiner letzten Handlung als Sensenmädchen nicht aus Versehen den Tod eines Menschen verhindern.

Was für eine Vorstellung!

Als Deborah den Post-it hochhielt und sagte: »Wir haben ein neues Sensenmädchen«, schlug Esen vor, dass ich den Fall übernehme, weil es mein erster Fall an Silvester sein würde. Deborah warf ihr einen misstrauischen Blick zu. Sie fragte sich garantiert, warum Esen den Fall nicht selbst übernehmen wollte, nachdem sie letztes Jahr gegen Dev verloren hatte. Aber irgendwie ist es passend, dass *ich* meine Nachfolgerin hole, auch wenn Deborah noch nicht weiß, dass Veronica *meine* Nachfolgerin sein wird.

Als ich losging, hat Esen mir viel Glück gewünscht. Dev hat nur gelächelt. Ich glaube, sie hätte mich gern umarmt, wollte aber nicht noch mehr Deborahs Misstrauen erregen, und so habe ich bloß ihr Lächeln erwidert und mich verabschiedet.

Jetzt bin ich also hier und warte, dass Veronica fällt.

Als Deborah mir den Post-it gab, stand darauf:

Veronica Price

Sturz

Brücke über der A23

23.59

Ich fragte mich, ob es bei dem Post-it einen Irrtum gab und es sich tatsächlich um einen Selbstmord handelt, denn wie soll Veronica einfach so von der Brücke fallen?

Doch Deborah lag natürlich richtig, denn da ist sie, Veronica, sie lehnt sich über den Rand, eine Hand am Geländer, in der anderen eine Spraydose, und sprüht etwas an die Brückenwand. Von hier aus kann ich nicht sehen, was es wird, aber vielleicht ist sie ja diejenige, die das *JUST KISS HER* unter die Brücke am Bahnhof gesprüht hat.

Die Brücke, unter der Poppy und ich uns das erste Mal geküsst haben.

Inzwischen steht sie auf Zehenspitzen und lehnt sich so weit übers Geländer, dass ich mich zusammenreißen muss, nicht hinzulaufen und sie festzuhalten. Dann löst sie den rechten Fuß vom Boden. Und im nächsten Moment ist sie auch schon weg. Zuerst kommen die Arme, dann die Beine, wie eine olympische Turmspringerin, die jeden Moment ins Becken taucht. Eine Sekunde vergeht, dann noch eine, und schließlich höre ich es, das schrille Kreischen von Metall, das auf etwas trifft, das es nicht treffen sollte, dann das Brechen von Glas, während die Autos unter der Brücke mit quietschenden Reifen zum Stehen kommen. Autoalarmanlagen und eine Hupe ertönen – und dann, endlich, geht es los.

POP POP POP.

Die erste Rakete des Jahres.

Ich sollte erleichtert sein, ich habe es schließlich so gewollt, oder? Dass sie bleibt, damit ich gehen kann. Aber als Veronica zum Feuerwerk hochblickt, zu den über den Himmel verstreuten bunten Lichtfunken, wirkt sie wie ein kleines Kind. Voller Bewunderung sieht sie den Raketen zu, ihr Mund ein einziges großes Lächeln, und auf einmal bin ich unendlich, zutiefst traurig, denn wie sollte ich mich darüber freuen, dass sie stirbt?

Es ist einfach so verdammt schade.

Schließlich dreht sie sich um, und als sie mich sieht, weicht sie einen Schritt zurück.

»Veronica Price?«

Sie runzelt die Stirn. »Woher weißt du, wie ich heiße?«

»Ich bin Ash.«

Sie starrt mich an, und ich nicke ihr zu. Sie braucht einen Moment, aber als sie begreift, dass ich ihr andeute, übers Geländer zu blicken, tut sie es. Sie gibt keinen Schrei von sich, so wie Alice Anderson, sie dreht sich nur wieder zu mir um.

»Bist du …« Sie beäugt mich misstrauisch. »Bist du ein Engel?«

»Nicht ganz«, sage ich und halte ihr die Hand hin. »Komm mit. Ich will dich ein paar Leuten vorstellen.«

Schweigend gehen wir nebeneinander her. Veronica ist genauso benommen und gefügig wie alle anderen, und ich frage mich, ob ich auch so war, als Dev mich zum Buchladen brachte.

Ob ich ihr ohne Fragen einfach gefolgt bin.

Als wir am Buchladen ankommen, blicke ich durchs Fenster hinein. Deborah steht wie immer hinterm Tresen und beugt sich über was auch immer sie gerade schreibt. Dev geht in der Mitte des Raums unruhig auf und ab, wie ein werdender Vater auf der Entbindungsstation. Sie unterhält sich mit Esen, die grinsend auf dem Sessel lümmelt, die langen Beine über der Armlehne, während sie sich eine ihrer Locken um den Finger wickelt und sich offensichtlich über Dev lustig macht.

Meine Familie.

Kurz zögere ich, doch dann denke ich an Poppy, wie sie

mit im Mondschein leuchtenden roten Haaren auf Charons Barke davongefahren ist, und ich spüre ein plötzliches Ziehen, wie jedes Mal, wenn ich daran denke, sie vielleicht bald wiederzusehen.

Und so stoße ich die Tür auf, und die Glocke verkündet meine Rückkehr. Alle drei blicken auf. Zuerst sehen sie mich an, dann Veronica, die mir hineinfolgt, sie ist da, aber irgendwie auch nicht, als ich sie am Arm fasse und zum Sofa führe. Sie wehrt sich nicht, legt sich nur hin, und als ich sie mit der karierten Decke zudecke, ist sie auch schon weg.

Ich habe keine Ahnung, wo sie hin ist, aber sie wird bald wieder da sein.

»Das ist also Veronica Price«, sagt Esen und sieht sie mit zur Seite geneigtem Kopf an, wie sie zusammengerollt auf dem Sofa liegt.

Ich nicke und verschränke seufzend die Arme. »Das ist Veronica Price.«

»Ich werde sie Ronnie nennen.«

»Und wenn sie nicht Ronnie genannt werden will?«

»Ich nenne sie Ronnie.«

»Wie ist sie?«, fragt Dev auf meiner anderen Seite.

»Sie hat nicht viel gesagt.« Ich zucke die Achseln. »Eigentlich hat sie gar nichts gesagt. Nur gefragt, ob ich ein Engel bin.«

Esen lacht spöttisch, und ich stoße sie mit dem Ellbogen an.

»Kommt«, sagt Deborah hinterm Tresen und deutet uns an, dass wir uns zu ihr gesellen sollen. »Lasst Veronica sich erst mal ausruhen. Ich muss mit euch reden.«

Jetzt ist es so weit, denke ich, und sehe zu Dev und Esen, die mir zunicken.

Ausnahmsweise hören wir mal auf Deborah und gehen zum Tresen und warten, was sie zu sagen hat, während sie die Brille abnimmt.

»Okay, Ladys«, beginnt sie leicht seufzend und schließt die Finger um die Brille. »Jetzt, da wir ein neues Sensenmädchen haben, steht uns eine wichtige Entscheidung bevor.«

Ich tue verwirrt. »Was für eine Entscheidung?«

»Dev und Esen kennen es bereits, du aber noch nicht, Ash«, fährt sie nickend fort. »Du musst mir bitte verzeihen, es dir nicht schon eher gesagt zu haben, aber ich hoffe, du verstehst es.«

»Was gesagt zu haben?«, frage ich stirnrunzelnd.

»Wenn wir ein neues Sensenmädchen oder einen neuen Sensenjungen bekommen, kann von euch eine gehen.«

»Gehen? Wohin?«

Sie zupft an ihrem Ohrläppchen und weicht meinem Blick aus. »Auf Charons Barke.«

»Was?«, keuche ich. »Dann müssen wir das hier also nicht bis in alle Ewigkeit machen?«

Deborah schüttelt den Kopf und hebt warnend den Zeigefinger. »Allerdings«, sagt sie und sieht mir diesmal in die Augen, »geht es nach Dauer der Zugehörigkeit. Zuerst kommt also Esen, dann Dev, und wenn die beiden bleiben wollen, wirst du gefragt, Ash.«

»Okay.« Ich sehe nach links und rechts zu Dev und Esen und ziehe die Stirn noch ein bisschen mehr in Falten.

»Also …« Deborah wartet, und ich weiß nicht, ob sie damit die Spannung erhöhen will oder ob sie wirklich noch einen Moment braucht, bevor sie die Frage stellt, aber nach ein oder zwei Sekunden wendet sie sich an Esen und fragt: »Miss Budak. Würden Sie gern bei uns bleiben oder wollen Sie Ihre Reise fortsetzen?«

Esen tut so, als würde sie darüber nachdenken, dann antwortet sie: »Und auf das alles hier verzichten?« Sie deutet auf den Buchladen und schüttelt den Kopf.

Deborah zuckt noch nicht mal mit der Wimper, offensichtlich hat sie mit dieser Art Antwort gerechnet, und wendet sich an Dev. »Miss Devlin. Würden Sie gern bei uns bleiben oder wollen Sie Ihre Reise fortsetzen?«

Dev schüttelt den Kopf. »Ich will bleiben.«

»Nun gut.« Deborah sieht mich an, und wenn mein Herz noch schlüge, würde es jetzt meine Rippen sprengen. »Miss Persaud. Würden Sie gern bei uns bleiben oder wollen Sie Ihre Reise fortsetzen?«

»Ich weiß nicht«, lüge ich, stecke die Hände in die Taschen meiner Lederjacke und beiße mir auf die Unterlippe. »Wohin würde ich denn fahren, wenn ich auf Charons Barke steige?«

Einen schwindelerregenden Moment lang denke ich, dass sie es mir vielleicht verraten wird, dass ich als Sensenmädchen die Antwort auf die große, unbeantwortete Frage verdient habe – den Sinn des Lebens und was hinter dem Meer liegt. Natürlich verrät sie es mir nicht, sondern gibt mir nur dieselbe unverbindliche, unverfängliche Antwort, die wir allen geben. »Wo auch immer Sie hinwollen, Miss Persaud.«

Ich tue, als würde ich noch ein bisschen darüber nachdenken, dann nicke ich. »Ja.« Ich nicke wieder. »Ja, ich will auf die Barke.«

»Nun gut«, sagt sie ebenso nickend. Falls sie von meiner Entscheidung überrascht ist, lässt sie es sich nicht anmerken. »Sie werden uns fehlen, Miss Persaud«, sagt sie, und ich glaube ihr. »Aber ich hoffe, Sie finden, wen auch immer Sie zu finden hoffen.«

Sie hebt das Kinn und lächelt mich an, und ich frage mich, ob sie es weiß.

»Ich muss erst noch wohin«, sage ich zu Dev und Esen, als wir den Buchladen verlassen. »Es dauert nicht lange.«

Sie widersprechen nicht, und so gehen wir in Richtung Meer, Dev und Esen zu beiden Seiten von mir. Ich glaube, Esen weiß, wo ich hinwill, aber Dev ist offensichtlich verwirrt, als wir den Strand links liegenlassen. Ich wage es nicht, über das Geländer zu sehen, falls Charon bereits dort unten auf mich warten sollte. Dann kommen wir an Poppys Haus vorbei, und ich verlangsame meine Schritte und gucke hoch. Die Lichter sind an, aber ihr Zimmer ist dunkel, und so wende ich den Blick ab und gehe wieder schneller, während wir uns dem Komplex von Luxuswohnungen von Marine Gate nähern.

Kurz davor biegen wir links ab auf die Whitehawk Road, und als die Häuser kleiner werden und dichtgedrängter stehen, weiß wohl auch Dev, wo wir hingehen. Es ist seltsam, denn früher habe ich mich immer für meine Wohngegend geschämt. Ich habe mir gewünscht, auf der Marine Parade zu wohnen, in einem großen, weißen Hochzeitstortenhaus mit breiten Fenstern, die aufs Meer rausgehen, so wie Poppys, doch auf einmal empfinde ich Stolz, als ich an der Reihe von roten Backsteinhäusern vorbeigehe, die sich ununterbrochen von hier bis zu meiner Siedlung erstrecken.

Denn auch wenn sie alle gleich aussehen, alle die gleichen kleinen, quadratischen Fenster haben – zwei oben, eins unten –, die gleiche Haustür und den gleichen rechteckigen Fleck Rasen, der es vom Gehweg trennt ... Hier leben Menschen. Sie *leben* hier wirklich. Nicht wie Poppys Eltern, die sich von einem Haus zum anderen treiben lassen, von Hotel zu Hotel, von Land zu Land, und nie irgendwo Wurzeln schlagen.

Jede Tür ist in einer anderen Farbe gestrichen, und manche Vorgärten sind vielleicht ordentlicher als andere, aber die meisten sind gepflegt und sorgsam mit Rosenbüschen und Hortensien bepflanzt, die im Sommer apricot und rosa und blau blühen werden.

Diese Häuser sind nicht bloß Häuser, sondern das Zuhause der Menschen, die darin wohnen. Irgendwie tröstet mich das. Das Wissen, dass sie entweder das erste oder das letzte Zuhause von einem Menschen sind, und dass in jedem Haus Leute wohnen. Leute, die, wie ich, ihr Leben lang hier gewohnt haben. Die hier Fahrradfahren gelernt haben und hinterm Eiswagen hergelaufen sind. Leute, die vor kurzem geheiratet haben und auf eine neue Küche sparen. Leute, die gerade aus dem Krankenhaus nach Hause gekommen sind, mit einem Baby auf dem Arm, das in einem frisch gestrichenen Kinderzimmer schlafen wird, unter einem Mobile mit Giraffen und Elefanten, an das es gerade so eben nicht herankommt. Leute die, in diesem Moment, mit offenem Mund auf dem Sofa schlafen, ein halbleeres Glas Wein neben sich, und am Morgen ihre Großmutter anrufen, um ihr ein frohes neues Jahr zu wünschen.

Ich höre das träge DUM DUM DUM einer Party die Straße runterschwappen, während wir uns Kingfisher Court nähern.

»Du willst aber nicht reingehen, oder?«, fragt Dev mit weit aufgerissenen Augen.

»Natürlich nicht«, sage ich und gehe voran zum Spielplatz. Sie entspannt sich sichtlich, und als mir klarwird, warum sie nicht hochgehen will, muss ich lachen. »Du hast nicht wirklich Angst vor Dorito, oder?«

»Du warst nicht dabei, Ash!«, sagt sie auf einmal wütend. »Die Katze war wie besessen!«

Da muss auch Esen lachen, als wir uns auf die Bank setzen, ich in der Mitte.

»Ist das die Schaukel, von der du als Kind runtergefallen bist?«, fragt Dev und zeigt darauf.

»Ja.« Instinktiv hebe ich die Hand und streiche mit dem Knöchel über die Narbe an meinem Kinn.

»Welche Wohnung ist es?«, fragt Dev und deutet auf den vor uns aufragenden Block.

»Sechster Stock.« Ich zeige darauf. »Die dritte Wohnung.«

Ich wollte schon so oft noch mal herkommen seit letztem Jahr Silvester, einfach nur auf dieser Bank sitzen mit dem Wissen, dass sie dort oben sind. Rosh in unserem Zimmer, die Nase in einem Buch. Meine Mutter an der Nähmaschine, während mein Vater, die Fernbedienung in der Hand, auf dem Sofa döst, weil er ohne meine Mutter nicht ins Bett gehen wird. Jetzt – nach dem, was mit Poppy passiert ist – bin ich froh, dass ich nicht zurückgekommen bin, denn wenn ich meine Familie gesehen hätte, wäre ich wohl einfach auf sie zugerannt und ihnen in die Arme gefallen, und ich hätte sie zweifellos zu Tode erschreckt.

Buchstäblich.

Das Küchenlicht ist an, und ich lächle, als mir bewusst wird, dass mein Vater dieses Jahr tatsächlich bis ins neue Jahr durchgehalten hat. Bevor ich den Blick abwende, um Dev und Esen von seinen Kopfschmerzen zu erzählen, die seltsamerweise immer dann auftreten, wenn er etwas tun soll, wozu er keine Lust hat, erscheint meine Mutter am Fenster, und ich versteife mich am ganzen Körper. Ich weiß nicht, ob Dev und Esen sie auch sehen, sie sagen jedenfalls nichts, sondern sitzen nur schweigend neben mir, während ich zu ihr hochblicke. Ich bin zu weit weg, um Einzelheiten zu erkennen, aber ich weiß, dass sie es ist, und ich könnte schwören, dass sie mich direkt ansieht, als wüsste sie, dass ich hier unten bin.

Ich traue mich nicht, mich zu bewegen, auf einmal ist mir ganz schwindelig. Ich werde von einem Gefühl überwältigt, das ich schon sehr lange nicht mehr hatte, es fängt an meiner Kopfhaut an und breitet sich bis zu meinen Zehen aus. So verharren wir eine Weile, bis sie sich schließlich vom

Fenster abwendet. Ich sehe noch, wie sie sich über die Wange streicht, und da weiß ich, ich kann gehen.

Sie weiß, dass es mir gut geht.

Als wir zum Strand kommen, wartet Charon bereits auf mich, und neben ihm schaukelt sanft das mondbeschienene Boot auf dem plötzlich ruhigen Meer. Ich blicke darauf und sage mir wieder: *Glaub einfach daran, dass wir an denselben Ort kommen,* und dann wende ich mich Dev und Esen zu.

Dev wirft mir ohne zu zögern die Arme um den Hals und hält mich eine Sekunde länger fest als üblich. Dann legt sie mir die Hände auf die Schultern.

»Ich hoffe sehr, dass du sie findest«, sagt sie und küsst mich auf die Wange.

»Ich auch«, sagt Esen nickend, die Hände in den Taschen ihres schweren Wollmantels.

Als ich einen Schritt zurückmache, streckt sie die Hände nach mir aus und drückt mich an sich, wie Dev gerade, und küsst mich auf den Kopf.

»Du wirst sie finden«, flüstert sie und versteckt die Worte zwischen meinen Haarsträhnen. »Ihr habt euch im Leben und im Tod gefunden, und ihr werdet euch auch auf der anderen Seite des Meeres finden, was auch immer dort ist.«

Ich drücke sie an mich – klammere mich an sie –, und so bleiben wir einen Moment lang stehen, bevor sie mich schließlich loslässt.

»Hab eine gute Reise«, sagt sie, greift nach ihrem Sensenanhänger und umschließt ihn mit Daumen und Zeigefinger.

Ich ziehe meinen aus meinem Hoodie und presse ihn mir an die Lippen.

Als Esen einen Schritt zurückmacht, nicke ich, und dann blicke ich sie und Dev an.

Ich weiß nicht, was ich noch sagen soll, ich hoffe, dass mir irgendwelche klugen Worte einfallen, doch es kommt nichts.

Also nicke ich wieder, und dann gehe ich auf Charon zu, der mir die Hand hinhält, und ich wiederhole immer wieder Esens Worte und denke dabei an Poppy, die mit wehenden Haaren an irgendeiner Küste sitzt und auf mich wartet.

Wir haben uns gefunden, im Leben und im Tod.

Und ich werde dich auch jetzt finden, auf der anderen Seite des Meeres, was auch immer dort ist.

Danksagung

An dem Tag, als mein drittes Buch erschien, starb meine Mutter. Ich muss euch sicher nicht erzählen, wie schmerzhaft das war, weil ihr wahrscheinlich selbst schon den ein oder anderen Verlust durchgemacht habt, aber eine geliebte Person nach einer langen Krankheit zu verlieren, ist besonders grausam. Nicht, dass es eine ›richtige‹ Art gäbe, einen nahestehenden Menschen zu verlieren. Ein Verlust ist ein Verlust. Wie auch immer es passiert. Der Schmerz ist genauso heftig, und die hinterlassene Leere genauso unmöglich zu füllen.

Doch einen Menschen Stück für Stück zu verlieren, ist ein unvergleichbarer Verlust. Einen Tag konnte meine Mutter noch selbst essen, am nächsten Tag nicht mehr. Einen Tag konnte sie sich noch aufsetzen, am nächsten nicht mehr. Einen Tag konnte sie noch den Kopf heben, am nächsten nicht mehr. Sie ist Stück für Stück gegangen, bis ihr Herz schließlich aufgab.

Das ist ein Schmerz, den nicht alle kennen. Die eigene Welt teilt sich in Vorher und Nachher, und auf einmal bist du Mitglied in einem Klub, dem du gar nicht beitreten wolltest. Ich war schon langjähriges Mitglied, nachdem ich mit sechzehn meinen Vater an Krebs verloren hatte, und zwanzig

Jahre später alles noch mal durchzumachen war ehrlich gesagt zu viel.

Hinterher fühlte es sich an, als wäre nichts mehr von mir übrig. Ich war wie ausgebrannt. Wäre ich aufgeschnitten worden, wäre nichts als Rauch aus mir herausgekommen. Ich hörte auf zu lesen, ich war unfähig, mich mehr als ein paar Seiten lang zu konzentrieren, bevor meine Gedanken abschweiften und nicht wieder zurückkehrten. Dann hörte ich auf, mein Notizbuch zur Hand zu nehmen und die Gesprächsfetzen aufzuschreiben, die ich oben im Bus aufschnappte, oder einen Satz, der, wenn ich die Wörter in die richtige Reihenfolge brachte, auf einmal sang. Und dann hörte ich auf zu schreiben.

Ich wartete. Ich adoptierte einen Hund. Zog ans Meer. Besorgte mir einen Job, servierte Kuchen und Tee und bediente Leute, dir mir nicht in die Augen sahen. Ein Jahr verging. Dann zwei, und immer noch, nichts.

Ich wollte nichts weiter, als dass mir irgendwer sagte, alles würde gut werden, doch dann wurde mir bewusst, dass ich als Autorin so etwas tat. Oder tun sollte. Ich sollte die Geschehnisse, die zu groß – zu schrecklich – sind, um sie auszusprechen, in Worte fassen. Was die meisten Menschen nicht können. Wenn ich meinen Job gut mache, beendet ihr eins meiner Bücher mit dem Gefühl, gesehen zu werden, und, wie ich hoffe, mit dem Wissen, dass ihr, was auch immer euch gerade unüberwindbar scheint, durchstehen könnt.

Mir war gar nicht klar, was für ein Glück ich hatte, solche Bücher schreiben zu können, bis ich es auf einmal nicht mehr konnte. Schreiben war meine Methode, die Welt zu begreifen, und nicht mehr schreiben zu können war eine andere Art von Verlust, aber ähnlich unersetzlich.

Und so hörte ich auf zu warten und sagte mir, dass es nicht schlimm sei, wenn ich nicht mehr schrieb. Schreiben war Vorher. Jetzt war Nachher, und Nachher bedeutete, jeden Morgen mit meinem Hund am Strand spazieren zu gehen und Leuten, die mir nicht in die Augen sahen, Tee und Kuchen zu servieren, und das war okay, denn wenigstens hatte ich es durchs Schlimmste geschafft.

Aber manche Menschen haben gewartet. Malorie Blackman. Nikesh Shukla. Catherine Johnson. Sara Barnard. Holly Bourne. Eleanor Wood. Juno Dawson. Sie alle haben mir zugehört, während ich ihnen weinend erzählte, nie mehr schreiben zu können, und sie wussten ganz genau, dass ich es wieder tun würde, und dass, sobald der Rauch sich aufgelöst hätte, das Nachher sich nicht mehr wie ein Raum anfühlen würde, in den ich irgendwie hineingeraten war und aus dem ich nicht wieder rausfand, sondern vielmehr wie ein Ort, an dem ich tatsächlich sein wollte.

Jan Kofi-Tsekpo von The Arts Council, der, als es endlich

so weit war, mir die Zeit zum Schreiben gab. Ohne seine Unterstützung hätte ich nicht den Raum und das Selbstvertrauen gehabt, diese Geschichte zu Ende zu erzählen. Polly Lyall-Grant von der Hachette Children's Group, die etwas Besonderes in der Geschichte sah, und ihr Team – Halimah, Emily, Aash, Alice und alle aus dem Lektorat und Korrektorat und der Herstellung –, die die Geschichte in das Buch verwandelt haben, das ihr jetzt in den Händen haltet. Inklusive Sarah Maxwell, die das *unglaubliche* Cover illustriert hat. Ich habe einen Freudenschrei ausgestoßen, als ich es zum ersten Mal sah.

Die klugen, lustigen, *genialen* Frauen, die mich durch die letzten fünf Jahre gebracht haben, ohne dass sie es wussten. Sunny Singh. Bim Adewunmi. Bolu Babalola. Daniellé Dash. Charlotte Abotsi. Melissa Cox. Laura Dockrill. Bethany Rutter. Alice Slater. Keris Stainton. Ich danke euch. Ich wünsche euch allen nur das Beste.

Meine lieben Freund:innen Val, H und Alan, die mich buchstäblich zusammengehalten haben, nachdem meine Mutter gestorben ist, und Angela, Suzi, Catherine, Hannah, Tracy, Duncan, Ian und Lucy, die Brighton für mich zu einem Zuhause gemacht haben. Nicht zu vergessen, Scoot, Kelly, Fiona und Jade, die mich schon im Vorher kannten und mich im Nachher und mit allen Versionen von dazwischen immer noch kannten und kennen.

Meine süßen kleinen Neffen, Jacob und Nathan, denen es total egal ist, wie viele Bücher Aunty Tanya schreibt, solange wir zusammen ins Aquarium gehen und am Strand Muscheln sammeln und zu »Kung Fu Fighting« balgen (die beiden, ich nicht). Und mein Bruder, der sie vorbeibringt, damit wir ins Aquarium gehen und am Strand Muscheln sammeln und zu »Kung Fu Fighting« balgen können. Ich liebe euch alle so sehr.

Mein Schatz, meine Hündin Frida, von der ich dachte, dass ich sie gerettet hätte, dabei hat letzten Endes sie mich gerettet.

Und schließlich Claire Wilson, die unglaublich nett und geduldig war und mich nicht aufgegeben hat, obwohl die meisten Agenturen sich wohl längst von mir getrennt hätten, nachdem ich fünf Jahre lang kein Geld für sie eingebracht hatte. Sie wusste, dass ich wieder schreiben würde, und wie immer hatte sie recht. (Rahme es dir ein, Wilson. Ich werde das nie wieder sagen.) Ich weiß gar nicht, wie ich ihr dafür danken soll, aber diese paar Sätze müssen fürs Erste reichen, bis mir etwas einfällt.

Das war es also. Wenn ihr Ashs Geschichte gelesen habt und froh seid, dass ich sie erzählt habe – das waren die Menschen, die sie ermöglicht haben. Ohne sie hätte Ash nie ihre erste – und letzte – Liebe gefunden, und ich bin ihnen bis in alle Ewigkeit dankbar dafür.